철학에서 해석까지

청학 青鶴 에서

세석 細石 까지

―― 정태규 소설집

산지니

신판(新版)을 내며

1994년도 초에 이 책을 출간하였던 때가 엊그제 같은데 벌써 이십 년이란 세월 훌쩍 지나버렸다. 처음으로 발간한 소설집이었고 보니 당시의 개인적인 감격은 참 대단했던 것으로 기억된다. 해성출판사에서 어려운 사정에도 불구하고 기획 시리즈로 출판해준 기억도 생생하다.

당시의 자서(自序)를 지금 다시 읽어보니 또 부끄럽다. 소설집 출판 이후 정말 치열하게 창작에 매진하리라고 그렇게 공공연하게 다짐해 놓고 이도 저도 아닌 얼치기 삶만 살아온 듯하여 허망한 생각뿐이다.

지인들 중에 무슨 이유에선지 이 낡은 소설집을 찾는 이가 제법 있어 신판을 내기로 결심했다. 출판사에서 절판한 지 오래되었고 필자의 보관본도 거의 없어 증정용으로 내자는 생각에서이다.

내용과 체제는 원본을 살린다는 의미에서 마음에 들지 않는 부분도 거의 손을 대지 않고 그대로 두는 것을 원칙으로 하였고, 다만 맞춤법에 어긋난 곳이 많아 손을 보았다.

한정판으로 내놓으니 인연이 닿는 지인의 손에서 펼쳐지길 바란다. 그 손끝에서 이 책이 생각의 꽃으로 피어나길 바란다면 과도한 욕심이 될까.

2014년 가을

5

차례

청
학
青鶴
에
서
세
석
細石
까
지

세칭 도인 마을로 불리는 청학동 골짜기에서 화계 불일폭포 쪽으로 빠지는 평탄한 등산로를 버리고 삼신봉의 품 안에서 흘러나오는 맑은 계류를 끼고 들어섰을 땐, 헹군 듯한 오전 햇빛이 울창한 전나무 숲 사이로 비쳐들고 있었다. 바위투성이인 가느다란 숲길은 한 줄기 칡넝쿨처럼 뻗어 올라 계곡을 가파르게 사행(蛇行)하고 있었다. 여물 대로 여문 골짜기의 물소리가 발밑에 밟혔고, 어디선가 개똥지빠귀가 울었다.

　아무 근심 없이 키대로 쭉쭉 자란 전나무들의 숲은 오를수록 깊어져, 눈앞에 보이는 등성이를 올라서면 시야가 트이겠거니 하는 기대를 번번이 무산시키며 첩첩이 하늘을 덮었다. 전나무 가지 사이로 어쩌다 내다뵈는 건너편 산자락의 활엽수 잎새들이 초가을 햇살에 사금파리처럼 반짝였다.

　지연은 가끔씩 멈추어 서서 깊은 심호흡으로 차오르는 숨결을 다독였다. 그때마다 새물내 같은 숲 향기가 훈감스럽게 폐부로 밀려들었다. 남편 영모는 한번 뒤돌아보는 법도 없이 묵묵히 앞서가고 있었다. 배낭을 걸머멘 영모의 어깨가 오늘따라 유난히 좁아 보였다. 골짜기로 접어들면서 더욱 무거워진 듯한 영모의 침묵이 옷속에 든 꺼끄러기처럼 마음에 걸렸다. 남편은 이 산에서 무엇을 확인하고 싶은 것일까. 새삼스런 의문이 다시 고개를 들었다. 그것은 30여 년 세월 저편의 잔해이거나, 아니면 이제는 등산객들의 무심한 발걸음에 흔적조차 없이 마멸되어 사라진 폐허 위를 뒹구는 돌한 조각이기 십상이리라.

가도 가도 끝없는 숲길. 지연은 그 숲을 영영 벗어나지 못할 것같은 까닭 모를 무력감에 사로잡혔다. 엷은 현기증이 밀려와 발을 헛디딜 뻔했다.

시아버지의 장례를 치른 후 남편은 크게 흔들리는 기색이 역력했다. 말수가 줄었고, 평소 입에 대지 않던 술에 만취되어 들어오는 횟수가 늘었다. 밤늦도록 그의 서재에서는 빛이 새어 나왔다. 때때로 새벽의 아파트 베란다에서 발견되는 남편의 얼굴은 적막한 허허벌판이었다. 그렇게 곰살갑게 거두던 아이들에게마저 곁을 잘 주지도 않고 늘 차에 받힌 표정으로 서재에만 틀어박혀 지냈다. 지연은 그때까지도 영모의 그런 갑작스런 황폐가 시부의 죽음에 대한 상심에서 기인하는 것이겠거니 하는 연민의 눈으로 조심스럽게 지켜볼 수밖에 없었다.

친부도 아닌 양부에게 쏟는 영모의 정성은 사실 지극한 데가 있었다. 휴일이면 꼭꼭 안부 전화를 챙겼고 명절과 집안 대소사에는 물론 수시로 아이들을 앞세우고 그 먼 지방의 소읍까지 가는 헌털뱅이 버스에 몸을 싣곤 했다. 남자 노인네에게 필요한 상품을 진열한 가게 앞을 예사로 지나치지 못하는 지연의 오랜 버릇은 순전히 그런 남편의 덕분이었다. 어쩌다 도회지 나들이를 오던 시아버지도 사직동에 사는 친자인 작은 아들네보다는 지연네에 묵을 경우가 더 많았다.

그 지방 소읍에서 오랫동안 교편을 잡아오다 이태 전에 정년퇴임을 한 시아버지는 무척 온화하고 조용한 성품이었다. 갓 시집을 온 지연에게는 신랑이 양자란 사실이 그늘을 지울까 봐, 세심한 데까지 신경을 써주곤 했다. 그 덕분에 지연도 꼭 남의 산소에 잘못 절한 듯하던 초기의 위화감을 삭이고 어엿한 시댁 식구로 쉽게 편입할 수가 있었다. 시동생들과 시누이 그리고 차례로 들어온 아랫동서들까지 그녀에게 맏며느리로서의 깍듯한 예우를 다해주었으므로 지연은 남편이 고아란 사실을 잊고 사는 편이었다.

그 소읍에서 건어물상을 크게 벌이고 있는 친장자에게 의탁하던 시아버지가 쓰러진 것은 몇 달 전이었다. 병을 발견했을 때는 이미 늦어 있었다. 암세포가 간을 완전히 잠식하고 난 뒤였다. 병원에서도 두 손 든 마당에 간암에 좋다는 약을 구하러 동분서주하는 영모의 발걸음은 눈물겨운 것이었다.

"쯧쯧쯧! 뭐니 뭐니 캐싸도 제일 서러울 사람은 영모 저 사람이구마."

장지에서 하관이 시작될 때 영모의 통곡소리는 여상주들이 물러나 있던 언덕 너머까지 처절하게 들려왔다. 둘러서 있던 친척 아주머니 한 사람이 그렇게 혀를 찼다.

"하모. 덕보 양반도 복 받아 이래 호상이제마는, 영모 저 사람 친자석도 아니문서 오데 그런 안갚음이 있을라꼬."

"때까치 보은이제, 때까치 보은이여."

지연이 남편의 휘청거림이 단순히 시부의 타계에서만 기인하지 않는다는 사실을 알게 된 것은 시아버지가 남편 앞으로 남긴 한 통의 두툼한 유서를 통해서였다.

탈상을 다녀온 후 영모는 휴일마다 높직한 배낭을 메고 표연히 집을 떠났다. 그리곤 다음 날 저녁 늦게야 지친 짐승처럼 돌아왔다. 어디를 다녀오는지 일절 말해주지 않았다. 어느 땐 며칠씩 걸리는 경우도 있었다. 돌아와 현관에서 등산화의 끈을 푸는 그의 어깨에는 언제나 무거운 침울이 매달려 있곤 했다.

"어딜 그렇게 열심히 다니시는지 이젠 말해 줄 때도 되지 않았어요?"

저번 주 일요일 밤이었다. 그날도 온몸에 먼 객지의 먼지를 묻힌 채 들어서는 영모를 향해 지연은 참지 못하고 내쏘듯 물었다.

"지리산."

웬일인지 영모의 대답이 쉽게 나왔다.

그날 밤, 영모는 더 이상 혼자 감당하지 못하겠다는 몸짓으로 시아버지의 유서를 지연 앞에 내던졌다. 남편 앞으로 된 유서는 그동안 얼마나 되풀이해서 보고 매만졌는지 모서리마다 하얀 보풀이 강아지풀처럼 일어서 있었다. 지연은 시부의 뼈를 거두는 기분으로 그것을 읽기 시작했다.

원경 애비 보아라.

내 병은 이제 틀린 것 같구나. 나도 가야 할 날이 머지않은 듯싶다. 요즘엔 먼저 간 네 에미가 자꾸 꿈에 보여. 네가 이 글을 읽을 때쯤이면 이 애비는 북망산에서 네 에미를 만나고 있을 게다. 누구나 한 번은 가는 인생 너무 슬퍼하지 말아라. 참 길게도 살았구나 싶다. 돌아보면 누구 말마따나 8할이 바람인 인생이었다만, 건실한 너희들로 하여 아무 여한은 없다.

아범아.

무슨 말을 어떻게 시작해야 좋을지 모르겠구나. 이 애비는 평생

이 말을 가슴에 묻어 두었다가 저승으로 갈 때도 그냥 안고 가고 싶었다. 지금 이 순간까지도 이 말을 아범에게 전해주어야 할지 말아야 할지 통 갈피를 잡을 수가 없구나. 그러나 네 에미도 가고 없는 세상에 나마저 그냥 떠나버리고 나면 누가 있어 이 이야기를 네게 들려주겠느냐. 그리하여 죽기 전에 기록으로 남겨두고자 결심하게 되었느니라. 그러하니 지금부터 이 애비의 말을 잘 새겨듣도록 하여라. 네게는 이 이야기가 얼마나 뼈에 사무치는 한이 될지는 이 애비도 충분히 주지하는 바다. 그러나 그것이 아무리 놀랍고 서러운 것일지라도 절대로 경거망동하여서는 안 된다. 아범도 이제 내일 모레면 불혹의 나이이지 않느냐. 명심하도록 하여라. 너에게 너무 큰 짐을 떠맡기고 떠나는 듯해서 안쓰럽기 그지없다만, 현명한 너이기에 잘 극복해내리라 믿는다……

전나무 숲이 끝나고 떡갈나무, 오리목, 북나무, 개옻나무 등이 어우러진 잡목림이 시작되는 곳에 샘이 숨어 있었다. 종내 뒤따라오던 우금의 물소리는 멀어진 지 오래였고, 겨우 시야가 트이며 삼신봉에서 곧바로 내리뻗은 능선의 울끈불끈한 근육들이, 벌써 은근한 단풍 빛을 띠기 시작한 잎새들 위로 솟아 있는 게 보였다. 영모가 잠잠히 샘가의 표주박을 건네주었다. 샘의 암물은 이가 시리도록 차고 싱그러웠다. 거기서 세석평전 아래의 음양수까지는 다시 샘이 없다는 영모의 말에 따라 지연은 이른 점심 준비를 시작했다.
　버너의 불꽃을 조절하고 있는 영모의 얼굴이 명주실처럼 풀리는 화사한 햇살 아래 그늘져 있었다.
　대학시절, 강아지도 운율적으로 짖는다는 그 연애시절엔 영모의 그렇게 그늘진 얼굴마저 아름답게 느껴졌었다.

지지리도 가난한 연애였다. 시간과 돈 둘 다. 피차 과외 아르바이트에 쫓기며 어렵사리 짜맞추던 그 황금의 데이트 시간마저 둘은 식은 찻잔 너머로 무청 같은 웃음만 교환하곤 했었다. 그래도 세상이 꽉 차고 넘쳐 보이던 그 넉넉한 시절.

청학동 민박집에서 얻어온 고들빼기 무침은 별미였다. 지연은 문득 친정에 맡기고 온 아이들 생각이 났다. 맛난 것만 보면 애들 생각부터 나는 이게 에미 됨인가 싶어 속으로 쓴웃음을 지었다. 아이스크림과 핫도그에 길든 아이들 입에 고들빼기 무침이 당기나 하랴.

"치—. 엄마 아빠만 놀러 가고……."

큰애 원경은 엄마 잔소리에서 해방된다는 기쁨에 신이 나 있었지만 원미는 입이 한 자나 삐져나왔다. 둘 다 얼마나 천방지축으로 집안을 휘몰아쳐대던지 그것들과 싸우느라고 하루해가 저무는 게 지연의 일과였다. 때로는 그런 일상에 자신의 젊음이 저당 잡혀 있는 듯해서 참담한 기분이 들기도 했지만, 당장 눈앞에 보이지 않으면 아이들 생각은 지레 구만리였다.

"자식새끼는 죄다 애물 덩어리여."

영모와의 결혼을 허락하면서 어머니는 긴 한숨과 함께 그렇게 내뱉었다. 지연이 식음을 전폐하고 드러누워 사흘 동안 내리 눈이 뚱뚱 붓도록 울고 난 후였다. 과부의 몸으로 1남 3녀를 혼자 키워낸 어머니의 고집은 유명했다. 또한 자식들에 대한 욕심도 대단했다. 아마 홀몸으로 받아왔던 당신의 세상 설움을 자식들 잘되는 것으로 보상받으려는 심산이었으리라. 그러나 세상은 끝까지 어머니 편이 아니었다. 지금이야 조그만 수공업으로 기반을 잡았지만 오빠도 젊었을 적엔 무던히 어머니 속을 뒤집어놓았다. 어찌된 양반이 사업이랍시고 벌였다 하면 금방 뒤돌아서서 말짱 말아먹곤 두 손 털고 나자빠지는 것이었다. 게다가 위로 두 언니마저 어머니 염원과는 반대로 고만고만한 집안으로 출가해서 햇볕 제대로 볼 날 없이 살았다. 그런저런 한들을 가슴에 푸른 서릿발로 보듬고 있던 당신의 욕심으로야 제 손으로 대학까지 나와준 막내딸의 사윗감으로 영모가 눈에 반도 찰 리가 없었을 게다. 무엇보다 어머니를 손사래 치게 만든 것은 영모가 양부모 슬하에서 자란, 씨도 밭도 모를 고아란 사실이었다.

"난리통에 길가에 버려진 나를 지금의 아버지가 주워다 길렀다는 소리를 우연히 듣게 된 것은 고등학교 때였어. 집에 놀러온 친척 아주머니의 수다를 통해서였지. 그 길로 집을 뛰쳐나갔지. 온 세상이 날 속여 왔다는 배신감에 견딜 수 없었거든. 친구 집을 전전하다 일주일 만에 담임선생님께 잡혀 돌아왔을 때 어머니는 내 어깨를 잡고 우셨지. 아버지는 아무 말씀도 없이 꼭 한 마디만 하셨어. 너는 내 아들이다……."

영모가 그 말을 한 게 언제였더라. 대학교 앞 시장통 술집에서 희멀건 막걸리 잔을 앞에 두고였으리라. 그때도 영모의 얼굴에는 저렇게 굴뚝나비 날개처럼 어두운 그늘이 내려 있었던가.

"다 지 복은 타고 나는 법인겨. 인력으로야 하릴없제."

그런 자위로 고집을 꺾던 어머니도 막상 잔칫날엔 덩실덩실 춤까지 추었다.

샘물에 대강 그릇을 부시고 짐을 챙겨 드는데 대학생으로 보이는 한 떼의 젊은이들이 행렬을 이루며 올라왔다. 금세 샘터를 가득 메운 젊은이들은 목을 축이며 유쾌하게 떠들었다. 적막하던 산 속이 갑자기 활기로 가득 찼다.

"수고 많으십니다."

저마다 선착객을 향해 인사마저 빠뜨리지 않았다. 온 산이 수런수런 깨어나는 듯했다. 젊음이란 언제나 이토록 선연하고 아름답다. 그러나 젊은이들의 이마마다 묶여 있는 흰 띠를 보자 지연은 가벼운 거부감을 느꼈다. '통일 염원 지리산 등반대회'라고 씌어진 그 띠는 주인의 결연한 의지를 충실하게 표징하며 단호하게 매여 있었다. 먹으로 쓴 글씨가 땀에 번져 있었다. 그러고 보니 그들의 배낭 옆구리에 북과 꽹과리, 장구 등의 풍물이 매달려 있는 게 눈에 띄었다.

북과 꽹과리를 치며 연신 팔을 치켜들어 구호를 연호하는 사람들의 무리, 어깨동무를 하고 밀려가는 대열의 물결, 검은 우주인처럼 무장한 또 다른 대열, 흩어지는 사람들의 발길들, 곧 이은 돌과 화염병과 최루탄의 공방전, 쫓고 쫓기는 다급한 발걸음들…….

갑자기 TV 등에서 익히 보아왔던 그런 광경이 눈앞에 생생히 떠올랐다. 그때 북과 꽹과리를 쳐대던 사람들의 이마에도 저렇게 흰 띠가 약속처럼 묶여 있었지. 그 광경은 늘 체한 듯한 답답함으로 다가오곤 했다.

또한 그들이 치는 풍물 소리에는 어릴 때 시골에서 들었던 지신밟기의 그 풋풋하고 흥겹던 장단은 거세되고 혼란스런 절박감만 느껴졌었다. 젊음이란 아름답지만 위태롭다.

청년들은 갑자기 들이닥친 것처럼 또 갑자기 숲길로 사라졌다. 정상이 가까워졌는지 나무들의 키가 낮아졌다. 길은 여전히 보리수나무가 밀생한 숲 사이를 가파르게 기어오르고 있었다.

"이게 뭔지 알겠어?"

영모가 뒤돌아보며 길섶의 키 낮은 풀을 가리켜 보였다. 그러나 풀이 아니었다. 얼핏 보기엔 곧은 설대 같았으나 그보다 줄기가 가늘고 잎이 넓어 보였다.

"산죽이라는 거야. 옛날 빨치산들은 이걸로 비트를 지었대."

"비트라뇨?"

"외부에서는 좀체 발견할 수 없도록 교묘하게 지은 빨치산의 은신처. 비밀 아지트의 준말이야."

지연은 영모가 밤늦도록 탐독하던 빨치산에 관계된 서적들을 기억해냈다. 전설이에요. 잊어버려요, 제발. 죽은 과거는 죽은 채 묻어두세요. 지연은 몇십 년 동안 까마득히 버려진 들판에서 이삭줍기를 하고 있는 영모가 안타까워 속으로 부르짖었다.

원경 애비야.

52년 12월 초순으로 기억된다. 당시 이 애비는 수도사단 소속의 소대장으로 지리산 공비 토벌에 투입되어 청학동 아래 묵계부락에 배치되어 있었단다. 어느 날 우리 소대는 이웃 소대와 한 조가 되어 세석평전 아래로 이동하라는 명령을 받았다. 그곳에서 다른 중대와 합류하라는 지시였다.

다음 날 새벽 일찍이 우리는 청학동을 출발했다. 눈 덮인 겨울 지리산을 오르는 것은 쉬운 일이 아니었다. 우리가 무릎까지 빠져드는 가파른 눈길을 헤치고 삼신봉에 올랐을 땐 무슨 예시처럼 흐린 하늘에서 희끗희끗 눈발이 비치더구나.

반공(半空)에 외연히 솟은 삼신봉 꼭대기에 올랐을 때, 지리산은 거기 거대한, 참으로 거대한 신생대의 공룡으로 누워 있었다. 거림골 너머, 이름 그대로 하늘의 왕처럼 신비롭게 솟아있는 천왕봉에서 제석봉, 연하봉, 촛대봉을 거쳐 세석평전에서 잠시 숨을 돌리고 칠선봉, 꽃대봉을 다시 거슬러 올라 반야봉 쪽으로 아득히 뻗어나간 주능선은 하늘로 향한 땅의 장엄한 율동이었다. 봉우리의 이마들이 벌써 단풍으로 불타고 있었다. 남북한을 통틀어 4대 영산의 하나로 꼽힌다는 산세의 위용이 사람을 압도했다.

"여순반란사건 이후로 국군의 토벌작전이 끝날 때까지 피아 만 육천여 명이 이 산록에서 죽어갔지. 악산(惡山)이야, 악산."

영모가 능선에서 눈을 떼지 않은 채 중얼거렸다. 영모의 메마른 관자놀이에 푸른 정맥이 내비쳤다.

"산이 죈가요, 인간이 죄죠."

지연이 다가앉자 영모의 그림자가 그녀의 가슴을 눌렀다. 천왕봉의 어깨 너머로 구름 한 점 없는 하늘이 쑥부쟁이 꽃잎 빛깔로 펼쳐져 있었다.

세석평전으로 이어지는 능선 길은 멀고 지루했다. 거북등 같은 군소봉을 수십 번도 더 오르내려야 했다. 능선에는 굴참나무와 산죽이 무성했고, 가끔씩 단풍나무가 선혈처럼 붉은 치마저고리를 입고 새색시처럼 나타났다. 천왕봉은 천천히 옆얼굴을 보이며 돌아서고 있었다. 거림골의 수많은 협곡들이 빗살무늬를 이루었다.

지연은 다리가 파근해져와 영모를 불러 세웠다. 목이 말랐다. 수통의 물맛은 달디 달았다. 영모는 회나무의 그루터기에 앉아 담배를 피워 물었다. 숲을 헤치고 나온 바람이 지연의 긴 머리칼로 숨어들었다. 영모의 옆머리에 아른거리는 새치가 지연의 눈에 아프게 잡혔다. 남편과 함께 했던 세월의 깊이가 그렇게 아른거리고 있었다.

참 숨가쁘게 살아온 느낌이었다. 갓 결혼해서는 사글세방의 애옥살림에 남편 몰래 울기도 많이 했었다. 어느 한 모서리 바늘귀 꽂을 여유조차 없이 안강달강하던 살림살이였다. 오죽했으면 남편 출근 버스비 한 푼조차 없어 난감했던 때가 있었으랴.

그러다 아이 둘 낳고 부룩송아지 같은 그것들 뒤치다꺼리하느라 또 쉴새없이 종종걸음치고……. 결혼 8년 만에 13평짜리 낡은 시민 아파트를 장만했을 땐, 그게 그렇게 흔감스러워 밤새 뒤척여야 했다. 영모도 덩달아 잠 못 이루어 둘은 그 밤을 꼬박 뜬눈으로 지새우기도 했다.

　그에 비하면, 27평 맨션에 연탄 냄새 모르고 사는 요즘이야 호사라면 호사였다. 아니 조간신문을 받아 들면 제일 먼저 주식시세표부터 찾는 버릇이 생기고, 아파트 주차장에 하나둘 늘어나는 자가용에 은근히 신경이 쓰이는, 선진국으로 발돋움하는 대한민국의 어엿한 중산층으로 자부할 수도 있었다. 수돗물은 불안해서 못 먹겠다고 정수기를 구입한 게 언제였더라. 참, ○○물산의 주가는 회복세로 돌아섰는지 몰라.

　화장대 앞에 앉으면 농익은 젊음이 우러나오고 고만한 나이의 인생을 살아온 여자들이 흔히 갖기 쉬운, 세상에 대한 자신감이 만만한 얼굴이 기껍기도 했다. 아이들은 건강하게 자라주었고 남편은 성실했다. 이만하면 등 따습고 배부른 경지라 할 수 있지 않은가.

　그럼에도 불구하고 지연은 어느 구석인가 텅 비어 있고 목이 마른 듯한 느낌에 허둥거릴 때가 있었다. 화장기가 잘 먹지 않는 날이면 지연은 거울 속에서 욕심만 잔뜩 남은 추한 중년 여인의 얼굴을 발견하곤 했다. 그것은 단단한 일상(日常)의 갑옷 속에 갇혀 늙어가는 여자의 모습이었다. 지연은 누구인지조차 모를 그 얼굴에 그때마다 몸서리를 치곤 했다.

　단풍나무가 우거진 숲길은 분홍빛 프리즘의 세계였다. 빨갛고 작은 손바닥 같은 단풍잎 아래서 햇빛은 연분홍으로 흩어지고 있었다. 가풀막을 돌아서자 고대국가의 성문처럼 버티고 서 있는 석문

(石門)이 나타났다. 마치 누군가 일부러 거대한 바위를 정교하게 쌓아 올려놓은 듯했다.

"장인어른이 상이용사셨다지?"

석문 앞에 배낭을 부리며 영모가 생급스럽게 물었다.

"그래요. 동부전선에서 다리 하날 잃으셨죠."

지연은 자신이 마른버짐투성이 아이일 적에 불귀의 객이 된 아버지의 얼굴을 떠올렸다. 그러나 언제나처럼 아버지의 얼굴은 안개에 가린 듯 희미했고, 목발을 짚고 뒤뚝이며 걷던 그 육체적 파행과 술 취해 온 동네를 행짜 부리며 다니던 그 정신적 파행의 모습만이 떠올랐다. 혀 꼬부라진 목소리로 군가를 부르며 고샅길을 들어서는 아버지의 빈 한쪽 바짓가랑이는 어린 지연에게 얼마나 큰 두려움이었던가.

그러던 아버지도 무슨 병으로인지 시난고난하다가 지연이 나눗셈을 깨치던 초등학생 적에 훌쩍 세상을 뜨고 말았다. 어머니의 고생길은 그때부터 활짝 열렸다. 늘 술에 취해 살던 바보 같은 아버지. 그렇게 떠난 아버지는 막내딸의 꿈속에조차 한 번 찾아와 주지 않았다.

석문을 지나자 대성골의 여러 골짜기가 발아래로 달려왔다. 산등성이와 골짜기는 기울어진 햇발에 판화 같은 음양의 대조를 이루며 수없이 겹치고 얽혀 들었다. 멀리서 보는 산자락들의 수해(樹海)는 부드러운 녹색 바탕에 단풍 빛의 문양이 호화로운 양탄자였다. 길은 능선을 비껴나 급사면을 위태위태하게 휘돌고 있었다. 내려다보면 깊이도 없이 아득히 떨어져 내린 골짜기들. 칠선봉에서 뻗어 내린 능선의 발치께에 병아리처럼 안겨 있는 대성마을이 손에 잡힐 듯이 가까웠다.

세석 쪽에서 하산하는 한 떼의 남녀들과 부딪쳤다. 하나같이 원색의 등산복 차림인 그 행렬은 왁자하니 떠들며 내려왔다.

"미스 김, 왜 자꾸 뒤로 처지는 거야. 내 앞에 서라니까……. 그래야 내가 엉덩이라도 받쳐주지."

"장 과장 힘으론 어림없다구. 미스 김은 몸무게는 열 근인데, 엉덩이는 스무 근이거든. 서려면 내 앞에 서야 할 거야."

"흥, 두 분 다 나한테 받쳐 달란 소리나 마세요."

낭자한 웃음소리가 숲을 흔들었다.

지연은 눈앞에서 흔들리고 있는 영모의 등을 오래 지켜봤다. 묻어두세요. 이제 케케묵은 전설을 찾아 지리산을 오르는 사람은 없어요.

"저기쯤일 거야……."

갈림길을 지나 음양수 바로 못 미친 지점에서 영모가 걸음을 멈췄다. 세석평전이 정면으로 올려다보였다. 영모가 가리킨, 거림골이 시작되는 산등성이께는 단풍이 산불처럼 일렁이고 있었다. 영모의 두 눈에 흐린 구름이 몇 점 몰려들고 있었다. 지연도 몇십 년 전 겨울, 젊은 시아버지가 눈 속에 파묻혀 있었을 그 산자락을 오래 지켜보았다.

날이 저물어서야 우리는 세석평전 아래의 목표지점에 도착할 수 있었단다. 그 산비탈엔 눈보라가 치고 있었다. 그러나 합류하기로 되어 있던 중대는 어디에도 보이질 않더구나. 야영준비를 마치고 눈이 빠져라 고대했지만, 부대는 종내 무소식이었다. 대신 무서운 눈보라만 휘몰아쳐 왔구나. 밤새 눈보라가 산등성이를 몰매질 놓는 소리가 들려왔다. 정말 혹독한 폭설에다 무서운 눈보라였단다. 눈은 다음 날에도 계속 내렸고 온몸을 날려 버릴 것 같은 바람도 여전했다. 무전은 여전히 불통이었다. 그 다음 날에도 또 그 다음 날에도……. 우리는 꼼짝없이 고립되었음을 깨달았다. 먼저 식량이 떨어졌다. 불을 피울 마른 나무도 더 이상 구할 수가 없었단다.

그 와중에서도 공비들의 기습이 두려워 보초를 세우지 않을 수 없었구나. 그러나 보초근무를 나간 대원은 다음 날 아침이면 웅크린 채 얼어 죽은 시체로 발견되곤 했다. 대원들의 손발에 너나없이 얼음이 박혀 들었고 기아와 추위에 대원들은 하나둘 쓰러지기 시작했다. 죽어가는 부하들을 지켜볼 수밖에 없는 이 애비의 심정은 어떠했겠느냐. 그때만큼 지휘관이 된 걸 후회해 본 적이 없었단다.

꼬박 6일 만에야 눈이 그치고 눈부신 햇살이 그 산비탈을 비추었을 땐 대원 전체의 삼분의 일 이상이 굶주림과 추위에 희생되어 있었다. 나머지도 성한 사람이 거의 없었다. 우리는 신음하는 전우를 들것에 매고 하산을 시작했다. 하산 길은 더 힘들고 고통스러웠다. 걷다가 눈 위에 쓰러져 잠이 드는 대원도 있었단다. 아범아, 그때를 회상하면 지금도 등줄기에 소름이 돋는구나. 오오, 그 추위, 그 배고픔……. 우리는 아무것도 생각할 수 없었다. 오직 내려가야 산다는 일념뿐이었다. 신기하게도 우리는 공비들 생각을 까맣게 잊고 있었구나. 한데 요란한 총소리가 우리의 발길을 묶은 것은 거림마을을 향해 출발한 지 두 시간이 채 못 되어서였단다.

음양수의 샘물로 목을 축이고 세석평전으로 향했다. 거기서 세석까지는 금방이었다. 숲을 빠져나와 고원의 첫머리에 들어섰을 때 지연의 일행을 맞이해 준 것은 그 너른 너덜겅을 빼곡히 채우고 있는 텐트의 물결이었다. 울긋불긋한 원색 텐트의 군락이 반야봉 쪽에서 밀려오는 노을빛과 어우러져 철쭉의 단풍을 무색하게 했다. 산장의 스피커에서는 '아, 대한민국'이 흘러나오고 각종 산악회의 깃발들이 만장처럼 펄럭였다. 샘가에는 물을 받으려는 사람들로 장사진을 이루었다. 밥 타는 냄새와 된장국 끓이는 냄새, 저 도회지에 두고 온 일상의 냄새들이 고지를 점령한 채 바람에 떠밀려 다녔다. 지연은 무언가에 속은 기분이었다. 지리산은 이미 영산도 악산도 아니었다. 등산객이 버린 쓰레기에 몸살을 앓고 있는 노회한 거산에 지나지 않았다.

산장 주위에서 끝내 텐트 칠 자리를 발견하지 못한 지연과 영모는 자드락을 기어올라 촛대봉 정상에 올랐다. 멀리 서편으로 등황색으로 타오르는 노을 속에 고개 숙인 칠선봉과 토끼봉이 묵상에 잠겨 있었고, 발아래로 끝없이 중첩하고 교차한 능선들이 보랏빛 저녁 이내에 싸여 푸른 등줄기를 굽힌 채 부복해 있었다. 어디선가 호오이―, 소리 높여 외치는 소리가 메아리쳐 왔다.

"워어이― !"

거기에 화답하듯, 영모가 손나팔을 만들어 목청껏 소리를 질렀다. 약속처럼 청정한 메아리가 되돌아왔다. 영모의 외침은 몇 번이고 되풀이 되었다.

총을 쏘며 산비탈을 새까맣게 쏟아져 내려오는 공비들을 보고도 우리는 그저 멍하니 서 있었단다. 숨고 달리고 총을 쏘고 하는 일련의 동작을 해낼 만한 기력이 우리에겐 남아 있지 않았다. 또한 그럴 의지조차 없었다. 우리는 순순히 손을 들고 말았다. 그리고 재빨리 체념했다. 우리의 목숨에 대하여…… 전투에 투입된 이래로 수없이 보아왔던 처참한 시체들. 묻지도 않아 산짐승에 파먹

힌 버려진 시체들. 우리들도 미상불 그런 시체의 하나로 이름 모
를 산골짜기에 버려지리라 생각했다.

즉각 무장해제를 당한 우리는 줄줄이 빨치산의 아지트로 끌려갔
다. 그들의 아지트에는 많은 빨치산들이 우리를 구경하기 위해
몰려나와 있었다. 그네들 중에는 놀랍게도 아기를 업은 아낙네도
보였다. 전쟁 초기 지방 빨치산 중에는 온 가족이 입산하기도 했
다는 말을 듣긴 했지만 아무리 생각해도 신기해 보였다.

눈 위에 꿇어 엎드려 이제나저제나 하고 죽음의 순간을 기다리고
있는 우리에게 뜻밖에도 주먹밥이 배급되었다. 김이 무럭무럭 나
는 주먹밥. 아아, 그 향기로운 밥 냄새. 우리는 당장 죽게 된다는
공포감도 잊은 채 걸귀들 모양 아귀아귀 먹어치우기 시작했다.

이윽고 나와 이웃 소대의 김 소위는 그들의 토굴 같은 어느 비트
로 끌려갔다. 어두컴컴한 토굴 속에는 촛불이 켜져 있고, 개털잠
바의 사내와 인민군관복 차림의 사내가 통나무 위에 앉아 있었
다. 야윈 얼굴에 눈빛만이 형형히 빛나는 개털잠바의 사내가 이
것저것 묻기 시작했다. 우리는 자포자기의 심정으로 사내가 묻는
대로 순순히 대답했다. 심문이 끝나자 그 사내는 한동안 말이 없
었다. 깊은 생각에 빠진 눈빛이었다.

"좋소. 당신들을 보내주겠소. 따지고 보면 당신들도 농민의 아들
이 아니겠소. 대신, 다시는 우리를 적대시해선 안 되오. 다시는 우
리에게 총부리를 들이대선 안 되오. 아시겠소?"

오랜 침묵 끝에 입을 연 사내의 말은 믿을 수 없는 것이었다. 나는
내 귀를 의심했다. 우리를 살려 보내준다니.

"아, 알겠습니다."

김 소위와 나는 엉겁결에 대답했다.

"맹세할 수 있소?"

사내는 우리의 눈을 정면으로 뚫어질 듯 쳐다보며 다짐을 놓았다. 우리는 다시 머리를 강하게 끄덕였다.

"동무, 이 일에 대해선 전적으로 동무가 책임을 져야 하오."

그때까지 옆에서 잔뜩 불만스런 눈빛을 굴리고 있던 군관복의 사내가 씹어 뱉듯 내쏘곤 벌떡 일어나 나가버렸다. 개털잠바의 사내는 우리에게 손짓으로 조용히 나가라고 지시했다. 우리가 대원들에게 돌아왔을 때 군관복의 사내는 대원들에게 빨치산 선전을 장황하게 늘어놓고 있었다.

"……우리 영용한 빨치산 전사들은 동무들을 모두 살려 보내기로 결정했음메. 동무들이 미제의 폭압에 어쩔 수 없이 국방군에 들어왔음을 우리들은 잘 알고 있음메. 그러니끼니……."

사내의 말이 여기에 이르자 우리 대원들 사이에서 환성이 터져 나왔다. 다들 도무지 믿지 못하겠다는 표정들이었다. 당장 눈물을 뚝뚝 흘리는 치도 있었다. 그런 대원 중 몇은 돌아가지 않고 빨치산에 남겠다고 나서기도 했단다.

질 좋은 우리 군복을 탐낸 빨치산들과 옷을 바꿔 입고 우리는 다시 하산을 시작했다. 뒤에서 빨치산들이 우렁찬 적기가로 우리를 환송하더구나.

하루의 쇠잔한 노을이 마지막 숨을 죽이자 골짜기에 끈끈하게 고여 있던 어둠이 능선을 타고 넘어왔다. 차가워진 고지의 칼바람이 갈퀴질하듯 촛대봉을 넘나들었다. 내려다뵈는 세석평전은 수많은 모닥불을 지펴놓은 듯한 불야성의 장관을 이루고 있었다.

갑자기 요란한 꽹과리 소리가 울려왔다. 산장 앞의 빈터에서 횃불들이 원을 그리며 돌고 있었다. 서두를 잡은 꽹과리 소리에 북소리와 장구소리, 징소리가 어우러지면서 역동적인 화음을 엮어 나갔다. 그 소리는 어둠을 흔들고 골짜기와 봉우리를 흔들고 하늘로 퍼져 올랐다. 횃불의 원무가 빨라지면서 풍물소리도 잦은 장단으로 자지러졌다. 어깨춤을 덩실거리며 춤판에 뛰어드는 사람들의 몸짓이 마디마디 끊겨 보였다.

"그때도 사람들이 이렇게 많았을까? 한때는 그들로 이 지리산이 새까맸었다는데……."

바위에 걸터앉아 춤판을 내려다보던 영모가 지연에게 소주잔을 내밀며 중얼거렸다. 지연은 주저없이 술잔을 받았다. 술은 지독히 쓰고 차가웠다. 목젖에서 명치까지 뜨거운 열기가 훑고 지나갔다. 둥둥, 북소리가 유난히 돋들렸다. 고원 가득히 수십, 수백으로 지펴진 화톳불 가에 총을 멘 사내들이 둘러앉아 있다. 여긴가 저긴가 어디쯤 커다란 장작불 가에서 러시아 민속춤을 호기롭게 추는 사내들도 보인다. 지연은 고원의 광경을 그렇게 대치시키고 있는 자신에 놀라 영모에게 종이컵을 황급히 돌려주었다.

그로부터 한 시간 남짓 후, 우리는 그렇게 학수고대했던 중대와 조우했다. 폭설로 길이 막혀 있던 중대가 우리를 찾아 올라오고 있었던 것이다.

나는 급히 중대장에게 전말을 보고했단다. 보고를 듣는 중대장의 얼굴에 회심의 미소가 어려 들고 있더구나.

"아직도 그 놈들이 거기에 있겠지?"

중대장은 기습을 생각하고 있었다. 그리고 길잡이로 나와 몸이 성한 하중사를 지목했다. 아범아, 그때 나는 중대장을 후려갈기고 싶었단다. 결코 방금 우리를 살려 보내준 그 사람들에게 총질을 하러 가고 싶지가 않았다. 아니, 절대로 그 빨치산 대장과의 약속을 저버리고 싶지 않았다. 그러나 어쩌랴, 명령인 것을.

우리가 빨치산의 트에 접근했을 때 치열한 교전이 있었다. 빨치산들은 이미 노출된 트를 버리고 이동 준비를 하고 있었던 모양이었다. 그러나 우리가 그렇게 빨리 기습해 오리라곤 예상하지 못했던 듯 당황하는 기색이 역력했다. 그들은 곧 후퇴하기 시작했다.

우리가 점령했을 때 빨치산의 트는 두세 구의 시체만 뒹굴 뿐 텅 비어 있었다. 중대는 주위를 샅샅이 수색하기 시작했다.

"소대장님!"

하중사가 허리를 굽힌 채 나를 불렀다.

"안에 누가 있습니다."

하중사는 바윗돌과 산죽으로 위장된 비트를 총검으로 가리켰다.

귀를 기울이자 멀리서 들리는 고양이 울음소리 같은 게 들렸다. 조심스럽게 거죽을 들어내었다. 그런데 비트 안에는 산발한 여자가 누운 채 검은 눈동자로 나를 빤히 올려다보고 있지 않느냐. 기겁을 해서 뒤로 물러섰지만 여자는 꿈쩍도 하지 않았다. 그녀는 이미 가슴에 치명상을 입고 죽어 있었다. 울음소리는 그 여자가 꼭 껴안고 있는 보퉁이에서 나고 있었다. 나는 여자의 가슴에서 그것을 빼 들었다. 그러자 보퉁이에서 자지러지는 아기 울음소리가 터져 나왔다. 여러 겹으로 싼 보자기를 풀어 헤쳤을 때, 오오, 거기엔 배냇머리가 보송보송한 사내아이가 붉은 얼굴로 울고 있었단다.

"빨갱이 것의 새끼, 그냥 내버려둡시다. 짐승들 밥이나 되게. 까짓것!"

인민군에게 부모를 잃었다는 하중사가 등 뒤에서 연신 침을 퉤퉤 뱉었다.

나는 말없이 아이를 안고 돌아섰다. 갑자기 가슴이 왈랑왈랑 뛰기 시작하더구나. 그때 나는 어쩌면 우리를 살려주었던 그 개털잠바의 사내의 형형한 눈빛을 생각하고 있었는지 모르겠구나.

부대로 귀환한 나는 눈보라 속에서 얻은 동상이 덧나, 발가락 셋을 절단하고 제대했다. 군문을 나서자마자 내가 제일 먼저 달려간 곳은 그 아이가 맡겨져 있던 고아원이었다. 그리고 그 아이를 내 호적에 입적시켰다. 그 아기를 내 손으로 키우는 것이 나에게 덤의 인생을 내려준 조물주의 섭리라고 믿으면서…….

원경 애비야.

그리하여 너는 나의 아들이 되었다.

두 번째의 술병까지 다 비운 영모는 까무룩히 잠이 들었다. 텐트의 천정에 매달린 가스등의 푸른 풀빛에 드러난 영모의 잠든 얼굴이 슬퍼 보였다.

촛대봉을 넘어가는 밤바람이 긴 꼬리를 끌며, 무언가를 두들겨 일깨우는 손짓으로 자꾸만 텐트를 흔들었다. 지연은 여전히 바람소리에 실려 오는 산장의 풍물 소리를 듣고 있었다.

"아버지의 유서를 처음 읽었을 때 내가 느낀 것은, 뭐랄까, 어떤 무서운 전율 같은 것이었어. 실핏줄의 하나하나까지 송두리째 일어서는 두려운 떨림이었지. 하지만 그 떨림의 정체를 알 수 없었던 거야. 무엇이 그토록 나를 두렵게 하는 것인지……. 그걸 확인하고자 이 골짜기를 혼자서 대여섯 번도 더 미친 듯이 헤매어 다녔지. 그 결과 희미하게나마 한 가지 깨달은 것은 내가 고아라는 사실을 오랫동안 잊고 있었다는 점이야. 살기에 급급해서, 혹은 이만큼 살게 된 게 흥감스러워서, 그 행운을 향유하는 데 몰두해서 내가 누군지

조차 까맣게 잊어버리고 있었다는 거야……."

마지막 술잔을 비우며 영모가 자조적으로 뱉었던 말이 귓가에 맴돌았다.

지연은 살며시 텐트를 빠져나와 촛대봉 정상에 올랐다. 차가운 바람이 기다렸다는 듯이 뺨을 할퀴었다. 한창 절정을 향해 치닫는 사물놀이의 타음이 바람에 밀려왔다. 횃불들은 커다란 모닥불로 바뀌어 있었다. 모닥불 주위에 아직도 흥을 파하지 못한 사람들의 춤사위가 출렁였다.

아득히 멀리 평지의 불빛들이 오딧빛 어둠 속에서 잔별들처럼 흩뿌려졌다. 지리산은 산자락마다 마을의 불빛을 어미닭처럼 품은 채 어둡고 무겁게 누웠다.

산장 앞의 모닥불이 기름을 부은 듯 풀썩 솟구쳤다. 마지막 흐드러진 한 마당을 예감케 하며 상쇠재비의 꽹과리 소리가 덧불처럼 도드라져 올랐다.

지연은 잔돌이 밟히는 비탈길로 내려섰다. 춤꾼의 무리에 어울려 한바탕 신명 난 어깨춤을 추고 싶다는 충동이 갈증처럼 일어났다.

갑자기 모닥불의 불꽃들이 저마다 붉은 머리를 풀어 올리며 합창으로 외치는 소리가 들려왔다. 낮게 시작된 그 소리는 점점 높아지면서 고원의 어둠을 흔들었다. 그것은 마치 지리산이 거대한 저음으로 우는 소리 같았다. 지연은 걸음을 재게 놀렸다.

"천하영산 지리산에 영험 높은 산신령님."

"얼싸 얼싸 산신령님."

"어리석은 우리 중생 소원 풀이 들어보소."

"얼싸 얼싸 들어보소."

"남문 대감 북문 대감 아량 깊은 산신령님네."

"얼싸 얼싸 산신령님네."

"시퍼런 우리네 가슴 한풀이나 들어주소."

"들어주소. 들어주소."

"지리산에 봄이 오면 칼날 같은 얼음도 녹고."

"얼싸 얼싸 얼음 녹고."

"천왕봉의 거친 구름 산지사방 풀리는데."

"얼싸 얼싸 풀리는데."

"백년 천년 중음신 신세 풀릴 날이 없삽네다."

"얼싸 얼싸 없삽네다."

"황천 천리 피맺힌 걸음 쉬어 갈 곳 없삽네다."

"없삽네다. 없삽네다."

메기고 받는 소리가 밤메아리로 되돌아왔다. 그 소리 사이로 시아버지의 음성이 들리고 있었다.

원경 애비야.

처음과는 달리 이 이야기를 끝마치는 지금 이 애비는 기쁘구나. 그것은 아마 너에게는 평생 가슴의 못이 될지도 모르겠다만 어쨌거나 너의 원래 핏줄을 조금이나마 확인시켜 주었다는 안도감 때문일 게다. 그 핏줄은 너의 것만이 아니라, 저 먼 고래(古來)로부터 너에게 이어져 다시 너의 자식과 자손으로 뻗어나갈 소중한 것이라 믿는다.

아범아.

이 애비는 사상이 뭔지 역사가 뭔지 아직도 잘 모른다. 하지만 결국 우리를 살게 하는 것이 핏줄이란 것만은 안다.

아범아.

나는 때때로 예수쟁이들이 믿는 그 하나님이 존재한다고 느낀단다. 그때 그 빨치산 대장이 우릴 살려준 것과 내가 너를 발견하고 부자지간의 인연을 맺게 된 사실 사이에는 아무래도 불가사의한 어떤 신비로운 손길의 작용이 있었으리라 믿어질 때가 있다. 그 손길의 의도가 무엇인지는 우리로서야 알 길이 없겠다만······.

험한 세월이 맺어준 너와 나의 인연이었다만, 나는 너로 인해 내 인생이 보다 기쁘고 흐뭇했다고 확신한다. 네가 어렸을 적에 천진난만하게 웃던 웃음이 지금 왜 생각날까?

또 통증이 몰려오는구나. 진통제의 약효가 다한 모양이다. 간호원을 불러야겠다. 이만 줄이마. 이승에서 하는 이 애비의 마지막 이 말들이 부디 너에게 의미 있기를 빈다. 잘 있거라. 사랑하는 나의 아들아.

풍물소리가 훨씬 가까워졌다. 모든 잠자는 것들을 두들겨 일깨우듯 그것은 마지막 절정을 향해 치닫고 있었다.

무겁게 누워 있던 지리산이 꿈틀거리며 우쭐우쭐 일어서고 있었다. 지리산은 전설 속에서 몸을 털고 일어서며 지연의 발밑을 측량할 길 없는 거대한 힘으로 밀어올렸다. 그 힘은 지연의 단단한 일상의 갑옷을 뚫고 들어와 그녀의 온몸을 채웠다. 그리고 그 힘이 춤사위가 달아오른 모닥불 가를 향해 지연을 밀어갔다.

거의 뛴 걸음으로 허둥대던 지연은 기어코 자갈길에 미끄러지고 말았다. 아팠다. 그 어두운 고원에서······.

아이들 생각이 났다.

(1990년)

집이 있는 유빈 풍경

내가 까마득한 기억 속에 파묻혀 있던 그 집을 다시 떠올리게 된 것은, 결혼 생활 8년 만에야 전세방 신세를 면하고 내 집을 마련했다는 감격과 흥분이 한 차례 지나가고 난 다음에 오게 된 일종의 허무감 때문이었는지도 모른다. 삼류 소설에 흔히 등장하는 낡은 주제처럼 열렬히 갈망하던 대상을 성취하고 난 뒤의 그 낭만적인 허무감 말이다.

기실 우리 네 식구가 내 변변찮은 월급에 목을 매고 있는 형편이고, 게다가 부동산 시세가 미친년 치맛자락처럼 치솟아 오르는 요 근래 몇 년 동안의 세태이고 보면, 그 와중에서 22평의 초라한 시민아파트나마 어엿하게 내 이름 석 자로 등기할 수 있었다는 사실은 분명 기적 같은 일이었다. 그래서 과잣값 몇 푼에도 아이들과 드잡이를 해가며 애면글면 적금을 부어온 아내의 감격은 한층 더했으리라.

이사하던 날 우리 네 식구는 황금 같은 연휴 이틀을 꼬박 가구를 옮기고 짐을 정리하는 데 소비하면서도 종달새 가족처럼 즐거울 수가 있었다. 이미 닦아낸 거실 바닥을 일삼아 몇 번이고 다시 훔치곤 하던 아내는 그날 밤 잠자리에서 실없이 내 손을 잡아 보기도 했고 평소의 그녀답지 않게 먼저 내 품을 찾아 파고들기까지 했다.

　세상살이가 새삼 고달프게만 느껴지는 날, 한밤중에 좁은 셋방에서 홀로 깨어 곤히 잠든 아이의 얼굴을 내려다보며 아득한 비애로 가슴 저려 보지 못한 사람은 결코 그 즐거움과 홍감을 이해하지 못할 것이다. 어느 날 갑자기 올려 달라는 전셋값을 감당하지 못해 변두리로, 변두리로 짐승처럼 내쫓겨야 하는 참담함을 경험해 보지 못한 사람은 그 즐거움도 누릴 권리가 없다.

　문 밖으로, 집이라는 존재 밖으로 내쫓겨지는 경험, 그것은 단순히 가난하다는 의미만을 내포하지 않는다. 그것은 인간의 적의와 세계의 적의가 차가운 악수를 나누는 경험이며 조금 과장되게 말하자면 인간 존재를 지탱케 하는 원초적이고 최소한의 보호의 울타리를 상실하는 경험이다.

　가스통 바슐라르가 말했던가. '집은 육체이며 영혼이자 인간 존재의 최초의 세계이며, 또한 그것은 정녕 하나의 우주이다. 집은 인간의 사상과 추억과 꿈을 통합하는 가장 큰 힘이다.'라고.

　순전히 그의 이론에 기대어 나는 다소 왜곡되고 다소 거창하지만, 집이란 존재에서 쫓겨난 사람은 육체와 영혼, 사상과 추억과 꿈을 빼앗겨 버린 사람임을 감히 주장하고 싶다.

　이제는 누구도 쫓아낼 사람이 없는 완전한 내 소유의 집을 장만했다는 감격에서 어느 정도 놓여났을 무렵, 나는 이렇듯 집에 대한 여러 가지 상념들을 좇고 있었는데, 그러자 내 머리 속에 아득한 유년시절에 만났던 어떤 집의 모습 하나가 우연히, 그러나 확연히 떠오르는 것이었다.―아니 그것은 엄격히 말해서 집이 아니라 방이라고 해야 옳을 것이다.―오랫동안 까맣게 잊고 있었던 기억의 들판에서 그 집(방)은 하나씩 제 모습을 찾아가더니만 급기야 온전히 옛 모습 그대로 생생히 내 눈앞에 그려지기 시작했다. 그 집에 대한 그 느닷없는 상기는 내가 생각해도 참 생급스럽다는 느낌이었다.

그러나 그 집에 대한 내 기억의 정확성을 자신할 수는 없다. 어쩌면 그 집은 퇴락한 내 기억이 굴절현상을 일으킨 결과로 형성된 몽상 속의 집일 수도 있고, 내 상상력이 만들어 낸 허구의 집일 수도 있다. 허나 꿈이나 상상력이 때로는 이성보다 강할 수 있음을 아는 자는 행복할진저—.

또한 그 집에 대한 내 추억은 결과적으로 썩 유쾌한 것이 못 된다. 그것은 내가, 아니 우리가 최초로 경험한 '쫓겨남'의 기억이며 나의(우리의) 서러움의 시작이었는지도 모르기 때문이다.

학교 앞산의 오리목 숲이 갈매빛으로 물들어 가던 그해 오월, 교정에서 대하는 선생님들의 태도가 어딘가 딱딱하게 굳어져 있음을 우리는 눈치 빠르게 알아챘다. 전체 조례시간에 운동장의 높직한 조례대 위에서 행해지던 교장선생님의 훈시 말씀이 전보다 훨씬 지루하게 길어졌고, 목소리엔 까닭 모를 힘이 들어 있었다. 교장 선생님은 훈시 도중 평소의 그답지 않게 때때로 조례탁의 옆구리를 쳐가며 턱없이 언성을 높이곤 했다. 그때마다 낡은 스피커에선 갈라진 고음이 왕왕대며 터져 나왔다. 한바탕 장황한 훈시를 마치고 조례대를 내려서는 교장선생님은 더운 날씨가 아닌데도 불구하고 손수건으로 벗겨진 이마를 훔치는 것이었다. 선생님들은 교정 여기저기서 몇 사람 모이기만 하면 낮고 심각한 어조로 수군거렸다. 그것은 어딘가 억눌려 있는 듯한 어두운 느낌을 주었다.

우리는 꼭 한 해 전에도 이와 비슷한 술렁거림이 있었다는 사실을 재빠르게 기억해 냈다. 대학생 형들에게 독립투사 출신인 노대통령이 쫓겨났다는 그 놀라운 일 말이다. 그때도 어른들은 끼리끼리 만나기만 하면 은밀한 목소리로 수군거렸고, 곧잘 '시위'니, '데모'니, '의거'라는 대단히 이해하기 어려운 단어들을 입에 올리곤 했다. 그러나 그때와는 사뭇 다른 분위기였다. 한 해 전엔 어른들의 수군거림 속에 간간이 기분 좋은 너털웃음이 섞여 있었으나 지금은 완연히 달라 보였다. 어른들의 표정에는 어둡고 알 수 없는 불안감이 명백히 드러나 보였다.

하지만 그것은 어디까지나 철이 든 후 되돌아본 느낌일 뿐, 당시의 우리들은 아무도 어른들의 표정이나 몸짓에 묻어 있는 그 불안감에 관심하지 않았다. 그것이 차를 타고도 반나절을 가야 한다는, 한 번도 가 보지 못한 대처에서 몰려온 것이란 막연한 느낌을 가진 아이들은 몇 있었는지는 몰라도, 교장선생님의 훈시에서나 어른들의 수군거림 속에서 유난히 돋들리던 군사혁명이니 쿠데타니 하는 말조차 제대로 이해할 수 있는 아이는 우리들 중 아무도 없었다. 아닌 게 아니라 그것은 그 당시 산골 초등학교 4, 5학년에 불과한 우리들로서는 지극히 당연한 노릇이었다. 그것은 우리들과는 상관없는 어른들의 세계였고, 그들의 일이었다. 우리들은 그저 학교에서 놓여나기 바쁘게 온 들판과 산골짜기를 싸돌아다니며 새로운 놀잇감을 찾기에 여념이 없었던 즐거운 부룩송아지 떼였을 뿐이다.

보리 이삭이 훈풍에 황금빛 물결을 자아내는 들판이나 나뭇잎과 풀잎들이 젖꽃판빛으로 짙어 가던 산등성이는 우리들의 훌륭한 놀이터였으며 놀랍고 신비한 보물창고였다.

보리깜부기는 처음엔 텁텁하고 나중엔 익살맞은 맛이다. 그놈을 눈에 보이는 대로 뽑아 먹고 웃을라치면 우리들은 모두 이빨이 몽땅 빠진 마귀할멈이 되었다. 서로의 시커먼 입들을 쳐다보며 우리들은 참으로 맛나게 웃어 댔다. 보리밭 사이로 어쩌다 끼어 있는 밀밭은 서리의 좋은 표적이 되었다. 낫으로 밀대째 한 아름씩 베어 안고 외진 산골짜기로 몰려가 모닥불을 지폈다. 적당히 구워진 햇밀알을 손바닥으로 비벼 꺼끄러기를 불어내고 먹는 그 고소한 맛이란……. 서리해서 먹는 것은 언제나 배로 맛있는 법이었다. 그러나 재수 없게 연기 가닥을 보고 뒤쫓아 온 밭주인에게 들키는 날엔 우리는 모두 불맞은 거미 떼처럼 흩어져 산등성이로 내빼지 않을 수 없었다.

산등성이 다복솔 사이엔 망개나무 잎사귀가 지천이었다. 그 넓고 단단하고 윤기 나는 잎사귀는 마른 억새 줄기를 끊어서 바늘처럼 꿰면 멋진 투구와 갑옷이 되어 주었다. 거기에다 소나무 가지를 꺾어 쥐기만 하면 우리들은 저마다 용감한 장군이 될 수 있었다. 무성한 개암나무의 잎새를 헤쳐 보면 가시내 속살같이 하얗게 여물어 가는 풋개암이 숨어 있었다. 풀섶을 뒤져 알록달록한 산새알을 찾아내었을 때의 그 환희는 우리를 얼마나 달뜨게 했던가. 참꽃과 함께 아카시아 꽃은 먹을 수 있는 몇 안 되는 꽃 중의 하나였다. 그 하얗고 탐스런 꽃잎을 송이째로 씹어 먹으면 뱃속까지 향기로워지는 느낌이었다.

비록 참꽃과 깜부기와 아카시아 꽃으로 그 끈덕지던 허기를 달래야 했던 적빈의 유년이었지만 지금도 내 의식 속에 샘물처럼 고여 있는 그 아름다운 시절이여.

그러나 추억은 늘상 아름답게 채색되는 법이어서 그 속에 내재된 비미적(非美的)인 요소를 종종 가려 버리는 맹목적인 구석이 있다. 그해 유월에 접어들면서부터 갑자기 바뀐 우리들의 놀이 풍속도 그 비미적인 요소의 하나가 아니었나 싶다.

주막거리 지서에 못 보던 군인들이 진주하고 난 뒤부터 우리들 사이엔 전쟁놀이가 시작되었다. 그때까지 전쟁놀이는 우리들 놀이에서 금기시되어 왔던 항목이었다. 그것은 우리들의 유아기 시절에 이 땅에서 일어났던 실제의 전쟁에서 골 깊은 피해의식을 쌓아온 동네 어른들이 이를 철저히 금지시켰기 때문이었다. 그랬던 전쟁놀이가 그때 왜 되살아나게 되었는지 지금도 이해할 수 없는 일이다. 더욱이 그 전쟁놀이라는 것이 망개 잎사귀로 만든 투구와 갑옷을 차려입고 나뭇가지로 칼 쓰는 흉내나 내는 따위의 소박한 성질의 것이 아니었다. 그것은 이미 놀이의 차원을 벗어난 것이었다. 산등성이 하나를 사이에 두고 이웃해 있는 돌은녘 마을의 아이들과 산비탈을 밀어 올라가고 밀려 내려오며 목검과 목봉으로 정말 치고받으며 격렬한 육박전을 전개하는 양상의 것이었다.

돌은녘 마을의 아이들과는 평소 학교에서도 서로 견제하고 경쟁하며 곧잘 톡탁거리는 사이이긴 했지만 그것은 어디까지나 아이들 특유의 유치한 집단의식이나 호승심의 발로였지 사태가 그 지경으로 심각하게 발전할 계제는 아니었다. 그런데도 불구하고 우리들은 그 전쟁에 대하여 지나치게 진지했고 한 번이라도 더 상대방 마을 아이의 옆구리를 후려갈기기 위해 악착을 떨었다. 덕분에 한 차례 전투를 치르고 나면 박이 터져 된장을 찍어 바른 아이, 눈두덩이가 머룻빛으로 부어오른 아이, 팔다리에 멍이 박힌 아이들이 속출했다. 그 당시 농촌 마을이야 대개 다 그랬지만, 한 마을의 아이들은 거개가 같은 성바지에다 멀고 가까운 친척관계이기 십상이었다. 그러다 보니 우리들은 피붙이의 상해에 대한 더 혹독한 복수를 꿈꾸게 되었다. 사정은 이웃 마을에서도 마찬가지였으리라. 그리하여 증오는 증오를 낳고 복수는 또 다른 복수를 낳는다는 악순환의 절대 진리가 이 산골 마을 아이들의 조그만 전쟁놀이에도 어김없이 적용되기에 이르렀다.

그러한 경위로 그 전쟁은 확대일로로 치달았다. 우리들은 학교가 파하기만 하면 뺏고 빼앗길 땅도 없고 전과도 없으며 전리품도 없는 그 끝없는 소모전으로 날을 보냈다. 처음엔 산비탈과 산등성이로 국한되어 있던 전쟁터도 급기야 산비탈의 밭 언저리까지 확대되었다. 한 치의 양보도 있을 수 없었던 그 치열한 전투의 와중에 수확을 눈앞에 두고 있던 여물 대로 여문 보리밭은 금세 쑥대밭으로 변해버렸고 풍성한 풋고추를 거느리고 있던 고추밭은 선불 맞은 멧돼지 새끼마냥 날뛰는 우리들의 발아래 무참히 유린되고 말았다.

비탈밭의 신세들이 요 모양이 되자 그때까지 못마땅한 눈빛으로나마 방관하는 자세를 견지하고 있던 동네 어른들이 즉각적이고 강력하게 이 전쟁에 개입하고 나섰다.

"이 문디 자석들이 하라는 공부는 안 하고 날이모 날마다 남의 밭에서 지랄용천들이여? 이건 언 놈의 새끼가 물어 줄 끼고? 뜯고 싸우모 밥이 나오나 떡이 나오나? 요 멕아지를 비틀어 놓을 놈들아."

전쟁은 갑자기 쫓는 어른들과 요리 매낀 조리 매낀 다람쥐처럼 도망치는 아이들의 싸움으로 변해버렸다. 바지게 작대기를 무지막지하게 휘두르며 쫓아오는 어른들의 전력은 너무나 막강했다. 그래서 우리 용감한 전사들도 어쩔 수 없이 꽁무니가 빠지게 패퇴하여 물러나지 않을 수 없었다.

이후 이 전쟁은 어른들의 강력한 통제로 우여곡절을 거쳐 얼마 지나지 않아 끝이 났다. 그 세세한 경위는 생략하련다. 그 전쟁이 가지는 상징적인 의미는 또 다른 지면의 기회를 기다려서 토로하고 싶거니와 지금 내가 관심하는 것은 그 전쟁에 대한 것이 아니라 그 전쟁의 와중에서 우리가 짓기 시작한 집에 대한 것이기 때문이다.

"봐라, 일마들아. 우리도 말다. 본부를 하나 지야 되겄다. 본부가 없는 군대가 있나 말다."

전쟁이 중반에 접어들었을 무렵이었다. 우리들만의 집을 지어보자고 처음 제안한 것은 우리들의 용감한 대장 철구였다. 덩치도 우리들보다 월등했지만 한두 살 더 먹은 나잇값을 하느라 생각하는 것이 늘 한 발짝 앞서 가는 친구였다.

"햐-. 고거 쌈빡한 생각이다이. 철구 니는 역시 우리 대장인기라."

"본부라 카모 집을 짓자 이 말이가?"

"우리가 집을 우예 짓노? 집 하나 짓는 기 오데 쉽나?"

"에럽을 끼 뭐 있노. 까짓꺼 지모 되제. 쪼맨커로 지모 될 꺼 아이가."

"하모, 쪼맨커로 지모 그거 못 짓겠나."

"그래도 그기 말맨키로 쉬분 기 아이라 칸께 그러네."

"아따, 그 자석. 버찌나무를 삶아 묵었나 뻗대기는 와 그리 뻗대 쌓노. 지보고 안 되모 말모 될 꺼 아이가."

"그렇체. 지보고 안 되모 치아뿔면 되제 뭐."

우리들은 악머구리처럼 제각각 중구난방으로 떠들어댔는데, 그런 양을 가만히 지켜보던 철구가 대장답게 결론을 내렸다.

"조오타, 글모 집을 한 분 지보기로 하겄다. 인자부터는 딴소리 하모 안 된다이?"

이리하여 우리들의 대역사(大役事)는 그 위대한 첫발을 내딛게 되었다. 일단 결론이 내려지자 우리들의 조그만 가슴들은 꿈으로 부풀기 시작했다. 우리들만의 집을 가진다는 것. 그것은 아무리 생각해도 잇몸이 간지럽도록 쟁그라운 일이 아닐 수 없었다. 밤늦게까지 떠들고 놀아도 어른들의 눈치를 볼 필요도 없고 간섭도 받지 않는 우리들만의 공간을 확보한다는 것은 썩 근사하고 생각만 해도 기분 좋은 일임에 틀림없었다.

그것은 우리들만의 비밀스런 집을 소유함으로 해서 어른들 세계의 일부분에 종속되어 있던 우리가 하나의 독립적인 존재로 격상될 수 있다는 의미와, 또한 그 집을 통하여 어른들과의 대등한 관계를 형성하게 되리라는 대단히 주관적이고 막연한 느낌에서 기인하는 것이었다. 말하자면 그 집은 우리들의 자유와 독립의 상징이랄 수 있었다. 물론 그 당시의 우리로서는 그 집의 그러한 의미를 자각할 수 있을 만한 사고력을 갖추지 못했을 뿐만 아니라 그것을 체계적으로 표현할 수 있는 요량도 없었다. 그렇지만 우리들은 본능적으로 그 의미를 체득하고 있었고 우리도 모르는 사이 가슴 깊숙한 곳에 그 느낌을 공유하고 있었다고 함이 타당할 듯싶다. 처음엔 반대 의견을 표명했던 녀석들까지 종당에는 우리들의 집에 대한 긍정적인 꿈들을 이야기하게 되었고 놀라운 열성으로 집을 짓는 작업에 참여하게 되었다는 것이 이를 증거한다 할 것이다.

결국 그 꿈의 아름다운 매력이 산만하고 조급한 아이들에 지나지 않던 우리들로 하여금 그토록 무섭게 단합케 하는 힘이 되어 주었으리라.

집을 짓기 위한 그 첫 단계로 우리는 택지 선정 작업에 착수했다. 거기엔 몇 가지 조건이 제시되었는데, 첫째 마을과 가까우면서 사람들 눈에 잘 띄지 않는 은밀한 곳일 것, 둘째 양지바르며 적의 동향과 기습을 쉽게 탐지할 수 있을 것, 셋째 공격에 대한 방어에 유리할 것 등이 그것이었다. 그 나이의 우리들 새알 같은 머리로 어쩌면 그런 기특하고 대견스런 조건들을 도출해 낼 수 있었는지 지금 생각해도 감탄을 금할 길 없다.

아이들은 각각의 조건에 따라 우리들 꿈의 집이 자리 잡게 될 성스러운 땅으로 여러 장소를 추천했다. 저마다 자신이 추천한 장소가 최적지임을 우겨대는 통에 또 한 차례 와글와글 시끄러웠다. 그러나 답사와 정밀 조사의 결과 그 모든 조건을 충족시키는 곳은 오직 한 군데밖에 없음이 판명되었다.

마을 뒤편 저 멀리 언제나 보랏빛 이내에 이마를 숨기고 병풍처럼 둘러 서 있는 자굴산이 있었다. 그 산의 여러 등줄기 중의 하나가 수많은 골짜기와 야산 등성이를 거느리고 밋밋하게 뻗어 오다가 들판을 만나 길이 막히자 불끈 한 번 솟구쳤다가 풀썩 감돌아 맺힌 듯한 산기슭에 키 낮은 초가지붕들이 어깨들을 맞대고 옹기종기 엎드려 있는 것이 우리 마을이었다. 골담이라고 불리는 산골짜기에서 시작하여 넓은 앞들을 향해 서서히 퍼져나간 마을은 뒷산 꼭대기에서 내려다보면 정확한 부채꼴 모양을 하고 있었다. 그 부채꼴의 양쪽 변이 접하는 곳, 그러니까 마을의 맨 끄트머리에 위치한 성기네 집에서, 사시사철 맑은 계류를 콸콸 쏟아내는 골짜기를 거슬러 오르면 밤나무 숲이 나타났다. 그 숲을 지나면 곧 왼편 산비탈에 대숲이 무성했는데, 우리들이 찾던 땅은 바로 그 대숲 뒤에 숨어 있었다.

그곳은 잘 마른 햇볕이 종일 찾아들었고 바로 뒤의 급한 가풀막과는 대조적으로 편편했으며 나무 한 그루 품고 있지 않은 공지여서 우리들 성터로서는 안성맞춤이었다. 그 땅은 마치 오랫동안 우리의 점지를 기다리고나 있었다는 듯이 무성한 잡초를 인 채 다소곳이 누워 있었다. 게다가 그것은 대숲보다 약간 높이 올라앉아 있어 건너편 산등성이의 공제선과 골짜기가 환히 바라다보였다. 때문에 돌은녘 아이들의 기습을 망 보기에 그저 그만이었다. 또한 공터를 둘러싸고 있는 빽빽한 대숲과 그 앞을 가로질러 흐르는 계류는 천혜의 방벽이 되기에 충분했다. 따라서 그곳은 우리들의 비밀스럽고 성스러운 땅으로 즉각 접수되었다.

택지 선정이 마무리되자 우리는 신속하게 기초공사에 들어갔다. 사방의 벽이 설 곳과 한 칸 방이 될 곳을 반반하게 고르는 정지 작업이 시작되었다. 그러나 그것은 예상 외로 힘든 작업이었다. 우리의 작업은 첫 단계에서부터 자연의 도전에 직면했다. 겉보기에는 부드러운 산흙으로 덮여 있어 수월해 보이던 땅은 한 꺼풀 거죽을 벗겨내자 이빨처럼 굳게 맞물려 있는 돌투성이의 험상궂은 등을 드러냈다. 날카롭게 각이 진 돌들은 우리의 삽날과 괭이 끝을 한사코 거부하며 우리들이 가하는 웬만한 자극쯤은 아예 무시하려 들었다.

그때 우리에게 그토록 단단한 유대의식과 시골 아이들 특유의 우직함이 없었다면 우리는 아마 첫 단계에서 실패하고 말았으리라.

우리는 이미 그 작업의 지난함을 익히 알고 있으면서도 누구 하나 그 작업이 불가능할 것이라고 생각하지 않았다. 서로 경쟁하듯 삽과 괭이를 뺏어 들며 완강한 거부의 몸짓으로 누워 있는 돌투성이 땅과 씨름했다. 그것은 자연과의 또 다른 싸움이었으며 사투였다. 얼굴에는 땀과 먼지가 범벅이 된 더께가 앉고 온몸은 흙벌거숭이가 되었지만 우리는 놀라운 끈기로 그 작업을 수행해 나아갔다. 그땐 그 무엇이 참을성 없는 아이들로 하여금 그토록 치열하게 그 일에 매달리게 만든 것일까. 아마 그것은 명료하고 아름다운 성취 동기가 지칠 줄 모르는 의욕을 고취시켰기 때문이리라.

우리의 그 끈덕짐 앞에 땅은 견고하게 닫고 있던 문을 서서히 열기 시작했다. 최초의 돌멩이 하나가 어렵사리 빠져나오자 뒤따르는 돌은 보다 쉽게 빠졌다. 우리 인생살이의 매사가 그렇듯이.

그 와중에서도 돌은녘 아이들과 몇 차례 치열한 접전을 가졌으므로 정지 작업은 꽤 오랜 시일을 소요케 했다. 정지 작업의 완료와 거의 동시에 그 어리석은 전쟁도 끝이 난 것으로 기억된다. 종전과 더불어 그 집은 이제 본래 의도되었던 지휘 본부라는 군사적인 가치를 상실했다. 그러나 집을 짓는 데 대한 우리의 열정을 조금도 위축되지 않았다. 이미 그 집은 우리의 가슴 속에 단단한 기둥과 대들보로 너무도 확실히 지어져 있었던 것이다. 그것은 아직 실체를 가지지 못한 허구의 집이면서도 우리에게 돌이킬 수 없는 중대한 의미의 존재가 되어 있었다. 그 의미는 군사적인 가치와는 애당초 차원이 다른 그 무엇이었다. 애초에 그 집은 우리에게 자유와 독립을 약속했다. 그 약속에 대한 우리의 열망이 이미 일종의 신앙적인 형태로까지 발전해 있었다고 본다면 한낱 유년의 추억에 지나치게 과장된 의미를 부여하는 어리석음이 될까. 아무튼 나는 지금도 그때 그 집을 향한 우리의 유난했던 집착의 이유가 어디에 있었는지 알지 못한다.

계절은 바뀌어 여름이 성큼 다가와 있었다. 여름 방학이 시작되면서부터 작업은 한층 쾌속으로 진척되어 갔다. 통나무로 네 기둥을 세우고, 짚을 썰어 넣은 흙 반죽을 벽돌 모양으로 찍어내어 사방 벽을 쌓고 대들보와 서까래를 짜 올리고, 싸리다발과 짚 이엉으로 지붕을 해 올리면서 우리들이 겪어야 했던 그 참담한 실패들에 대해 여기서 더 이상 상술하는 것은 무의미할 듯하다. 벽을 무너지지 않게 똑바로 쌓아 올리거나 문틀 위에 다시 벽돌을 쌓는 올바른 지혜를 터득하기엔 우리들은 너무 어렸고 어설픈 햇병아리 기술자에 불과했다. 또한 대들보와 서까래가 가지는 그 오묘한 역학관계를 이해하기엔 우리들의 눈 깜냥이 턱없이 모자랐다. 그런 우리들의 솜씨로 쌓아 올린 벽 모양새와 지붕의 모양새가 어떠했으리라는 것은 삼척동자라도 능히 짐작할 수 있는 바가 아니겠는가.

보다 중요한 것은 지루하게 거듭된 시행착오와 거기에 비례한 초라하고 빈곤한 성과에도 불구하고 우리들의 추진력과 끈기는 놀라웠고 우리들이 누린 노동의 즐거움은 참으로 값진 것이었다는 사실이다.

기둥을 세우면서 우리는 그것이 우리들의 집뿐만 아니라 온 하늘과 온 우주까지 떠받쳐 주리라 확신했다. 우리가 세운 그 기둥은 당시 우리들에게는 세계의 중심이며 우주의 중심을 나타내는 찬란하고 아름다운 푯대였는지도 모른다. 우리가 쌓아올린 벽은 이쪽과 저쪽을 나누는 차단의 의미가 아니라 오히려 새로운 공간, 새로운 세계의 창조와 거기에로의 진입을 의미하는 것이었는지도 모른다. 우리가 생소나무를 통째로 베어 와 짜 맞춘 그 문설주와 봉창 틀은 그 새로운 세계와 저 무한한 우주로 통하는 통로였는지도 모른다. 어쩌면…….

아무튼 우리들의 악전고투와 우여곡절의 결과 집 비슷한 물건 하나가 그 역사적인 완성을 본 것은 여름방학이 다 가기 전이었다. 문짝을 대신하여 거적때기 가마니 한 장을 문중방에 내거는 작업을 점정(點睛)으로 우리들의 집은 그 완벽하고 찬란한 웅자를 드러냈다. 적어도 우리의 눈에는 그렇게 보였지만 실제로 그것은 대단히 우스꽝스럽고 차마 집이라고 부르기조차 민망스러운 몰골의, 방 한 칸짜리 움막이었다. 군데군데 휘어진 벽은 곧 무너져 내릴 듯했고, 지붕은 산발한 머리채 모양 들쑥날쑥 치솟아 올라 그 집이 방금 잠자리에서 깨어난 것처럼 보이게 했다. 바닥엔 구들 대신 짚단을 깔아서 외양간과 썩 닮았다. 게다가 그 방이라는 게 우리들이 모두 들어서면 몸을 함부로 놀릴 수조차 없을 지경으로 좁아터졌다.

그러나 그런 모든 열악한 형상에도 불구하고 그 집은, 이 세상에 태어나 최초로 스스로의 힘으로 집을 지었다는 감격과 흥분에 들 뜬 우리들의 눈엔 더할 수 없이 아름답고 우아한 전당으로 비쳤다. 때문에 집을 완성하던 날 우리들이 누렸던 기쁨은 실로 대단한 것이었다. 귀 떨어진 개다리소반에 골짜기의 물을 정화수로 받쳐놓고 고사를 지낼 때는 우리들은 숙연한 재배를 드렸고, 개떡을 나눠 먹으며 마음껏 우리들의 은밀한 거소(居所)의 탄생을 자축하였다. 밤 늦도록 집 앞에 모닥불을 지피고 목청껏 노래했으며, 어지간히 흥들이 오르자 양철통을 요란히 두드리고 괴성을 질러대며 집 주위를 빙글빙글 돌며 춤을 추었다. 그때 우리들이 느꼈던 어린 환희를 누가 유치한 것이라 매도할 수 있으랴. 여름 내내 우리들이 바쳤던 그 치열한 열정과 수고로운 땀의 대가인 그 반짝이는 기쁨을.

그해 여름이 다 가도록 우리는 하루도 빠짐없이 소꼴을 뜯는다는 핑계로 그 집에 모였고 그 근처에서 땅뺏기 놀음과 말타기 놀음과 진뺏기 놀음으로 날을 보냈다. 그것은 그 집에 대한 향유의 한 형태가 아니었나 싶다.

그 집을 짓고 있는 동안 그리고 그 집이 완성된 한참 후까지도 그 집의 존재는 동네에서 오직 우리들만이 알고 있었다. 워낙 외진 곳에 위치해 있었고 또한 우리는 약속이나 한 듯 어느 누구도 그 집에 대해 어른들에게 떠벌리지 않았기 때문이었다. 우리들은 본능적으로 그 집이 온전한 그리고 비밀스런 우리들의 것으로 남아 있기 위해서는 외부세력에게 그 집의 존재를 알려서는 안 된다는 생각에 동의하고 있었는지도 모른다. 농사일에 바쁜 동네 어른들도 누구 하나 애 놈들의 장난질에 곁눈질을 줄 겨를이 없었다는 점도 그 집이 오랫동안 우리들만의 비밀로 남을 수 있게 했으리라.

그러나 모든 일에는 예외가 있기 마련이어서 그 집의 존재가 외부 인사에게 들킨 적이 없었던 것은 아니었다.

"오마나, 너거들 예서 뭐하노?"

우리들이 벽 쌓기 작업을 한창 하고 있을 무렵이었다. 철구의 누나인 귀분이 누나가 뜻밖에도 우리들의 작업 현장에 나타난 것이었다. 산나물을 캐러 온 것인지 바구니를 옆구리에 끼었다. 귀분이 누나는 당시만 해도 우리 동네에서 몇 안 되는 여고 출신이었고, 얼굴이 복스럽고 몸매가 실팍한 처녀였다. 마음씨도 고와서 우리들을 무척 귀여워해 주었는데 우리도 그 누나를 퍽 따랐던 것으로 기억된다.

"보모 모리나. 집 짓는 거 아이가."

우리는 어깨를 으쓱이며 자랑스럽게 대답했다.

"너거들이 집을? 얄궂어라. 너거들이 무슨 집을 짓는단 말이고?"

그녀는 곧 코웃음을 칠 표정이었다.

"체, 두고 보거래이. 우리들이 집을 짓나 못 짓나."

"욜마들아, 쓸데없는 짓거리들 말고 소꼴이나 많이 뜯어라."

그녀는 우리들 이마에 꿀밤을 한 대씩 먹이고 깔깔거리며 내려가버렸다.

그것이 우리들의 집이 외부에 알려진 유일한 경우였다. 그러나 그 작은 사건은 곧 잊혀졌다. 그것이 우리들의 집의 비밀스러움에 아무런 위해가 되지 않았기 때문이었다.

이렇듯 안락한 평화의 시대를 구가하던 우리들의 집이 첫 번째 위기를 맞이한 것은 계절이 가을의 문턱에 와 있던 무렵이었다. 여름 내내 골짜기에 무성하던 매미소리가 성기어지고 밤나무 숲의 밤송이가 날로 부풀어가던 어느 날, 우리들의 그 비밀스런 성전이 형뻘 되는 동네 청년들에 의해 점령당하고 만 불행한 사태가 발생한 것이었다. 입대 영장을 받았다는 핑계로, 부뚜막의 부지깽이도 뛴다

48

는 바쁜 농사철에도 이 집 저 집 몰려다니며 술타령만 하던 그들이었다. 우리들이 다분히 전투적인 자세로 몰려갔을 때 그들은 우리들의 성스러운 집에서 불경스럽게도 막걸리 판을 벌이고 있었다.

"아그들아, 이 집은 인자부터 이 헹님들이 좀 써야 되것다. 그런께 너거들은 딴 데 가 놀아라. 알겄냐?"

그들은 벌겋게 달아오른 얼굴로 지독한 술 냄새를 풀풀 풍기며 이렇게 느물거리며 나왔다.

"무신 소리고? 이 집은 우리가 지었는데, 와 형아 너거들이 와 노노? 비키 조라."

즉각적으로 반격을 가하고 나온 것은 역시 우리들의 대장 철구였다.

"요 자석이? 일마야, 헹님들이 좀 쓰겠다 쿠모 그런 줄 알 끼지 무신 잔말이 많노. 쪼맨 자석이……."

"그리는 못 하것다. 얼릉 비키 조라."

"햐-. 요 자석 요거 좀 보소. 좀 맞아야 되겄네. 얼릉 안 꺼지나?"

그들은 종주먹을 들이대며 위협했다. 그렇다고 순순히 물러날 철구가 아니었다.

"때릴라모 오데 때리 봐라."

"요기 보래. 철구, 니 까불다 맞으모 안 아푸나?"

"때리 보라 안 카나. 이기 너거가 지은 집이가. 우리가 짓지."

"요 조막만 한 자석이 진짜 헹님 성질 건디리네."

그들은 기어코 덕석만 한 주먹으로 철구의 머리통을 쥐어박았다. 그것은 신호로 일대 격전이 전개되었다. 그들의 옷자락을 잡고 늘어지고 팔다리를 닥치는 대로 물어 뜯어대면서 우리는 정말 꺽지게 대항했다. 그러나 오랜 전투에 길들여진 우리들이었지만 그들의 감때사나운 완력을 당해낼 수는 없었다. 그들의 드센 주먹에 머리통을 무수히 쥐어박히고 물러날 수밖에 없었다.

그 후에도 우리는 성전 탈환을 꿈꾸며 몇 번 더 그들과 이와 유사한 격투를 벌였지만 결과는 늘 마찬가지였다. 그들은 끄떡도 없이 우리들의 집을 장악하고 있었다. 나중엔 답답하다 못해 어른들에게 탄원까지 해 보았지만 되려 하라는 공부는 안 하고 매일 딴 짓거리라는 통바리만 잔뜩 맞았을 따름이었다. 어른들은 군에 끌려가게 된 그들에겐 관대했고 우리에겐 무관심했다.

그러나 그들의 점령기간은 그리 길지 않았던 것으로 기억된다. 텃밭의 호박이 누렇게 익어가던 무렵 그들은 모두 머리를 박박 깎고 학교 운동장에 모여 입대를 했기 때문이었다. 고맙게도 군대가 그들을 몽땅 끌고 가버린 것이었다.

그들이 우리들의 집을 지배하고 있을 동안 우리는 모든 일이 시들했고 무슨 놀이를 해도 재미머리가 나지 않았다. 자치기를 해도 딱지치기를 해도 숨바꼭질을 해도 예전처럼 신명이 도통 나질 않았다. 해서 절인 배추처럼 풀이 죽어 양지 쪽 담벼락에 기대서서 애꿎은 돌멩이만 툭툭 차대며 무료한 나날들을 보내야 했다.

그러다 그들이 어느 날 갑자기 물러가버리자 우리는 당장 생기를 되찾았고 오래 처박아 두었던 지난날의 목검과 목봉을 꺼내 어깨에 메고 '압박과 설움에서 해방된 민족……'을 호기롭게 불러 젖히며 우리들의 집을 찾아가 광복의 기쁨을 맛보았다. 그날의 감격은 그 집을 처음 지었을 때보다 오히려 더했으리라.

그러나 그 감격은 오래가지 못했다. 제2의 침략자들이 그 집을 다시 빼앗아 버린 것이었다. 추수가 끝난 늦가을의 일이었다. 골짜기는 온통 단풍으로 불타오르고 자굴산의 이마 너머로 구름 한 점 없는 하늘이 눈이 시린 비췻빛으로 익어가고 있었다. 우리들의 집에는 어디서 어떻게 알고 찾아왔는지 밤마다 노름꾼들이 몰려들었다. 그들은 하나같이 눈에 시뻘건 핏발이 내비쳤고 부스스한 머리 모양새를 하고 있었다. 그들 중엔 낯익은 동네 어른도 몇 끼어 있었다. 집 밖에는 솥이 걸려 있었고 뽑힌 닭털이 바람에 날리고 있었다. 그들은 몰려간 우리들을 오히려 의아한 눈초리로 멀뚱히 바라보았는데, 무표정하지만 표독스런 느낌의 그 눈길들에는 무시무시한 위압감이 서려 있었다. 그 인상들이 하도 험악해서 우리들은 지난 번 동네 형들의 경우처럼 얻어맞는 한이 있더라도 한 번 엉겨 붙어 보겠다는 용기마저 잃어버렸다. 제대로 말도 붙여보지 못하고 속절없이 물러나올 수밖에 없었다. 통탄스럽게도 그 집은 무슨 액운이라도 끼었는지 두 번씩이나 침략자의 수중에 떨어지고 만 것이었다. 집을 짓는 것보다 그 집을 지킨다는 것이 얼마나 더 지난한 일인가를 우리는 그때 뼈저리게 깨달아야만 했다.

우리들은 매일 밤 철구네 사랑방에 모여 이 새로운 위기를 타개할 대책을 숙의했지만 당시 우리들의 역량으로는 별 뾰족한 수가 있을 리 없었다. 고심에 고심을 거듭하던 차, 우리의 꾀돌이 성기의 머리에서 기막힌 묘안이 하나 번쩍 떠올랐다. 그 묘안이라는 게 지금 생각해도 고소를 금할 수 없는 것이었는데, 그들이 없는 틈을 타 집 안에다 똥을 가득 누고 오자는 것이었다. 아무리 노름에 눈이 뒤집힌 그들이지만 생똥 냄새를 견뎌가며 그 짓을 하지는 않으리라는 계산이었다. 우리는 만장일치로 그 계획에 동의했고, 즉각 실행에 옮기기로 결의했다.

며칠 동안 세밀히 관찰한 결과, 그들은 밤새워 화투판을 벌이다 아침 늦게 산을 내려갔다가 오후에 다시 모여든다는 사실을 알아냈다. 그 비는 시간대를 틈타 우리는 그 집으로 몰래 숨어 들어갔다. 그리곤 일제히 엉덩이를 까내리고 쭈그려 앉아 오래 참았던 똥들을 마음껏 누었다. 그리하여 우리들의 성스러운 방에는 김이 모락모락 오르는 신선한 똥 무더기가 질서정연하게 터를 잡았다. 불측스럽게도. 그 집을 지키기 위해 그 집을 더럽힐 수밖에 없는 고육지책이었지만 그것은 인간의 대변으로써 적을 격퇴시키고자 시도한 인류 역사상 전무후무, 유일무이한 전술이 아니었나 싶다.

그러나 그 기상천외의 똥 누기 작전은 한 번으로 효과가 없었다. 그들은 노름에 깊은 한이라도 맺혔는지 그 똥을 치우고 다시 들어앉는 것이었다. 그들은 망지기를 따로 두어 우리들의 작전을 저지하려 하였으나 우리들은 그 감시의 눈길을 교묘히 뚫고 몇 번 더 성공적인 작전을 수행했다. 그러자 그들도 더 이상 견딜 수 없었는지 어느 날부턴가 그 집에서 자취를 감추고 말았다. 그것은 우리들의 전사에 길이 빛날 쾌거였으며 대첩이었다. 오, 그 집을 수호하기 위한 우리들의 그 눈물겨운 노력이란.

계절은 초겨울로 접어들었다. 텅 빈 들판에 갈가마귀 떼가 흩뿌려진 꽃씨처럼 날아오르고 잎들을 다 떨군 감나무가 등황색의 탐스런 감들을 가지가 휘게 매달고 있었다. 산골짜기엔 벌써 이른 추위가 찾아와 있었다. 옷소매를 파고드는 쌀쌀한 산바람 탓에, 그 집을 거의 매일이다시피 찾아가던 우리들도 그 집으로 향하는 발길이 자연 뜸해졌다.

그 집이 세 번째 외부 침입자를 맞이한 것은 그 즈음의 일이다. 어느 햇빛 좋은 날, 며칠 만에 그 집을 찾은 우리들은, 방바닥에 떨어져 있는, 저번까지 보지 못했던 밥알과 김치조각을 발견하곤 소스라치게 놀랐다. 그러고 보니 짚단에는 누가 자고 간 흔적이 완연했다. 그러한 사태는 그 후에도 몇 번 더 발견되었다. 누군가 분명히 밤마다 그 집에서 자고 가고 있음이 틀림없었다. 한데 이번의 침입자는 좀 이상한 구석이 있었다. 우리의 면밀한 감시에도 불구하고 집 안에 흔적만 남기고 사라질 뿐 좀체 그 정체를 드러내지 않는 것이었다. 우리들은 저마다 침입자의 정체를 추측하느라 의견이 분분했다. 거지가 숨어들었다느니 돌은녘 아이들의 소행이 분명하다느니 하는 주장이 강력히 대두되었으나 어느 것 하나 신빙성을 획득하지 못했다. 우리들의 대장 철구는 우리의 성이 또다시 사악한 침입자의 손에 유린되도록 방치할 수는 없다고 역설하며, 그러기 위해선 기필코 침입자의 정체를 밝혀내어야만 한다며 우리에게 밤마다 골짜기 입구를 감시할 임무를 내렸다. 이견이 있을 수 없었다. 그리하여 우리들은 밤마다 골짜기의 다복솔 사이에 몸을 숨기고 잠복근무에 돌입하기에 이르렀다.

겨울밤의 산 속은 춥고 무서웠다. 온몸을 파고드는 한기에 이빨을 마주치면서, 등 뒤의 어두운 숲 그림자를 힐끗힐끗 돌아보면서, 산등성이를 휩쓸고 내려오는 바람소리에 깜짝깜짝 놀라면서도 우리는 침입자의 정체에 대한 호기심과 우리의 집을 지켜야 한다는 불타는 사명감으로 불평 한 마디 없이 맡은 바 임무에 충실했다.

우리가 드디어 그 침입자의 모습을 보게 된 것은 잠복 이틀째 밤이었다. 골짜기가 완전히 어둠에 잠기고 하늘엔 반달이 산봉우리를 떠난 지 얼마 지나지 않아, 우리는 조심스럽게 골짜기를 더듬어 올라오는 그림자 하나를 발견했다. 왔구나. 우리들의 새가슴은 두근반세근반 뛰기 시작했다. 저마다 침들을 삼키며 숨을 죽였다. 그림자는 점점 다가올수록 치마저고리 차림새로 여자임을 알게 했고 긴 머리채와 힘 있는 걸음새로 젊은 처녀임을 알게 했다. 한밤중 산 속에 처녀라—. 우리들은 뒤꼭지가 쭈뼛해져서 서로 바짝 바투어 앉았다.

"아니, 저거 귀분이 누야 아이가?"

그림자가 달빛에 확연히 드러났을 때 누군가 잔뜩 억눌린 목소리로 속삭였다. 그랬다. 그것은 전혀 뜻밖에도 바구니를 옆구리에 낀 귀분이 누나였다. 귀분이 누나가 이 밤중에 여긴 웬일일까? 상대가 누군지 확인되자 우리의 터질 듯한 긴장감은 당장 탐욕스런 호기심으로 바뀌었다. 우리는 발소리를 조심하며 그녀를 멀찍이 뒤따랐다. 그녀는 곧바로 우리들의 집으로 향하여 방향을 잡았다. 그 길에 무척 발이 익은 걸음새였다. 집 앞에 당도한 그녀가 사방을 한 차례 살피고는 안을 향해 나지막한 목소리로 누군가를 불렀다. 그러자 거적문이 들쳐지며 웬 사내가 나타나는 것이 보였다. 그리고 급히 둘은 빨려들 듯 집 안으로 사라졌다. 저 사내는 또 누구란 말인가?????????? 우리는 깊은 혼란과 의문의 연못에 빠졌다. 그 상황은 당시의 우리 머리로써는 도저히 이해할 수 없는 괴이하고 해괴한 일이었다. 우리는 일제히 철구를 뒤돌아보았다. 자신의 친누나인 그녀의 이 기이한 행각에 대해 무언가 해명을 해주리란 기대에서였지만, 철구는 집 쪽을 무섭게 노려보기만 할 뿐, 아무 말이 없었다.

"고만 내리가자."

이윽고 침통한 어조로 내뱉은 철구의 말이었다. 우리는 내심 집 쪽으로 몰래 접근하여 두 사람의 동정을 엿듣고 싶은 충동을 느끼고 있었다. 하지만 철구의 말에는 까닭 모를 단호함이 서려 있었다. 녀석의 말에는 우리가 미처 이해하지 못한 어떤 깨달음이 담겨 있는 듯했고, 거역해서는 안 될 어떤 윤리성이 내재되어 있는 듯했다. 또한 그 말에는 그 침입자의 정체를 밝히기 위한 지금까지의 노력을 일체 유보한다는 뜻도 포함되어 있었다. 우리는 억누를 길 없는 의구심을 가슴마다 안은 채 골짜기를 내려왔다.

정작 까무러치도록 놀라운 일이 벌어진 것은 이튿날 밤이었다. 완전무장을 한 십여 명의 경찰과 군인들이 불시에 마을로 들이닥친 것이었다. 저녁 숟가락을 놓기 바쁘게 이른 이부자리를 펴고 밤을 준비하고 있던, 고요하고 평화롭던 마을은 갑자기 수런수런 수선스러워지기 시작했고 싸늘한 금속성의 긴장감에 휩싸였다. 군인과 경찰은 이장 아저씨를 앞세우고 곧바로 뒷산 골짜기로 쳐 올라갔다. 우리들의 집 쪽으로 향하고 있음이 분명했다. 우리는 오금이 저리도록 겁이 나면서도 조갈스러운 호기심으로 그들의 뒤를 따라가 보고 싶어 엉덩이가 들썩여졌으나, 어른들의 무서운 윽박지름에 방 안에 갇힐 수밖에 없었다.

그들이 골짜기로 올라간 한참 후 한 발의 총성이 어둠을 찢으며 골짜기와 마을을 뒤흔들었다. 그것은 우리가 태어나 처음으로 듣는 총소리였다. 그리고 안달이 날 지경으로 두렵고 지루한 고요가 왔다. 그 고요는 무척 오래 계속되었다. 그러나 그것은 우리들의 느낌이었을 뿐 실제로는 그렇게 긴 시간이 아니었던 것 같다. 시간이란 인간의 감정에 의해 재단되어지는 것임을 우리는 그때 처음으로 실감한 것인지도 모른다.

이윽고 골짜기로부터 군인과 경찰에 의해 꽁꽁 묶이어 끌려온 사람은 예상했던 대로 귀분이 누나와 그 정체를 알 수 없는 청년이었다. 두 사람은 횃불 아래 고개를 숙인 채 모든 걸 체념한 듯 묵묵히 끌려왔다. 그것은 퍽 처연한 느낌이었다. 철구의 아버지가 지휘자인 듯한 군인에게 달려가 뭐라고 호소하였지만 후려치는 군인들의 총대에 간단히 고꾸라지고 말았다.

그 기겁스런 대사건 이후 마을에는 태초 이래 가장 무성한 소문이 왜자했다. 청년이 탈영병이라느니 간첩이라느니 빨갱이라느니,

귀분이 누나의 뱃속에 이미 청년의 아이가 자라고 있었다느니 하는 소문들. 그것은 바이 허전(虛傳)은 아니라 하더라도 대개 과장과 왜곡을 거친 것들이기 십상이었다. 소문이란 원래 그러하듯.

빈약하게나마 남아 있는 나의 기억과 그 뒤 주위들은 신뢰할 만한 정보를 종합해 보면, 청년은 그 당시 군사혁명과 군정을 반대하던 학생 세력의 과격파 인물 중의 하나가 아니었나 싶다. 귀분이 누나와는 읍내 야학에서 같이 활동하다 사랑에 빠진 것으로 알려졌다. 그러나 그 청년이 어떠한 경위로 국가전복기도혐의로 군사정부의 수배를 받게 되었으며 또 어떻게 우리 마을의 뒷산에 은거하게 되었는지 나는 지금도 알지 못한다. 귀분이 누나의 얼굴 생김새조차 기억에 아슴아슴한 지금 그걸 캐내어 또 무엇하랴.

귀분이 누나가 마을로 돌아온 것은 겨울이 깊을 대로 깊은 이듬해 정월이었다. 삭정이처럼 여위고 파리한 얼굴이었다. 그 복스럽던 얼굴이 영 딴사람으로 바뀌어 있었다. 마을로 돌아왔다지만 귀분이 누나는 그 이후 마을에서 다시 볼 수 없었다. 철구의 말에 의하면 앓아누웠다는 것이다.

우리는 겨울방학 동안에도 날씨가 웬만큼 잔풍하고 눅지기만 하면 우리들의 집을 찾아갔다. 그 수많은 침략과 고난 속에서도 우리들의 집은 여전히 건재했다. 그 집은 그 와중에서도 여전히 우리로 하여금 그것을 지키려는 사명감과 그것을 사랑해 마지않는 뜨거운 열정을 불러일으켰다. 말하자면 그 집은 여전히 우리의 영원한 꿈이요 희망의 성역으로 남아 있었던 것이다.

그러나 누가 알았으랴. 그 집의 운명이 귀분이 누나의 그것과 함께 얼마 남지 않았음을.

집으로 돌아와 두문불출하던 귀분이 누나가 우리들의 집에서 목을 맨 것은 설을 며칠 남겨 두지 않은 어느 날이었다. 부엌에서 어머니 몰래 변변찮은 설음식을 훔쳐내어 그 집으로 몰려간 우리들은 기겁을 하고 말았다. 우리들 집의 그 부실한 대들보에 산발을 한 귀분이 누나가 눈부시도록 흰 광목으로 목을 매달고 늘어져 있었던 것이다.

곧 어른들이 달려오고 철구의 어머니가 이미 얼음처럼 싸늘하게 굳어버린 시신을 껴안고 땅을 치며 통곡했다. 송판으로 급조된 관에 미처 염도 못한 시신이 내려질 땐 우리의 용감한 철구도 황소울음을 꺼이꺼이 울었다. 멀찍이 물러서 있던 우리도 귀분이 누나의 곱던 얼굴과 우리를 향한 늘 살갑던 웃음을 떠올리고 찔끔찔끔 눈물을 뽑았다.

"그 난리통에도 잘 견뎠다 했디만……. 어허, 동네가 망할 징조여, 망할 징조……."

관이 마을로 향하기 전에, 잔뜩 찌푸린 얼굴로 이것저것 지시를 내리고 있던 종갓집 할아버지가 입김을 허옇게 내뿜으며 길게 탄식했다.

"얘 놈들이 잔망시럽게 흉가를 지어갖고선 재앙을 부른 기 분명할시. 여봐라, 저 놈의 움막태기 저거 꼴도 뵈기 싫다. 당장 때리 뿌사서 불 싸질러 뿌라 고마."

벽력같이 고함치는 할아버지의 허연 수염이 노기로 부르르 떨리고 있었다.

당장 마을 장정들이 동원되어 우리들의 집을 부수기 시작했다. 무자비하게 내리치는 도끼와 괭이 머리에 의해 먼저 흙벽이 힘없이 풀썩풀썩 쓰러졌고 기둥이 부러졌으며 이윽고 지붕이 둔중한 신음 소리를 내며 폭삭 내려앉았다.

그리고 그 위에 불이 붙여졌다. 겨우내 잘 마른 싸리다발과 짚이

엉은 무섭게 불길을 먹어갔다. 불꽃이 대나무 숲보다 더 높이 치솟고 불티가 온 하늘로 어지럽게 날아올랐다.

그리하여 우리들의 집은 짧은 생애를 마감하고 이 지상에서 영원히 사라졌다. 우리들이 한여름의 그 뜨거운 뙤약볕 아래에서 그토록 순진한 열정과 전심전력으로 쌓아올린 그 찬란하고 조그만 세계는 그렇게 무너지고 불태워져 한 줌의 허망한 재로 변했다. 희망의 벽과 자유의 기둥은 쓰러졌고, 새로운 세계와 무한한 우주로 통하던 문은 닫혔으며, 풍성한 햇빛과 별빛을 받아들이던 우리들 여린 감수성의 지붕은 불타버렸다.

집이 무너지고 불타오를 때 우리들 가슴에 고이기 시작한 느낌이 어떠했는지는 기억에 아령칙하다. 그것이 억울함이었는지 애운함이었는지 혹은 분노였는지 공포였는지 아니면 부끄러움이었는지 안타까움이었는지 기연미연하다. 어쩌면 우리는 그때, 벽이 무너짐을 보며 오히려 이 세상에는 무너뜨리기 어려운 너무도 견고한 벽이 존재한다는 사실을 깨달았고, 문이 부서져 닫힘을 보면서 오히려 이 세상을 바라보는 새로운(그러나 부정적인) 시각의 문을 열었고, 기둥이 부러짐을 보며 오히려 새로운 기둥에 대한 욕망을 느꼈고, 불타는 지붕을 보며 오히려 냉철한 이성에 눈뜨고 있었는지도 모른다.

또한 그때 우리들은 저마다 다시는 그토록 아름답고 찬란한 우리들의 집을 갖지 못하리라는 막연하면서도 불길한 예감들을 가슴 밑바닥으로부터 느끼고 있었는지도 모른다. 다만, 한 가지 확실한 것은 그때 우리들이 아이들다운 미련으로 그 집이 불타고 남은 재를 뒤적이며, 그 재 속에 남아 있던 불씨를 가슴마다 하나씩 소중히 간직하게 되었다는 사실이다.

그 해 겨울은 그렇게 갔다. 우리들은 성큼 키가 자랐고 어른이 되어갔다. 주접을 털고 성인이 된 우리들은 저마다 살길을 찾아 도시로 떠나왔고, 낯선 도시의 하늘 아래에서 직장을 잡고 사업을 벌이고 결혼을 하고 아이를 낳고 집을 사고 터를 잡았다. 근대화와 산업화의 물결을 헤치고 그 치열한 경쟁의 대열 속에서 살아남기 위해 우리는 참으로 억척스레 뛰고 일하고 앞으로 앞으로만 달려왔다. 옆이나 뒤를 돌아다볼 한 치의 여유도 없이……

그리하여 우리는 유년 시절의 그 집을 까맣게 잊어갔다. 나중엔 그 집이 과연 존재했었는지조차 의심이 들 지경이었다. 아니, 그런 의심을 할 겨를마저 우리에겐 없었다. 어른이 되어 어쩌다 마주치게 되면 우리들은 그 누구도 어릴 적 그 집을 화제에 올리지 않았다. 우리는 전망 없는 직장과 오르지 않는 월급 이야길 했고 오르는 물가와 전셋돈을 걱정했다. 우리의 대화는 언제나 현재형이었다. 거기엔 어릴 적 유치한 장난질에 불과한 그 집의 이야기가 끼어들 여지가 없었다. 이미 그 집은 우리들의 뇌리에서 사라진 지 오래였다.

그러나 그 척박한 객지의 토양 위에 어떻게든 뿌리를 내리고자 온갖 안버팀으로 전전하면서 우리들이 가져야 했던 그 수많은 '내쫓김'과 서러움의 경험은 그 집이 불타 없어지던 그 해 겨울부터 이미 시작된 것인 줄을 우리는 아무도 몰랐다.

나는 요즈음 결혼 8년 동안의 열망 끝에 장만한 집, 술자리에서 늘 눈치 술을 먹어가며, 택시비 한 푼을 아껴가며 아등바등 마련한 22평의 초라한 시민아파트조차 진정한 내 집이 아니라는 느낌이 들 때가 가끔씩 있다. 나의(우리의) 진정한 집은 저 아득한 유년 시절에 이미 불타 없어졌기 때문인지도 모른다.

바슐라르 영감의 말대로 궁극적으로 도시엔 집이 없다. 사람들은 포개어진 상자 속에 살아갈 뿐이다. 도시의 집은 뿌리가 없고 외부적인 높이만을 가진 기하학적인 장소에 지나지 않는다. 그것은 물질적인 의미의, 근래엔 치부의 수단으로까지 전락한 부동산에 다름 아니다. 도시의 집은 우리들의 그 집처럼 스스로 내밀하고 스스로 충만하고 스스로 기꺼운 역동성이 없기 때문이다.

그러나 나는 이 황량한 도시에서 다시 집을 꿈꾼다. 이미 우리들 가슴 속에 장사지내 버렸던 유년의 그 집을, 높은 창문에 나지막한 지붕을 가진 집을, 오래된 판화의 분위기를 가진, 초라하지만 풍요로운 그런 집을 나는 다시 짓고 싶다.

그러나 내가 짓고 싶은 집은 반드시 집이란 형태를 요구하지는 않는다. 그것은 하나의 사회일 수도 있고 하나의 나라일 수도 있고 하나의 국가라고 해도 좋다. 우리들 마음속에 자유로 살아 있고, 때로 우리가 음울한 날과 비를 잊기 위해 들어가 앉고 싶은 희망으로 살아 있고, 우리들 호흡 속에 살아 있고, 때로는 바람과 새와 나무가 함께 사는 무한한 상상력으로 충만된 그러한 형태의 것이라면……

그러한 집을 위해서라면, 그러한 나라나 국가를 위해서라면 내 어렸을 때 그 집을 위해 바쳤던 그 순수한 열정과 그 치열한 전심전력을 다시 바칠, 그 집을 지키기 위한 그 만만찮던 수고와 고통을 다시 기꺼이 마주할 용의가 있다.

그 집을 짓는 일이 불가능하지만은 않으리라고 나는 생각한다. 그것은 유년 시절 우리들의 그 집이 불타고 남은 재 속에서 우리가 나누어 가졌던 그 불씨가 아직도 우리들 가슴에 빠알갛게 살아있다고 믿기 때문이다.

(1991년)

모범 작문

지금은 글짓기 시간입니다. 참 지겹습니다. 다른 시간도 마찬가지지만 글짓기 시간은 참 지랄 같습니다. 나는 글 짓는 재주가 영 젬병이기 때문입니다.

노총각에다 별명이 '술귀신'인 우리 선생님은 칠판 가득 엄청 큰 글씨로 '제목: 어머니'라고 써놓고 교단 옆에 앉아 끄덕끄덕 졸고 있습니다. 어제 또 학교 옆 골목 '금산옥'에서 술을 개같이 처마셨는가 봅니다.

선생님은 잠들기 전에 둘째 시간까지 써내지 못하는 사람은 대자로 손바닥 타작을 당할 거라고 공갈을 쳤습니다. 공갈이 아닌 지도 모릅니다. 술귀신은 정말 그러고도 남을 인간입니다. 학생들에게 한 약속은 하늘이 두 쪽으로 쫙 찢어지는 한이 있어도 지켜야 한다는 게 자기의 신념이라나요. 별 거지 빤쓰 같은 신념도 다 있습니다.

아무튼 큰일입니다. 아무리 머리를 쥐어짜 봐도 쌈빡한 생각이 떠올라 주지 않습니다. 어휴, 글짓기란 걸 언 놈이 만들어 놓았는지……. 내 짝지인 영희는 무언가 열심히 쓰고 있습니다. 내가 목을 길게 빼고 넘겨다보자, 망할 년이 손바닥으로 얼른 가리며 흰 창이 획 돌아가도록 째려봅니다. 쌍년이 엇따 대구 눈꼬리에 풀을 멕이구 염병이여.

'우리 어머니는 피아노 강사입니다. 피아노를 아주 잘 치십니다. 우리 어머니는 얼굴도 참 예쁘십니다. 우리 형제 중에 내가 제일 엄마를 많이 닮아 나는 참 기분이 좋습니다. 우리 어머니는 또 요리도 잘하시고 꽃꽂이도 잘하십니다…….'

영희 년의 글은 이렇게 시작되고 있었습니다. 글 제목도 참 지랄 같습니다. 하고 많은 제목 중에 어머니가 뭡니까. 개그맨 최병서 아저씨 말마따나 '이게 뭡~~니까?'입니다.

우리 엄마는 아무리 눈을 까뒤집고 봐도 자랑할 건덕지라곤 손톱 밑에 때만큼도 없습니다. 우리 엄마는 피아노 강사하고는 영 거리가 멉니다. 아마 피아노가 삶아 먹는 건지 구워 먹는 건지도 모를 겝니다. 우리 엄마는 우리 동네 국민시장에서 좌판을 벌여놓고 고등어, 갈치, 꽁치 따위의 생선을 팔고 있습니다. 그래서 엄마 몸에서는 언제나 들척지근한 비린내가 풍깁니다.

우리 엄마는 예쁘지도 않습니다. 아니, 예쁘지 않은 정도가 아니라 우리 엄마만큼 못생긴 여자도 찾아보기 어려울 겝니다. 코는 납작한 들창코인 대신에 광대뼈는 불쑥 솟아올랐습니다. 또 작은 눈은 날카롭게 치올라 붙은 데다 각이 진 턱은 어른들 말에 의하면 팔자가 더럽게 억세 보입니다. 거기다 얼굴에는 거무데데한 기미가 잘못 그린 일본 지도처럼 가득합니다. 몸피는 또 어떻구요. 키는 보통여자들보다 머리 하나는 더 있을 정도로 멋대가리 없이 큽니다. 남자처럼 떡 벌어진 어깨와 굵은 팔뚝하며……. 정말 우리 엄마는 부드러운 데라곤 약에 쓰려고 찾아봐도 없는 엄맙니다. 언제나 비린

내가 풀풀거리는 몸빼만 죽어라 입고 다니고 다른 엄마들처럼 예쁘게 화장하는 법도 모릅니다.

우리 엄마 손은 남자 손보다 더 거칩니다. 그래서 밤에 엄마 옆에서 잠잘 적에는 조심을 좀 해야 합니다. 내가 초등학교에 다닐 적만 해도 엄마는 잠결에 그 거친 손을 내 잠옷 바지 속으로 집어넣어 내 잠지를 쓱 만지는 버릇이 있었습니다. 그럴 때마다 나는 잠이 온통 다 달아나 버리고 마니까요.

그래서 그런지 엄마가 젤 싫어하는 텔레비전 광고는 부드럽게 생긴 여자가 부드러운 몸짓을 하고 부드러운 목소리로 '여자와 커피는 부드러운 게 좋은 거 아네요?'라고 부드럽게 말하는 광고입니다.

"쌍년! 부드러운 거 좋아하네."

그 광고를 볼 적마다 엄마는 이렇게 욕을 해댑니다. 그러나 나는 그 광고 속의 여자처럼 부드러운 여자가 좋습니다. 이담에 나는 꼭 그런 여자를 색시로 삼고 싶습니다. 내 짝지 영희 년처럼 말입니다. 히히히히히히히.

언젠가 한 번은 엄마가 학교에 온 일이 있습니다. 그때 난 창피해 죽는 줄 알았습니다. 다른 엄마들은 학교 나들이를 할 양이면 온갖 멋을 다 부려 선녀처럼 꾸미고 오기 마련인데 엄마는 노상 그 몸빼 차림에다 시꺼멓고 못생긴 얼굴 그대로였습니다. 그나마 교실에서 술귀신 선생만 만나고 곧장 돌아갔다면 얼마나 좋았겠습니까. 쉬는 시간에 부득부득 교실까지 찾아와서 '똥필아—.' 하고 양철 바가지 깨지는 소리로 나를 불러내는 것이었습니다. 동필이란 좋은 이름 놔두고 점잖지 못하게 똥필이는 또 뭡니까. 영희도 있는 데서……. 우리 엄마 주책은 아무도 못 말립니다.

이후 내 별명은 졸지에 똥필이가 되고 말았습니다. 물론 내 앞에서 감히 내 별명을 부를 배짱이 있는 놈은 우리 반 애새끼들 중에는 아무도 없습니다. 성적은 내가 생각해도 스스로 한심스러울 정도로 밑바닥을 기는 형편이지만, 주먹으로 말하자면 우리 반에서, 아니 우리 우수중학교 1학년 전체에서 날 당할 놈이 없습니다. 2, 3학년도 날 보면 슬슬 피할 정도입니다. 그래서 우리 반 애새끼들은 내가 없는 자리에서만 지네들끼리 날 똥필이라 부르며 찧고 까부는 모양입니다. 적당한 기회에 손을 좀 보아서 그런 못된 버릇들을 싸그리 없앨 계획입니다.

학교에 오기를 지독하게 싫어하는 엄마가 모처럼 학교에 오게 된 것도 순전히 나의 그 막강한 주먹 실력 덕분이었습니다. 그러니까 그 전전날 우리 반 반장인 상수 새끼를 묵사발로 만들어버린 사건이 일어났지 뭡니까. 그날 점심시간에 우리 반 아이들 몇은 화장실 뒤에 일렬로 늘어서서 일제히 잠지를 꺼내 들고 누가 오줌 줄기를 멀리 보내나 하는 내기를 했습니다.

내 오줌 줄기가 분명히 가장 길게 뻗어 나갔습니다. 이건 다른 아이들도 모두 인정한 사실입니다. 그런데도 상수 새끼는 제 것이 더 길다고 박박 우기는 것이었습니다. 참 미치고 환장할 노릇이었습니다. 평소에도 반장이랍시고 술귀신 선생에게 알랑방귀를 뀌어대는 꼴이 아니꼬왔는데,—자기 아버지가 무궁화 몇 개인 경찰이라나 뭐라나—잘 걸렸지요 뭐. 앞뒤 가리지 않고 입술이 떡나발이 되도록 패주었습니다.

그러니 그게 무사히 넘어갔겠습니까. 술귀신 선생한테 잡혀가 머리통을 무수히 쥐어박히고 하루 종일 교무실에 꿇어앉아 있어야 했지요. 거기다 이튿날은, 뾰족한 입술에 빨간 연지로 칠갑을 해서, 방금 쥐 잡아 먹고 달려온 여우 같은 인상의 상수 엄마에게 참기 힘든 수모를 당해야 했습니다.

"저런 깡패 같은 놈은 퇴학을 시켜야 할 것 아녜요? 학교에서는 도대체 뭘 하고 계신 겁니까?"

상수 엄마는 거의 한 시간 동안을 욕설을 퍼붓고도 성에 덜 찬다는 표정으로 돌아갔습니다. 내 참 더러워서.

그날 엄마는 무슨 바람이 불었는지 종례시간까지 기다렸다가 나를 데리고 집으로 돌아가는 것이었습니다. 엄마는 왠지 기분이 썩 좋아 보였습니다. 교무실에서 상수 엄마와 술귀신 선생한테 닦달을 당했을 텐데도 말입니다. 하굣길에 엄마는 슬며시 내 손까지 잡고 걸었습니다. 그건 평소에 안 하던 짓이었습니다.

"이것 놓으란 말여."

나는 교무실에 꿇어앉아 있을 때보다 더 창피해서 얼른 손을 빼치며 소릴 꽥 질렀습니다. 평소 같으면 엄마는 그 큰 주먹으로 내 머리통을 사정없이 한 대 쥐어박았을 겁니다. 그러나 엄마는 나의 그런 심통에는 아랑곳없이 연방 기분 좋게 웃으며 은밀한 목소리로 이렇게 묻는 것이었습니다.

"니가 반장을 팼다 말이제? 그래 그놈아를 올매나 패뺏노?"

"그런 며루치 같은 새끼 한 주먹감이나 되나 뭐."

"아이고, 장한 내 새끼. 암믄 그래야제."

엄마는 귀여워 죽겠다는 표정으로 저의 귀를 마구 잡아당겼습니다. 참 대책 없는 우리 엄마입니다.

우리 엄마가 시장 단속반 반장인 털보 최 씨를 고자로 만들 뻔한 사건은 너무나 유명합니다. 국민시장 내에서 이 이야길 모르면 간첩 아니면 귀머거리일 겝니다. 단속반은 시장 좌판떼기 아줌마들에겐 공포의 대상입니다. 남색 제복에 모자와 완장을 차고 군화를 신은 단속반이 한 번 떴다 하면 좌판을 길 가장자리로 물리고 물건을 치우느라 아줌마들은 벌에 쏘인 송아지처럼 이리 뛰고 저리 뜁니다. 단속반원들이 호각을 삑삑 불면서 소방도로 내로 나와 있는 좌판을 무지막지하게 발로 차대기 때문입니다. 평소엔 코끝도 보이지 않다가 불조심 강조기간이거나 무슨 특별한 행사만 있으면 서부의 악당들처럼 나타나서 그 지랄들입니다.

그날도 높은 분이 우리 동네 근처로 시찰을 나왔다던가 어쨌다던가 해서 단속반이 떴습니다. 한데 우리 엄마가 좌판을 치우는 것이 그만 늦고 말았지 뭡니까. 손님에게 잔돈을 세어 주느라 좀 꾸물거렸나 봅니다.

그것도 하필이면 단속반원 중에서 가장 악질인 최 반장에게 걸려들었습니다. 재수 옴 붙은 거지요. 최 반장의 무지막지한 발길에 좌판 위에 가지런히 쌓여 있던 생선들이 땅바닥으로 쏟아졌습니다. 엄마는 그 생선들을 황급히 양동이에 주워 담았습니다. 최 반장은 이번엔 그 양동이마저 걷어차 버렸습니다. 그러고는 계속해서 다른 좌판들도 걷어차 몽땅 엉망으로 만들고 말았습니다.

일이 이쯤 되자 우리 엄마도 밸이 꼬였겠지요. 그래서 벌떡 일어나서 한 마디 했습니다.

"아니, 이거 말로 해도 되능 거 아이요? 다 묵고 살자고 하는 짓인데 이릿키 남의 밥줄 끊어 놔도 되는 기요? 이 물건들은 다 우짤 끼요? 물어줄 끼요?"

"그렁께 빨랑빨랑 치우라지 않았어? 이 느려터진 여펜네야. 잔소리 말고 퍼뜩 치워."

그러면서 최 씨는 땅에 떨어진 고등어마저 길가로 차냈습니다. 그러자 우리 엄마는 갑자기 달려들어 최 씨의 허리춤을 잡고 늘어졌습니다.

"너거는 자석들도 없나? 이기 우리 자석 새끼들 밥줄이다. 너거가 우리 새끼들 멕이 살리줄 끼가?"

"어, 어, 이놈의 여펜네가 사람 치네!"

최 씨는 들고 있던 지휘봉으로 엄마의 등짝을 모지락스럽게 내려쳤습니다. 엄마의 등짝이 한번 꿈틀했는가 하자 다음 순간 비명을 지른 것은 우리 엄마가 아니라 최 씨였습니다. 엄마의 억센 손이 최 씨의 사타구니께를 꽉 움켜잡았던 것입니다.

"아, 아, 아, 놔라, 놔! 아이구, 나 죽네. 놔! 놔, 아, 아, 아, 아……."

최 씨는 핏기가 싹 가신 얼굴로 허공을 향해 두 팔을 허우적거리면서 처절한 비명을 질러댔습니다. 다른 단속반원들이 뛰어와 엄마를 떼어놓는 것이 조금만 더 늦었어도 최 씨는 틀림없이 고자가 되었을 것입니다.

덕분에 엄마는 공무집행방해죄라는 요상한 죄목으로 사흘간 구류를 살다가 나왔습니다. 구치소에서 나오던 날 다른 아줌마들이 준비해간 두부를 움썩움썩 베어 물며 엄마는 여전히 씩씩했습니다.

우리 엄마의 이런 싸움 솜씨 덕분에 피해를 본 것은 최 씨만이 아닙니다. 과일점 김 씨 아저씨는 귀를 물려 하마터면 잘릴 뻔했고 건어물 주인 장 씨 아저씨는 코피가 터지기도 했답니다. 특히, 우리 엄마와 장 씨 아저씨의 일전은 참으로 볼 만했습니다.

장 씨는 자기 점포에서 파는 멸치처럼 비썩 마른 체구에다 쥐새끼처럼 작고 반들거리는 눈을 가지고 있습니다. 그런 체격으로 우리 엄마에게 덤비기는 왜 덤빕니까. 맞아도 싸지요. 코피가 아니라 코뼈가 왕창 내려앉았대도 그건 순전히 장 씨 아저씨 책임입니다. 장 씨는 알량한 점포 하나 가졌다는 티를 내느라 우리 엄마 같은 좌판떼기들을 얕보고 무시하려 드는 좀 거만한 사람입니다. 그래서 평소부터 좌판 아줌마들에게 인상이 썩 좋지 못했습니다. 아마 우리 엄마도 언젠가 그 원수를 갚아 주리라 단단히 벼르고 있었는 지도 모릅니다.

그날 일만 해도 그렇습니다. 자기 점포에 물건을 들이면 들였지 건어물 운반용 타이탄을 왜 하필 우리 엄마 좌판 앞에다 대놓습니까. 그것도 남의 장사 말아먹자는 심보인 양 장시간을 말입니다. 우리 엄마 성질에 그걸 그냥 두겠습니까. 분기탱탱, 아니, 분기탱자, 아니, 분기탱천이던가? 아무튼 엄청 열 받아 달려가서 장 씨 마누라에게 따졌지요.

한데 장 씨 마누라란 여자도 웃기는 짬뽕이지 뭡니까. 미안하다 곧 차를 빼겠다, 뭐 이 정도 나왔으면 우리 엄마 성질이 아무리 더럽다 해도 부드럽게 넘어갔을 겝니다. 장 씨 마누라는 주차한 지 얼마나 됐다고 그러느냐, 이웃지간에 그런 편리도 못 봐주느냐 하는 식으로 엇먹고 나왔던 것입니다. 그래 놓았으니 우리 엄마 속이 홰까닥 뒤집혀 버린 것은 불문곡직, 아니 불문가지입니다.

"뭐시라? 이웃 간에 편리? 아따, 그년 찢어진 입이라고 말 한 분 때깔나게 해뿌네. 그라모 이년아, 니는 이웃 간에 편리를 울매나 봐주고 살았노? 니가 운제 이웃 간에 편리 봐준 적이 있나? 지 편할 때만 찾는 기 이웃 간에 편리가? 썩을 년."

우리 엄마가 이렇게 따지고 나오자 장 씨 마누라는 말문이 막힌 듯 입만 벌리고 서 있었습니다. 말 쌈으로 우리 엄마를 당해낼 사람은 이 세상에 아마 아무도 없을 겝니다. 그렇다는 것은 우리 엄마가 말을 조리 있게 잘해서라기보다 한 번 터졌다 하면 청산가리, 아니 청산유수로 쏟아져 나오는 그 욕설 때문입니다. 우리 엄마는 싸움꾼으로 못지않게 욕쟁이로도 유명합니다. 내가 이 어린 나이에 이 세상에 존재하는 욕이란 욕은 다 알고 있으며 또 그걸 적재적소에 활용할 수 있는 능력을 갖추게 된 것은 순전히 우리 엄마 덕분입니다. 그 점에 대해서만큼은 늘 엄마에게 감사하고 있습니다.

"아니, 이 아지매가 엇따 대구 욕지거리야, 욕지거리가."

자기 마누라가 일방적으로 허옇게 내닦이자 장 씨가 싸움을 떠맡고 나섰습니다. 그러나 그것은 장 씨 아저씨의 치명적인 실수였습니다. 우리 엄마하고는 처음부터 아예 피해 가는 것이 가장 현명하다는 것을 장 씨는 그 때까진 미처 깨닫지 못했던 것이지요.

"쯔쯔쯧! 기집 역성 들어 싸움 맡고 나서는 사나새끼 치고 아랫도리 실한 놈 없거마. 팔불출 되고 잡아 장 씨가 나서요."

"이놈의 여펜네가 듣자 듣자 하니 못 하는 소리가 없네. 사내 잡아묵은 주제에……."

아뿔싸, 장 씨 아저씨는 또 한 번 실수를 저질렀습니다. 설상가상, 가입점경, 아니, 점입가경이었습니다. '사내 잡아먹은……' 운운하는 말은 절대로 우리 엄마에게 해서는 안 되는 금기사항입니다. 우리 엄마는 그런 소릴 들으면 완전히 미쳐서 입에 거품을 물고 날뛰는 지랄 같은 버릇이 있습니다.

"뭐시라?"

아니나 다를까. 엄마는 그 작은 눈을 분노로 동그랗게 뜨더니 우르르 달려들어 장 씨의 멱살을 틀어잡았습니다.

"이 똥물에 튀겨 죽일 놈아. 니가 사나 없이 자석새끼들 데불고 살라꼬 아등바등하는데 쌀 한 톨 보태준 기 있나, 고생한다꼬 말 적선 한 분 해준 적이 있나. 이 개 같은 놈아. 오늘 니 죽고 내 죽자."

엄마는 악다구니를 바락바락 써대며 장 씨의 멱살을 마구 쥐어흔들었습니다. 그러자 장 씨의 머리는 정말 멸치 대가리처럼 앞뒤로 흔들렸습니다. 그러나 장 씨도 끝에 사내랍시고 엄마의 머리채를 움켜쥐었습니다. 우리 엄마가 그런 장 씨의 손을 팔로 툭 쳐내더니 이마로 장 씨의 얼굴을 꽝 받아버린 것은 그 다음 순간이었습니다.

그것은 번개처럼 빠르고 완벽한 박치기 솜씨였고 참으로 통쾌한 일격이었습니다. 장 씨는 코를 싸쥐고 나가떨어져 버렸습니다. 엄마는 그러고도 한참 동안을 분을 삭이지 못해 성난 황소처럼 씩씩거렸습니다. 내가 우리 엄마를 존경하는 점이 있다면 바로 엄마의 그런 환상적인 싸움 솜씨입니다.

우리 엄마는 내가 어렸을 때부터 동네 아이들과의 싸움에서 지고 들어오는 것을 용납하지 않았습니다. 물고 뜯는 한이 있더라도 반드시 이기고 들어와야 했습니다. 그렇지 못하면 내가 밖에서 맞은 것의 꼭 두 배로 더 매를 때렸습니다. 또한 그날 저녁밥은 주지 않았습니다. 병신처럼 맞고 다니는 놈은 밥도 아깝다나요.

그래서 나는 싸움에서만큼은 아귀처럼 악착같습니다. 몇 학년 위의 아이들과도 겁 없이 한 판 뜹니다. 힘으로 안 되면 짱돌로라도 상대방 아이의 대갈통을 까놓아야 직성이 풀립니다. 처음엔 멋모르고 나와 대거리를 벌인 아이는 나의 그 오기에 질려서 나중엔 제발 그만두자고 싹싹 빌 정도입니다.

"우리 같이 없는 놈들은 공부를 겁나게 잘해 뿌리거나 그것도 아이면 힘이라도 써야 된다 말이다. 안 그라모 몬 살아남는 기라. 돈 있고 빽 좋은 놈들한테 평생 꿀리고 살아야 된다 그 말이제. 니는 공부는 애초에 틀리묵은 거 같은께 힘으로라도 다른 놈들을 훌치잡아야 되는 기다. 알겄나?"

우리 엄마가 늘 강조해 마지않는 말입니다. 오늘날 내가 우리 학교 주먹 족보에서 최정상급의 수준을 유지할 수 있게 된 것은 오로지 우리 엄마의 그런 이상한 정신 교육 덕분이 아닐 수 없습니다.

중학교에 입학하고부터 엄마는 나에게 복싱 도장엘 다니게 했습니다. 복싱은 정말 재미있는 운동입니다. 특히 스파링을 할 때의 재미는 온몸을 짜릿짜릿하게 만듭니다. 교무실에 잡혀갈 염려도 없이 상대방을 신나게 치고 때릴 수가 있으니까요. 도장에만 가면 나는 펄펄 날아다닙니다. 복싱은 진짜 남자의 운동입니다.

내가 세상에서 가장 존경하는 인물은 세종대왕도 이순신 장군도 아닙니다. 내가 존경하는 인물은 모두 다 유명한 복싱 선수들입니다. 나는 책상머리에 최진실이나 강수지 따위의 연예인의 사진을 붙여 놓은 놈들을 제일 경멸합니다. 그것은 기생오래비 같은 우리 반 애새끼들이나 하는 짓입니다. 나의 책상 앞에는 언제나 홍수환, 장정구, 유명우, 알리, 레너드, 헤글러 등의 사진이 거룩하게 버티고 있습니다. 그들은 나의 우상입니다. 그들은 정말 멋있습니다. 그들은 정말 위대합니다. 나도 꼭 그들과 같은 훌륭한 권투선수가 되고 싶습니다. 그것이 나의 최대의 꿈입니다.

복싱 도장엘 다닌 지 석 달쯤 지나서였습니다. 엄마는 어느 날 마당으로 날 불러내었습니다. 그리고는 자기를 한 대 쳐보라는 것이었습니다. 말하자면 그 동안 내 권투 실력이 얼마나 늘었나, 시험을 해보자는 것이었지요. 이런 엄마의 속셈을 알아차린 나는 그 동안 갈고 닦은 실력을 자랑해 보이고 싶어 주먹이 근질거렸습니다. 먼저 권투 폼을 잔뜩 잡고 엄마 주위를 빙빙 돌면서 가볍게 잽으로 기회를 엿보았습니다. 그러다가 벼락같이 달려들어 엄마 얼굴을 향해 원투 스트레이트를 날렸습니다.

내 또래 중에 나의 이 뻗어치기에 걸려들지 않는 놈은 드뭅니다.

아니, 아무도 없습니다. 아, 그런데 이게 웬일입니까. 그때까지 내가 하는 양을 멀뚱하게 지켜보고 있던 엄마는 잽싸게 옆으로 피하면서 그 큰 주먹으로 사정없이 내 머리통을 후려갈기는 것이 아닙니까. 나는 그만 그 자리에서 기절을 하고 말았습니다. 완전히 케이오 된 것입니다.

"요 노무 자석, 비싼 돈 딜이서 도장 보내 놨더마, 실력이 안주 고 거밖에 안 되나?"

내가 정신을 겨우 차리자, 엄마는 이러면서 내 머리통을 한 대 더 쥐어박는 것이었습니다. 참 대책 없는 우리 엄맙니다.

그렇다고 우리 엄마를 순전히 쌈만 하고 다니는 깡패 엄마로 보면 곤란합니다. 우리 엄마는 정에 약한 순정파 엄마이기도 합니다. 산청댁 할머니 일만 해도 그렇습니다.

산청댁 할머니는 엄마 자리 맞은편에서 과일 좌판을 하면서 혼자 사는 노인넵니다. 그 할머니는 말을 심하게 더듬습니다. 손님이 과일 값을 물으면,

"사, 사, 사, 사, 삼천 원이구마."

이럽니다. 그러면 손님이 대뜸 쏘아부치지요.

"아니, 할머니. 사천 원이란 말예요, 삼천 원이란 말예요?"

그러면 할머니는 말을 더 더듬습니다.

"사, 사, 사, 사, 사, 사, 삼천 원이라 쿠, 쿠, 쿤께."

이쯤 되면 그 흥정은 깨지고 맙니다. 그래서 할머니 좌판엔 삼천 원짜리 물건이 없습니다. 아예 이천 원짜리나 사천 원짜리로 만들어 팝니다.

산청댁 할머니는 그 나이에 자식들도 하나 없이 혼자 삽니다. 그 것도 우리 산동네에서도 가장 꼭대기 집인 팔봉이 집에 세 들어 삽

니다. 할머니 좌판의 자리는 비어 있을 때가 많습니다. 요즘 들어 할머니가 자주 앓아눕기 때문입니다. 할머니 자리가 비기만 하면 우리 엄마는 팔봉이 집으로 올라가 할머니를 둘러업고 우리 집으로 옮겨 놓습니다. 그리곤 나을 때까지 조석 수발을 다 해줍니다.

그 할머니가 우리 집에 오면 참 재미있습니다. 할머니를 놀려먹을 수 있으니까요.

"내, 내, 내, 내가 요, 요, 요래 뷔도 마, 마, 마, 마……."

"만석꾼 집이요, 할매."

그건 할머니가 시집가서 소박맞은 이야긴데 하도 많이 들어서 우리 누나인 동자와 나는 환히 외우고 있습니다.

"그, 그래. 만석꾼 집에 시, 시집을 갔니라……. 그, 그 집 대청마루만 해도 해, 해, 핵교, 우, 우, 우……."

"운동장요, 할매."

"그, 그래, 운동장만 했다 아이가. 어, 엄청 넓었제. 매, 매, 맨날 싸, 싸, 싸……."

"쌀밥이요, 할매."

"그, 그래, 쌀밥만 묵었다 아이가……. 그, 그란디 시집간 지 사, 사, 삼 년이 넘도록 어, 어, 어……."

"얼라를 못 놔서 쫓기났지예?"

"그, 그래, 얼라를 못 놔서 쪼, 쫓기났지예?"

할머니는 얼결에 우리 말을 고대로 따라하고 맙니다. 그러면 우리는 배를 싸쥐고 킬킬거립니다.

"요, 요, 요 노무 자석들. 어, 어른을 놀리 묵으모 지, 지, 지……."

"지옥이요, 할매."

"그, 그래, 지옥 간데이."

동자와 나는 방바닥을 뒹굴면서 웃어댑니다. 그러다가 엄마한테 머리통을 쥐어박히기 일쑵니다.

아무튼 우리 엄마는 그런 산청댁 할머니를 참 지성으로 보살핍니다. 할머니 빨래까지 다 해주니까요. 그런 엄마를 보고 시장 아줌마들이 피 한 방울 튀지도 않은 생짜배기 남인데 정성도 팔자라면서 칭찬이라도 할라치면 엄마는 이럽니다.

"마, 씰데읎는 소리 치아라. 읎는 사람들끼리 돕고 사는 기 당연한 기지. 그기 오데 치사받을 일이가."

엄마가 산청댁 할머니에게 하는 것 반만큼만 우리에게도 친절했으면 얼마나 좋겠습니까. 하지만 그건 어림 반 푼어치도 없는 이야깁니다. 우리에게는, 그렇지 않아도 좋지 않은 머리통을 툭하면 쥐어박고 걸핏하면 빗자루 몽댕이로 두들겨 패기 다반사입니다. 그래서 나는 우리 엄마가 마음씨가 고운 건지 나쁜 건지 도무지 알 수가 없습니다.

장 씨 아저씨의 코피를 터뜨린 날 밤에 엄마는 술이 얼큰히 취해서 들어왔습니다. 아마 다른 좌판 아줌마들이 십 년 묵은 체증을 확 뚫어 주었노라 치하하며 한 잔 사준 모양이었습니다. 엄마는 그러고도 나를 시켜 가게에서 소주를 한 병 더 사 오게 했습니다.

그날 밤 엄마는 또 아버지 사진을 꺼내놓고 밤늦도록 혼자 독한 소주를 홀짝이는 것이었습니다. 기분이 더럽게 안 좋거나 하는 일이 지랄같이 꼬여들 때 늘 하는 엄마의 버릇입니다.

이럴 땐 될 수 있으면 엄마 옆에서 얼쩡거리지 않는 게 신상에 좋습니다. 괜히 엄마 심기를 잘못 건드렸다간 뼈도 못 추리기 십상이기 때문입니다.

엄마의 사진첩에 남아 있는 아버지의 사진은 몇 장 되지 않습니다. 그것도 아버지가 아주 젊었을 적에 찍은 사진들입니다. 엄마 아빠의 결혼사진은 아주 낡은 흑백 사진입니다. 사진 속에서 신랑은 얼간이처럼 뻣뻣하게 서 있고 신부는 신랑의 팔짱을 끼고 다소곳이 서 있습니다. 우스운 것은 신부의 키가 신랑보다 훨씬 더 크다는 것입니다. 사진 속의 신부는 지금 우리 엄마의 모습이라고는 도저히 상상도 못할 만큼 젊고 예쁩니다. 우리 엄마도 그런 때가 있긴 있었나 봅니다.

사진 속의 모습이 아닌 실제 아버지의 얼굴을 나는 기억하지 못합니다. 우리 아버지는 내가 초등학교 2학년일 적에 돌아가셨다고 합니다. 그때 시골에 계신 할머니와 엄마가 목 놓아 울던 것이 기억납니다. 그러나 그뿐입니다. 다른 것은 아무 것도 모르겠습니다. 우리 집에 갑자기 사람들이 많이 찾아와 기분이 좋았을 뿐입니다.

우리 아버지는 칠쟁이였다고 합니다. 집 짓는 공사판을 따라다니며 페인트 칠을 하는 사람 말입니다. 높은 아파트 벽을 칠하다가 그만 줄을 놓쳐 떨어져 죽었다고 합니다.

참 바보 같은 아버집니다. 줄 하나 제대로 잡지 못해 죽다니 말이 됩니까. 그러나 나는 요즘도 새로 짓는 건물의 까마득히 높은 벽에 대롱대롱 매달려 페인트 칠을 하거나 타일을 붙이는 사람을 보면 마음이 괜히 조마조마해집니다. 아버지 생각이 나기 때문입니다.

우리 엄마는 아버지 이야기를 거의 하지 않는 편입니다. 가장 친한 친구인 채소전 오 씨 아줌마와 술에 취하면 어쩌다 아버지 이야기를 입에 올립니다.

"이상도 하제. 그날 그 양반이 꿈자리가 사납다 카면서 일 나가길 영 껄끄러바 하는 눈치더라꼬. 그런데 그날이 해필 간조 날이 아닌 가베. 또 그 다음 날은 곗돈 들어갈 날인 기라. 그래서 곗돈 맞차 넣을 욕심으로 일은 안 하더라도 간조는 타오라꼬 등을 떠밀어 내보냈는데 그 기 시상에 저승길로 보내는 긴 줄 누가 알았겠노 말이다. 이 양반이 간조만 타갖고 들어왔시모 됐일 낀데. 나간 김에 일당이나 번다꼬 줄을 잡았다 안 카나. 휴, 더런 년의 팔자."

엄마는 한숨과 함께 소주잔을 단숨에 비워냅니다. 아버지 이야기를 할 때면 엄마는 술을 엄청 마셔댑니다.

"옛날 일 그거 자꾸 꼽씹으모 뭐하노. 인자 말짱 잊아뿌리고 똥자, 똥필이 저것들이나 잘키아야제."

오 씨 아줌마는 술잔을 채워주며 엄마를 슬슬 달랩니다.

"하모, 하모. 인자 다 잊아뿌릿다 아이가. 자꾸 생각해싸모 뭐하겄노. 죽은 자석 부랄 만지기제."

그러면서 엄마는 또 한 잔을 훌쩍 마셔버립니다.

똥자는 고등학교에 다니는 우리 누납니다. 공부도 지지리도 못하는 게 뭘 믿고 그러는지 얼굴도 지지리도 못생겼습니다. 게다가 요즘엔 그 얼굴에 여드름투성입니다. 하라는 공부는 안 하고 만날 거울 앞에서 여드름 짜느라 시간 다 보냅니다. 이건 아예 거울 앞에 붙어 삽니다. 그리고 거울 앞에서 별 오두방정을 다 떱니다. 자기가 무슨 영화배우라고 찡그렸다 웃었다가 울상을 지었다가 흘겨보았다가 노려보았다가 고개를 치켜들어 보았다가 옆으로 째려보았다가 머리칼을 뒤틀려 올렸다가…… 미친년이 따로 없습니다.

한 번은 어디서 구했는지 뻘건 루주를 입술에 처득처득 처바르고 눈에는 스카치테이프로 쌍꺼풀을 만들어 붙이고는 '나 어때?' 하는 표정으로 날 돌아보며 씩 웃어 보이는 것입니다. 으악, 나는 그만 점심 때 먹은 짜장면 가락이 도로 넘어오려고 했습니다.

계집애가 고등학교를 가더니 확실히 좀 이상해졌습니다. 전에는 나하고도 곧잘 놀아주곤 하더니 요즘은 나 같은 건 아예 거들떠보지도 않습니다. 어쩌다가 내가 제 방문을 열면 꽥꽥 고함을 치며 펄펄 뛰면서 잡아먹을 듯이 설칩니다. 나 참 더러워서……. 그러고 보니 똥자의 몸매도 좀 이상해진 것 같습니다. 올해 들어 갑자기 엉덩이가 펑퍼짐해졌고 가슴이 불룩 튀어나온 것 같습니다. 아무튼 여자들이란 요상하고 골치 아픈 동물입니다. 똥자는 요즘 또 밑도 끝도 없이 요상한 소리를 곧잘 합니다.

두어 달 전쯤입니다. 일요일이었습니다. 엄마는 시장에 장사하러 나가고 나 혼자 안방에서 TV의 맥가이버를 보고 있는데 똥자가 들어오더니 불쑥 말하는 것이었습니다.

"똥필아, 니 우리 엄마가 요새 연애하는 거 아나?"

이건 또 무슨 귀신 씨나락 까먹는 소립니까.

"뭐시라? 똥자 니 그기 무신 말이고?"

"아이고, 이 멍청아. 우리 엄마가 바람이 났다 안 카나."

"바람이 나다이? 그기 무신 말인데?"

"이 빙신아, 우리 엄마가 복덕방 김 씨 아저씨하고 좋아지내는 사이다 이 말이다."

"와? 우리 엄마는 김 씨 아저씨하고 좋아지내모 안 되나?"

"지랄하고 자빠졌네. 우짜모 우리가 김 씨 아저씨를 아부지라 불러야 될지도 모리는데 니는 그기 좋나?"

"뭐라꼬? 김 씨 아저씨를 아부지라 불러? 택도 읎는 소리 하지 마라!"

나는 그제야 화들짝 놀라서 벌떡 일어섰습니다.

"그런께 하는 소리 아이가. 내 말은."

"똥자 니 고런 못된 소리 해싸모 엄마한테 다 일라 줄 끼다."

나는 열이 뻗쳐올라 얼굴을 붉으락푸르락 해가며 씩씩거렸습니다.

"아이고, 답답아. 니하고는 말이 안 된다. 고마 고만두자."

똥자는 핑 돌아서서 제 방으로 건너가버렸습니다.

복덕방 김 씨 아저씨는 언제나 머릿기름을 빤지르르하게 처바르고 눈웃음을 살살 치며 입술이 가느다란, 꼭 여우 사촌처럼 생겨먹은 아저씹니다. 내가 제일 밥맛없어 하는 얼굴형입니다. 그런 재수 없게 생긴 아저씨를 천하의 우리 엄마가 무엇이 좋다고 친하게 지내는 것일까요. 어른들이 하는 짓이란 참 알다가도 모르겠습니다. 어른들은 왜 그렇게 철들이 없을까요. 더구나 그런 아저씨를 아버지라 불러야 될지도 모른다니 이런 개 같은 경우가 어디 있겠습니까.

나는 눈물이 핑 돌도록 분했습니다. 그리고 엄마가 한없이 미워졌습니다. 아버지 사진을 꺼내 놓고 술을 처마시며 청승을 떨 땐 언제고 이제 와서 김 씨 아저씨라니……. 그날 밤 나는 엄마가 들어오든지 말든지 저녁밥을 먹으라고 채근을 하든지 말든지 대꾸도 하지 않고 이불을 들쓰고 누워버렸습니다.

그러고 보니 언젠가 시장통 근처 맥주집에서 김 씨 아저씨와 나란히 나오는 엄마를 본 듯도 합니다. 또 요즘 엄마의 행동도 수상한 점이 한두 가지가 아닙니다. 안 하던 화장을 하는 날이 잦고 우리 밥도 챙겨주지 않은 채 밤늦게 들어오기 일쑤입니다. 어느 땐 아예 집에 들어오지 않는 날도 있었습니다. 그게 모두 김 씨 아저씨 때문인지는 확실히 알 수 없습니다만, 아무튼 예삿일은 아닙니다.

그러나 정작 사건은 전혀 엉뚱하게 터졌습니다. 바로 일주일 전입니다. 그날 엄마는 엉망으로 취해서 오 씨 아줌마의 부축을 받고 귀가했습니다. 쓰러지듯 방으로 들어오자마자 엄마는 다짜고짜 대성통곡을 하기 시작했습니다. 엄마가 그렇게 우는 모습은 아버지가 돌아가신 이후 처음 보았습니다.

"아이고, 김 가, 이 사기꾼 놈. 벼룩이 간을 빼묵지 그기 우떤 돈이 라꼬 그걸 들고 튀끼노. 찢어 죽여도 시원찮을 놈. 자석새끼들 키울 라꼬 몬 묵고 몬 입고 모은 돈인 줄 지놈도 뻔히 알민서 우예 그랄 수가 있노. 똥물에 빠져 뒈질 놈. 아이고, 아이고."

이야기는 간단했습니다. 김 씨는 처음부터 돈을 사기 칠 목적으로 엄마에게 접근했던 것입니다.

"이 년아, 그래 내가 뭐라쿠데? 니 년이나 내 같이 복 없는 년은 뒤로 자빠져도 코가 깨진다 안 쿠더나? 자석 새끼들이나 잘 건사 하면 됐지 다 늦게 무슨 영화를 볼 끼라꼬 그런 놈한테 빠져가지고 는……. 쯧쯧쯧! 지 발등 지가 찍긴데 오데 가서 하소연할 끼고? 넘 사시럽다. 인자 고만해라. 못난 년."

오 씨 아줌마가 혀를 길게 찼습니다.

그날 밤 울다 잠이 든 엄마 옆에서 나는 오랫동안 잠이 오지 않았 습니다. 처음으로, 정말 처음으로 우리 엄마가 참 불쌍하다는 생각 이 들었습니다. 그리고 얼른 어른이 되고 싶었습니다. 얼른 어른이 되어 우리 엄마같이 불쌍한 사람을 사기 치는 김 씨 같은 인간들을 잡아내어 어퍼컷으로 턱주가리를 박살내고 싶었습니다.

엄마는 그 뒤로 며칠 동안 이불을 들쓰고 앓아누웠습니다. 시장 에도 나가질 않았고 밥도 먹지 않은 채 신음 소리를 끙끙 내며 앓았 습니다. 온몸에 힘이 하나도 없는 듯했고 두 눈이 퀭하니 들어갔습 니다. 오 씨 아줌마가 매일 저녁 찾아왔지만 엄마는 말하는 것조차 귀찮은 눈치였습니다. 나는 덜컥 겁이 났습니다. 저러다가 엄마가 죽는 게 아닌가 하고요.

그런데 오늘 아침이었습니다.

"똥필앗! 안주 안 일어나고 뭐하노? 또 핵교 지각할라꼬 이때끔 처자빠져 자나? 베라묵을 놈, 지 힘으로 일어나는 꼴을 못 보네."

양철바가지 깨지는 듯한 엄마 목소리가 내 늦잠을 깨웠습니다. 그건 참으로 오랜만에 듣는 엄마의 욕지거리였습니다. 나는 그게 그렇게 반가울 수가 없었습니다. 엄마가 욕하는 것이 처음으로 듣기 좋았습니다.

"아까 깼단 말여."

"지랄하고 자빠졌네. 아까 깬 놈이 뭐한다꼬 이불 밑에 처자빠져 있노? 퍼뜩 밥 처묵고 학교 가라."

나는 그런 엄마 욕에도 기분이 좋아 부리나케 세수를 했습니다. 역시 우리 엄마는 욕을 펑펑 해대야 우리 엄마다워 보입니다.

우리 엄마는 오늘부터 아무 일도 없다는 듯이 다시 시장엘 나갈 것입니다. 그리하여 소리소리 지르며 손님을 부르고 수틀리면 박치기로 싸우고 욕을 퍼부어 대고 또 기분 좋으면 호탕하게 웃으며 씩씩하게 살아 갈 것입니다. 우리 엄마는 워낙에 그런 엄마니까요.

다시 넘겨다보았더니 영희 년은 아직도 제 엄마 자랑을 늘어놓고 있습니다. 영희 년은 참 좋겠습니다. 자랑할 게 그렇게 엄청 많은 엄마를 두었으니까요. 아무튼 걱정입니다. 지금까지 쓴 걸 작문이라고 제출했다간 못된 소리만 썼다고 술귀신 선생한테 또 매타작을 당할 게 뻔하기 때문입니다.

작문 시간을 언 놈이 만들어 놓았는지, 나 참 더러워서……. 작문 끝.

(1992년)

영
의
방

고향 마을은 올 때마다 자꾸 늙어가는 느낌이었다. 마을은 해바라기를 하고 있는 노파의 나른한 표정으로 우리를 맞았다.

어릴 때 미끄럼을 타거나 쥐불을 놓던, 동구 밖의 그 높던 둑길은 이제 평퍼짐한 경운기 길로 변해 무표정하기 짝이 없는 얼굴로 누워 있었다. 물 마른 개울에는 지난여름 홍수 때 떠내려가다 풀잎에 걸린 비닐 조각들이 을씨년스럽게 펄럭이고 있었다. 여름이면 고동을 줍고 겨울이면 썰매를 지치던 그 맑던 개울은 어디로 가버린 것일까. 마을 초입의 옛 방앗간 터에는 마른 잡초만 무성했다. 이맘때쯤이면 흰 가래떡을 뽑느라 요란한 발동기 소리를 울리며 마을을 온통 들깨우던 그 거인처럼 키 큰 방앗간은 흔적이 없었다. 지붕과 벽들이 여기저기 무너져 내린, 안길 가의 버려진 빈집들은 스산했다. 오랫동안 인적이 그친 그 집들의 마당 어귀에 서 있는 감나무에는 가지마다 미처 따내지 못한 감들이 염소똥처럼 오그라붙어 있었다. 주인 없이 홀로 익은 감들은 끝끝내 버림을 받고 있었다. 그 집들에 살던 사람들의 얼굴이 낡은 흑백사진처럼 하나하나 눈앞에 그려졌다. 어느 날 초라한 세간들을 화물차에 싣고 도망치듯 마을을 떠나던 그들의 모습도. 그들은 지금 어느 도시의 하늘 아래에서 어떤 모습으로 살아가고들 있는지.

그나마 마을을 밝게 해주는 것은 역시 아이들이었다. 설 명절이라고 제법 색동옷을 차려입고 뛰노는 마을 아이들의 얼굴은 예나 지금이나 구김이 없었다.

습관처럼 건너편 선산께로 눈이 갔다. 새삼스럽게 마음 한쪽이 서늘해져 왔다. 봉분들을 호위하듯 둘러서 있던 키 큰 소나무 숲이 사라져버려 휑뎅그레한 선산은 발가벗겨진 꼴이었다. 주막거리에 제재소가 생기면서 그 숲은 오래전에 베어졌다고 했다.

어렸을 적, 선산의 아름드리 소나무들은 우리에게 언제나 늠름한 장군들이었다. 우리는 그것이 우리 마을을 지켜주는 수호신이라 굳게 믿었었다. 그 소나무 숲에서 우리는 말타기 놀이를 하고, 술래잡기와 전쟁놀이를 하며 하루해를 꼬박 넘기곤 했었다. 놀이에도 싫증이 나면 우리는 소나무의 까마득한 꼭대기에 있는 솔개 집을 향해 미치지도 못하는 돌팔매질을 놓곤 했다. 그러면 솔개는 우리들 장난쯤이야 가소롭다는 듯이 느릿느릿 한가롭게 공중을 맴돌기만 했다. 또, 나는 그 소나무 숲을 바라보기를 얼마나 좋아했었던가. 바로 위 누나와 싸움을 해 어머니에게 매라도 맞은 날이면 동구 밖 둑길에 앉아 하염없이 그 숲을 바라보곤 했다. 그러면 마음이 얼마나 넉넉해지던지. 어린 나에게 선산의 숲은 얼마나 큰 위안이었던가.

앞장서서 마을을 들어서는 아버지의 굽은 허리가 어느새 꼿꼿하게 펴져 있었다. 고향에 오면 아버지는 늘 옛날의 위세를 되찾았다. 고향마을에서 아직도 아버지는 특별한 존재였다. 아버지의 꼿꼿한 등과 느릿한 팔자걸음과 괜한 헛기침이 아직도 권위를 발휘하는 유일한 곳은 고향 마을뿐이었다.

태영이와 선영이 두 아이가 장조카인 문영과 함께 어울려 장난을 치며 아버지의 뒤를 따르고 있었다. 이 아이들에게 이 고향 마을은 어떤 의미를 가질까. 한 번도 살아본 적도 없고 그렇다고 자주 왕래를 하는 곳도 아닌, 어쩌다 명절이면 어른들을 따라 들리게 되는 낯선 고장, 늙고 노쇠한 친척들이 아직도 케케묵은 양반 상놈을 찾아가며 헛기침을 돋우는 퇴락한 마을. 훗날 이 아이들의 기억 속에 남아 있을 고향 마을에 대한 인상은 그것 이상일 수 있을까.

마을길 옆의 논바닥에서 고무줄넘기를 하고 있던 마을 아이들이 놀이를 멈추고 호기심이 가득한 눈빛으로 낯선 일행들을 쳐다보았다. 마을 아이들의 얼굴은 하나같이 낯설었다. 따지고 보면 누구네 손자 누구네 아들과 딸로, 우리 아이들과도 멀고 가까운 핏줄로 얽혀있을 얼굴들이었다. 옛날 내가 뛰놀던 마을길에 이제 낯선 아이들이 놀고 있다는 사실이 묘한 비감으로 다가왔다.

"아이고, 덕보 아재 오시는 기요."

종갓집 마당을 들어서자 청마루에 둘러 앉아 있던 사람들이 우르르 일어서며 저마다 설 인사를 챙겼다.

"과세 잘 쉬싰는 기요."

종손 형이 얼굴 가득히 순박한 미소를 담고 마루를 내려서며 아버지를 맞았다.

"과세라 할 끼 뭐 있나. 요새 설이 오데 설 같아야제."

"상희 동상은 올해는 못 올 줄 알았더마 용케 왔네."

"무신 소리고. 설 명절에 고향 안 오모 오데 갈 끼고."

"아이고, 덕보 아재야 오지 마락 캐도 오실 분이지만 요새 젊은 사람들이야 오데 그렇심니꺼."

"목골 형님네는 와 안 보이시노?"

"목골 아지매가 교통사고로 입원을 하싰다꼬 전화하싰습디더."

"아이고, 우째 많이 다치싰는가?"

"그리 심한 거는 아이라 카시데예."

"제사는 우예 잘 모싰나?"

"예, 아침 일찍 모시고 선산 둘러보고 조금 전에 왔심더. 어른들은 방금 돌아들 가싰고예."

"종손 너거가 고생이 많다. 없는 살림에……."

"아이고, 덕보 아재도 별말씀 다 하십니다. 명절 제사라꼬 이렇키 집안 어른들이 와주시는 것만도 지한테는 고맙은 일이지예."

"그래, 니가 천상 종손은 종손이다."

"침들 할메 안에 계십니다."

"음, 인사 여짜야제. 야, 야, 에미야, 애들 데리고 이리 오이라."

아버지는 주춧담 한 편에 모여 수다를 떨고 있는 여인네들 쪽을 향해 길게 소리를 뽑아 아내를 불렀다.

파파머리에다 굽을 대로 굽은 등으로 두 무릎을 곧추세우고 앉아 있는 침들 할머니는 어릴 때 보던 모습 그대로였다. 주름살투성이 얼굴에 합죽한 입을 호물거리며 세배를 받은 그녀는 아이들을 눈여겨보는 눈치였다.

"야들 둘은 상희 얼라들이고 쟈는 누고?"

그녀는 흐릿한 눈빛으로 문영을 가리키며 의아스레 물었다. 구십 수를 넘긴 나이지만 집안 대소사 일이라면 젊었을 적부터 지금까지 있었던 일을 모조리 다 기억하는 할머니로 유명했다. 누구네 아들은 몇 남매를 두었고 그중에 큰 놈은 면서기를 하고 누구네 손녀는 어느 집안으로 출가해서 아들 몇 형제를 두었고 하는 등속을 토씨

하나 틀림없이 기억하고 있었다. 말하자면 그녀는 우리 집안의 살아 있는 역사서였다. 요즘 들어 그 기억력이 오히려 더 정확해졌다는 소문이었다.

"아이고, 할메도 인자 파인갑다. 철희 형님 아들네미 아이요, 할매."

옆에 있던 종손 형이 거들었다.

"뭐시라? 철희라 카문 우리 정 검사 아들네미라 말이가. 아따, 고놈 저거 아배 닮아서 똑똑하게 생겼구마."

문영은 멋쩍은 듯 뒷머리를 긁적이고 있었다. 형 이야기가 나오자 아버지는 외면을 하고 있었다.

"이 논이 말다. 옛날엔 말캄 우리 집안 땅이었제. 논뿐이겠나. 저 밭뙈기들하며 저 산들까장 우리 집안 땅이 아인 게 없었구마."

선산 초입에서 아버지는 아이들은 불러 세워놓고 또 잠잠한 눈길이 되었다. 개천을 끼고 멀리 자굴산의 발치까지 펼쳐진 겨울 들판은 텅 비어 있었다.

이맘때쯤이면 온 논밭에 새까맣고 내려앉곤 하던 갈가마귀 떼도 보이지 않았다. 정력제로 좋다는 소문이 나면서부터 보이는 족족 총질을 해대 까마귀 씨가 말랐다는 것이었다.

들판을 내려다보는 아버지의 눈빛에는 어느덧 생기가 돌고 있었다.

"여기 땅뿐이 아니라죠? 이 면(面) 전체가 대부분 우리 집안 땅이었다면서요?"

명절 때마다 누누이 들어왔던 할아버지의 고색창연한 집안 자랑에 신물을 내고 있던 아이들의 반응이 시큰둥하자 아내가 거들고 나섰다.

"하모, 하모. 이 면이 뭐꼬. 저거 대양, 용주까지 우리 땅이 있었느니라. 사변 전까장만 해도 이 일대에선 우리 땅 밟지 않으모 못 지

88

나 댕깄다 카모 말 다 핸 거 아이가. 그때는 우리 집안 땅 다 돌아볼
라 카모 말 타고도 사흘이 걸렸제. 가실 되모 작인들이 소출을 바치
로 오는데, 그 곡석 처분하는 데만도 열흘이 걸린 기라. 가실 때만
되모 저거 주막거리에 따로 장이 안 섰나.”

그때 그 모습이 눈앞에 보이기라도 하는 것처럼, 아버지의 눈빛
은 꿈꾸듯 풀려 있었고 목소리까지 떨려 나왔다.

“진사 할아버님이 정말 대단하셨던가 봐요.”

“말해 뭐 할 끼고. 초계 정 진사 카모 저거 진주 바닥까장 명성이
뜨르르했니라. 학식으로 말하자문 저거 서울서도 그 어른한테 배울
끼라꼬 책 보따리 싸들고 내리왔제. 또 풍채는 울매나 좋으시노. 훤
칠한 키에다 눈이 부리부리하신 기 참말로 귀골스럽었제. 그런 어
른은 다시 없실 끼라. 내 평상에 그만한 학식에다 그만한 풍채 징긴
사람은 한 분도 못 봤다 아이가.”

진사 할아버지에 대한 아버지의 숭배는 집안 어른에 대한 예우의
차원을 뛰어넘어 거의 신앙에 가까웠다. 아버지에게는 오촌 당숙이
되는 그 어른에 대한 이야기는 아버지에게 절대적인 신화였다. 아버
지에게 그 어른은 가장 완전한 인간이며 동시에 거의 신적인 존재
였다. 아버지는 그 어른을 이 세상의 모든 가치의 척도로 삼았다.

“그 어른이 돌아가실 때 말다. 그 대궐 같이 너른 집에 구석구
석 오데서 몰려왔는지 두꺼비하고 비암이 그리 마이 나왔니라. 그
기 말다. 진인(眞人)이 돌아가시모 그런 일이 생긴다 안 쿠나. 희한한
일이제.”

어렸을 때부터 귀에 딱지가 앉도록 들어온 이야기였다. 어린 나
는 그 이야기를 곧이곧대로 믿었다. 그리하여 진사 할아버지를
실제로 존재했던 인물이라기보다 전설 같은 데 나오는 위인쯤으로

믿을 정도였다.

집안과 진사 할아버지에 대한 이야기가 신화의 탈을 벗고 진실의 알몸뚱이로 다가온 것은 언제부터였을까. 그것은 대다수 한민족이 일제의 수탈과 압제에 신음하던 시대, 진사 할아버지는 어떻게 해서 그런 엄청난 토지와 부를 향유할 수 있었을까 하는 회의를 품기 시작한 것과 거의 같은 시기였으리라. 그 의문에 대한 해답은 대학 시절 금서 목록에 포함되어 있던 책의 한 귀퉁이에 간단히 요약되어 있었다.

일제는 동척을 통해 조선인에게 토지를 강탈하고 농민 수탈을 강화해가는 과정에서 의도적으로 극소수의 조선인 대지주를 창출해 보호했다. 그것이 통치 질서 안정에 유리했기 때문이다. 조선인 지주의 소작인에 대한 봉건적 계급 지배를 존속시키는 것이 이민족(異民族)의 조선인 지배에 대한 순종을 보다 용이하게 하고, 조선인 자체 내의 지배, 피지배 관계에서 생겨난 전근대적인 충효사상은 손쉽게 일본 천황에 대한 충성으로 전환될 수 있는 것이었기 때문이었다. 이 선택된 대지주들은 당연히 열렬한 친일파가 되었고, 그 민족 고통의 시대에 민족 위에 군림하며 호의호식을 누렸다. 해방 이후에도 6·25로 잠시 흔들린 적은 있었으나 적어도 남한 내에서 그들의 기득권은 끄떡없이 보장되었고, 그 기득권의 바탕 위에서 그들의 자손은 각 방면으로 세력을 장악해 오늘날까지 큰소리치며 다수 위에 군림하고 있는 것이었다.

이 지방의 향반 토족이었던 진사 할아버지는 운 좋게도 그 '극소수의 조선인 대지주'에 선택되었던 것이다. 그 선택의 은전을 입기 위해 그 감읍의 은전을 유지하기 위해 진사 할아버지가 바쳤을 그 지극한 친일 행각과 그 각고의 노력은 충분히 짐작이 가는 바였다.

실제로 진사 할아버지는 신사 참배에 누구보다 열성적이었고 창씨개명에도 앞장서 이름을 마쓰무라 고우이찌(松村紘一)로 고쳐 버렸다. 이 소문을 듣고 집안 어른들은 물론 지방의 유림들까지 몰려와 극력 반대하였으나 눈썹 하나 까딱하지 않고 그대로 강행했다는 이야기가 있었다. 태평양전쟁 시에는 소작료로 거둬들인 곡식의 7할을 공출미로 내놓아 표창까지 받은 경력이 있었다. 집안을 유지하고 보호하기 위한 고육지책이었든 어쨌든 간에 진사 할아버지의 친일 행각에는 눈물겨운 데가 있었다.

진실은 충격적이었다. 신화의 아름다운 안개 속에 그토록 당당하고 장엄하게 서 있던 거목은 안개가 물러가자 기괴한 형상의 목상으로 거기 널브러져 있었다.

"그 어른이 쪼매만 더 오래 살아 기셨더라면 오늘날 우리 집안이 요 모양은 아닐 낀데……."

아버지는 말끝에 한숨을 푹 내쉬었다. 그 한숨의 깊이까지 어쩌면 내 어렸을 때 들었던 그것과 조금도 변하지 않았는지.

정 진사 집안의 몰락은 6·25와 함께 왔다.

정 진사의 세 아들은 해방 전부터 마르크시즘에 경도되었던 것으로 후일 밝혀졌다. 해방 공간에서 그들은 아버지 정 진사의 영향력을 역이용하여 남로당의 지방 조직 간부로 은밀히 활동했다. 그들은 정 진사만큼 약지 못했거나 지나치게 똑똑했음이 분명했다. 아니면 그 당시 가진 집안 출신의 지식인들이 새로운 지식(마르크시즘)에 대해 느끼던 일종의 콤플렉스를 그들도 가졌음이 분명했다. 그 콤플렉스에 대한 반작용이 그들을 더욱 열렬한 혁명가로 몰아갔을 가능성이 농후했다. 아무튼 6·25의 와중에서 위로 두 아들은 지리산에 입산, 지방 빨치산이 되었다가 거림골 전투에서 청춘을 마감했다. 그 충격으로 쓰러진 정 진사도 곧 세상을 떴다. 정 진사 사후까지 암약하던 셋째 아들은 그 엄청난 전답과 야산을 매각하여 일본으로 건너가 버렸다. 그는 거기서 조총련 간부가 되었다는 소문이었다.

오직 정 진사의 재산에 의지해서 살던 나머지 많은 집안사람들은 하루아침에 알거지가 되고 말았다. 아버지도 예외가 아니었다. 그때부터 아버지의 고생은 시작되었다. 아버지는 그나마 남아 있던 밭뙈기 얼마를 물려받아 농사를 짓기 시작했다. 지게 한 번 져본 적이 없이 머슴과 하인들 부리기에 이골이 난 사람이 그 뼈 빠지는 농사일을 감내해야 했다.

그런 사정이고 보면, 허망하게 사라진 집안의 옛 영화에 대한 아버지의 저 절절한 향수도 얼마쯤은 이해할 만도 했다. 그 향수가 결국 진사 할아버지에 대한 신화를 낳고 평생의 시퍼런 한으로 저토록 집요하게 아버지의 가슴에 응어리져 있을 것이었다.

증조부, 증조모, 조부, 조모님은 여전히 잘 계셨다. 산소는 늘 똑같은 표정, 똑같은 분위기, 똑같은 엄숙함, 똑같은 권위로 거기 누워 계셨다. 저희들끼리 찧고 까불어대는 아이들을 모아 놓고 아버지는 산소마다 일일이 설명을 곁들였다. 증조부의 함자는 정자 한 자 민자이시며 증조모는 상산 김 씨이시며……. 그것 또한 성묘 때마다 거치게 되는 의식 같은 것이었다. 매년 되풀이되는 그 절차를 아버지는 싫증도 내지 않고 챙기려 들었다. 그럴 때의 아버지의 목소리는 고희를 바라보는 노인답지 않게 알지 못할 열정으로 들떠 있었다.

그러던 아버지도 선산 외진 곳에 누워 있는 형의 무덤에 이르자 갑자기 말이 없어졌다. 우리가 절을 마칠 때까지 저만치 소나무 그

늘 아래에 비껴 앉아 담배를 피워 물고 외면하고 있었다.

"아버지께 술 한 잔 올리거라."

내 말에 조카 문영은 별 감동 없는 표정으로 헌주를 하고 소주잔을 봉분가에 뿌렸다. 고2가 되더니 말수가 퍽 줄었고 한결 의젓해졌다. 형을 닮아 머리가 좋았고, 성격도 무던했다. 형이 이혼한 후로 내 밑에 와 있는 그 아이는 어릴 때 일이라 그런지 부모의 이혼 사실을 별로 심각하게 받아들이는 성 싶지 않았다. 형의 죽음조차 기정사실로 받아들이는 듯했다. 태영과 선영과도 잘 어울렸으며 한 번씩 싱거운 소리로 집안사람들을 웃기곤 했다. 방송국 프로듀서가 되는 게 그 아이의 꿈이었다.

"먼저들 내려가거라. 내 쬐께 있다 가꾸마."

우리가 하산할 채비를 마쳐도 아버지는 여전히 딴청이었다. 허연 머리와 검버섯이 돋은 얼굴의 주름살, 여윈 턱 밑의 늘어진 살갗, 꾸부정한 등과 한평생 농사일로 굵어진 투박한 손과 갈라진 손톱. 아버지는 늙고 지친 농부의 몸짓으로 거기 두터운 그늘로 앉아 있었다. 내가 무슨 말을 하려 하자 아내가 눈짓으로 만류했다. 아버지는 형의 무덤 앞에 홀로 남아 또 한바탕 눈물을 뿌려댈 것이었다.

"여보, 여보 저게 무슨 소리예요?"

어머니가 돌아가시고도 몇 년 동안 고집스럽게 혼자 빈집을 지키며 농사를 짓던 아버지가 나의 간청과 강압에 가까운 애원에 못 이겨 고향의 집과 전답을 정리하고, 나의 아파트로 옮겨 앉은 지 얼마 되지 않아서였다. 한밤중이었다. 아내가 낮고 다급한 목소리로 나를 흔들어 깨웠다. 침등의 불빛만이 푸르스름하게 방 안을 비추고 있을 뿐 잠기가 덜 걷힌 나의 귀에는 아무 소리도 들리지 않았다.

"무슨 소리?"

나는 건성으로 물으며 돌아누웠다.

"아이, 잘 들어봐요. 저 소리, 저 소리요."

아내의 재촉에 억지로 귀를 기울이자, 과연 약한 울음소리가 거실의 정적을 타고 건너와 가만가만 방문을 두드리고 있었다. 낮고 잔뜩 억제된 흐느낌 소리였지만, 그것은 멀리서 들리는 상처 입은 짐승의 울음소리처럼 기괴하고 처연했다. 그러면서도 그것은 영혼을 쥐어짜는 듯한 비통함과 대번에 사람의 가슴을 물어뜯는 섬뜩함을 담고 있었다. 누가 이 시간에……. 생각이 여기에 미치자 나는 순간적으로 벌떡 일어나 앉았다.

아버지였다. 울음소리는 분명 아버지가 기거하는 건넌방에서 흘러나오고 있었다. 나는 속으로 한숨을 내쉬었다. 한밤중에 홀로 깨어 형의 사진을 어루만지며 소리 죽여 울고 있을 아버지의 주름진 얼굴이 눈앞에 아프게 떠올랐다.

형은 아버지의 모든 희망이었고 꿈이었다. 아니 아버지 인생의 목적이었고 당신의 삶 자체였다. 아버지는 형이 우리 집안을 다시 일으켜 세울, 그리하여 한 번 더 진사 할아버지 시대의 영광을 부흥시켜 줄 유일한 인물로 굳게 믿었었다. 형을 통하여 옛 신화의 재현을, 빛나는 집안의 재건을 집요하고 뿌리 깊은 열망과 꺼지지 않는 기원으로 일평생 꿈꾸어 왔다.

형의 죽음은 그 희망과 꿈의 좌절이며 그리하여 당신 삶 자체의 상실이었다. 형의 갑작스런 죽음 이후 아버지는 갑자기 폭삭 늙어 버렸다.

형에 대한 내가 품고 있는 감정을 뭐라고 표현해야 좋을까. 자랑스러움, 경원, 경외, 부채감, 연민, 안타까움……, 그리고 슬픔. 뭐 그런 것들이 뒤범벅된 무엇일 게다. 그런 게 있다면…….

무려 열 살이 넘게 차이 나는 나이 탓에 어릴 때부터 형은 형 같지가 않았다. 꼭 맞대하기 어려운 아저씨처럼 생각되었다. 그것은 나이 차 때문만은 아니었다. 다섯이나 되는 누나들도 형을 어려워하긴 마찬가지였다.

어렸을 적부터 형은 우리와는 다른 별종의 인간이었다. 식구 중에 아버지와 겸상을 할 수 있는 유일한 존재였고, 그 바쁜 농사철에도 논밭에 불려 나가지 않는 특별한 존재였다. 우리에게는 수시로 쏟아지던 아버지와 어머니의 꾸중도 형에게는 언제나 면제였다. 나는 지금도 아버지나 어머니로부터 꾸지람은커녕 잔소리조차 듣는 형의 모습을 상상할 수 없다.

형의 말은 우리에게 언제나 절대적이었다. 형의 발언은 늘 아버지의 그것과 동등한 권위를 발휘했고, 어느 경우엔 아버지의 그것을 능가하기도 했다. 나이 든 누나들에게도 형의 말은 거역할 수 없는 힘이었다. 어머니의 심부름에 트집을 잡아 서로 미루는 일은 있었지만 형의 심부름에 군소리를 달아본 기억이 없을 정도였다. 모든 것이 처음부터 그랬다. 거기엔 왜 꼭 그래야만 하는가, 그렇지 않을 수도 있지 않은가 하는 불온한 엇생각이 틈입할 여지가 없었다. 그것은 생래적인 것으로, 지극히 당연한 것으로 처음부터 받아들여졌었다.

형이 쓰는 아래채의 공부방은 우리에겐 금단의 구역이었다. 허락 없이 그곳에 드나들 수 있는 사람은 아버지와 어머니뿐이었다. 어머니조차 그 방에 출입하는 것을 삼가는 눈치였다. 누나들이 그곳엘 얼씬거렸다간 당장 아버지의 불호령이 떨어졌다. 지집아들이 사내 공부하는 델 재수 없게 어딜 감히 얼쩡거리느냐는 것이었다. 그것은 어린 나에게도 엄격히 적용되는 금기사항이었다. 형을 귀찮게

해 공부를 방해한다는 것이 그 이유였다. 그러나 나는 그 이유를 도무지 이해할 수 없었다.

그리하여 형의 방은 어린 나에게 무한히 신비로운 구역이었고 호기심의 대상이었다. 나는 어른들이 형의 방에다 아주 소중하고 희한한 보물을 숨겨놓았을 것이라고 상상하기 시작했다.

초등학교를 입학하기 직전이었을까.

마을 아이들과 놀다가 들어와 보니 집이 텅 비어 있었다. 어른들은 들에서 돌아오지 않았고 누나들은 제각각 동무들과 노느라 아무도 집에 없었다. 형은 아직 학교에서 돌아올 시간이 아니었다. 청마루에 엎드려 아이들에게 딴 딱지를 가지고 놀다가 나는 심심해졌다. 문득 형의 방을 들여다보고 싶어졌다. 어른들이 숨겨 놓았을 그 보물을 확인하고 싶었던 것이다. 삽짝으로 가 식구들이 돌아오는 기색을 살펴보았다. 마을 안길엔 닭들이 모이를 쪼고 있을 뿐 인적이 없었다.

형의 방 앞에 섰다. 그리곤 방문을 슬그머니 열었다. 가슴이 마구 뛰었다. 도둑질이라도 하러 들어온 사람마냥. 방안은 깔끔하게 정리되어 있었다. 벽에는 옷들이 단정하게 걸려 있고, 안쪽 벽으로 앉은뱅이책상이 놓여 있었다. 보물은 거기에 숨겨져 있을 게 틀림없었다. 책상으로 다가가 서랍의 손잡이를 당겨 보았다. 서랍은 순순히 열렸다. 서랍 속을 들여다보고 나는 숨이 막힐 것 같았다. 서랍에는 이상하고 재미있는 물건들로 가득 차 있었다. 자와 분도기와 지우개, 잉크병……. 그중에서도 가장 나의 관심을 끈 것은 막대기처럼 생긴 작고 길쭉한 물건이었다. 처음 보는 그것은 단번에 나를 매료시켰다. 이리저리 살펴보다 뚜껑을 열었다. 뾰족한 끝이 나왔고 그걸 방바닥에 대고 그어 보니 놀랍게도 가늘고 뚜렷한 검은 선이 생기는 것이 아닌가. 너무도 신기해서 나는 형의 책들을 펼쳐 놓고 그 위에다 선들을 함부로 그려대기 시작했다. 그 짓을 잉크가 말라 나오지 않을 때까지 계속했다.

형의 책 중의 하나도 유독 나의 눈길을 끌었다. 여느 것과는 달리 작고 두꺼운 책이었다. 금박으로 글씨를 새겨 놓은 가죽 표지부터가 퍽이나 멋있게 보였다. 표지를 펼치자 이상한 글자들이 촘촘히 박혀 있었다. 더욱 근사한 것은 그 종이가 얇으면서도 황홀한 지경으로 매끄럽다는 것이었다. 아주 멋있는 딱지를 만들 수 있으리란 생각이 퍼뜩 들었다. 나는 당장 종이를 찢어내 딱지를 만드는 데에 열중했다.

집안이 발칵 뒤집혔다. 아버지는 무섭게 분노했다. 나는 그때의 아버지의 성난 눈빛을 지금도 고스란히 떠올릴 수 있다. 아버지는 대나무 회초리로 나를 사정없이 후려쳐댔다. 무엇을 잘못했는지도 제대로 깨닫지 못했으면서 나는 무조건 울면서 빌었다. 그러나 아버지 매는 좀체 그치질 않았다. 그 이전이나 그 이후로도 나는 아버지에게 그토록 심하게 맞아본 적이 없었다. 잘못 휘두른 회초리가 나의 이마를 찢어 놓고서야 아버지의 매질은 멈췄다. 내 이마엔 아직도 그때의 흉터가 무슨 상징처럼 남아 있다. 아버지는 그러고도 성이 덜 풀린 눈치였다. 나와 누나들은 함께 집 밖으로 쫓겨났다. 누나들의 죄목은 어린 나를 단속하지 못했다는 것이었다. 저녁밥을 쫄쫄 굶고 누나들과 논 가운데의 볏짚단 속에 숨어 있다가 아버지가 잠든 후에야 어머니가 열어준 사립문으로 도둑고양이 모양 살금살금 기어 들어갈 수가 있었다.

그때 아버지는 왜 어린 나에게 그토록 무섭게 화를 냈을까. 철이 든 후로 나는 그 기억이 떠오를 때마다 그런 의문을 함께 떠올리곤 했다. 그것은 분명 어린 꼬마의 철없는 장난질에 비해 턱없는, 필요 이상의 매질이었다.

나는 그때 받은 공포와 두려움 때문에 다시는 형의 방을 기웃거리지 않게 되었다. 금지된 구역을 침범했을 때 얼마나 혹독한 형벌이 돌아오는가를 어린 나는 값비싸게 체득했던 것이었다.

그 일로 인해 나는 형을 더욱 어렵고 먼 대상으로 여기게 되었던 모양이다. 아니, 그 이후로 형에 대한 것이면 무엇이나 거부하는 잠재의식을 키우게 된 것인지도 모른다. 그때 내 속에 싹이 돋은 그것은 내 가슴의 밑바닥에서 뿌리 깊은 나무로 자라게 된 것인지도 모른다.

형은 내겐 금지된 땅의 저쪽에 사는 사람이었다. 그가 손짓하기 전엔 나는 그의 땅으로 건너갈 수 없었다. 아니 그가 설사 손짓한다 하더라도 규범이 부르지 않으면 나는 그의 방으로 들어갈 수 없었다.

형과 나 사이에 그어진 금은 이미 그때 형성된 것인지도 모른다. 그것은 형이나 나의 책임이 아니었지만, 그건 엄연한 현실태였고, 어쩔 수 없이 감수해야만 할 운명 같은 것이었다. 형의 방은 나에게 너무 멀었다.

형에 대한 나의 열등감도 그때부터 시작되었으리라. 아버지의 형에 대한 편벽된 사랑과 비호가 결코 지나치거나 부당한 것이 아니라는 사실에 나의 열등감은 자리했다. 형은 그런 대우를 받을 충분한 자격이 있었다. 형의 학업성적은 고향의 초등학교가 개교한 이래 거의 전설적인 것이었다. 읍내 중학교, 그리고 서부 경남의 수재들이 모인다는 진주의 J고등학교에 진학하여서도 형은 늘 수위를 놓치지 않았다. 그러면서도 도민체전에 육상선수로 출전하여 상을 타오기도 했고 개천예술제 백일장의 장원을 받기도 했다. 게다가 '훤칠한 키에 부리부리한 눈매'와 운동으로 다져진 탄탄한 몸매. 형은 마치 전설 속의 진사 할아버지가 다시 환생한 듯했다.

형은 한 번도 아버지를 실망시킨 적이 없었고, 나는 한 번도 아버지를 만족시켜 준 적이 없었다. 형이 도맡아 하던 전교회장이나 반장은커녕 줄반장조차 그 긴 학창시절 동안 해 본 적이 없었다. 나는 공부도 썩 잘하는 편이 못 되었고 키도 작았다. 멸치처럼 삐쩍 마른 몸매에다 소심한 성격을 가진 바보 같은 아이였다. 내가 사립인 읍내 중학교에 진학했을 때 그 학교에 오래 계신 선생님들은 모두 나를 알아보았다. 그건 내가 한 군데라도 특출한 구석이 있어서가 아니라 순전히 형의 동생이란 사실 때문이었다. 그리고 그들은 누구나 고개를 갸웃거렸다. 나의 어느 곳에서도 형의 모습을 발견할 수 없었기 때문이었다. 그것이 나를 더욱 안으로 움츠러들게 하였고, 더욱 말이 없는 아이로 만들었다.

형은 언제나 넘지 못할, 아니 그럴 엄두조차 낼 수 없는 거대한 벽으로 내 앞에 서 있었다. 커갈수록 형의 방은 더욱 멀어지고 더욱 견고히 나를 향해 문을 닫았다. 그건 적어도 형이 닫은 것이 아니라 나 스스로 닫은 것이었지만, 닫힌 문은 닫힌 문이었다.

형이 서울의 명문 법대로 진학했을 때 아버지는 마을 잔치를 벌였다. 그날 아버지의 헛기침 소리는 안방에서 청마루를 지나 삽짝까지 들려왔다.

"덕보 양반은 인자 아들 덕분에 호강할 끼구마는."

"암믄, 아들도 보통 아들이가. 두고 보래이. 철희 쟈가 반다시 큰 자리 하나 해묵을 끼구마."

"하모, 하모. 될성부른 나무는 떡잎 때부탐 알아본다 안 캤나. 쟈가 어릴 때부탐 노는 기 남달랐제. 우리 동네에 인물 난 기라. 인물."

"아이고 와들 일 쌓노. 대핵교 들어가는 아들이 오데 우리 철희뿐이가. 너무 글싸모 내가 넘사시럽데이."

"서울서도 젤로 좋다 카는 법 공부하는 대핵교 아이가. 그런 대핵교 들어가는 기 오데 쉬분 일이가. 장하제. 장하다마다."

"어허, 덕보 아재요. 좋으모 그냥 좋다 카고 술이나 한 잔 더 받으소. 내사 마 우리 아들은 아이지맨서도 철희 갸만 보모 맴이 든든한 기라요. 갸가 우리 집안 한분 빛낼낍니더. 두고 보이소."

"와 내 보고만 자꾸 주노. 묵동 아재도 한 잔 디리라."

"우리 집안도 인자 인물 하나 날 때 안 됐나. 우리 집안이 오데 보통 집안가. 진사 어른 때만 해도……."

집안 어른들의 덕담은 끝이 없었고, 아버지는 기어이 '와 이리 좋노'를 한 곡 뽑아야 했다.

내가 형을 열등감으로만 바라보았던 것은 결코 아니었다. 나도 그런 형이 자랑스러웠다. 모든 면에서 그렇게 빼어난 형이 바로 나의 친형이라는 사실이 때때로 행복하게 느껴지기도 했다. 그런 나의 감정을 형에게 전달하고 싶을 때도 있었다. 다만, 그럴 기회를 얻지 못했을 뿐이었다. 그것은 다분히 주위 사람들의 태도 때문이기도 했다. 사람들은 형을 보면서 나를 생각하지 않으면서 나를 보면서는 형을 생각했다. 사람들에게 나는 독립적인 인격체를 가진 내가 아니라, 형의 동생에 지나지 않았다. 나도 형처럼 되고 싶었다. 그러나 그것은 나의 능력으로 불가능했다. 그것은 나의 잘못이 아니었다.

형이 대학을 진학한 후로 아버지는 그 먼 서울 나들이를 자주 했다. 두루마기 차림에다 중절모를 쓰고 마을 안길을 나서는 아버지의 팔자걸음은 더욱 당당해 보였다. 형은 서울의 대학 근처에 있는 고시원엔 들어가 사법고시를 준비하고 있었고 그 사실은 아버지는 물론 마을 사람들까지 형의 고시 합격을 기정사실로 받아들이게 했다. 마을 사람들은 아버지를 대하는 태도가 더욱 정중해졌고 거기에 비례해서 아버지의 걸음새는 더욱 당당해질 수밖에 없었다.

그래서 형의 첫 고시 실패는 아버지에게 더욱 충격적이었던 듯했다. 그 소식이 전해진 날, 아버지는 술에 만취되어 들어왔다. 거의 정신을 잃은 상태에서도 아버지는 흠 생긴 레코드판처럼 이 말만 되풀이했다.

"그기 오데 쉬분 일이겠나. 그기 단분에 되겠나. 그기 오데 쉬분 일이가……."

아, 형도 못하는 것이 있구나. 나는 그것이 오히려 신기할 지경이었다. 그 이후로 두루마기와 중절모 차림으로 삽짝을 나서는 아버지의 뒷모습을 더욱 자주 볼 수 있었다.

아버지가 서울행을 그만둔 것은 형이 고시에 연거푸 두 번이나 낙방한 다음이었다. 아버지가 올라가는 대신 형이 내려왔다. 짐을 몽땅 싸들고.

형의 몰골은 말이 아니었다. 오랫동안 햇빛을 못 본 듯한 창백하고 여윈 얼굴, 움푹 꺼진 눈, 제멋대로 자란 덥수룩한 머리……. 그리고 무엇보다 그 지친 눈빛. 소위 그 고시 공부라는 것이 형의 영혼을 얼마나 쥐어짜 놓았는지 짐작할 만했다.

형은 중학생인 내가 물려받아 쓰던 그 공부방엘 다시 들어앉았다.(그 방을 쓰면서도 나는 한 번도 그 방이 나의 방이라고 생각해본 적이 없었다. 그 방의 주인은 어디까지나 형이었다. 이상하게도 나는 어릴 때 형성된 그런 고정관념에 사로잡혀 있었다. 그것은 지금도 마찬가지지만.) 그리고 형은 두 달 동안 별 하는 일 없이 세월을 보내고 있었다. 가끔씩 나를 불러 이것저것 물어보며 말을 붙이기도 했다. 그 즈음이 아마 내가 형과 가장 많은 대화를 가진 시기였으리라. 대화라고 해보았자 주로 형이 묻고 내가 떠듬거리며 겨우 대답이나 하는 절름발이 같은 것이었지만……. 그래도 그것이 나에겐 형에 대한 나의 자랑스러움과 애정을 고백할 수 있었던 유일한 기회였다. 그러나 나는 그러질 못했다. 나는 소심하고 어린 중학생에 불과했으니까.

학교에서 돌아오는데 아래채의 쪽마루에 앉아 있던 형이 불렀다. 여전히 형을 어려워하던 나는 쭈뼛거리며 형의 곁에 가 앉았다. 형은 한동안 물끄러미 날 바라다보았다. 형의 시선이 부담이 되어 나는 먼 산을 바라보며 말없이 앉아 있었다. 그러다 형은 불쑥 물었다.

"상희는 커서 뭐가 되고 싶니?"

나는 당황했다. 그때까지 나는 한 번도 훗날 뭐가 되고 싶다고 생각해 본 적이 없었다.

"왜? 생각해 본 적이 없어?"

내가 고개를 숙이고 애꿎은 손가락만 비틀고 있자, 형은 훨씬 부드러운 목소리로 물었다.

"저, 그, 글 쓰는 사람……."

그때 왜 그런 대답이 나왔는지 나는 지금도 알 수 없다. 글 쓰는 사람이 구체적으로 무엇을 지칭하는지조차 잘 모르고 있을 때였다. 그저 형이 물으니 대답을 하긴 해야겠고 생각나는 것은 없고 해서 불쑥 말한 것에 불과했다.

"그래? 글 쓰는 사람이라. 그거 좋지, 좋은 꿈이야."

형은 의외라는 표정이면서도 빙긋이 웃어 보였다. 그 웃음이 내 엉터리 대답을 비웃는 것이나 아닌가, 해서 나는 속으로 겁이 났다.

"글 쓰는 사람이라면 뭐? 시인? 소설가?"

"소설가……."

나는 또 아무렇게나 대답해버렸다. 형은 더 크게 웃어 보였다.

"소설가 되면 멋지겠네. 소설가는 이 세상 누구로도 다 되어 볼 수 있잖아? 선생님도 될 수 있고, 장군, 사장님, 대학생, 그리고 대통령도, 소설 속에서 말야. 그렇지?"

나는 무턱대고 고개를 주억거렸다.

형은 그리곤 말이 없었다. 울타리 너머 멀리 건너편 산등성이를 바라보는 형의 눈빛이 어쩐지 쓸쓸하고 아득해 보였다.

그때의 말이 씨가 되었을까. 나는 우습게도 몇 해 전 지방신문을 통해 소설가의 명함을 얻긴 했다. 그러나 내가 소설가란 사실을 아는 이는 퍽 드물다. 능력도 능력이지만, 대입학원의 빡빡한 수업은 작품을 생산할 여유를 주지 않았다. 사람들에게 나는 여전히 학원 강사일 뿐이었다.

며칠 뒤, 형은 머리를 깎고 입대했다. 전방으로 배치되었다는 소식이 오고 아버지는 또 두루마기 차림으로 면회를 가고……. 첫 휴가를 온 형을 나는 몰라볼 뻔했다. 짧은 머리, 검게 그을린 얼굴, 탄탄한 몸피, 군복 속의 형은 멋져 보였다. 그때 형은 무슨 마음으로 내게 최인훈의 '광장'을 선물했을까. 나는 뜻도 모르면서 형이 나에게 선물을 했다는 사실이 흥감스러워서 밤새워 그 책을 읽었다. 그것은 내가 타인으로부터 받은 최초의 선물이었으며 내가 읽은 최초의 장편집이었다. 그땐 형이 훨씬 가깝게 느껴졌다.

형이 제대할 무렵 나는 이미 진주의 이류 고등학교에 진학해 자취를 하고 있었다. 형을 위해서라면 그 먼 서울 나들이도 뻔질나게 하던 아버지는 내 자취집을 한 번도 찾은 적이 없었다. 어머니나 누나들이 가끔씩 들르는 게 고작이었다. 내가 이류 고등학교로 진학하면서부터 아버지는 나에게 더 이상 아무것도 기대하지 않는 눈치였다. 아버지의 그런 냉담한 태도가 나는 조금도 서운하지 않았다. 그런 편이 오히려 나에겐 편했다. 나 또한 아버지에게 아무 것도 기대하지 않고 있었다.

고등학교에서도 나는 여전히 사람들의 뒷전에 배경처럼 앉아 있는 특징 없고 말 없는 학생이었다. 나는 습관적으로 학교엘 다녔고 적당히 공부했고 그리고 자취방에서 뒹굴며 도스토예프스키, 샐린저, 리차드, 김승옥, 이청준 등의 소설을 뒤적이며 시간을 보냈다.

"사나 자석이 그렇키 오기가 읎어서 오데 써 묵을 끼고! 그기 말이 되는 소리가?"

형이 제대한 지 보름쯤 지나서였다. 나는 방학 중이라 집에 와 있었다. 밤중에 안방에서 아버지의 격앙된 목소리가 터져 나와 청마루를 쩡쩡 울렸다. 아버지의 그렇게 화난 음성은 처음이었다. 더구나 아버지가 형을 나무라는 일도 신기한 일이었다.

"뭐? 포기를 해? 누구 맘대로 포기를 한단 말이고. 그기 지금 니가 이 애비한테 할 수 있는 말이가?"

형의 낮은 목소리는 잘 들리지 않았다.

"시끄럽다 고마! 집안 걱정은 내 혼재도 족하다. 닐랑은 니 일이나 신경 써라. 내일 당장 서울로 올라가거라. 벌로 썰데읎는 맴 묵지 말고! 성공하기 전엔 이 집에 다시 발 딜일 생각도 말고."

뒷방 문이 열리고 가래침 뱉는 소리가 카악 들렸다.

이튿날 형은 짐을 싸들고 다시 서울로 올라갔다.

형의 합격 소식을 알리는 전보가 날아든 것은 그로부터 이년 반이 지난 후였다. 형은 역시 형이었다. 형의 능력은 차치하고서라도 피를 말리는 그 형극의 시간을 견뎌낸 형의 독기의 결과였다.

전보를 받아든 아버지의 손은 와들와들 떨렸다고 했다. 한동안

실성한 사람마냥 아무 말도 못하고 그저 손만 덜덜 떨고 있더란다. 그러다 갑자기 생각난 듯이 어머니에게 두루마기를 내오게 했다. 그리곤 전보를 손에 쥔 채 황황히 선산으로 향했다고 했다. 그때 아버지의 가슴에 들끓어 올랐을 희열의 높이는 얼마쯤이었을까. 선산으로 향하는 그 길이 아버지에게는 어쩌면 저 진사 할아버지 시대로 되돌아가는 꿈속 같은 길이 아니었을는지.

형이 금의환향하던 날은 다시 마을 잔치가 벌어졌다. 우리 집 마당엔 차일이 쳐지고 부엌 아궁이로도 모자라 뒤란에 솥이 내걸렸다. 국을 끓이고 전을 부쳐 내느라 마을 아낙네들은 부산을 떨었고, 집안 친척들과 마을 사람들은 그날 하루만큼은 들일마저 버려둔 채 모두 우리 집으로 몰려왔다. 마당가에 자리를 잡은 젊은 축들은 아침녘부터 술판을 벌여 떠들썩했고, 안방과 청마루에 양반 다리를 꼬고 앉은 노인네들은 흰 수염을 쓸어내리며 헛기침을 돋우어 올렸다.

"철희 갸도 갸지만 덕보 양반이 욕봤네."

"공부는 지 놈이 했지 지가 욕본 기 뭐 있십니꺼."

아버지는 입가에 흐뭇한 웃음을 떠올리며 겸손을 피웠다.

"우리 집안도 인자 한분 일어설랑갑다. 장헌 일이여."

"암문요. 우리 집안이 오데 이대로 주저앉을 집안입니꺼. 지는 예, 철희 동상이 꼭 해낼 줄 알았십니더. 아, 그 시험에 철희 동상이 안 되모 누가 되겠십니꺼. 오늘 마, 참말로 기분 좋십니더."

"아 상달이 자네 아들이 시험 됐나. 자네가 와 혼자 기분을 다 내고 있노?"

"아 우리 아들 시험 된 거보다 기분이 더 좋은데 우야겠십니꺼. 철희 동상 오모 한 분 업어줄랍니더."

"아서게. 그래 갖고 검사 나리 업어줏다꼬 모리는 사람 앞에 가서 유세 부릴라꼬 그라제?"

한바탕 홍소가 터져 나왔고 아버지의 허리는 더욱 꼿꼿해졌다.

대절 택시 편으로 이윽고 형이 도착하자 모두가 일어나 형의 등을 두드리며 악수를 청했다. 형은 집안 어른들께 돌아가며 큰 절을 올렸고 부엌 쪽에서 아낙네들과 그 모양을 지켜보던 어머니는 기어코 울먹이고 말았다. 지서장과 면장이 달려와 치하했고 군수의 축하 전보까지 답지했다. 그날은 완전한 형의 날이었다.

나는 대학입시를 앞두고 있던 시기였다. 변변찮은 실력에 맞춰 이류 지방대학을 목표로 하고 있었다.

"국문과라이? 그기 뭐 배우는 데고?"

지원학과를 말했더니 아버지는 별 관심이 없다는 투로 물었다.

"글씨, 우리 말허고 글을 배우는 데라 안 카요. 중고등핵교 선상도 될 수 있다 카네요."

옆에 있던 어머니가 막내아들을 거들었다.

"한문도 아이고 국민핵교만 댕기모 다 아는 우리말허고 글을 배운다 말이가?"

아버지는 도무지 한심하다는 표정이었다. 그리곤 알아서 하라는 몸짓으로 돌아앉으며 뒷방 문을 거칠게 열고 가래침을 카악 돋우어 올렸다.

그 후 형의 진로는 탄탄대로였다.

연수를 마친 형은 검찰직 발령을 받았고 연수 기간 중에 결혼했다. 신부는 정계의 유력한 집안의 딸이라고 했다. 게다가 명문대학을 나온 재원이었고 빼어난 미모였다. 결혼식장에서 보인 신랑 측과 신부 측 하객의 대조는 차라리 희극적이었다. 신부 측 집안은 모든 것이 번쩍거렸다. 그들의 몸짓 하나, 웃음 하나, 머리칼 하나까지 모든 것이 번쩍거렸다. 하다못해 들어온 화환까지 이쪽에선 상상도 못한 광택을 지니고 늘어서 있었다. 거기에 비해 상대적으로 이쪽의 형편은 민망스러울 지경이었다. 오랜만의 서울 나들이에 딴에는 모양을 내고 차리느라 애썼지만 집안 친척들의 행색은 삶아 놓은 고구마 줄기들 같았다.

나는 식장 뒤편에 서서 식단에 마네킹처럼 뻣뻣이 서 있는 형의 잘생긴 얼굴을 바라보며 '형이 장가를 가는 구나'라고 되뇌고 있었다. 그래, 그것은 장가를 '가는' 것이었다. 나와는 다른 세계, 나는 들어갈 엄두도 낼 수 없는 세계, 아니 내게는 금지되어 있는 세계로 편입되어 가는 것이었다. 나는 형과 나 사이에 더욱 뚜렷이 그어진 금의 존재를 재확인했다. 형이 서 있는 식단과 나와의 거리가 아득히 멀어 보였다. 형의 방은 나를 향하여 더욱 굳게 문을 닫고 있었다.

그 후로 형을 볼 기회는 많지 않았다. 어쩌다 명절이면 잠깐 얼굴을 대하는 정도였다. 형은 형대로 바빴고 나 또한 일부러 형을 찾게될 경우가 없었다. 형의 서울 살림집을 구경한 것도 다섯 손가락 안에 들 정도였다.

형수는 세련된 미모와 세련된 말씨와 세련된 매너를 두루 갖춘 우아한 젊은 귀부인이었다. 그녀는 집안을 온통 반짝거리도록 윤을 내놓고 있었고, 하나 뿐인 시동생에게 곰살갑게 굴려고 나름대로 무척 노력하는 눈치였으나, 내가 형수에게 느낀 것은 치즈 냄새뿐이었다. 그것은 촌놈인 나에겐 도무지 어울리지 않는 냄새였다.

형은 과연 그 '번쩍거리는' 처가 덕분인지 능력 탓인지 검찰직의 노른자위를 옮겨 다니며 수직 상승을 거듭했다.

나는 형이 보내준 학비로 삐딱한 책들을 사 보며 대학을 다녔다. 적당히 술을 마셨고 적당히 공부했고 적당히 연애를 했다. 나는 아무런 꿈이 없었고 희망도 없었다. 그저 흘러가는 세월에 나를 맡겨 두고 있었다. 지금도 그 시절을 생각하면 입안 가득 모래가 씹히는 기분이다. 그러나 모든 것이 지겨워지기 시작했다. 술도 당구도 연애도 공부도……. 대학가는 지겹도록 조용했다. 80년대 그 흔하던 데모도 그땐 구경하기가 어려웠다. 권태는 나를 새로운 세계로 떠나도록 유혹했다. 나는 전방 보충대로 입대했고, 졸병 시절엔 나보다 어린 고참들에게 기압을 받으며 보냈고, 중고참 시절엔 요령을 피우다 보내고, 가랑잎도 피해 간다는 말년 시절엔 운수 더럽게 10·26, 12·12, 5·18을 차례로 맞아 비상 군장만 죽어라 꾸리다 세월 다 보냈다.

그즈음일 것이다. 형이 자신의 앞에 곧게 뻗어 있는 출세의 대로를 버리고 옆길로 빠져들기 시작한 것은. 아니면 급상승하는 엘리베이터에서 내려 비상계단을 통해 올라온 높이를 되돌아 내려오기 시작한 것은.

국난 극복 기장을 받고 제대했을 때, 형은 검찰직을 버리고 변호사 사무실을 개업하고 있었다. 형의 변화는 아마 여기서부터 그 실체를 드러내기 시작한 듯하지만, 나는 아무런 관심이 없었다. 그것은 나와는 무관한 잘난 형의 일이었다.

형이 굵직굵직한 공안 사건마다 재야 쪽의 변호 팀에 참여하고 있다는 사실을 안 것은 신문 지상을 통해서였다. 처음엔 동명이인인가 했으나 형은 이미 그 바닥에서 공안 계통의 인권 변호사로 이름이 알려져 있었다. 얼떨떨했다. 납득이 가지 않았다. 아버지로부터 어릴 때부터 끊임없이 주입된 진사 할아버지 시대의 영광에 대한 열망으로 가득 차 있었을 형의 의식이 왜 그런 돌연한 변화를 일으킨 것일까. 형은 왜 보장된 부와 명성의 세계로부터, 저 번쩍이는 세계로부터 돌아서려 하는 것일까.

이 부분에 대해서 나는 아무것도 추측할 수조차 없었다. 당시 형의 결혼 생활의 속사정과 법조계에서의 행보에 대해서 나는 조금의 흥미도 없었고, 또 그것을 나에게 시시콜콜히 전달해 줄 정보통도 가지고 있지 못했기 때문이었다. 지금도 그 점에 관한 한 자신할 수 있는 것이 별로 없다.

아버지의 서울행이 유난히 잦아졌고 서울서 머무는 기일도 여느 때 같지 않게 길어졌다. 서울을 다녀온 뒤의 아버지의 표정이 눈에 띄게 어두웠고, 한숨이 부쩍 늘어 있었다. 그런 눈치를 통해 형이 술이 늘었고 형수와의 사이가 삐걱거린다는 사실을 짐작할 뿐이었다.

제대 인사차 들렀을 때 형수의 입가에 묻어 있는 그 알지 못할 냉랭함의 의미를 비로소 알 것 같았다.

제대복 차림으로 찾아간 날, 형은 취해서 흐트러진 모습으로 귀가했다. 형에게서 좀처럼 볼 수 없는 모습이었다. 형은 그러고도 냉장고에서 양주병을 직접 꺼내 와 내 앞에 내놓았다. 그때까지 형수는 형에게 한 마디의 말도 건네지 않고 있었다.

"요즘도 소설 쓰냐?"

잔을 채워 주며 형이 불쑥 물었다. 내가 대학시절 교내 문학상에 당선된 것을 용케 기억하고 있었던 모양이었다.

"아뇨, 소설 그거 아무나 쓰는 겁니까?"

나는 말년 시절 추억의 노트 한 귀퉁이에 써놓곤 하던 어줍잖은 글들을 떠올리며 쓰게 웃었다.

"앞으로는?"

술 취한 형은 갑자기 막내 동생에게 자상해져 있었다.

"글쎄요. 차차 생각해봐야죠."

"쓰려면 좋은 소설 써야지. 좋은 소설……."

"좋은 소설이 어디 쉬워야 말이죠……."

"그래, 어렵겠지……. 나도 소설이나 쓸 걸 그랬다……. 그것도 어렵긴 마찬가지겠지만……. 젠장, 쉬운 일이 하나도 없구나. 허허허."

그리고 형은 잔을 훌쩍 비웠다. 소파에 기대 천정을 바라보는 형의 눈빛이 쓸쓸해 보였다. 옛날 그 언젠가 내게 무엇이 되고 싶으냐고 묻고 나서 울타리 너머를 바라보던 그 눈빛이었다. 이상하게 형의 그런 눈빛이 친근하게 다가왔다. 나는 그날 거실에 홀로 남아 양주 한 병을 다 비웠다.

형의 변화에 대해서 가장 곤혹스러워한 사람은 아버지였다. 아버지는 서울을 부지런히 오르내리며 형을 설득하기도 하고 꾸짖어 보기도 하는 눈치였지만 별무효과인 모양이었다. 아버지가 무엇보다도 견딜 수 없었던 것은, 형이 때때로 보내주는 목돈(검사의 정상적인 월급에서 나왔다고 보기 어려운)으로 고향의 전답을 하나씩 사들이는 재미를 잃게 된 것이었다. 아버지는 훗날 형의 국회의원 출마를 기정사실로 생각했고, 그 땅은 그때의 선거자금이 될 것이라고 공공연히 단언하곤 했다. 그런 아버지에게 형의 변화는 곤혹을 넘어선 황당함일 것이었다.

그리고 이 년 후 형은 이혼을 감행했다. 아니 그것은 형수가 택한 것인지도 모른다. 부유하고 풍족한 환경 속에서 어려움 하나 모르고 자랐고, 나름대로의 가치관에 대한 강한 자존심을 가진 형수에게 있어서 형의 그러한 진로 수정은 감내하기 어려운 것이었는지도 모른다.

형이 택한 그 변화의 곡절을 설명해 줄 꼬투리가 전혀 없었던 것은 아니었다. 그것은 형수의 입을 통해서 흘러나왔다.

이혼하기 얼마 전에 서울에 볼일이 있어 갔던 나는 형 집에 들렀다. 형수 혼자 집을 지키고 있었다. 차를 내놓고 앞자리에 앉은 형수의 얼굴은 몰라볼 정도로 초췌해져 있었다. 여덟 살 꼬마였던 문영은 친구 집에 놀러라도 갔는지 보이지 않았다.

"도련님도 짐작하셨겠지만 요즘 형님은 변했어요. 속상해 죽겠어요. 정말……."

의례적 인사가 오가고 내가 형의 안부를 묻자 형수는 갑자기 울먹였다.

"형님한테 무슨 일이라도 생긴 겁니까?"

나는 제법 염려스런 표정을 지어 보였다. 그러나 그건 어디까지나 예의에 지나지 않았다.

"그때부터였을 거예요."

"그때라뇨?"

나는 별 뜻 없이 물었다.

"그때……. 형님은 광주에 계셨어요. 우연히……."

나는 형수의 말뜻을 얼른 알아차리지 못했다.

"아니, 그때……. 형님이 광주에 계셨어요? 무슨 일로?"

나는 괜히 허둥거렸다.

"전혀 우연이었어요. 무슨 모임에 참석차 내려갔는데 그 일이 터진 거예요. 꼬박 일주일을 갇혀 있다가 겨우 빠져나왔어요."

80년대 벽두에 광주에서 있었던 그 일에 대해서 그때까지 내가 아는 것이라곤 풍설로 떠돌거나 통제된 보도로 알려진 범위를 크게 벗어나는 것이 아니었다. 또한 그 일에 쏟았던 세인들의 관심에 비해 나의 그것은 빈약하기까지 한 것이었다. 그리고 그 일은 표면적으로나마 이미 사람들의 뇌리에서 잊혀져 가고 있던 사건이었다.

한데 그 현장에 형이 있었다니. 나는 잠시 망연해지는 기분이었다.

"그 이후로 형님은 말이 없어졌어요. 출근도 하지 않는 날이 많아졌어요. 그런 날이면 자기 방에 틀어박혀 무슨 생각을 하는지 넋을 잃고 있곤 했어요."

"그런 일이 있었군요."

나는 혼잣말처럼 내뱉었다.

"못 하던 술도 늘었고 벌컥벌컥 화도 잘 냈어요. 그러다가 어느 날 갑자기 한 마디 상의도 없이 덜컥 사표를 냈지 뭐예요. 그 좋은 자리를 내팽개치고……. 그러곤 저러고 다니고 있는데 요즘은 정말 못 살겠어요. 여기저기 압력도 많이 들어오고……."

그때 광주에선 무슨 일이 일어났던 것일까. 형은 거기에서 도대체 무얼 본 것일까. 거기에서 본 무엇이 형으로 하여금 저토록 변하도록 한 것일까. 아니 형의 변신의 요인이 정말 광주에서 형이 목격한 그 무엇이었을까. 아무것도 알 수 없었다. 나는 뒤죽박죽이 된 생각을 안고 형 집을 나섰다.

그 이후로 나는 형이 광주에서 목도한 것이 과연 무엇이었는지 확인하고자 거의 안달을 부렸다. 대학가에 떠도는 소문을 귀담아 들었고 도서관에서 당시 신문들을 찾아 꼼꼼히 읽기도 했다. 그러나 무엇 하나 확실한 것은 없었다. 신문들은 하나같이 정부의 기관지 같은 기사로 도배질 되어 있었다. 그러다 후배 녀석을 통해 그때 일을 생생히 담은 필름이 대학 내에서 은밀히 상영된다는 정보를 입수했다. 주로 외신기자들이 찍은 것을 편집한 그 필름을 나는 참담한 기분으로 보았다.

그것은 충격이었다. 참혹과 분노와 고통과 슬픔과 절규…….

형이 본 것이 이것이었을까. 이 충격이 형으로 하여금 저 권력과 저 부유와 저 번쩍거리는 명성의 세계로부터 돌아서게 한 것일까. 나는 확신할 수 없었다. 지금도 나는 이 점에 대해서 자신 있게 말할 수 없다. 그것은 형에 대해서 그만큼 몰랐기 때문이기도 했고, 수많은 체험과 감정에 의해 수많은 변화의 가능성 위에 놓인 인간, 그 인간으로부터 결코 자유로울 수 없는 형이 단지 그 하나의 체험, 그 하나의 충격으로 달라졌다고 속단할 자신이 없기 때문이기도 했다. 어쩌면 그것은 형수의 피상적인 관찰의 결과였는지도 몰랐다. 다만 그 충격이 형이 달라진 중대한 하나의 요인으로 작용한 것은 분명한 듯했다. 하지만 형의 진술을 참고하지 않은 그런 추론이 무슨 큰 신빙성을 가질 수 있으랴. 진실은 형만이 알고 있었다. 그리고 그 형은 죽었다.

형의 몰락은 의외로 빨랐다. 진사 할아버지의 그것처럼. 형이 만취 상태에서 차를 몰다 중앙선을 침범해 마주 오는 화물차를 들이받은 것은 어느 일요일 밤이었다.

나는 형을 알지 못한다. 형이 겪었을 그 많은 고뇌와 사랑과 욕망과 갈등과 슬픔에 대하여 나는 냉혹할 정도로 무심했다. 그가 왜 스스로 몰락의 길을 재촉했는지, 구름 위의 세상에 속해 있던 그가 왜 벽을 타고 위험스럽게 내려오려 했는지 나는 알 수 없다. 그것은 내겐 금지된 형의 방에서 일어난 일이었다.

그러나 이런 생각은 자꾸 든다. 형은 형의 방문을 열고 싶었던 것이 아닐까. 문을 열고 멀리 비켜서 있는 나에게, 아니 이쪽의 누군가에게 손짓을 하고 싶었던 것은 아닐까. 어렸을 때 나에게 건네준 최인훈의 소설집처럼 형은 벽 아래에, 방문 밖에 서 있는 누군가에게 뭔가를 주고 싶었던 것은 아닐까 하는 생각이 자꾸 드는 것이다. 형이 의도한 속사정은 전혀 성질이 다를지도 모른다. 그런데도 나는 왜 자꾸 형의 죽음을 그런 쪽으로 미화하고 싶은 것일까. 이렇게 어이없는 안타까움으로. 알량한 소설가의 이 못된 버릇.

그러나 형의 변화와 죽음으로 인해 형에 대한 나의 애정이 회복되었다고 하더라도 나는 형의 그 손짓이, 가진 자의 소외된 자에 대한 시혜의 성격을 띤, 다분히 감상적인(진사 할아버지의 아들들의 경우처럼) 것은 아니었을까 하는 혐의는 버리지 못하고 있다.

몇 년의 세월이 흐른 지금도 한밤중에 홀로 깨어나 형의 사진을 바라보며 끝없는 비통으로 우는 아버지는 아들의 죽음을 슬퍼하는 것일까, 이루지 못한 집안의 영화를 슬퍼하는 것일까. 나는 그것조차 알지 못한다.

논두렁에서 기다리자 아버지는 한참 만에 선산을 내려왔다. 아니나 다를까. 아버지의 눈가는 벌겋게 젖어 있었다.

비어 있는 옛집은 쓸쓸하고 스산했다. 생전의 어머니가 온갖 정성으로 반들반들 윤을 내던 청마루에는 뽀얀 먼지가 쥐똥과 함께 덮여 있었다. 휑뎅그레한 장독대엔 마른 잡초 속에 질그릇 조각이 파편처럼 흩어져 있고 싸리 울타리는 반나마 기울어져 있었다.

"사람 체온 떠나면 집도 금방 죽어 버려요."

아내의 말이었다. 헛간의 기둥이 쓰러진 탓에 아래채는 희극적으로 기우뚱해져 있었다. 나는 옛날 형의 방으로 다가가 문고리를 당겨 보았다. 아귀가 맞지 않는 문은 뻑뻑 소리를 내며 잘 열리지 않았다. 힘껏 당겨서야 그것은 신음소리를 내지르며 겨우 열렸다. 방안은 텅 비어 있었다. 먼지 앉은 바닥과 쥐구멍 난 천정, 오래 고여 있던 침묵과 추억. 이런 것이 내가 본 전부였다. 거기엔 아주 오래되고 깊은 허무가 한 마리 큰 입을 벌리고 숨 쉬고 있을 뿐이었다. 먼지처럼 매캐한 슬픔이, 알지 못할 안타까움이 가슴 한 켠을 아리게 했다. 나는 문을 닫고 돌아섰다.

　기울어진 오후 햇살 속에 아이들이 마당에서 닭싸움을 시작했다. 청마루 끝에 앉아 담배를 태우며 무연한 눈빛으로 아이들이 노는 양을 지켜보고 있던 아버지가 곁에 앉은 나에게 불쑥 말했다.

　"쟈는 법대로 보내야 될 낀데."

　문영을 가리키는 말이었다. 나는 금방 아버지의 의도를 알아차렸다.

　'저 집요한, 집요한……'

　나는 속으로 신음 소리를 내질렀다. 그때였다. 으스스한 한 줄기 한기가 소름과 함께 뒤통수에서 등허리로 내리 달린 것은. 그리곤 곧 온몸이 따끔거리며 가려워져 왔다. 소매를 걷자 팔뚝에 동전 크기의 반점이 허옇게 툭툭 불거져 있는 게 보였다. 그걸 본 순간 다시 소름이 등줄기에 일어섰고 참을 수 없는, 정말로 참을 수 없는 가려움증이 온몸을 덮어 오기 시작했다. 나는 간질을 앓듯 온몸을 뒤틀며 마구 긁어대기 시작했다. 놀란 아내와 아이들이 동그래진 눈으로 달려왔다.

　"야가 와 이카노. 야가 와 이캐. 아이가……. 두드러기네. 야야, 에미야, 퍼뜩 가서 짚동이 좀 가져 오이라. 두드러기에는 짚동 태운 연기가 최고니라."

　나는 목덜미와 가슴과 팔다리와 뱃구레를 미친 듯이 필사적으로 긁어대며 무어라 설명할 수 없는 안타까움에 휩싸여 아내가 뒷마당으로 황급히 달려가는 것을 보았다.

(1993년)

원조
元祖
를
찾아
서

이윽고 '올림피아' 호의 거대한 선체가 국제선 부두를 밀쳐내며 서서히 움직이기 시작했다. 영도의 봉래산 줄기에서 슬금슬금 풀어져 내린 어둠이 바다를 흑갈색으로 물들이고 있었다.

　내항의 갑판 위에서 바라다본 부산항은 아름다웠다. 용두산 타워의 높다란 기둥이 몰운대 쪽으로 막 숨이 넘어가는 저녁 햇발을 받아 주홍색으로 불타고 있었고, 키 큰 중앙동의 빌딩들이 하나 둘 눈을 뜨고 있었다. 파르스름한 부둣가의 수은등과 정박한 상선들의 휘황한 불빛들이 수면에 거꾸로 박힌 채 물결 따라 흔들렸다. 흰 날개의 갈매기들이 연방 끼룩대며 뱃전을 따라왔다. 혼잡하고 경박하고 무식한 도시, 부산도 몇 발짝 떨어져 바라보니 꽤 매력적인 항구로 바뀌어 있었다.

　승객들은 온통 갑판으로 몰려나와 있었다. 항구의 야경을 배경으로 기념사진을 찍느라 여기저기서 터뜨리는 카메라 불빛이 무성했다. 비디오 촬영기에 큐를 넣고 벌써 여행 기분을 내는 성급한 관광객의 모습도 눈에 띄었다. 몇몇 서양인이 끼어 있었지만 승객 대부분은 한국 사람으로 보였다. 목적지가 오사카임에도 불구하고 일본인으로 보이는 사람은 별로 없었다. 하긴 돈 많은 일인들이 항공편으로 한 시간 반도 채 걸리지 않는 거리를 하룻밤 내내 뱃멀미에 시달리며 여행을 할 경우는 드물 듯도 싶었다.

배가 오륙도를 돌아 나와 외해로 접어들자 부산항은 밝은 점 하나로 멀어졌다. 그 점마저 어둠이 바다를 점령하자 가뭇 사라져 버렸다. 상수는 태어나서 서른이 넘도록 한반도를 이렇게 멀리 떠나와 본 적이 한 번도 없다는 사실이 문득 상기되어 제법 객창감에 빠져들었다.

사람들은 모두 선내로 들어가 버리고 혼자 보는 현해탄의 밤바다는 무시무시했다. 사방 어디를 둘러봐도 지나가는 배의 불빛 한 점 보이지 않는 암흑의 바다. 그 어둠의 깊이는 실로 전율스러웠다. 배의 둔중한 엔진음만 없다면 당장 사람을 빨아 삼킬 것 같은 검은 바다는 무한히 넓고 어두운 동굴이었다. 이 바다에 몸을 던졌다는 윤심덕과 김우진의 절망은 이 어둠보다 더 깊은 것이었을까. 해방 귀국선 '우키시마마루(浮島丸)'를 타고 오다 이 바다에 수장되었다는 오백여 명의 동포들은 얼마나 깊은 공포 속에서 죽어 갔을까. 한일합방 이후 이 뱃길로 유학을 떠나던 식민지 조선의 젊은 청년들도 이 어둠의 깊이에 몸서리쳤을까. 상수는 뱃전의 난간을 잡고 서서 이런 부질없는 생각들을 떠올렸다. 휘휘한 마음으로 내려다본 발아래엔 검은 물결이 선체의 불빛을 받아 괴물의 등 비늘처럼 번쩍거렸다.

이 단 침대식으로 꾸며져 십여 명이 같이 들도록 되어 있는 객실은 텅 비어 있었다. 다른 승객들은 선내 로비나 면세점이나 영화관으로 뿔뿔이 흩어진 듯 아무도 돌아오지 않았다. 아까 식당에서 헤어진 김 부장도 아직 돌아올 기미가 없었다. 또 어느 구석에선가 만만한 여자들을 상대로 희희낙락, 이빨을 풀고 있을 게 틀림없었다.

상수는 자기 침대로 기어들어 가 김 부장으로부터 넘겨받은 취재 자료를 꺼내 들고 새삼스럽게 면밀히 훑어보기 시작했다.

일본 백자(白磁)의 원조(元祖)로 일컬어지는 이삼평(李參平, ?~1655)은 본래 충청남도 금강(錦江) 유역 사람이다. 그가 150여 명의 다른 조선인 도공들과 함께 나베시마 시게모리 군(軍)에 의해 강제로 큐슈 지방으로 끌려온 것은 임진왜란이 막바지에 접어들었던 1596년(선조 29년)의 일이었다. 뒤에 이삼평은 이름을 가나가에 산베에(金江三兵衛)로 고쳤는데 가나가에(金江)라는 성은 금강(錦江)에서 따온 것이었다.

……당시 도자기 제조 기술이 전혀 없었던 일본에서는 도자기가 희귀한 보물이어서 왜군들이 조선인 도공의 납치에 혈안이 되었다는 것은 주지의 사실이다. 그들은 조선의 도공뿐만 아니라 조선의 도토(陶土)와 유약과 연료까지 함께 실어 왔다. 그러나 조선에서 가져온 재료가 동나자 그들은 자국 내에서 질 좋은 도토를 발견하기에 고심하게 된다.

이삼평의 도공 집단이 일본에 처음 정착한 곳은 '다쿠'였으나, 이후 이들은 '토오진고바', '고오라이다니', '오오야마' 등지를 전전하게 된다. 그것은 순전히 좋은 도토를 구하기 위함이었다. ……이삼평은 각지를 답사하여 드디어 1616년(광해군 8년)에 아리타(有田)의 이즈미 산에서 백자광을 발견한다. 그 즉시 그곳에서 가까운 덴구(天狗) 계곡에 요(窯)를 열어 이 해에 이삼평은 일본 최초의 백자를 구워내는 데 성공한다. 이것이 유명한 덴구요이며 이삼평이 일본의 도조(陶祖)가 되는 계기가 된다. ……그는 이곳 아리따에서 일본 자기 발전의 기초를 닦아놓고 1655년 사망했다…….

어디서 입수했는지 김 부장은 처음 이 자료를 들고 와 대단한 보물이라도 발견한 양 한껏 들떠 떠들어댔다.

"이봐, 박 기자, 이거 물건 하나 되지 않겠어? '일본 백자의 원조, 조선인 이삼평을 찾아서'라고 타이틀을 딱 때려놓고 현지 취재기사에다 사진 몇 장 붙여놓으면 이거 우리 잡지 창간 이래 최고의 특종감이 될 거라구. 이봐, 자네들 이삼평이라구 들어본 적 있어? 없지? 없지? 그 봐, 이건 물건이야, 물~건……."

김 부장은 사람이 좀 엉뚱한 데가 있었다. 걸핏하면 무슨 꼬투리를 물고 와 특종감이라고 사무실을 시끄럽게 만들었다. 그러나 그 꼬투리라는 게 늘 잡지 성격과는 동떨어진 것이거나 비현실적인 경우가 태반이어서 김 부장의 '물~건'은 한 번도 특종이 되어 본 적이 없었다. 그런데도 그는 끈질기게 '특종'을 물고 와 혼자 흥분하여 날뛰는 것이었다. 그 흥분도 늘 오래가질 못했다. 이튿날이면 언제 그랬냐는 듯이 그 일을 싹 잊어버리고 말았다.

한 번은 '한단고기'에 나오는 이상한 문자와 한글과의 관계를 밝혀내면 '물~건'이 될 거라며 또 한바탕 난리법석을 떨었다. 그 통에 상수와 후배인 정 기자는 신발창이 닳도록 역사학자, 고고학자, 언어학자, 한글학자 등을 찾아 헤매야 했다. 그러나 별무소득이었다. '한단고기' 자체가 아직 학계에서 정식으로 연구된 바가 없을 뿐더러 거기에 실려 있는 괴문자는 더구나 수수께끼로 유보되어 있는 사항이었다. 그 사실을 보고했더니 부장의 말이 가관이었다.

"어? 그걸 아직 붙들고 있었나? 그거 다 헛소리야. 그건 놔두고 이거나 만들어 와."

그러면서 김 부장은 다음 호에 실릴 낱말 맞히기 퀴즈 문제를 작성해 오라는 것이었다. 상수와 정 기자는 부장의 얼굴만 멀거니 바라다볼 수밖에 없었다. 그 이후론 부장이 '이건 물～건이라구' 어찌구 하면서 입에 거품을 물기 시작하면 상수 등은 '또 시작이군. 저 병엔 약도 없나?' 하는 은밀한 눈빛들을 주고받으며 실실 웃어넘기곤 했다.

그러나 이번만은 좀 달랐다. 김 부장은 이삼평 이야기를 꺼낸 그날로 상수더러 해외 취재 신청서를 사장 앞으로 제출케 했다. 물론 그 신청서엔 일어과 출신인 김 부장 자신은 통역원으로 등재되어 있었다. 그리고 부장이 노랭이 사장의 부랄을 어떻게 틀어쥐었는지 일주일 후에 데꺽 결재가 났다.

사장의 허락이 떨어진 직후부터 김 부장은 이삼평 건에 대해선 갑자기 입을 다물었다. 그 사안에 대해선 모든 걸 상수에게 일임하겠다는 태도였다. 김 부장의 속셈은 곧 알 만했다. 부장은 애초부터 특종을 잡고 싶었던 것이 아니라 해외 관광을 즐기고 싶었던 것이다. 기사 따위야 상수에게 맡겨두고 자신은 느긋하게 일본 구경이나 하겠다는 심산이었다.

상수는 부장이 물어 온 이 건수가 처음부터 영 시답잖게 여겨졌으나, 일이 이렇게 풀린 이상 어차피 자신의 일이란 책임감도 생겼고, 일본 도자기에 관한 한 니에시료오 지방의 심수관 가(家)에 비해 상대적으로 거의 파묻혀 있다시피 한 이삼평을 부각시켜 보는 것도 나쁘지 않겠다는 생각이 들었다. 시각만 잘 잡아 정리한다면 '물～건'이 될 소지가 아주 없지는 않았다.

"이봐, 젊은이."

상수는 깜짝 놀라 고개를 들었다. 아무도 없는 줄 알았던 객실 구석에서 누군가가 그를 불렀다. 맨 끝자리 침대 위에 웬 노인이 걸터앉아 있었다. 백발의 머리를 단정하게 빗어 넘기고 깔끔한 회색 양복 차림이었다.

"이리 좀 와."

노인은 상수를 향해 손짓을 해보였다. 상수가 다가가자 노인은 자기 앞에 놓인 휠체어를 가리켰다.

"날 여기 태우게."

노인은 두 다리를 거의 쓰지 못하는 듯했다. 상수는 노인의 허리를 안아 올려 휠체어에 앉혔다. 가까이서 본 노인의 얼굴은 훨씬 더 늙어 보였다. 주름살투성이 얼굴에 검버섯이 군데군데 피어 있었다. 다만, 정연하고 강한 눈빛과 아직도 팽팽하게 우뚝 선 콧날이 노인의 젊은 날 고집 센 모습을 짐작케 했다. 노인의 표정은 딱딱하게 굳어 있었고, 무언가에 잔뜩 화가 난 사람처럼 보였다.

"밀어."

노인은 숫제 명령조였다. 마치 자신의 몸종에게 말하듯 거침이 없었다. 상수는 노인의 태도에 어이가 없었으나, 잠자코 휠체어의 손잡이를 밀어 출입문 쪽을 향했다. 성미는 괴팍하지만 몸이 불편한 노인네를 대접한다는 기분으로.

로비는 승객들로 북적이고 있었다. 사람들은 모두 여행 기분으로 들떠 보였고, 끼리끼리 모여 앉아 담소를 나누고 있었다. 한쪽에선 몇몇이 코쟁이 둘을 둘러싸고 손짓 발짓을 주고받다가 코쟁이의 익살맞은 몸짓에 폭소를 터뜨리곤 했다.

노인이 벚꽃이 새겨진 일화(日貨) 동전을 꺼내 자판기에서 음료수를 빼 오게 했다. 한·일 양 회사가 공동으로 운영한다는 이 배에선 어쩐 일인지 면세점 사용은 물론 자판기까지 모두 엔(円)화로만 통했다. 노인과 같이 마신 야채 주스의 맛은 밍밍했다.

"덥군, 나가지."

빈 깡통을 휴지통에 버리고 노인은 여전히 일방적으로 말했다.

"밖은 추우실 텐데요."

외투를 입지 않은 노인의 양복 차림을 염두에 두고 상수는 처음으로 노인의 말에 이의를 달았다. 노인은 새삼스레 상수의 위아랠 훑어보았다.

"자네 걱정이나 하게. 난 괜찮으니."

상수는 어서 노인의 동행자가 나타나길 바랐다. 이 심술궂은 노인네에게서 벗어날 길은 그 길밖에 없을 듯했다. 그러나 노인의 보호자는 욕탕에 들어앉아 콧노래라도 흥얼거리고 있는지 코빼기도 보이질 않았다.

갑판으로 나가기 위해선 계단을 올라야 했다. 휠체어를 먼저 올려놓고 노인을 업었다. 등허리에 느껴지는 노인의 몸무게가 체구에 비해 뜻밖으로 가벼웠다. 층계를 오르며 상수는 직무유기를 범한 노인의 보호자에게 속으로 계속 툴툴거렸다.

바다는 여전히 어두웠고 음흉했다. 하늘마저 별빛 하나 품지 않은 채 어두운 바다와 손잡고 있었다. 선수 쪽 갑판에는 몇몇 청춘 남녀들만이 밤바다의 낭만을 즐기고 있었다. 뱃머리로부터 굵은 선을 이루며 끊임없이 일어나는 물결의 포말이 불빛을 받아 하얗게 끓어올랐다.

"자넨 고향이 어딘가?"

아무것도 보이지 않는 바다를 향해 시선을 고정한 채 노인이 메마른 음성으로 물었다.

"부산입니다."

노인의 등 뒤에 서서 상수는 가능한 한 건조하게 대답했다.

"난 경남 합천일세. 지금은 오사카에 살고 있네만."

노인은 한결 부드러워진 목소리로 묻지 않은 말까지 덧붙였다.

"그러시군요. 고향엘 다녀오시는 모양이죠?"

"자네 먹물쟁이지?"

노인은 묻는 말엔 대답을 하지 않고 엉뚱한 소릴 했다.

"네?"

"글 써서 먹고 사는 직업 아니냐 말일세."

"아, 네. 잡지사 기잡니다. 박상수라고 합니다."

"그래. 난 최치홀세. 난 먹물쟁이들이 싫어."

"왜요?"

"틀려먹었어. 마음에 안 들어."

"어떤 점이요?"

"모두 다."

"?"

"……고향도 변했어. 땅도 사람도……."

노인의 말은 종잡을 수가 없었다. 상수는 노인의 몸뿐만 아니라 정신까지 휠체어를 타고 있는 것이 아닌지 잠시 의심스러워졌다.

삼월 초의 밤바다 바람은 차가웠다. 귀가 시려 왔다. 최 노인은 양복의 가슴팍 안으로 팔짱을 꼈다. 처음의 장담과는 달리 추워 보이는 기색이었다. 파카를 벗어 어깨에 걸쳐주자 최 노인은 상수를 힐끗 돌아다보았다.

"내가 이 바다를 처음 건넌 건 열네 살 때였네."

상수는 잠자코 최 노인의 말을 들었다.

"탄광에서 일하는 아버지를 찾아가는 길이었지. 그때도 어두운 밤이었네. 어머니는 어린 동생의 손을 잡고 저 바다를 하염없이 바라보셨어. 어머니가 울고 있단 것을 눈치챈 것은 한참 뒤였네. 그러나 난 신이 나 있었네. 내지에 들어가기만 하면 앞길이 훤히 열릴 줄 알았거든. 무슨 짓을 하든 조선에서처럼 밥이야 굶겠나 하는 배짱도 있었지. 그래서 이 뱃길이 그렇게 즐거울 수가 없었네. 그 밤 내내 나는 어머니 몰래 콧노래를 흥얼거렸을 거야. 철딱서니가 없었지……."

최 노인의 말은 낮고 목이 쉰 웅얼거림으로 변해 있었다. 그것은 딱히 누군가에게 말하는 것이 아니라 거의 혼잣말처럼 들렸다.

어둠 저편에서 끊임없이 차가운 바람이 불어왔고 가끔씩 바다의 지느러미 같은 물안개가 얼굴을 핥고 지나갔다. 최 노인은 어느덧 말을 그치고 꼼짝도 없이 마냥 바다만 노려보고 있었다.

"오늘 내가 쓸데없는 소릴 너무 많이 하는군."

객실로 돌아오기 위해 계단에서 다시 업었을 때 등 뒤에서 최 노인은 무척 억울하다는 투로 중얼거렸다.

"동행하신 분은 어디 가셨습니까?"

충계 아래에서 노인을 내려놓으며 상수는 심상함을 가장하며 물었다.

"왜? 귀찮은가?"

상수의 심중을 꿰뚫어 보듯 되묻는 최 노인의 말에 심술기가 회복되어 있었다.

"아, 아닙니다. 그런 게 아니라……."

상수는 괜히 당황해서 허둥거렸다.

"난 혼잘세."

최 노인은 딱 잘라 말했다. 그 말이 하도 단호해서 최 노인의 수발을 들어줘야 할 의무가 처음부터 자신에게 있었던 게 아닌가 하는 착각이 들 지경이었다. 휠체어 신세의 노인이 혼자서, 그것도 나라 밖 여행을 하다니. 상수는 최 노인이 점점 더 알 수 없어지는 기분이었다.

"어이, 박 기자. 어딜 그렇게 싸돌아다녀? 촌놈처럼……. 이리 와 술이나 한잔해. 어르신도 이리 오시죠."

객실에는 어느새 술판이 벌어져 있었다. 틀림없이 김 부장이 사람들을 끌어모아 판을 벌였으리라. 아니나 다를까. 상수의 배낭 안에 비장해 두었던 대선 소주와 쥐포가 기어 나와 술자리 한복판에 턱하니 버티고 있었다. 김 부장이 내미는 술잔을 극구 사양하는 최 노인을 자리에 올려주고 상수는 김 부장의 옆자리에 끼어들었다.

"우리 잡지사에서 가장 촉망받는 기자이시며, 전도유망한 문사이시며, 이 몸이 언제나 사랑해 마지않는 후배, 박 상수 기자를 소개합니다. 알짜배기 총각입니다."

김 부장이 너스레를 떨었다. 상수는 좌중의 사람들과 간단한 목례를 주고받았다.

"어머, 아직 총각이세요?"

건너편 자리의 두 아가씨 중 하나가 눈을 과장되게 떠 보이며 관심을 표했다.

"아, 예. 비교적 총각입니다. 우리 부장님 말씀은 항상 50% 할인해서 들으셔야 합니다."

"맞아요, 맞아. 부장님은 허풍이 심해요."

아가씨들이 호들갑스럽게 웃어댔다. 처음 객실에 들 땐 보이지 않던 아가씨들이었다. 김 부장이 배 안에서 '현지 조달'한 것이 분명했다. 하여간 김 부장의 그런 방면의 능력은 인정해줘야 했다. 나이 오십이 다 된 사람이 주책없이 아직도 여자라면 그저 사족을 못 쓰고 껄떡이었다.

"이 아가씨들이 왜 이러시나. 이 몸이 비교적 총각인데 이 친구 정도면 알짜배기 총각이지 뭘 그래."

교토의 친척집을 다니러 간다는 사십대 중반의 오 씨는 늘 웃는 상에다 눈빛이 어쩐지 교활한 느낌을 주었다. '노가다꾼'이라고 당당하게 자기소개를 한 삼십대 초반의 전 씨는 건장한 체격과 투박하고 큼직한 손이 인상적이었다. 그와 동행한 이와 신은 이십오륙 세의 진짜 알짜배기 총각으로 보였다. 두 아가씨와 오, 전은 일본을 자주 들락거려 이 뱃길에 아주 이력이 나 있는 눈치였다. 이와 신은 전을 따라나선 초행길인 듯 말수도 별로 없이 술잔만 홀짝이고 있었다.

"그래 미스터 전은 일본 가서 돈푼이나 만졌소?"

김 부장이 전에게 술잔을 돌렸다.

"말씀 마십쇼. 처음엔 꽤 모았지요. 그땐 우리나라 노가다 일당보다 일본 일당이 훨씬 높았거든요. 물가가 엄청 비싸긴 하지만, 먹는 거 자는 거 싸구려로 하고 악착스레 모으니 제법 모이데요. 점심을 순전히 오백 엔짜리 우동으로 때웠어요. 노가다 하는 놈이 말입니다. 번듯한 술집에 가서 기분 한 번 못 냈습니다. 그랬다간 한 달치 임금이 확 날아가는 판국이니 어떡하겠어요. 일본엔 술값이 엄청 비싸요."

"그럼 아저씨 저축도 많이 했겠다."

미스 양이란 아가씨가 눈빛을 반짝이며 끼어들었다.

"처음엔 그랬지요. 한데 요즘은 그 판도 한물갔어요. 요즘은 어찌 된 판국인지 공사판에서 부딪치는 게 맨 한국 놈들이란 말입니다.

일본 가면 재미 본다는 소문이 도니까 너도나도 건너온 겁니다. 그래 놓으니 한국인 노무자 값이 떨어질 밖에요. 일본 놈 십장들이 배짱을 튕기기 시작한 거죠. 처음엔 안 그랬어요. 그땐 웬만큼만 말이 통하면 일본 노무자들과 일당을 별 차이 없이 받았어요. 한국 사람들 부지런하고 일솜씨가 좋거든요. 동남아 얘들도 많이 옵니다만 걔들 아주 게으르고 일하는 걸 보면 형편이 없어요. 걔들 일당은 우리 반밖에 안 됩니다. 그런데 제기! 요즘은 한국 사람들이 떼거리로 몰려오니까 걔들 수준으로 뚝 떨어졌어요. 오사카 신이마미야역 주변에 한 번 가보십쇼. 거기 득실거리는 게 모두 한국인 노무자들입니다. 모르긴 몰라도 지금 여기 이 배 타고 있는 사람들 70%는 아마 일본에 노가다 하러 가는 사람들일 겝니다. 재미있는 건 공사판에 가보면 말수가 없는 놈은 틀림없이 한국 사람이란 겁니다. 그럴 땐 한국 사람인지 아닌지 구별하는 방법이 있죠. 옆으로 슬슬 다가가서 모른 척하고 발을 슬쩍 밟아 보는 겁니다. 한국 사람 열이면 열 모두 당장 눈을 홱 치뜨고 '눈깔이 삐었나, 쓰팔!'이라고 욕부터 튀어나옵니다. 거 왜 한국 사람들 불뚝 성질 있잖습니까. 당장 잡아먹을 듯이 똥뽈따구 부리다가 제풀에 핫바지 방귀 새듯 죽어버리는 성질 말입니다. 일본 얘들은 절대 안 그렇거든요. 그놈들은 발 밟힌 놈이 먼저 '스미마셍' 이럽니다. 그러면 밟은 놈은 '고멘 나사이 스미마셍.' 이럽니다. 그러면서 밟은 놈이나 밟힌 놈이나 절을 열두 번도 더 주고받습니다. 웃기는 놈들이죠. 그러나 일본 놈들 절대로 우습게 볼 놈들이 아닙니다. 그렇게 예의 차릴 거 다 차리면서도 실속 챙길 것엔 눈에 불을 켜요. 한 마디로 웃는 낯으로 사람 간 빼먹는 놈들이죠."

전은 술잔 돌려주는 것도 잊고 이야기에 신바람을 냈다.

"예전보다 재미가 덜하다지만 한국에서 일하는 것보다 아직은 나으니까 미스타 전도 이렇게 또 가는 거 아냐?"

김 부장이 슬쩍 떠보았다.

"그게 그렇지가 않아요. 숙식비에다 오가는 뱃삯 제하면 별 남는 게 없습니다. 한국에서 일하는 것하고 수입 면에서 거의 차이가 없어졌어요. 한국도 그동안 임금이 얼마나 올랐습니까. 일본 가서 정신 바짝 차리지 않고 헐렁대다간 오히려 빚만 잔뜩 지고 몸만 망치기 십상입니다. 그런 친구들을 꽤 보았죠."

"그런 친구들은 어째서 그렇게 되는 거야?"

"악질 브로커에게 걸려든 거죠. 일본인이나 한국인 중에서 우리 같은 사람들에게 일자리를 알선해주고 얼마간의 소개비를 챙기는 치들이 있는데요. 이 브로커들 중에는 지방 야쿠자를 끼고 있는 악질들이 있어요. 이놈들에게 멋모르고 숙식을 제공받거나 돈을 빌리면 왕창 바가지를 쓰게 되고 결국 빚을 지게 됩니다. 빚은 이자가 눈덩이처럼 불어나 나중엔 자기 일당을 몽땅 다 갖다 바쳐도 갚아 나갈 수 없게 되죠. 그래서 다시 한국으로 돌아가려고 하면 이번엔 불법취업과 불법체류 사실을 고발하겠다고 위협해요. 그러니 빼도 박도 못하고 뼈 빠지게 일해서 그놈들 좋은 일이나 시켜주는 거죠 뭐."

"그런데 자넨 왜 또 가?"

"외국 밥을 먹어봐 놓으니까 국내에서 일하는 게 어쩐 좀 답답하고 또 외국에서 살아보는 재미도 있잖습니까. 사실 일본이야 뭐 다른 외국하곤 달라서 말만 다르다 뿐이지 얼굴 생김이 똑같아서 우리 같은 놈들 벌어먹기에 불편한 것도 없구요."

"쯧쯧, 외국 바람이 들었구면, 바람이 들었어."

김 부장이 익살맞게 혀를 차자 아가씨들과 전 자신도 쿡쿡 웃었다.

"그런 면이 아주 없지는 않지요. 툭 깨놓고 말해서 우리 같은 공사판 따라지들이 언제 돈 모아서 외국 구경해보겠습니까? 평생 가도 어렵지요. 그러니 외국 구경 삼아 돈벌이하는 것도 괜찮지 않습니까. 아, 누가 압니까. 외화 획득에 지대한 공이 있다고 나라님께서 우리에게 표창이라도 해줄지……, 쓰팔."

"외화 획득, 좋지 좋아. 그럼, 그럼. 표창을 해야 하고말고……. 자, 자, 한국 경제의 역군을 위해 건배!"

김 부장이 술잔을 쳐들어 전의 술잔과 마주쳤다.

"비자는 어떤 비자를 내어서 가는 거요?"

오 씨가 쥐포를 질겅대며 한마디 거들었다.

"그게 또 재미있습니다. 처음엔 8개월짜리 관광비자로 갔어요. 그 다음엔 3개월짜리밖에 나오지 않더군요. 한국에서의 직업이나 신분이 확실한 사람은 경우가 다릅니다만, 우리 같은 노가다들은 재입국 시 심사대상에 오르죠. 그래서 입국 횟수가 늘어날수록 여권 기간이 짧아져요. 저 같은 경운 지금은 15일짜리밖에 못 받습니다. 그것도 10만 엔 이상을 지참하지 않으면 입국이 거절됩니다."

"그럼 미스타 전도 보름 후엔 다시 돌아가야 하는 거야?"

"그럼요. 그 이상 있으면 불법체류가 되죠. 불법체류로 걸려들면 벌금을 물고 강제 송환됩니다. 오사카의 한국 노무자 중에서 불법체류자가 많아요. 악질 브로커들이 이 약점을 이용해서 노무자들을 우려먹기도 하지요. 한데 그걸 일본 관청에다 찔러 바치는 놈이 누군 줄 압니까? 바로 같은 한국 사람들이에요. 그 잘난 보상금 타 먹겠다고 동포를 팔아먹는 거죠. 하여튼 한국 놈들 곤조통은 알아줘야 합니다. 쓰팔."

전은 이빨 사이로 헛바람을 찍찍 불어냈다.

"아가씨들은 일본 구경 가시는 길입니까?"

상수는 미스 김이란 아가씨의 술잔을 채워주며 화제를 바꾸었다.

"어허, 그런 소리 말게. 이 아가씨들은 일본에 공부하러 가는 중이시라네. 일본 유학생인 몸이셔. 우리완 격이 다르다네."

김 부장이 대신 대답하자 옆에 있던 미스 양이 부장의 옆구리를 장난스레 꼬집는 시늉을 했다.

"공부라면 무슨……."

"비밀."

상수가 재차 묻자 미스 김은 집게손가락을 입술에 대 보이며 묘하게 웃었다. 화려한 옷차림과 야해 보이는 화장, 치렁거리는 악세사리가 어딘지 모르게 퇴폐적인 느낌이 들었고, 권하는 술잔을 어렵잖게 해치우는 솜씨나 남자를 대하는 개방적인 태도가 공부와는 거리가 멀어 보이는 아가씨들이었다. "모르지. 인생 공분지, 남자 공분지, 돈 공분지……."

김 부장은 뭔가를 알고 있는 눈친 듯 계속 너스레를 떨었다.

누군가 흔드는 바람에 눈을 떴다. 아까 술자리에서 부끄럼을 많이 타던 신 씨 청년이었다. 얼마나 잤을까. 객실은 조용했고, 배의 엔진음만이 멀리서 들리는 탈곡기 소리처럼 가만가만 선실의 벽을 두드리고 있었다.

"저기 할아버지가 좀 오시라는데요."

상수는 침대에서 후다닥 일어났다. 정말 최 노인의 보호자라도 되는 듯이.

"멀미가 나. 날 화장실에 데려다 주게."

최 노인은 수건으로 입을 막고 있었다. 화장실에서 최 노인이 토하고 있을 동안 상수는 세수를 했다. 잠기가 말끔히 달아났다. 화장실을 나서서 상수는 당연히 그래야 하는 것처럼 휠체어를 갑판 쪽으로 밀고 갔다. 최 노인은 잠자코 있었다.

바다에는 이른 새벽이 찾아와 있었다. 막연한 예감처럼 바다 위를 몰려다니는 안개 자락 사이로 멀리 해안선의 불빛들이 깜박거렸다. 아마 혼슈와 시코쿠 사이의 해협을 지나는 모양이었다.

최 노인과 상수는 간밤의 자세 그대로, 지나가는 어선단의 휘황한 조등을 바라보았다.

"일본에는 가족이 어떻게 되십니까?"

"할멈은 오래전에 먼저 보내고 아들 내외가 있네만 의절하다시피 하고 사네."

"아니, 왜요?"

"그놈은 귀화했네. 그렇게 말렸건만……."

"……!"

"용서할 수가 없어. 아무리 백 번 양보해 생각해도 용서가 되지 않아."

"그렇기로 부모 자식 사인데 의절하실 거까지야……. 연세도 높으신데."

"왜? 이 나이에 이러구 다니니까 불쌍해 보이나?"

"보기 좋은 일은 아니죠."

"귀화하지 않은 조센진이 일본에서 어떤 대우를 받는지 자넨 모를 걸세. 나는 그걸 알지. 이날 이때까지 남의 땅에 사는 온갖 설움 다 당하며 살지 않았나. 그게 얼마나 힘든 일인지 나도 모르는 바가 아니네. 하지만 애비인 나도 견뎌내지 않았나. 그래 젊은 놈이 그 고통쯤 감내할 자신이 없어서 이름을 야마모토로 바꿔? 못난 놈! 천하에……."

최 노인은 상수가 그 아들이라도 되는 양 목소리를 높였다.

"아드님에게도 말 못할 고충이 있겠죠. 오죽하면……."

"내 고향이 합천이란 걸 얘기했던가?"

최 노인이 상수의 말을 끊으며 생뚱한 소리를 했다.

"네."

"합천이라면 뭐 생각나는 거 없나?"

"……그, 글쎄요."

해인사가 있는 서부 경남의 산골 오지. 합천에 대한 상수의 지식
은 극히 상식적이었다. 아, 몇 해 전 백담사로 쫓겨간 전(前) 대통령
의 고향이 그곳이었다던가.

"역사 공불 헛했군. ……일제 말에 우리 아버지는 강제 징용 당해
히로시마의 군수공장으로 끌려가셨네."

히로시마! 상수는 그제야 최 노인 이야기의 가닥을 잡았다. 히로
시마와 나가사끼의 원폭 피해자 중에 유독 합천 출신 조선인이 많
았다는 걸 어디선가 읽은 기억이 났다. 해방 후 귀국한 원폭 피해자
들이 아직도 합천 지방에 많이 살고 있다는 사실도.

"아버지가 거기 계시단 소식을 어찌어찌해서 전해 듣고 어머니는
우리 식솔들을 모두 데리고 히로시마로 건너가셨지. 우여곡절 끝에
아버지와 연락이 닿았고, 우리 식구는 시내 변두리에 자리를 잡았
네. 어머니는 군복공장에 나가시며 온갖 고생을 다하셨지. 그때 난
중학에 다녔어. 그랬는데 45년도 8월……."

최 노인이 갑자기 쿨룩쿨룩 기침을 터뜨렸다. 비스듬히 내려다보
이는 옆얼굴에 고통의 빛이 떠올라 있었다.

"여름방학이었어. 난 어머니 심부름으로 시모노세키에 계신 고모
님 댁에 다니러 가 있었다네. 8월 7일 저녁에 고모님이 갑자기 울면

서 들어오셔서서 나더러 히로시마로 같이 돌아가자는 게야. 영문도 모르고 밤차를 타고 따라나섰지. 그러나 우리는 히로시마에 갈 수 없었네. 기차가 이와쿠니에서 발이 묶였어. 더 이상 갈 수 없다는 거야. ……결국, 아버지, 어머니, 어린 동생들 그 누구 하나의 시신도 수습하지 못했네. 그 모두가 주인 없는 재로 변했어. 난 하루아침에 혼자가 되었네. 그 낯선 남의 나라 땅에서……. 그 심정을 자넨 이해하겠나?"

최 노인의 주름진 눈가가 젖어 있었다. 가슴 밑바닥이 서늘해져 왔다. 저 한국 근대사의 어둡고 참혹한 질곡의 골짜기를 건너온 역사의 파편 하나가 또 거기, 청징하게 일어오는 새벽 바다 위에서 그렇게 고통스럽게 낮은 목소리로 말하며 울고 있었다.

"그런 내가 아들놈의 귀화를 받아들일 수 있겠나?"

"그런 사연이 있으신 줄은 몰랐군요."

멀리 해안선의 불빛이 새벽 미명에 점차 빛을 잃고 있었다.

"난 한국의 먹물쟁이들, 정치인이건 지식인이건 모두 마음에 들지 않네."

돌아오는 계단에서 최 노인은 잊고 있었다는 듯이 다시 말을 이었다.

"한국 정치인들, 일본에 대해서 왜 그렇게 당당하지 못한가. 하는 짓들을 보면 꼭 한국이 가해자이고 일본이 피해자인 것처럼 보일 때가 많아. 그저 일본 눈치만 슬슬 보는 꼬락서니란 말일세. 뭐 좀 배웠다는 자네 같은 치들은 또 어때. 극일, 극일, 입으로만 외치면서 정작 건드려야 할 곳은 못 건드린단 말이야. 맨날 삼국시대 백제나 신라가 일본에 문화를 전해 주었느니 어쨌느니 하는 따위만 지껄이고 있어. 그게 어쨌다는 거야. 못난 놈이 조상 찾는다고 까마득한 조상 타령만 하고 있으면 저절로 극일이 되나? 아니 할 말로 조상이 밥 먹여 주나 말일세. 지금 한·일 간에 걸려 있는 현안이 얼마나 많은가. 그걸 왜 관심 있게 당당하게 파고들지 못하나."

상수는 하마터면 계단은 헛디딜 뻔했다. 최 노인이 자신의 '이삼평' 취재 의도를 알고나 하는 소리가 아닌가, 해서 속으로 뜨끔했다. 최 노인의 주장대로라면 결국, 이삼평 이야기도 조상 타령에 지나지 않을 것이기 때문이었다.

"고향이라고 찾아가 봐도 속 시원한 꼴을 못 봐. 속마음 털어놓고 아픈 데 서로 다독거려 줄 늙은이들은 하나둘 세상 뜨고, 요새 것들은 재일 교포라면 떼돈을 벌어 놓고 사는 줄 아는지 그저 돈이나 한 뭉텅이 내놓지 않나 이것만 바라네. 모두 다 돈독들이 올라서……."

계단 끝에서 최 노인이 길게 한숨을 내쉬었다.

"날 심술 사나운 늙은이라고 생각하지 말게. 난 말일세. 이 세상 사람들에게, 적어도 한국 사람과 일본 사람에게선 받아야 한 빚이 있는 몸이라고 생각한다네. 자다가 불려 나와 내 시중드는 거 억울해할 것 없어. 자네도 내게 갚아야 할 빚이 있는지 어찌 아나."

그리곤 최 노인은 가래 걸린 소리로 쿡쿡 웃었다. 그 웃음소리가 퍽 자조적으로 들렸다.

배가 오사카의 낭코 페리 부두에 닻을 내린 것은 아침 7시경이었다. 사람들은 하선할 준비로 저마다 부산했다. 배낭을 메고 서류가방을 챙겨 드는데 김 부장이 불렀다.

"어이, 박 기자. 배낭 좀 끌러. 이것 좀 넣게."

김 부장의 손에 20여 개나 되는 가죽 손가방이 들려 있었다.

"아니, 이게 웬 겁니까?"

"우리 몫일세."

"우리 몫이라뇨?"

"오 씨, 저 친구 알고 봤더니 수출의 역군이야."

김 부장은 잔뜩 목소리를 낮춰 키득키득 웃었다.

"무슨 소리예요?"

"이게 바로 소위 보따리 장사라는 거야. 잔말 말고 배낭이나 호주 머니에 하나씩 쑤셔 넣어. 수출 산업에 일조하자구."

"도둑질한 것도 아닌데 꼭 이래야 됩니까?"

"이 친구 둔하긴. 이 많은 걸 오 씨 혼자 들고 나가면 세관에서 엄청난 관세를 때린다구. 그러니까 이렇게 나눠 들고 나가는 거야. 다른 친구들도 모두 자기 몫을 할당받았어. 오 씨 저 친구 이러구 오가면서 잔돈푼이나 챙기는 모양인데 좀 도와주자구."

손가방은 국제시장에서 만드는 가짜 이태리제 싸구려였다. 상수는 오 씨의 반들거리는 작은 눈을 떠올리며 그것을 배낭과 호주머니에 거칠게 쑤셔 박았다.

입국 절차를 마치고 부두 버스 정류장에 나서자 어디선가 오 씨가 나타나 사람들로부터 손가방을 회수했다. 오 씨는 어색하고 겸연쩍은 미소를 띠고 꾸벅꾸벅 인사를 해댔다. 상수는 그 꼴이 왠지 보기 싫어 손에 닥치는 대로 얼른얼른 꺼내주고 최 노인을 버스에 태웠다.

전철역에서 헤어지기 전에 최 노인은 상수의 손을 잡았다.

"고맙네. 자네에겐 빚을 다 받은 것 같네."

"원 천만에요. 이만한 일로 그 빚이 다 갚아지겠습니까. 앞으로 두고두고 갚겠습니다."

최 노인은 상수를 마주 보며 처음으로 크게 너털웃음을 터뜨렸다.

"고마우이. 잘 가게나."

"건강하십시오."

최 노인이 잡은 손에 힘을 주었다가 놓았다. 상수는 손으로 바퀴를 굴려 전철 안으로 사라지는 최 노인의 굽은 등을 오래 지켜보았다.

본래 예정에 없던 오사카행도 김 부장의 머리에서 나왔다. 방자 심부름 길에 꽃구경한다고, 이왕 일본에 가는 길에 관광명소인 오사카, 나라, 교토 지방을 둘러보고 기행문 기사를 하나 더 첨가하자는 것이었다. 김 부장은 이번 취재를 철저하게 관광화시킬 속셈이었다.

온종일 오사카 성(城), 천왕사, 나라의 사슴 공원, 동각사, 국립박물관 등지를 돌아다니다 예약된 이치에이 호텔에 도착한 것은 오후 늦게였다.

호텔에서 김 부장은 어딘가에 자꾸 전화질을 해댔다.

"됐어. 나가자구."

저녁 식사 후에도 전화를 걸고 온 김 부장이 의기양양하게 외쳤다.

"어딜요?"

"날 따라만 와. 자넬 천국 구경을 시켜주지."

김 부장은 음흉하게 웃었다.

거리의 불빛이 대낮처럼 밝았다. 형형색색의 네온 빛이 어지럽게 깜박이며 돌고 있었다. 불야성이란 단어는 이럴 때 적합한 말 같았다. 김 부장은 걸어가면서 계속 행인들에게 길을 물었다. 어느 거리에 이르자 불빛이 유난히 요란했고 인파가 붐볐다. 도톰보리라는 개천을 끼고 걷다가 옆 골목으로 접어들자 예상한 대로 홍등가가 나타났다. 곳곳에 섹스기구 판매점이 태연하게 불을 밝혔고, 노골적으로 야한 그림의 간판을 내건 색주집이 즐비했다. 색주집 입구마다 3천 엔, 5천 엔이라고 크게 쓴 깃발을 든 늙수그레한 노인들이 서 있기도 했다. 일본의 성(性)은 소문보다 훨씬 더 개방적으로 보였다. 중년 여인들이 길거리에 진을 치고 손님을 끄는 장면이 한국의 그런 곳과 흡사했다.

"아저씨들, 한국에서 오셨죠?"

웬 아줌마가 다가오더니 한국말로 대뜸 이랬다. 한국의 포주는 위대했다. 오사카까지 진출하다니.

"'수연'이란 집을 찾는데 혹시 아시오?"

"어머, 어머, 어머! 정말 잘 오셨네. 그 집이 우리 집이에요. 따라와요."

'수연'의 입구 간판에는 한복을 곱게 차려입은 여인이 네온 불빛 속에서 우아하게 웃고 있었다.

실내는 어두웠고 신음 같은 음악이 흐느적거리고 있었다. 중앙무대엔 소위 '할딱쇼'라는 것이 한창 절정을 향해 치닫고 있었다. 스포트라이트를 받고 꿈틀대는 여인의 전라는 고혹적이고 도전적이고 고통스러워 보였고, 부패한 향기를 피웠다. 어두운 객석에서 사람들은 꼼짝도 없이 그 향기에 마비되어 있었다.

좁은 룸에서 기다리자 문을 열고 들어선 것은 뜻밖에도 미스 양과 미스 김이었다.

"어머, 부장님. 왜 이제 와. 전화받고 얼마나 기다렸는데."

"멋쟁이 우리 기자 오빠도 오셨네."

그녀들은 벌써 코맹맹이 소리였다. 그녀들은 전혀 딴사람으로 보였다.

"그래, 그래, 이년들아. 네 년들 학비 대주러 이 아저씨가 왔다."

김 부장이 호탕하게 웃어 젖혔다.

"좋아요. 오늘 동포끼리 진하게 한 번 놀아 봐요."

미스 김이 멍청히 서 있는 상수를 잡아끌었다. 깡충한 미니스커트 아래로 뻗어내린 그녀의 허벅지가 도발적으로 눈앞에 어른거렸다.

그 뒤론 기억이 흐렸다. 엄청난 폭음을 했고, 미스 김과 딴 방으로 옮겼고, 미스 김의 짙은 향수 냄새와 뇌쇄적인 알몸의 촉감과 도발적인 몸짓 속으로 아득히 추락했고, 그 추락의 끝에서 '이게 아닌데, 이게 아닌데……'라고 부질없이 되뇌었고, 어디선가 토한 것 같고 그리고 깨어 보니 호텔방의 아침이었다. 일본에서의 첫날밤은 너무 흥건했다. 그건 부끄럽고 치매스런 풍요의 밤이었다.

언제 돌아왔는지 아직도 잠에 취해 있는 김 부장을 깨워 출발 준비를 서두르는데 파카 안주머니에서 뭔가가 발밑으로 툭 떨어져 내렸다. 오 씨의 손가방이었다. 급히 건네주느라 하나를 그냥 넣어 온 모양이었다.

"박 기자, 수입 잡았군."

김 부장이 낄낄거렸다.

교토의 금각사와 법륜사 등지를 돌아보는 동안 김 부장은 찻간에서 내내 졸았다. 미스 양과의 방사가 어지간히 요란했었던 듯, 후쿠오카행 신칸센(新幹線) 밤차를 타자마자 잠들어 버렸다.

후쿠오카에서 다시 차를 갈아타고 아리타에 도착한 것은 이튿날 정오 무렵이었다.

역사(驛舍) 옆에 마련된 여행 안내소를 찾아 이삼평의 13대 종손이라는 가나가에 옹의 집을 물었다. 그의 이름을 대자마자 조금도 지체 없이 상세한 약도를 그려주는 안내원의 태도에서 그가 이 아리타에서 상당한 명사의 대접을 받고 있음을 알 수 있었다.

읍 정도 크기의 아리타는 시가지가 골짜기를 따라 동서로 길게 형성되어 있었는데 전체적으로 무척 깨끗하고 조용하며 부유한 인상을 주었다. 첫눈에 들어오는 것이 도로 가에 즐비하게 늘어선 도자기 상점들이었다. 시가지 전체 어디를 가나 형형색색의 도자기를 가득가득 진열해 놓은 가게들 지천이었다. 곳곳에 들어서 있는 도자기 공장들도 눈에 띄었다. 이곳이 일본 국내에서는 물론 멀리 유럽에까지 명성을 떨치는 일본 도자기 제조의 메카라는 사실이 한눈에 실감하였다. 지금은 겨울이라 한적하리만치 조용하지만 도자기 축제가 열리는 오월에는 장장 4km에 이르도록 도자기 상점이 들어서고 세계 각국에서 몰려든 관광객들과 도자기 판매상들로 북적댄다고 했다. 관광안내서에는 축제기간 동안 밤늦도록 거리의 휘황한 불빛과 도자기의 오묘한 빛깔이 어우러져 장관을 이룬다고 친절히 설명을 해놓았다.

시가지 서쪽에 위치한 가나가에 옹의 집은 평범한 목조 이층집이었다. 그의 방은 역시 도공의 길을 걷고 있다는 그의 큰아들이 직접 구워낸 자기로 장식되어 있었다. 가나가에 옹은 71세의 나이에도 불구하고 정정했으며 친절했다. 찾아온 이유를 설명하자 아주 반가워했다. 그의 말에 의하면 시조 이삼평으로부터 6대까지는 요업(窯業)을 가업으로 하였으나, 그 후에는 일족이 각종 직업에 종사하며 여러 곳으로 흩어져 지금 아리타 정(町)에 거주하는 가나가에 성을 가진 일족은 40여 호에 불과하다고 했다.

가나가에 옹의 안내로 이삼평의 묘로 향했다. 이삼평의 묘는 일본 특유의 화장묘 비석이 총총히 늘어선 공동묘지 한구석에 자리잡고 있었다. 그의 묘에는 '사적 초대 금강삼병위 이삼평 묘비(史蹟 初

代 金江三兵衛 李參平 墓碑)'라고 쓴 흰 나무 말뚝만 서 있을 뿐 사적지로서 특별한 관리의 흔적이 없었다. 그나마 묘 자체도 최근에 발견되었다고 하니, 자기 것이라면 조그만 것도 떠벌리고 형식화하기 좋아하는 일본 민족의 속성에 비추어 볼 때 의외라는 느낌이 들었다.

그와 같은 느낌은 이삼평의 묘에서 5분 거리에 있는 덴구요를 찾았을 때 더 짙어졌다. 산비탈을 이용한 덴구요지는 순 한국식 등요(登窯)라고 했다. 이 가마터는 만 5년간에 걸친 치밀한 발굴조사가 이루어져 일본 학계의 귀중한 자료로 되어 있고, 또한 일본 최초의 백자를 구워낸 가마터라면 그 역사적 의의도 지대할 것이다. 그럼에도 녹슨 철망으로 주위를 둘러치고 '천구곡요적(天狗谷窯跡)'이라고 쓴, 칠 벗겨진 초라한 나무 팻말 하나만 달랑 서 있을 뿐 다른 설명조차 없었다. 가나가에 옹은 해마다 조금씩 지반이 밀려 내려오고 있다며 안타까워했다. 어쩐지 이삼평과 그에 관한 사적이 푸대접을 받고 있다는 느낌을 지울 수가 없었다.

아리따에서 이삼평이 제대로 대접받고 있는 유일한 것은 시가지 동쪽의 도산 기슭에 세워진 이삼평 기념비였다. 잘 다듬어진 돌계단과 돌단 위에 거대하게 솟아 있는 기념비는 최근에 세워진 듯했다. '도조 이삼평(陶祖 李參平)'이라는 비문이 새겨져 있었다. 기념비는 평화롭고 아름다운 아리따 시내를 말없이 굽어보고 있었다.

370여 년 전 조선인 도공들이 이곳에 처음 정착할 때도 이곳은 이토록 아름답고 평화로웠을까. 상수는 잠시 그런 감상에 젖었다. 김 부장은 여기저기 사진 찍느라고 바빴다.

헤어질 때 가나가에 옹은 일어와 영문으로 된 안내 팸플릿을 건네주었다.

"이건 뭔가 이상한데……?"

후쿠오카행 기차 시간을 기다리며 역 주변의 한적한 찻집에 앉아 있을 때였다. 팸플릿을 읽던 김 부장이 이마에 잔뜩 주름을 잡으며 말했다.

"뭐가요?"

상수는 저 사람이 또 뭘 가지나 저러나 싶어 심드렁하게 받았다.

"여기 설명대로라면 이삼평이 조선에서 강제로 끌려온 게 아닌데?"

"예?"

"읽어 줄 테니 들어 봐. 그는 나베시마 부대의 길 안내를 자청했으며, 다른 조선인 도공을 집결시키는 데 큰 공을 세웠다. 나베시마 부대가 철수할 무렵, 동족의 보복을 두려워하여, 그 부대를 따라 사천지방까지 남하하여 일본으로 건너왔다……."

"그래요?"

전혀 뜻밖이었다. 뒷머리를 무엇에 세차게 얻어맞은 기분이었다. 그것이 사실이라면 이번 취재의 의도는 처음부터 잘못 기획된 것이었다. '푸대접 받는 일본 백자의 원조, 조선인 이삼평'이란 취지로 쓰려던 기사는 근본적으로 시각을 수정하거나, 경우에 따라서 폐기해야 할지도 몰랐다. 한국의 불확실한 자료만 믿고 문제를 너무 상식적으로 안일하게 파악했다는 자책감이 일었다.

"아까 보니 시내 도서관이 있던데 거기 가서 자료를 더 찾아보는 게 어떨까요?"

팸플릿을 몇 번이고 되읽고 있는 부장에게 상수가 조급하게 외쳤다.

"그래, 그게 좋겠군."

둘은 서둘러 찻집을 나섰다.

도자기 박물관을 겸한 아리따 도서관은 규모가 작았으나 꽤 많은 장서를 갖추고 있었다. 이삼평에 관한 기록을 찾자, 도수 높은 안경을 쓴 긴 머리의 사서 아가씨는 서가에서 서너 권의 서적을 직접 뽑아다 주면서, 1828년에 아리따에 큰 화재가 나 옛 문헌들이 소실되는 바람에 남아 있는 기록이 별로 없다는 말을 덧붙였다.

이삼평의 조선에서의 행적은 그중 두어 권에 나와 있었다. 팸플릿의 내용과 큰 차이가 없었다. 어디에도 이삼평이 강제로 끌려왔다는 기록을 발견할 수가 없었다.

우선 오래된 기록으로는 이삼평의 후손이 기록한 것이 있었다.

……가토오 기요마사(加藤淸正)의 휘하였던 큐슈 지방의 번주(藩主) 나베시마 시게모리 군대는 조선의 영남 북부 지방까지 진출하였다. 어느 날 나베시마 군대가 산속에서 길을 잃고 헤매고 있을 때 맞은편에 집 한 채가 보였다. 그리하여 나베시마는 길을 묻기 위해 그 집으로 부하를 보내었다. 그 집에서 세 명의 남자가 나왔다. 그들 중 두 명은 농부였고 나머지 한 명은 도공이었다. 그들이 일러준 길을 따라 공격하여 대승리를 거두었다. 도자기에 관심이 많았던 나베시마는 농부는 돌려보내고 도공은 잡아두었다. 이 도공의 이름은 이삼평이라고 했다. 그는 나베시마 군에 대단히 협조적이어서 그 지방의 가마터와 조선인 도공이 숨어 있는 곳을 알려주어 많은 도공을 모을 수 있었다. 전세가 불리해져 나베시마 부대가 철수할 무렵, 나베시마는 이삼평을 불러 물었다.

"너는 이미 우리에게 공을 세웠으니 조선에서는 더 이상 살 수 없다. 너희 동족이 너를 그냥 두지 않을 것이다. 나와 함께 일본으로 가는 것이 어떠하냐?"

144

이에 이삼평이 승낙하고 나베시마 부대를 따라 일본으로 건너왔다. 그는 아리따에서 백자광을 발견하고 일본 최초의 백자를 생산하였다. 그 공로로 이삼평은 나베시마의 부하인 타쿠모리(多久長門守)의 하녀와 결혼하게 되었다…….

이 밖에 최근의 연구로서는 일본의 도예 연구가인 미스기 타카토시(三杉隆敏)가 쓴『도자기 문화사』(岩波書店, 1989)가 있었다. 이 책에선 한 술 더 떠, 큐슈의 카라진(唐津)에는 임진란 이전부터 조선인 도공들이 도자기를 구우며 살았고, 이 조선인 도공들의 소개로 나베시마가 이삼평이 이끄는 조선인 도공 집단을 임진란 때 만났다고 주장하고 있었다. 또한, 임진란 이전부터 이삼평이 나베시마와 내통했을 가능성도 배제하지 않았다.

일본 측의 기록을 곧이곧대로 믿는다면, 조선에서의 이삼평은 콤플렉스를 가진 인물로 추측되었다. 어떤 이유에선지 그는 당시 자기 고향의 도예계에서 소외되어 불만을 품고 있던 차 왜군이 쳐들어와 도공을 잡아들이자 거기에 적극적으로 협조하여 대리충족을 꾀한 인물로 볼 수 있었다.

또 하나 의문스런 것은 일본 측 기록에 그의 도예 기술이 썩 뛰어난 것이 아니었다고 쓰고 있다는 점이었다. 그렇다면 그 이후 아리따의 도자기에 관한 한 왜 그가 역사 기술의 중심인물로 떠오른 것일까. 그것은 그의 도예 기술에 의한 것이라기보다 친왜적행위에 대한 나베시마의 배려가 아니었을까, 이삼평은 대단히 정치적 인물이 아니었을까 하는 의구심을 떠올릴 만한 대목이었다.

어쨌든 그는 왜 측에서 보자면 고마운 협조자였지만 조선 측에서는 민족반역자에 해당되었다. 또한, 그는 일본 백자의 원조일지는 모르지만 동시에 친일파의 원조가 될 가능성도 매우 큰 인물이었다.

상수는 일본 측 기록을 어떻게 해석해야 할지 난감했다. 그 기록들을 일본의 국수주의적 시각에서 정리된 것으로 치부해 버릴 수도 있지만, 그렇게 간단한 문제가 아니었다. 미스기의 연구에 대해선 그런 혐의를 버릴 수 없다 하더라도 몇백 년 전에 쓰인 이삼평의 후손들의 기록은 무시할 수 없는 진실을 담고 있는 듯했다. 그것을 일방적으로 폄하시켜 버린다면 반대로 한국적 국수주의에 빠질 위험성이 염려가 있었다.

상수는 난감했고 씁쓸했다.

"이봐, 박 기자. 이렇게 하면 어떨까?"

후쿠오카행 열차에서 김 부장은 전혀 그답지 않게 심각한 표정을 짓고 있었다.

"이삼평의 조선에서의 행적을 모르는 것으로 하는 게 어때? 처음 의도했던 대로 이삼평을 부각시키잔 말일세."

김 부장의 목소리가 은근했다.

"그건 안 될 말이죠. 그 사실을 몰랐다면 모를까 알고야 어떻게 그렇게 합니까. 그건 말이 안 됩니다."

상수는 발끈했다. 처음으로 김 부장이란 작자가 혐오스러워졌다.

"이봐, 이봐, 그걸 누가 모르나. 문제를 복잡하게 만들지 말자구. 아, 그럼 어떻게 쓸 거야? 일본 백자의 원조는 조선인 친일파였다고 쓰나? 그게 독자들에게 어필할 거 같애? 또 지금 이삼평 기념사업회가 한국에 결성되어 있어. 게다가 아리타 주민들이 4천만 엔을 모아 계룡산에다 기념탑까지 세웠어. 그 기살 보고 그 사람들이 가만 있을 거 같나? 단순한 문제가 아냐. 일이 시끄러워진다구."

"그럴수록 사실대로 써야죠. 그게 우리 할 일 아닙니까?"

"우리 잡지가 무슨 대단한 민족주의 잡지야? 솔직히 말해 장사하는 잡지 아냐? 일을 어렵게 하지 말자구."

"차라리 안 쓰고 말죠. 그렇게는 못 씁니다."

"하, 이 친구야. 그럼 사장에겐 뭐라 보고하나? 그 돈 들여서 일본 가보니 이러저러해서 기살 못 쓰겠습니다. 이래?"

"하는 수 없지요, 뭐. 못 쓰는 건 못 쓰는 거죠, 뭐."

"아이고, 이 답답아. 일을 되게 만들어 가야지. 막무가내로 고집만 부리면 되나. 그냥 처음대로 써, 응? 그냥 쓰는 거야. 날 한 번 봐주는 셈치고 그냥 써 줘. 알겠어? 난 문제 생기는 건 질색이야. 제발 그냥 써."

김 부장은 아예 애원조였다. 상수가 끝내 고집을 꺾지 않자, 그는 그러면 자기가 쓸 테니 자료를 넘겨 달라고까지 했다. 김 부장은 그러고도 남을 위인이었다. 상수는 다시 난감해졌다. 제기랄! 처음부터 이 여행에 따라나서지 말았어야 했다. 김 부장의 장난에 동참하지 않았어야 옳았다. 시모노세키에서 부관 페리호를 탈 때까지 상수는 속으로 부아가 부글부글 끓어올랐다.

페리 여객선 대합실에서도 김 부장은 계속 성화를 부렸다. 상수는 그를 피할 겸 아내에게 줄 선물을 고를까 하고 면세점으로 향했다. 면세점 앞에서 상수는 깜짝 놀라 발길을 멈추었다. 면세점 앞은 완전히 난장판이었다. 소위 보따리장수 아줌마들이 서로 물건을 사겠다고 아우성이었다. 그건 시바스 리걸 때문이었다. 일일 판매량이 제한되어 있는지 서로 먼저 사려고 그 야단들이었다. 면세점 가격이 3천 엔인 그 술은 국제시장에 내놓으면 5~6만 원을 호가한다

는 것이었다. 박 대통령이 궁정동 최후의 만찬에서 그 술을 마셨다
는 것이 알려진 후로 국내 수요가 급증한 탓이라고 했다. 한 병에 3
만 5천 또는 4만 5천 원의 이익이 떨어지는 장사였다.

상수가 어이가 없어 멀뚱히 그 난리판을 바라보고 있자 그 와중
에도 재주 좋게 술을 스무 병쯤이나 사 든 아줌마가 급히 다가왔다.

"아저씨, 술 안 사셨어요?"

"네, 그런데요?"

상수는 별 뜻 없이 대답했다.

"그러면 아저씨, 부산 가서 술 세 병만 들고 나가 주실래요? 내 한
병은 거저 드릴게. 어때요?"

부산 세관에서 한 사람당 세 병밖에 통과시키지 않는다는 것이었다.
대신 들고 나갈 사람을 구하지 못하면 나머지는 압수된다고 했다.

"아뇨. 그럴 기분이 아닙니다."

상수는 실소를 지으며 돌아섰다. 그것도 대상을 일찍 확보해야
하는지 여기저기 그와 유사한 교섭이 이루어지고 있었다. 상수는
오 씨의 교활한 눈빛을 떠올렸다. 배낭에 넣어 온 오 씨의 가방이
생각났다.

밤의 현해탄은 여전히 어두웠고 무서웠고 부아가 치밀었다. 상수
는 선미 쪽 갑판에 서서 어두운 밤바다를 내려다보았다. 바다의 어
둠은 너무 두터웠고 견고했다. 그것은 영원히 걷히지 않을 장막처
럼 느껴졌다.

상수는 전해주지 못한 오 씨의 손가방을 꺼내 들었다. 이삼평에
대한 자료들을 몽땅 거기에 구겨 넣었다. 그리곤 돌아서서 어두운
바다를 향해 가방을 힘껏 던져버렸다. 가방은 금방 어둠에 묻혀 보

이지 않았다.

　바람이 불었다. 상수는 씁쓸했다. 김 부장의 의도대로 쓰게 할 순
없었다. 난간을 잡은 손에 한껏 힘을 주었다.

　'자네도 나에게 갚아야 할 빚이 있는지 어떻게 아나?'

　최 노인의 말이 바람결에 환청처럼 들리고 있었다.

(1992년)

그
여
자
의
칼

카페의 실내는 한산했다. 몇 군데의 좌석을 차지한 손님들이 어항 속의 물고기마냥 조용히 때 이른 저녁 식사를 즐기고 있었다. 쇼팽의 '빗방울 전주곡 D플랫 장조'의 선율이 붉은 카펫 위로 흘러 다니며 손님들의 입맛을 돋우어 주고 있었다.

넓은 유리창을 통해, 거리에 내려 있는 짙은 안개의 우윳빛 등짝이 내다보였다. 안개 속을 사람들이 유영하듯 오가고 있었다. 겨울을 재촉하는 가을 장맛비가 오늘은 그쳤나 했더니, 대신 음습한 안개가 몰려들었다.

"그동안 앓았어요. 좀 심하게……. 혼자서……."

이야기할 때 고개를 숙이고 낮은 목소리로 말하는 그 여자의 버릇은 여전했다. 은밀하게 속삭이는 듯한 그녀의 그런 말버릇은 상대방으로 하여금 까닭 없이 묘한 죄의식을 갖게 하는 구석이 있었다.

"야윈 것 같군."

그는 어쩐지 자꾸 추운 느낌이었다.

"조금……."

그 여자는 손바닥으로 볼을 한 번 쓸었다.

"기억나세요? 이곳……. 언젠가 다, 당신과 함께 온 적이 있었는데……."

그 여자는 고개를 들어 새삼 카페 안을 휘둘러보았다. 그녀가 유난히 힘들게 발음한 '당신'이란 호칭이 두드러기 같은 가려움증을 느끼게 했다.

이 여자와 여기에 온 적이 있었던가.

기억나지 않았다. 그것은 그 여자 혼자만의 기억인지도 모를 일이었다.

"글쎄……."

"기억 못 하는군요, 당신. ……하지만 아무래도 좋아요. 그건 사소한 일일 테니까……."

이번에는 '당신'을 또렷하게 발음했다. 그것이 오히려 그 여자답지가 않았다. 그녀의 다소 선병질적으로 보일 만큼 가늘고 긴 손가락이 쥐고 있던 술잔의 밑동을 자꾸만 급하게 만지작거렸다.

그는 다시 창밖으로 시선을 주었다.

한층 짙어진 안개가 거리의 풍경을 환상적인 실루엣으로 지우고 있었다. 아침의 기상예보는 이 도시에 안개주의보를 발령했었다.

안개 때문이야.

그 여자의 선명한 기억을 그가 공유할 수 없음은 안개 탓이었다. 그와 그 여자 사이에 끼어 있는 무관심의 농무(濃霧). 그 여자를 경리 겸 비서로 거느리고 있었을 때나, 그 여자와 살을 섞었을 때조차 그는 그녀에게 특별한 관심을 둔 적이 없었다. 그에게 있어 그 여자는 안개 속에 잠시 스쳐 지나간 익명의 조각배에 지나지 않았다.

"이렇게 누군가와 단둘이 마주앉아 본 지가 무척 오래된 느낌이에요. 특히 당신과는……."

여자가 고개를 들어 그를 정면으로 마주 보았다. 결코, 못생긴 얼굴이 아니었다. 아름답다면 아름다울 수도 있는 이목구비였다. 그러나 그녀의 얼굴에는 전체적으로 활기가 부족했다. 스스로에 대한 적당한 자존과 미래에 대한 의욕 같은, 노처녀이긴 하지만 그 나이 또래의 여자들이 정상적으로 소유하고 있을 법한 생의 활기가 배제되어 있었다. 무언가에 쫓기고 억눌린 듯이 그늘이 덮인, 목마른 느낌이 드는 얼굴이었다. 하긴 그 여자의 그런 음화(陰畵) 같은 느낌이 한때나마 그의 호사가다운 성적 취향을 자극했을지도 모를 일이지만…….

그 여자의 길게 늘어뜨린 생머리는 빗물에 젖어 있었다. 젖은 머리칼이 그녀의 얼굴을 더욱 병적으로 보이게 했다. 이 여자는 이 우기에 우산도 하나 챙겨 다니지 못하는 것일까.

그와 시선이 마주치자 그녀의 눈길은 이내 불안하게 흔들리며 그의 어깨너머로 공허하게 흩어졌다. 그 여자의 눈길은 늘 그랬다. 초점의 향방을 좀체 짐작할 수 없는, 모호하기 짝이 없고 무언가 자기 생각에 깊숙이 빠져 있는 듯한 눈길이었다.

그는 그 여자가 언제부터 그에게 '당신'이란 호칭을 사용했는지 기억해내려 애썼으나 그것 역시 불분명했다.

그때부터였을까?

그는 그 여자와 가졌던 최초의 정사를 떠올렸다.

그 여자가 그의 사무실에 경리 겸 비서로 들어온 지 다섯 달쯤 되어서였다. 그러니까 그가 그 여자의 선임자였던 미스 최와의 관계를 어렵사리 청산한 지 얼마 지나지 않아서였다. 미스 최는 지독한 계집애였다. 한 밑천 단단히 잡아보겠다는 작정으로 웃통 벗어부치고 덤볐다. 나중엔 제 낯짝 뜨거운 줄도 모르고 나발을 불고 다녔다. 독신으로 마흔이 넘게 흘러오면서 가졌던 그 많은 여자와의 관계 중에서 혼빙죄 운운까지의 곤경으로 몰렸던 빌어먹을 경우는 처음이었다. 미스 최를 떼어내는 데 워낙 혼쭐을 빼고 난 뒤라 다시는 부하 여직원 따위를 건드리는 실수는 재연하지 않겠노라 스스로 다짐까지 해본 터였지만 습관이란 무섭도록 끈질겼다. 새로운 여자, 그 미지의 신천지가 시야에 들어오자, 그는 다시 탐험의 욕망에 사로잡혔다.

그날은 상습적인 수법대로 일부러 많은 일거리를 떠맡겨 그 여자를 밤늦게까지 회사에 잡아두었다. 일은 밤 열한 시 가까워서야 끝났다. 그는 수고에 보답한다는 핑계로 그녀를 제법 그럴싸한 분위기의 레스토랑으로 끌고 갔다. 그날따라 그녀는 그가 건네는 술잔을 별 거부감 없이 곧잘 비웠다. 가끔씩 마련되는 직원 회식 등속의 자리에서 화제에 잘 끼어드는 법도 없이 구석자리에서 사이다 따위를 조용히 홀짝이다가, 판이 길어진다 싶으면 서둘러 자리를 뜨던 평소의 그녀와는 딴판이었다. 늦은 시간임에도 불구하고 귀가를 서두르는 기색도 보이지 않았다. 그는 속으로 쾌재를 불렀다. 이번의 신천지는 어쩌면 싱거울 정도로 쉽게 정복될 것 같은 예감에 술 맛이 혀 끝에 착착 감겨왔다. 그 여자는 그의 기대대로 서서히 취해갔다.

호텔 방에서 그 여자는 별 저항 없이 그를 받아들였다. 그가 땀에 젖어 탐험을 마쳤을 때, 그녀는 벌거벗은 등을 보이며 돌아누웠다. 그는 기분 좋은 잠 속으로 빠져들며 그 여자가 낮게 흐느끼는 소리를 들은 듯했다. 여자가 우는 건 질색이야. 그는 잠 속에서 그렇게 되뇌었다.

그 이후, 그는 생각이 날 때마다 디저트를 즐기는 기분으로 그 여자의 속살과 만나곤 했다. 침대에서의 그녀는 그를 거쳐 간 많은 여자들에 비해 결코 훌륭하다고 할 수 없었다. 그러나 그 여자에게는 묘하게 끌리는 데가 있었다. 그녀는 남자에게 대단히 순종적이고 헌신적이라는 미덕을 갖추고 있었다. 그녀의 자리를 앞서 지나갔던, 미스 최 같은 선임자들이 흔히 저질렀던 오류를 그녀는 절대 되풀이하지 않았다. 관계 때마다 앙탈로써, 혹은 눈물바람으로써 결혼 약속을 받아내 그의 코를 꿰어보겠다는 어리석은 수작이나, 은근히 선물이나 용돈을 기대하는 천박한 짓거리를 한 적이 없었다. 그를 향한 그 여자의 눈빛은 늘 목말라 있었으나, 이쪽이 손짓하기 전엔 먼저 다가오는 법이 없었다. 그에게 있어 그건 정말 마음 편한 미덕이 아닐 수 없었다.

그러나 그 미덕이 더 무서운 함정이었음을 왜 진작 눈치채지 못했던가. 그 여자의 정신의 한쪽 모서리가 묘하게 비틀려 있었음을 그때 알아챘어야 했다. 그랬다면 오늘날과 같은 이 치욕과 수모의 꼬락서니는 당하지 않아도 좋았으련만.

"그동안 회사로 몇 번 전화 드렸습니다만, 그때마다 연결이 안 되더군요."

그 여자는 차츰 안정을 찾고 있었다. 술잔을 만지작거리던 손놀림이 느려져 있었다. 자신이 절대적으로 유리한 칼자루를 쥐고 있다는 자신감을 새삼 확인한 것일까. 그 여자가 그와 통화하지 못한 것은 당연했다. 그는 그 여자의 후임으로 온 미스 양에게 그녀에게서 오는 전화는 일절 연결하지 말라는 지시를 내려놓고 있었다.

마음 편한 미덕으로만 여겼던 그 여자의 은밀한 눈빛이 아교풀 같은 점액질의 끈끈함으로 다가오기 시작한 것은, 그 여자의 육체에서 더 이상 한 톨의 신비감도 찾을 수 없게 되었을 즈음이었다.

그는 그녀의 눈빛이 주는 속박에서 도망치고 싶었다. 아니, 새로운 미지의 세계로 떠나고 싶었다는 것이 더 솔직한 심정이리라.

그녀로서는 결코 한꺼번에 만져보기 쉽지 않은 액수의 봉투를 퇴직금 조로 내밀며 파탄을 선언했을 때, 그녀는 고개를 들어 한참 동안 그를 가만히 쏘아보았다. 괜한 헛기침과 함께 커피숍의 여기저기로 쓸데없이 시선을 돌리던 그는 그녀의 눈에서 물기 같은, 혹은 불꽃 같은 것이 어른거리는 것을 본 듯했다. 그 여자는 봉투를 챙기고 조용히 일어섰다. 그때까지 그녀는 한마디의 말도 하지 않았다. 그리고는 언제 보아도 어딘가 한쪽이 비어 있는 듯한 뒷모습을 남기고 커피숍 문 뒤로 사라졌다. 그는 그것으로 모든 것이 끝난 것으로 치부했다. 그 여자가 미스 최처럼 그에게 딴죽을 걸어오며 악다구니를 해댈 가능성은 전혀 없었다. 그 여자는 끝낼 때도 손쉬운 상대였다. 그는 그 여자를 잊어갔다.

그랬는데……. 빌어먹을!

"아무튼, 이런 식으로 다시 만나게 되어서 저도 퍽 유감이에요."

"동감이군."

"……."

그는 그 여자가 서서히 칼을 빼들고 있음을 직감했다.

"보내드린 우편물은 잘 받으셨겠죠?"

그는 그 여자가 칼을 완전히 빼어 들고 칼집을 팽개치는 소리를 들었다. 갑자기 맞은편 좌석에서 유리병 깨지는 소리가 들려왔다. 손님이 잘못 건드린 맥주병이 쓰러지면서 짧고 날카로운 비명을 질렀다. 하늘색 제복의 여종업원이 황급히 달려왔다.

"그래, 잘 받았지. 그러니까 여기 나온 것 아니겠어?"

그는 기선을 제압당해서는 안 된다는 생각에 다소 공격적으로 말했다.

"하긴 그렇군요."

그 여자의 눈길이 다시 크게 흔들렸다. 그 여자는 역시 이런 부류의 싸움에 서툴러 보였다. 그는 자신감을 회복하려 안간힘을 썼다. 사업상 그는 이와 유사한 흥정, 이와 유사한 싸움에 얼마나 길들어 왔던가. 또한, 그 흥정과 싸움에서 언제나 승리하는 교묘한 술수를 터득하고 있지 않은가. 그가 그 수많은, 머리 좋고 배경 좋고 학벌 좋은 경쟁자들을 따돌리고 중소기업이나마 사업을 오늘날의 위치에 올려놓을 수 있었던 것은 따지고 보면 그러한 요령의 기막힌 운용에 힘입은 바 크다 할 것이다.

그러나 그 여자가 빼어 들고 그를 겨누고 있는 칼은 그에게 너무도 치명적이었다. 이건 미스 최와의 경우와는 비교되지 않는 절박한 사안이었다. 그를 기죽이는 것은 사태의 심각성뿐만 아니라 그 여자가 무엇을 노리고 있는지 좀체 맥을 잡을 수 없다는 사실이었다. 싸움꾼에게 있어 자신의 알몸을 훤히 읽고 있는 상대를 자신은 도통 모르고 있다는 사실만큼 두려운 것은 없는 법이었다.

"이봐, 미스 안. 옛정을 생각해서라도 우리 이러지 말고 터놓고 이야기하자구. 미스 안 심정을 내 모르는 바는 아니야. 다 알아. 다 안다구. 생각해보면 내가 죄가 많은 놈이지. 그것도 알아. 하지만 이런 식으로 해서 피차 좋을 게 뭐가 있겠어. 이건 우리 관계와는 별개의 문제야. 수십 명의 밥줄이 달린 문제라구. 미스 안도 잘 알잖아. 미스 안, 나한테 뭘 원하는지 이야기해. 내 능력이 되는 것은 뭐든 다 들어줄게."

그는 목소리에 묻어나오려는 적의를 애써 지워내며 애원조로 서두를 잡았다.

"너무 서두르실 필요 없어요. 시간은 아직 많으니까요."

그 여자는 어깨를 움츠리는 자세로 진토닉 잔을 입으로 가져갔다. 전혀 그녀답지 않은 여유로운 몸짓이었다. 그 여자는 시간을 끌어 이쪽을 안달 나게 함으로써 더욱 유리한 고지를 점령할 속셈인지도 모를 일이었다. 그래, 서두르는 것은 노련한 싸움꾼이 취할 바가 아니지. 그는 여자를 따라 위스키를 입 안에 털어 넣었다. 술 맛이 썼다. 종업원을 불러 술을 다시 시켰다.

며칠 전, 그 여자가 회사로 부친 등기 우편물을 확인하고 그는 기겁을 했다. 그것은 이제껏 그가 굳건히 디디고 서 있던 지반의 어느한 쪽이 일시에 무너져 내리는 강력한 지진 같은 것이었다. 등기 봉투 속에는 편지와 서류가 한 통씩 들어 있었다. 그를 혼비백산케 한것은 그 서류였다. 그 서류는 깔끔하게 타이핑되어 있었는데 그 여자가 스스로 작성한 것인 듯했다. 거기에는 놀랍게도 그가 영원히숨겨두었다고 믿었던 그의 가장 어두운 치부가 외부의 햇빛을 잔뜩묻힌 채 고스란히 드러나 있었다. 그것은 흉물스럽게 그를 향해 웃고 있었다.

근래 몇 년 사이 그의 회사는 원자재 단가의 폭등으로 심한 자금난을 겪고 있었다. 그 타개책에 부심할 즈음에, 모종의 루트를 통해일본의 모 회사가 자기네의 산업 폐기물 일정량만 떠맡아 준다면원자재를 싸게 공급해 줄 수 있다는 제의를 해왔다. 그는 그 제의에즉각 동의했다. 위험한 일이었지만, 원자재의 단가가 워낙 낮았기때문에 그것은 거부할 수 없는 유혹이었다.

폐기물은 비밀계약이 체결된 그달부터 정기적으로 원자재에 교묘하게 섞여 들어왔다. 그는 자기의 심복인 김 주임을 몰래 불러 그것의 처리 문제를 전적으로 일임했다. 그리고 일체 함구하도록 지

시했다. 그의 말이라면 죽는시늉까지 하는 김 주임은 그의 지시를
충실히 이행했다. 그는 비 오는 날을 택해 밤에 몰래 폐기물을 화물
트럭 편으로 강물에 버리고 오는 임무를 무난하게 수행했다. 그리
고 이제 몇 번만 더하면 그 일도 다 끝날 시점에 와 있었다.

한데 그 여자의 서류에는 그 산업 쓰레기를 선적한 일본 회사명
과 도착 날짜, 투기한 날짜, 투기한 양, 투기 장소, 폐기물의 종류 등
이 투기 횟수별로 일목요연하게 정리되어 있었다. 폐기물을 투기한
장소의 약도까지 친절하게 첨부하여 놓았다.

마른하늘에 날벼락도 유분수지. 그는 그 정보가 어떻게 그 여자
의 손에 들어가게 되었는지 그 경로가 도대체 불가사의했다. 김 주
임과 자신만 아는 그 처녀 개짐보따리 같은 극비사항이 저 바깥세
상을 떠돌아다니고 있었다니. 그가 받은 충격은 무참함, 바로 그것
이었다. 그는 사태의 심각성을 재빨리 간파했다. 그리고 절박한 심
정으로 그 여자의 편지를 허겁지겁 읽기 시작했다.

……밑도 끝도 없이 열이 덮쳐올 땐 온몸에 도화꽃 같은 반점
이 돋아요. 내 이 조그만 몸뚱이 어디에서 이토록 검센 열이 솟아
나는 걸까요. 열이 왜바람처럼 몰려올 땐 금방 죽을 것만 같아요.
죽는다는 것은 생각만 해도 무서워요. 아무도 없는 이곳에서 홀
로 죽어간다는 사실이 못 견디게 두렵습니다. 이 곰팡이 냄새, 저
얼룩진 벽지. 이 더러운 셋방에서 아무도 모르게 죽기는 너무 억
울해요. 만약 어쩔 수 없이 죽을 운명이라면 전 병원에서 죽고 싶
습니다. 병원 침대의 그 하얀 시트 속에서, 내 죽음을 슬퍼하는 사
람들에 둘러싸여 죽고 싶어요. 그들의 슬픔이 나에 대한 애정의
확인이라는 역설적인 기쁨 속에서, 그들의 손을 잡고 오히려 그들

의 슬픔을 위로하면서 말이죠. 해열제 덕분에 지금은 그 열귀신이 저만큼 물러나 있어요. 그 틈을 타 이렇게 당신께 편지를 씁니다. 약기운이 떨어지면 저 놈이 다시 덮쳐들 거예요.

사랑하는 당신.

매일 밤 당신의 꿈을 꿉니다. 당신이 내 방문을 열고 들어와 차가운 손으로 내 뜨거운 이마를 짚어요. 그러면 내 몸에 붙어 있던 열귀신이란 놈이 놀라서 허둥지둥 꼬리를 빼며 도망치는 꼴이 보여요. 하지만 꿈을 깨면 열귀신은 여전히 제 몸뚱이를 구렁이처럼 친친 감고 있어요. 때론 현실이 꿈이었으면 해요. 그저 깨고 나면 한바탕 지나간 악몽이었으면 해요…….

편지의 서두는 엉뚱했다. 퍽 감상적이기도 해서 그는 그 와중에서도 실소를 지을 뻔했다. 이게 무슨 말라빠진 헛소리냐는 생각이 들었지만, 한편으론 편지의 내용으로 보아 사태가 그렇게 심각하지 않을 수도 있다는 느낌이 들어 일단 안심이 되기도 했다. 그러나 정작 그가 염려했던 내용은 편지의 결미에 간단하게 요약되어 있었다.

동봉한 서류가 무슨 의미를 지니고 있는지는 저보다도 당신이 더 잘 알고 계시리라 믿습니다. 일을 이런 식으로 발전시켜서 저로서도 퍽 유감이어요. 하지만 이런 방법이 아니고선 당신을 만나볼 기회가 없군요. 불쌍하신 분. 어쩐지 당신이나 저나 우리는 피차 불쌍하다는 생각이 들어요. 0월 0일 오후 5시. 카페 '성벽'에서 기다리겠습니다. 나오고 안 나오는 건 당신의 자유예요. 다만, 제 미천한 생각엔 제가 소장한 그 서류의 원본은 당신에게 되돌아가는 것이 당신을 위해 좋을 듯하군요. 부디 뵐 수 있기를 바랍니다. 당신을 사랑하는 안.

추신: 저와 같은 고아원 출신인 오빠 중에 한 분이 검찰청 직원으로 근무하고 있답니다. 그 이야길 당신께 했던가요? 그 오빠는 이런 종류의 서류엔 관심이 많을 것 같군요. 아무튼, 이 서류가 그 오빠의 손에 넘겨지는 불상사가 없기를 바랍니다.

날짜는 본래 썼던 것을 지우고 다시 쓴 흔적이 보였다. 편지는 아마 한 달 전쯤 쓰인 모양이었다. 그는 가슴을 치받아 오르는 맹렬한 분노를 느끼며 편지를 구겨 휴지통에 처박았다. 그 여자의 협박은 치밀했고 교활했다. 평소 어리뜩하고 어수룩해 뵈던 그 여자의 어느 모서리에 그런 엄펑스러움이 숨어 있었을까. 고아원 오빠 이야기는 순전히 위협용인 듯했다. 아니, 그렇지 않을 수도 있었다. 사실일는지도 모를 일이었다. 만약 그렇다면……. 그는 그 여자에게 꼼짝없이 걸려들었음을 깨달았다. 가장 쉽다고 여긴 상대에게 등을 찔린 꼴이었다.
어쨌든 문제는 여전히 심각했고 그는 난감했다. 편지의 내용으로 보아 그 여자가 원하는 것이 정확히 무엇인지 짐작할 수 없다는 것도 그를 더욱 곤혹스럽게 했다. 사태의 수습책을 곰곰 궁리해 보았으나 별 뾰족한 수가 있을 리 없었다. 원본은 반드시 회수해야 했고, 어떤 수단과 방법을 동원해서라도 여자의 입을 봉해 두어야만 했다.
퇴근 시간이 가까워지자 실내는 차츰 붐비기 시작했다. 종업원들의 몸놀림이 바빠져 있었다. 입구를 들어서는 손님들의 긴 비옷의 아랫도리가 빗물에 젖어 있었다. 안쪽 자리에서 수다를 떠는 젊은 여자들이 터뜨리는 탄력 있는 웃음소리가 이쪽까지 고무공처럼 굴

러왔다.

"열이 심하다더니 좀 어때……."

그는 갑자기 생각난 듯이 화제를 바꾸었다. 이 여자가 노리는 것은 무엇일까. 감정적인 복수일까.

"아직도 가끔씩 열이 오르긴 하지만 많이 좋아졌어요."

여자의 입가에 엷은 웃음기가 떠올랐다 스러졌다. 돈일까. 그는 노련한 승부사의 인내력도 잊은 채 차츰 조바심이 일었다.

"당신, 식사하시겠어요?"

그 여자는 자상한 아내라도 되듯 사뭇 다정한 목소리였다. 또한 끈질기게 그를 향해 당신이라고 부르고 있었다. 그 말은 여전히 묘한 느낌으로 다가왔다. 그는 그 여자의 정신이 미세하게나마 정상 상태에서 벗어나 있는 게 아닐까 의심스러워졌다.

"아니, 생각 없어. 그보다……."

"당신이 지금 무슨 생각을 하고 있는지 알아 맞춰볼까요?"

그 여자가 느닷없이 그의 말허리를 끊었다. 그는 흠칫 긴장했다.

"그래, 어디 한 번 맞춰봐."

"이 여자에게 얼마를 줘야 군소리 없이 떨어져 나갈 것인가. 이런 생각 아닌가요?"

그는 말문이 막혔다.

"틀렸나요?"

"아니, 맞았어. 그래, 역시 그건가?"

"그렇다면 얼마나 주실 수 있죠?"

"얼마든지……. 내 능력이 되는 한에 있어서는 원하는 대로 줄 수 있어. 이봐, 미스 안. 일이 이왕 이렇게 된 바에야 내가 뭘 아끼겠나. 그 원본만 돌려주고 이 일에 대해서 일절 입을 닫아 준다면 얼마든지 주겠어. 정말이야. 솔직하게 말해봐. 얼마나 필요한 거야?"

"그게 그렇게 비싼 건가요? 하지만 제가 원본을 드리더라도 또 다른 복사본을 가지고 있으면 어떡하죠? 또 나중에 이 일에 대해서 임금님의 이발사처럼 입이 근지러워지면 어떡하죠?"

그 여자는 언구력으로 그를 농락하고 있었다. 그는 다시 끓어오르는 적의를 누르기 위해 다음 말을 전줄러야 했다.

"이봐, 우리 협상하자구. 아까도 말했지만 일을 그런 식으로 진행시켜서 피차에 좋을 일이 뭐가 있겠어. 이건 우리 두 사람의 감정적인 문제와는 차원이 다른 이야기야. 그러지 말구 어디 운을 떼 봐. 얼마나 필요한지."

"서두르지 마세요. 아직 어두워지지 않았어요."

"?"

그 여자는 생청스럽게 어두워지기를 기다리고 있었다. 그는 어법에 맞지 않는 듯한 그녀의 말을 이해할 수가 없었다. 과거에 그가 꺾어진 풀대처럼 쉽게 판단했던 그 노처녀는 점점 더 난해한 존재로 다가오고 있었다.

"모두 당신을 위해서예요."

"이봐, 미스 안……"

"전 술을 한 잔 더 하고 싶군요. 당신은 어때요?"

"……"

그는 이 흥정이 그의 의도대로 진척되지 않으리라는 불길한 예감이 들었다. 풍부한 경험과 노련한 화술에 의해 뒷받침되던 처음의 자신감이 점점 엷어지고 있었다.

잔을 다 비운 여자가 같은 걸 다시 시켰다. 보일락말락 한 홍조가 떠올라 있을 뿐, 말짱한 얼굴이었다. 그건 무척 낯선 얼굴이었다. 정체불명의 얼굴. 그는 창밖에 몰려와 있는 안개처럼 암담하기만 했다.

"지금부터 제 말을 잘 들으셔야 해요."

두 번째 잔을 비웠을 때 그 여자가 그의 눈을 주시하며 입을 열었다.

"돈 따윈 필요 없어요. 그런 돈 따윈……. 저에게도 아직 먹고살 만한 돈은 있어요."

"그럼……?"

"지금 이 시간부터 제 말이나 행동에 대해서 그것이 어떠한 성질의 것이든지 거부해서는 안 돼요. 아시겠어요? 당신 입에서 못하겠다든가 하지 않겠다는 말이 한마디라도 뱉어지면 전 그대로 가버리겠어요. 그리고 그걸로 끝장이에요. 끝이란 말이에요. 그 이후에 일어날 사태에 대해서 전 책임질 수 없어요. 그 결과가 어떠리란 건 당신이 더 아실 테죠?"

다가서는 사람들의 성난 얼굴, 경멸에 찬 시선들, 두 손을 묶은 수갑의 차갑고 완강한 촉감, 사진기자들의 카메라 플래시, 무너져 내리는 햇빛……. 이런 것들이 잘못 돌린 영사기의 필름처럼 그의 머릿속을 빠르게 스쳐 지나갔다.

"좋아. 미스 안 말대로 하지."

"약속할 수 있어요?"

"약속하지."

그는 신음처럼 내뱉었다. 그 여자가 어떤 형태의 복종을 요구해 올지 여전히 알 수 없었지만, 우선은 여자의 말에 동의하지 않을 도리가 없었다.

"좋아요. 믿겠어요. 제 말대로만 하면 절대로 해치지 않겠어요. 어떤 불이익도 주지 않겠어요. 그 점만은 날 믿으셔도 좋아요. 그럼 그만 일어나요."

그 여자는 손가방을 챙겨 들고 자리에서 일어났다.

"어디로?"

"여기서 나가요. 같이 갈 데가 있어요."

여자는 단호한 몸짓으로 배춧빛 비옷의 허리띠를 졸라매며 입구를 향해 먼저 걸어나갔다.

거리에는 그냥 맞아도 좋을 만한 부슬비가 내리고 있었다. 그 빗속을 불길한 예감처럼 안개가 산책하듯 서성이고 있었다.

"춥군요."

그 여자가 그가 펴드는 우산 속으로 들어서며 그의 팔짱을 꼈다. 그는 우산의 높이를 한껏 낮추었다.

"좀 걸어요."

둘은 천천히 비 오는 거리를 거슬러 오르기 시작했다. 우산을 받쳐든 행인들이 안개 속에서 젖은 듯한 얼굴로 나타나 지나치곤 했다. 땅거미가 깔려 들기 시작했고 상점가의 조명 간판이 하나 둘 눈을 뜨고 있었다. 그는 여전히 여자의 진의를 전혀 짐작할 수가 없었다.

"비가 올 때면, 세상 사람들은 크게 두 부류로 나누어져요. 젖지 않은 사람과 젖은 사람으로 말예요. 맑은 하늘 아래에선 모두 똑같이 젖지 않은 사람들이 비가 오면 이렇게 확연히 구분되는 거예요. 사람들은 누구나 비에 젖는 걸 두려워하죠. 그래서 제각기 자신의 우산을 준비하고 있어요. 이 세상의 모든 불행과 고독과 무참함의 비로부터 보호받을 수 있는 우산을 저마다 하나씩 준비하고 있죠. 그리고 그 우산을 보다 크고 튼튼하게 만들기에 여념이 없어요. 그러나 세상에는 태어나서 한 번도 자신의 우산을 가져보지 못한 사람들도 있죠. 그렇다고 타인의 우산 속으로 기꺼이 받아들여져 본 적도 없는 사람들 말예요. 그들은 늘 젖어 있어요. 날이 개어도 그들의 속살은 늘 젖어 있죠. 사람들은 왜 우산에 갇혀 비 오는 하늘을 올려다보지 않는 걸까요."

그 여자는 쩨쩽스럽게 우산 타령을 하고 있었다. 옆의 그를 의식하지 않은 듯한, 주절거리는 혼잣말 투였다. 숨이 찬지 가끔씩 걸음을 멈추곤 했다. 여자의 병은 생각보다 깊은 것인지도 모를 일이었다.

"저 사람들……."

그 여자가 우산 아래에서 껴안다시피 하고 마주 오는 한 쌍의 남녀를 가리켜 보였다.

"저들이 쓰고 있는 우산은 하나가 아닌지 모르죠. 각자 반쪽의 우산을 잠시 서로 붙여놓은 건지도, 우리처럼 말예요. 그렇지 않나요?"

그 여자가 걸음을 멈추고 그를 빤히 올려다보았다.

"거, 그, 뭐, 그럴 수도 있겠지."

그는 그 여자의 요령부득한 물음에 대답을 엽쳐 뭉갰었다. 여자의 말은 암호처럼 난해했다.

그 여자가 지나가는 택시를 손짓해 세우고 그를 돌아다보았다. 모든 것이 그 여자의 계획대로 되어가고 있었다. 그는 그 여자에 대해서 아무런 방도도 가지고 있지 못한 자신에게 화가 치밀어 올라 차 문을 거칠게 다루었다.

차는 시내를 빠져나가고 있었다. 한층 굵어진 빗방울들이 차창을 때렸다. 차량의 불빛에 빗줄기들이 엉킨 낚싯줄처럼 드러났다. 안개는 걷혀 있었으나 어둠이 내려 있었다.

"……열네 살 때였을 거예요. 한 번은 하도 배가 고파 고아원을 뛰쳐나온 적이 있었죠. 사흘을 굶으며 거리를 헤매다 쓰러져 있는 나를 사람들이 다시 고아원에 데려다 주었지만……. 그땐 나를 낳아준 얼굴도 모르는 부모가 그렇게 미울 수가 없었어요. 그 부모를

앗아간 전쟁도……. 배가 고파 벽돌 조각이 모두 떡처럼 보일때 저는 결심했었죠. 지금 누군가가 나에게 식어 빠진 국밥 한 그릇이라도 나누어 준다면, 딱딱한 빵 한 조각이라도 나누어 준다면 훗날 어른이 되어 반드시 몇 배로 갚아줄 텐데……. 그런데……, 아무도, 아무도 그런 사람이 없더군요. 누구도 나에게 빵을 나눠 주려 하지 않았어요……."

그 여자의 주절거림은 신세타령으로 바뀌고 있었다. 나왔다던 열이 다시 오르는지 가끔씩 손수건으로 이마를 훔쳤다. 실내등 아래에 여자의 얼굴은 더욱 창백하게 드러났고 좁은 어깨가 오한으로 가늘게 떨리고 있었다.

"……오히려 그들이 내 빵을 넘겨다보았어요. 그들은 날 이용하고 짜내고 찢어놓았어요. 그리고 날 버렸죠……. 그들이, 그들이 버렸어요……."

윈도우 와이퍼가 차창에 맹렬히 부딪치는 빗물을 충실하게 훔쳐내는 양을 망연히 바라보며 그는 가슴께에 묵직한 통증을 느꼈다. 군대에서 얻었던 늑막염이 다시 재발한 기분이었다.

"내려요."

산업도로로 빠져나가는 길목에서 차를 세운 여자가 명령조로 말했다.

그들을 버린 차는 크게 한 바퀴 돌아, 오던 길을 되짚어 미련 없이 떠났다. 이따금 지나치는 차량의 불빛에 도롯가에 늘어선 수양버들의 젖은 가지들이 펜싱용 칼처럼 번득였다. 멀리 도심의 불빛이 꿈엔 듯 빗속에 아련히 파묻혀 있는 게 보였다.

"이리로 내려와요."

그의 우산을 벗어난 그 여자가 도로 아래의, 짙은 어둠이 고여 있는 빈터로 내려서며 그를 불렀다. 그는 잠시 망설였다. 그를 이리로 끌어낸 여자의 의도가 도무지 짐작되지 않았다. 여자의 패거리가 빈터의 어둠 속에서 각목과 잭나이프를 숨기고 그를 기다리고 있을지도 모른다는 어이없는 생각이 스치면서 왈칵 두려움이 덮쳐왔다.

"내려와요. 내려오란 말예요. 제발 시키는 대로 해요."

그 여자의, 이상한 열기를 띤 목소리가 어둠 속에서 튀어 올라 그의 옷소매를 잡아끌었다. 그는 주춤주춤 아래로 내려섰다. 빈터는 무릎 키만 한 풀숲들이 여기저기 짐승들처럼 웅크리고 있었고, 바닥은 진흙과 버려진 오물로 질척거렸다. 잡동사니 쓰레기 사이로 빗물이 작은 고랑을 이루며 흘렀다.

"우산을 이리 줘요."

그가 옆으로 다가서자 그 여자는 그의 손에서 우산을 거칠게 뺏어갔다. 그리고는 어둠 속에서도 알아볼 수 있을 정도로 심하게 떨리는 손으로 우산을 접었다. 비에 젖은 그녀의 긴 생머리가 괴기스럽게 치렁대고 있었다.

"무릎을 꿇어요. 어서요."

갑자기 여자가 날카롭게 소리쳤다. 그 여자의 목소리라고는 도무지 상상이 되지 않는 앙칼스러움이 벼린 칼날처럼 곤두선 목소리였다. 그는 여자의 말을 미처 이해하지 못했다.

"무릎을 꿇어요. 무릎을 꿇란 말예요."

그 여자가 뾰족한 쇠로 된 우산 꼭지로 그의 얼굴을 겨누며 다시 위협하듯 외쳤다. 그의 눈앞에서 우산 끝이 심하게 흔들렸다. 여자의 표정은 어둠 속에 묻혀 알아볼 수 없었다. 가슴 밑바닥으로부터 적의와 분노가 파충류의 잔등처럼 꿈틀거리며 피어났다.

"난 당신을 파멸시킬 수도 있어요. 철저하게 매장시킬 수도 있다구요. 그건 당신이 더 잘 알 테죠? 어서 시키는 대로 해요. 제발……."

우산의 끝머리가 여전히 예리한 적의를 빛내며 그의 눈앞에 떠올라 있었다. 살의가, 그 여자를 죽이고 싶다는 강렬한 살의가 충동적인 성욕처럼 온몸으로 줄달음쳤다.

"날 죽이고 싶겠죠? 내가 죽이고 싶도록 밉겠죠? 하지만 안 될 걸요. 내가 죽으면 당신도 죽는 거예요. 우린 한배를 타고 있는 거예요, 지금. 아시겠어요?"

오오, 이 괴물. 그는 여자가 필사적임을 깨달았다. 처음으로 여자가 무서워졌다. 무릎을 꿇는다? 그는 속으로 생각했다. 이 여자가 의도한 것이 이것이었을까? 이것이 이 여자가 의도한 전부일까? 그는 여전히 알 수 없었다. 이 깡마르고 못생기고 허약한 여자 앞에서 무릎을 꿇는다고? 그는 어둠 속 저편 도시에서 그가 이제껏 한평생 쌓아온 권위와 명예와 자부심과 자존의 탑을 생각했다. 자신의 그 탑을 향한 사람들의 시기심 섞인 부러움의 눈초리와 때로는 맹목적인 존경의 시선을 생각했다. 그 탑을 위하여 그가 쏟았던 땀과 눈물을 생각했다. 그 탑을 지키기 위해 그가 견뎌야 했던 수많은 불면의 밤과 고통의 시간과 좌절의 시절을 떠올렸다. 그 모든 것을 이기고 그 모든 것으로부터 그를 살아남게 해 준 자신의 오기도 또한 떠올렸다. 그런데, 이 보잘것없는 여자 앞에서 무릎을 꿇는다고? 이 빗속에서?

비는 그의 머리를 적시고 어깨를 적시고 등허리를 적셨다. 타인 앞에서 무릎을 꿇는다는 것, 그것이 딱히 낯선 것만은 아니었다. 못할 것도 없었다. 따지고 보면 지금껏 살아오면서 그는 그러한 경험을 얼마나 많이 겪었던가. 자금을 끌어오기 위해, 유력인사와 줄을 대기 위해, 청탁을 위해, 대기업에 납품하기 위해, 자본주와 은행장 앞에서, 높으신 나으리 앞에서, 대기업의 간부 앞에서, 고매하신 기관장님 앞에서 그는 얼마나 자주 무릎을 꿇었던가. 아니 무릎 정도가 아니라 거의 낮은 포복의 자세도 기꺼이 취해 보이지 않았던가. 어려운 일도 아니었다.

그러나 그들 앞에서의 낮은 포복은 이보 전진을 위한 일보 후퇴와 같은 계산된 것이었다. 그것은 그의 탑을 더욱 공고히 하여 미래에 더욱 많은 이들이 그의 앞에 부복토록 하기 위한 일종의 투자 행위였다. 더 많은 타인들 위에 군림하기 위한 통과의례에 지나지 않았다. 그는 그로 하여금 무릎을 꿇게 하는 사람들처럼 되기 위해 '무릎을 꿇는다.' 라는 말의 본래 의미도 잊어버린 채 자존의 깃발을 개꼬리처럼 수시로 말아 내리곤 했다.

그러나 그 여자가 지금 그에게 요구하는 것은 그가 쌓아온 탑에 대한 완전한 부정이었다. 그는 지금껏 자신보다 더 높은 탑을 쌓고 자신보다 훨씬 더 막강한 권력과 재력을 쥐고서 자신을 내려다보는 사람들 앞에서 무릎을 꿇었으면 꿇었지 결코 단 한 번도 자신보다 열등한 능력의 소유자 앞에 무릎을 꿇어 본 경험이 없었다. 더구나 어딘가 정신이 온전치 못해 보이는 이따위 여자 앞에선……. 여기에 그의 곤혹이 자리하고 있었다.

"당신을 해칠 생각은 없어요. 무릎을 꿇어요. 어서 무릎을 꿇란 말예요. 제발 내 말을 들어요."

여자의 목소리는 점점 높아지다가 나중엔 갈라진 쇳소리로 변했다. 그는 그 여자가 필사적이란 사실을 다시 깨달았다. 어둠, 비, 귀기 들린 여자의 고성, 그리고 어둠 속에서 번득이며 흔들리고 있는 우산 끝날. 명치께를 통해 온몸의 힘이 빠져나가고 있었다. 갑자기 그는 지겹다는 생각이 들었다. 비도, 어둠도, 그 여자도 지겨워졌다. 그리고 단 한 번의 굴욕이 이 모든 것에서 벗어나게 해준다면 그 여자 앞에서 무릎을 꿇지 못할 것도 없다는 생각이 달콤한 유혹처럼 다가왔다. 그는 천천히, 아주 천천히 오금을 꾸부려 마침내 두 무릎을 땅에 놓았다.

진흙 바닥은 지독히 차가왔고 금방 다리를 흥건히 적셔왔다. 젖은 어깨와 등허리로 한기가 몰려들었다. 그는 온몸을 떨기 시작했다. 그것은 추위 때문만이 아니었다.

"좋아요. 당신은 역시 현명하시군요. 자, 이젠 이 한마디만 하세요. 미안합니다. 용서하십시오. 이 한마디만 하세요. 그걸로 모든 걸 끝내겠어요. 그걸로 모든 건 끝나요."

여자의 목소리는 갑자기 낮고 명료해져 있었다. 그는 그제야 여자의 의도를 분명히 알아차렸다. 당장 벌떡 일어나 여자의 목을 졸라버리고 싶은 충동으로 무릎 위에 놓인 두 주먹이 불끈 쥐어졌지만 일의 앞뒤를 따져 손익을 재빨리 계산하는 오랜 버릇이 가까스로 그 충동을 눌렀다.

"누군가, 한 사람만이라도 날 자기의 우산 속으로 날 받아들여 주었더라면 이러진 않아요. 정말이에요. 단 한 사람만이라도……. 잠시만이라도……."

여자는 주절거리는 투로 뜻 모를 소리를 지껄이고 있었다.

"당신은 쓰레기예요. 더럽고 냄새 나는 쓰레기……. 쓸모없는 폐기물이란 말예요. 나보다 나을 게 하나도 없어요. 아니, 당신이 몰래 내다버린 그 폐기물보다 나은 게 하나도 없어요. 그래도 난 당신보단 나아요. 그걸 몰라요? 그걸 모르겠어요? 어서 말해요. 미안하다고 용서해 달라고 어서 말을 해요."

"미, 미스 안⋯⋯."

"다른 소린 듣고 싶지 않아요. 그 한마디만 하세요. 진심이든 아니든 상관없어요. 전 그 한마디만 듣고 싶어요. 그러면 그만이에요."

가슴이 알 수 없는 통증으로 뻐근해져 왔다. 정말 늑막염이 재발한 것인지도 모를 일이었다.

"⋯⋯미, 안, 해⋯⋯."

그는 숨 가쁜 사람처럼 한 음절씩 끊어서 뱉어냈다. 이미 무릎까지 꿇고 난 후였다. 여기서 다시 무너진 자존을 수습할 수는 없었다.

"아뇨. '미안해'가 아니고 '미안합니다. 용서하십시오.'라고 말해요."

가슴의 통증이 점점 심해졌다. 그는 한 손으로 가슴을 싸쥐며 체념하듯 말했다.

"미안합니다. 용서하십시오."

그는 가능한 한 건조한 목소리를 내기 위해 노력했으나 그것은 그의 귀에도 퍽 처량하게 들렸다. 빌어먹을! 그는 속으로 자신에게 욕을 퍼부었다.

갑자기 우산이 그의 무릎 앞의 바닥에 내려꽂혔다. 그는 여자를 올려다보았다. 그 여자는 거기 거대한 고목처럼 서 있었다. 언제든지 쉽게 꺾어버릴 수 있다고 믿었던, 마른 풀대 같은 그 여자가 믿을 수 없이 까마득한 높이의 거목이 되어 거기 서 있었다.

"⋯⋯."

그 여자는 한동안 말없이 꼼짝도 않고 그대로 그의 눈앞에 서 있었다. 그녀가 소리죽여 울고 있단 걸 알아차린 건 잠시 후였다.

"좋아요. 당신을 용서하겠어요. 나도 내 증오에서 벗어나고 싶어요."

이윽고 여자가 울음기가 가시지 않은 목소리로 말하곤 한숨을 내쉬었다. 그는 그 여자의 증오가 딱히 그 자신만을 향한 것이 아니라 이 세상 전부를 향한 것인지도 모른다는 생각이 들었다. 그리고 그 증오의 깊이가 얼마나 깊디깊은 것인가를 깨닫자 온몸이 다시 와들와들 떨려오기 시작했다.

그 여자는 몸을 돌려 도로를 향해 걸어갔다. 둑 아래의 짙은 어둠 속에서 그 여자의 목소리가 다시 들려왔다.

"검찰청에 다니는 오빠 따위는 없어요. 그 서류의 원본 따위도 없구요."

도로 위로 올라서는 여자의 좁고 처진 어깨가 불빛에 드러났다. 곧 어둠이 그 노처녀의 뒷모습을 삼켜 버렸다.

그는 그러고도 오래, 어둠 속에서, 빗속에서, 쓰레기 더미 사이에서 온몸을 덜덜 떨며 꿇어앉아 있었다. 우산이 무슨 단죄의 칼처럼 그의 눈앞에 단호한 자세로 꽂혀 있었다. 그것은 그 여자의 칼이었다. 이 세상을 향한 그녀의 유일한 무기였다.

그는 더 거세어지는 비를 맞으며 자신에 대한 깊은 혐오감 속으로 점점 휩싸여 들었다.

(1989년)

누가 웅을 보았는가

아이사타의 불행은 소문으로 시작되었다.

파나류에 용이 나타났다는 그 소문. 그러나 아이사타의 불행은 용이 나타났기 때문에 시작된 것이 아니라, 아이사타 사람들이 용을 불렀기 때문에 시작된 것인지도 모를 일이었다.

'아이사타'는 호반(湖畔)의 나라였다.

'파나류'라는 거대한 호수가 그 나라의 한가운데 자리 잡고 있었다. 북쪽으로는 높은 산록에 둘러싸여 있고 남쪽으로는 들판과 접해 있는 그 호수의 둘레는 발 빠른 장정이 사흘 밤낮을 걸어야 다 돌아볼 수 있을 만큼 넓었다. 또 그 가장 깊은 곳은 명주실 꾸러미 세 개가 다 풀려 들어간다고 했다.

파나류 호는 아름다웠다.

언제나 맑은 하늘이 호면 가득 담겨 있었고, 북쪽의 높은 산봉우리들이 고요한 수면 위로 그 장대한 그림자를 떨어뜨리고 있었다. 산기슭의 그 바위들—하늘과 땅이 처음 열리던 그때처럼 영겁의 세월을 안으로 새기며 그 자리에 붙박여 있었을 성싶은 그 바위들은 인자한 미소를 띠고 파나류 호를 굽어보고 있었고, 천 년 동안 하늘을 버티며 서 있는 호수 주변의 아름드리 느티나무 숲은 파나류 호를 수호하듯 둘러서 있었다.

새벽에 수면에서 피어올라 산골짜기를 향하여 서서히 밀려 오르는 안개 속에 언뜻언뜻 드러나는 파나류의 얼굴을, 그 요요로운 아름다움을 한 번이라도 본 이는 알지 못할 감동에 온몸을 떨며 한동안 발목이 묶이리라. 이윽고, 먼 동쪽 바다에서 떠오른다는 태양이 산봉우리 위로 고개를 내밀어 그 고운 햇살로 안개를 흩어 놓으면 파나류는 그 끝 간 데 없이 넓고 청명한 얼굴을 온통 다 드러내 보이게 되는데, 그때쯤이면 흰 날개의 물새 떼들이 부지런히 비상하며 하루의 즐거운 노동을 시작하는 것이었다.

꽃 피는 철이 돌아오면 바람에 분분히 날려 온 꽃잎들이 물 위를 하얗게 뒤덮었다. 미풍은 애무하듯 수면 위를 미끄러지며 햇살에 반짝이는 잔물결을 그려 놓았고 호숫가 갈대들의 그 미끈한 허리들을 산들산들 흔들어 놓았다. 흰 구름이 물속 저 깊은 곳에서 물고기들과 함께 헤엄쳐 다녔고, 그 위로 붉은 꽃 그림자가 떠서 흘렀다. 물가에 낚싯대를 드리웠거나 조각배를 타고 호심에서 그물질을 하는 아이사타 사람들이 어쩌다 서로 부르는 소리가 녹음 짙은 산봉우리에 부딪혀 청정하게 되돌아왔고 거기에 화답하듯 숲에선 산새들이 지저귀었다.

해가 지는 파나류의 광경은 이 세상 아름다움의 극치이리라. 서산 하늘을 물들인 붉디붉은 핏빛 노을이 그대로, 아니 하늘의 그것보다 더 맑은 핏빛으로 파나류의 수면 위로 떨어져 있는 그 대칭의 조화는 아이사타의 가장 낙천적인 사람마저 까닭 모르게 눈물짓게 만드는 것이었다.

아이사타 마을의 불빛이 반딧불처럼 점점이 떠 있는 밤의 파나류는 바로 정밀(靜謐)의 세계였다. 어둠이 골짜기로부터 슬금슬금 풀어져 내려 급기야 호수 위로 두텁게 쌓이면 절대의 고요가 파나류를 온통 감싸 안는 것이었다. 골짜기를 불어 내리는 바람의 속삭임과 먼 곳 짐승의 뒤척이는 소리까지 어둠 속에서 만져질 듯하고 거기에다 푸른 달빛이 호수를 비추기라도 하면 아아, 파나류는 하나의 푸른 우주였다. 물고기들이 가끔씩 수면을 박차고 뛰어올라 텀벙 떨어지는 소리는 그 고요한 우주에 첨가되는 익살맞은 파격이라고나 할까.

파나류는 풍요로웠다.

아이사타 사람들은 파나류 호수 주변에 마을을 이루고 고기를 잡고 살았다. 아이사타 사람들의 일과는 아침에 일어나자마자 낚시도구와 그물을 챙기거나 간밤에 설치한 통발을 살펴보는 것으로 시작되었다. 그들의 낚시와 그물엔 언제나 그들이 공들인 노동의 대가 이상의 살진 물고기들이 풍족하게 걸려 주었고 그들의 통발엔 언제나 그들이 소망한 이상의 장어들이 오롯이 몰려 있곤 했다. 그들의 고기통은 언제나 온 식구들의 식탁에 올리고도 남을, 그리하여 이웃나라에 가서 일용할 양식과 의복으로 바꾸고도 남을 물고기로 넘쳐흘렀다. 아니 그러고도 자신의 수확량 일부를 지아비가 앓아누워 그물질을 나가지 못한 이웃의 부엌문에, 지아비를 일찍 잃고 자식 많은 이웃 지어미 집 담장에 걸어두고 오기에 부족함이 없었다. 파나류는 사람들이 필요한 만큼만 잡아간다면 언제나 그들을 위해 풍족한 물고기를 준비하고 있었다.

아이사타 사람 그 누구도 자신의 노동과 자신의 도구와 자신의 지혜로 수렵한 그 물고기를 온전한 자기 것으로 생각하지 않았다. 물고기는 본래 파나류의 것이었다. 그들이 잡은 물고기는 파나류가 그들에게 베푸는 은혜의 일부라고 생각했다. 그리고 그 은혜는 불행히도 그 시혜를 받지 못한 이웃과 나누는 것이 당연하다고 여겼다. 아니, 아이사타 사람 중 그런 생각을 구체적으로 해본 사람은 아무도 없었다. 그 생각은 조물주가 불덩어리로 처음 파나류를 깊이 파 거대한 웅덩이로 만들 때부터 사람들의 의식 밑바닥에 가라앉아 있던 것으로 이미 그것은 아이사타 사람들의 피 속에 녹아 흐르는 생각이었다. 아이사타 사람들은 태어나서 죽을 때까지 한 번도 그런 생각을 의식의 표면으로 떠올려 본 적이 없으면서도 그것을 태양이 동에서 떠서 서로 지는 것처럼 자연스럽게 실천하고 있었다. 그리하여 아이사타 사람들에겐 소유라는 개념이 없었다. 따라서 수수(授受)라는 개념은 더욱 없었다. 소유 대신에 필요가 있었고 수수 대신에 나눔이 있을 뿐이었다.

혹 파나류가 무슨 이유에선지 사람들에게 물고기를 주지 않을 때도 있었다. 그러나 그것은 아이사타 사람들이 누리는 그 마음의 풍요로움을 결코 해치지 못했다. 그들은 자신의 빈약해진 수확량을 여전히 이웃과 나누어 가졌고 언젠가는 파나류가 다시 그 부족함을 채워 주리라 굳게 믿었다. 물고기의 부족함은 절대로 아이사타 사람들의 마음을 가난하게 만들지 못했다.

파나류는 누구에게나 공평했다.

파나류는 얻고자 하는 누구에게나 물고기를 주었고 혹 얻고자 하나 능력이 없는 자에게도 결코 그 은총의 손길을 거두는 법이 없었다. 손이 없는 자에겐 손이 있는 자를 통해 주었고 발이 없는 자에겐 발이 있는 자를 통해 주었고 지혜가 없는 자에겐 지혜 있는 자를 통해 주었다.

그리하여, 아이사타 사람들에게 파나류는 거대한 아름답고 풍요한 영혼이었다. 그것은 이 세계의, 이 우주의 신성한 어머니였고, 또한 바로 신이었다. 아이사타 사람들은 인간의 영혼이 파나류로부터 나온다는 것을 알았다. 인간이 죽으면 그 영혼은 파나류로 돌아간다는 것을 믿었다. 그리하여 아이사타 사람들은 사람이 죽으면 그 시신을 파나류에 수장했다. 죽은 육체를 영혼 곁으로 돌려보내는 것이었다. 그리하면 그 육체가 다시 물고기로 환생하는 것으로 믿었다. 파나류의 물고기는 바로 그들 선조의, 그들 죽은 이웃의 육체이며 영혼이었다. 그 물고기를 잡아먹는 것은 그들 자신의 육체와 영혼에 죽은 선조와 이웃의 육체와 영혼을 간직하는 신성한 행위였다. 아이사타 사람들이 필요 이상의 물고기를 살생하는 것을 금기시하는 이유는 바로 그 때문이었다. 아이사타 사람들에게 물고기는 단순한 생계수단이 아니었다. 물고기는 그들 자신과 동일한 파나류의 자식들이었다.

아이사타 사람들은 누구나 파나류를 사랑했고 숭배했다.

그들은 철마다 파나류를 위해 경건히 제를 올렸고, 가장 목소리가 좋은 이를 뽑아 노래를 바치게 했다. 그리고 제가 끝나면 남녀노소 없이 지고지순의 흠모와 존숭의 노래와 춤으로 한바탕 축제를 벌이는 것이었다.

그 제에서 노래를 부르는 이, 아이사타에서 가장 목소리가 빼어난 이, 그는 시인이며 가객이며 예지자였다. 그는 누구보다 더 파나류의 아름다움과 풍요로움을 사랑했다. 그는 언제나 물가에 낚싯대를 드리우고 파나류를 예찬하는 시상을 다듬는 데 골몰했고 시가 완성되면 그것을 곧 노래로 지어 불렀다. 일찍이 그는 파나류의 아름다움을 이렇게 노래했다.

푸른 파나류에 붉은 놀이 지는데
이끼 파랗고 바위 희네.
저녁 안개 사이로 흰 물새 날고
가락봉 발치에 해당화가 붉었네.
호수에 달빛 비치니 금거울을 연 듯하고
기화요초 피어나니 천지가 은세계요,
어느 곳 피리 소리와 봉황 울음이
푸른 하늘에 울리는가.
곤륜산에만 어찌 신선이 타는 난(鸞)새가 있으랴.

그는 파나류를 사랑했고 파나류의 사람들과 물고기를 사랑했다. 시를 사랑했고 술과 파나류에 지는 달빛을 사랑했다. 물가 그늘진 바위 위에서 호수에 낚시를 드리워 놓고 시를 흥얼거리는 그의 모습은 아이사타 사람이면 누구나 쉽게 발견할 수 있었다.

특히 달빛 좋은 밤이면 그는 어김없이 술병과 거문고를 안고 호숫가 바위 위로 나왔다. 거문고를 퉁기며 적당한 취기에 젖은 목소리로 부르는 그의 노래는 가히 이 세상 사람의 것이 아니었다. 그것은 그의 입에서 흘러나오는 것이 아니라 그의 머리 위의 하늘에서 들려오는 것 같았다. 그가 노래 부르는 것이 아니라, 하늘이 그의 입을 통해 노래를 들려주는 듯했다. 푸른 달빛 속으로, 그 달빛을 흥건히 안고 고요히 흔들리는 파나류의 호면 위로 그의 노래가 애애로이 퍼져 나가면 마을의 집에서 하루의 노동으로 고단해진 몸을 눕히고 있던 아이사타 사람들은 가슴 깊숙한 곳으로부터 일어 오는 고요한 안락과 환희를 맛보는 것이었다. 그의 노래는 그들의 잠을 달게 해주었고 새로운 내일의 노동을 위한 건강한 활력을 채워

주었다. 그의 노래가 절정을 향해 치달으면 새들이 그의 주변 나뭇
가지로 날아들어 조용히 깃을 접고 귀를 기울였고 산짐승들이 우줄
우줄 골짜기를 내려와 그의 발밑에 엎드려 턱을 고였다. 파나류의
물고기들도 밤잠을 잊어버리고 그가 앉은 물가로 몰려들었고 파나
류의 영혼마저 그의 노래를 한없는 경의로 듣는 듯했다. 달이 그를
향해 조용히 웃어주었고 먼 산봉우리들이 그의 절제된 열정으로 치
올려지는 가락에 낮고 둔중한 산울림으로 화답했다.

그는 아이사타의 또 다른 아름다움이었으며 자랑이었다. 아이사
타 사람들은 누구나 그를 사랑했고 존경했다. 아이사타의 새와 짐
승과 파나류의 영혼마저 그를 사랑했다.

한 가닥 낙조가 물 가운데 퍼지니
파나류의 반은 쪽빛 나머지는 붉음.
오오, 아름답도다. 오늘 이 보름밤.
진주처럼 빛나는 이슬, 등불처럼 걸린 달
순간에 둘러본 우주의 끝.
이 아니 즐거운가.

아이사타 사람들은 누구나 낚시를 좋아했다.
아이사타의 아이들은 낚시바늘을 손에 쥐고 태어난다는 농담이
있을 지경으로 그들은 낚시를 즐겼다. 그들은 그물질이나 통발질보
다 낚시하기를 더 좋아했다. 하루의 낚시만으로도 온 식구의 하루
의 식탁을 풍성하게 하고도 남았으므로 그들은 일을 나가지 못한
불행한 이웃이 없는 한 좀체 그물질이나 통발질을 나서려 하지 않
았다. 필요 이상의 물고기는 그들에게 죄악이었다.

182

그 시인도 낚시를 즐겼다. 그가 무아경으로 시상에 침잠하거나 노랫가락을 좇을 때에도 그의 낚싯대는 언제나 수면에 드리워져 있었다. 그러나 이상한 것은 그는 결코 굽은 낚시바늘을 사용하지 않는다는 것이었다. 그의 낚시바늘은 늘 곧은 민자 바늘이었다. 그의 수상한 그런 취미에 이웃들이 의아심을 드러내면 그는 싱긋이 웃으며 그 청아한 목소리로 이렇게 말하는 것이었다.

"내가 낚시를 하는 이유는 말일세. 단순히 물고기를 낚고자 함이 아닐세. 나는 나 자신을 낚고 싶다네. 즉 낚시를 통해서 나 자신의 존재를 아주 극명하게 느끼고 싶다는 것일세. 저 수면 밑을 상상해 보게. 설령 우리가 물속으로 들어가 저 세계를 목격하였다고 하더라도 우리는 절대로 그 세계를 알았다고는 할 수 없네. 우리가 일단 그 속에 들어가기만 하면 그 세계는 자신의 본 모습을 바꾸어 버리거든. 다시 말해 우리가 들어가 그 속에 포함된 그 세계는 온전한 참모습이 아니란 말일세. 파나류의 위대한 어머니, 파나류의 위대한 영혼은 우리에게 쉽사리 자신의 모습을 보여주지 않는다네. 그것은 마치 저 밤하늘의 별과 하늘의 운행, 그 운행을 주재하는 신과 그 신의 조화의 손길을 우리가 알 수 없는 것과 마찬가지라네. 그러므로 물밑 세계는 곧 하나의 우주랄 수 있지. 물고기 한 마리를 낚는 것은 우리가 알 수 없는 저 세계, 저 파나류의 세계, 저 우주, 저 신의 세계를 우리에게 끌어당기고 우리와 관계 지우는 행위일세. 말하자면 낚시는 저 우주를 우리에게로 끌어당기는 희열의 행위이며, 파나류의 영혼과, 우주의 신과 우리를 연결하는 조화와 화평의 몸짓이란 말일세. 손끝에 전해지는 물고기의 파닥이는 느낌, 낚싯줄을 당기는 그 팽팽한 힘의 느낌, 그건 저 세계가, 저 파나류의 영혼이, 저 우주의 신이 우리에게 보내는 신호라네. 네가 거기 있음을 내가 아노라 하는……. 파나류의 영혼과, 우주의 신과 자신이 교신하고 있다는 느낌, 그것보다 더 극명하게 자신의 존재를 인식하게 하는 느낌이 어디에 또 있겠나? 그러나 오해는 말게. 낚시에 걸린 물고기의 그 역동적인 힘을 느끼기 위해서는 더욱 굽은 바늘을 사용해야 하지 않느냐고. 그러나 굽은 바늘에 실려 오는 그 신호는 가짜라네. 설혹 거기에 참된 신의 신호가 간혹 섞여 온다 하더라도 빈번한 가짜 신호에 무디어진 우리의 감각은 그걸 제대로 구분해 내지 못하고 말지. 파나류의 영혼은 결코 그렇게 쉽게 우리에게 신호를 보내지는 않아. 그건 예비하고 있는 사람에게만 오거든. 마음을 열고 있는 사람에게만 말일세. 그리고 그것은 일생에 꼭 한 번으로 족한 것일세. 나는 믿고 있다네. 언젠가는 나의 저 곧은 낚시에 거대한, 참으로 거대한 물고기가 물려 내 온몸을, 내 온 영혼을 그 아름다운 힘으로 잡아당기리란 것을. 내 일생에 언젠가는 꼭 한 번이라도 반드시 저 위대한 신의 계시가 내게 당도하리라는 것을……. 저 파나류의 영혼에 대한, 저 위대한 신에 대한 끝없는 경의와 사색과 명상만 있다면 말일세. 다시 한 번 말하네만, 내가 낚고자 하는 물고기는 낚시바늘로 낚는 것이 아닐세. 그건 마음으로 낚는 것이라네."

말을 마친 시인의 눈은 영롱하게 빛나고 있었다. 마치 그 계시의 순간을 지금 당하고 있기라도 하듯. 사람들은 알 듯 모를 듯한 시인의 말에 고개를 갸웃거리며 오늘도 허탕을 칠 게 뻔한 시인을 위해 자신의 가득 찬 고기통에서 가장 살진 놈으로 골라 시인의 통에 넣어 주었다. 그들이 가버리자 시인은 노래 부르기 시작했다.

처음 낚시질을 배울 때
스스로 고기는 잡기 쉽다고 일렀네.

서른에 낚싯대를 들었지만
내 낚시로 오는 고기는 하나 없네.
사람들은 굽은 낚시
나는 곧은 낚시.
서럽구나, 내 낚시는 미끼도 없어라.
곧은 낚시의 길 언제나 행해질까?

제를 지낼 철이 돌아왔다. 기후는 순조로웠고 물고기는 살져 있
었다. 집집마다 의식주가 풍후했고 사람들의 얼굴은 화기로웠다.
때문에 이번의 제는 어느 때보다 더 성대하게 준비됐다. 가장 맛있
고 살진 물고기와 온갖 정성을 기울여 장만한 음식과 술이 마련되
었다. 제를 올리는 날, 아이사타의 모든 주민은 가장 정결한 입성으
로 단장하고 제단 앞으로 모여들었다. 제주는 파나류의 위대한 어
머니에게 가장 경건한 몸짓으로 축문을 바쳤고 마을에서 가장 조
신한 이가 빚은 가장 정갈한 술을 올렸다. 사람들은 소지가 끝날 때
까지 부정한 기침 소리 하나 없이 엄숙하게 제에 참례했다.
  드디어 시인이 노래를 바칠 차례가 되었다. 눈부시도록 흰 옷을
차려입은 시인은 거문고를 안고 제단 높다란히 앉았다. 지그시 눈
을 내리감은 그의 얼굴은 물속처럼 고요했다. 그런 시인은 바로 한
마리 학이었다.
  한참 동안 호흡을 가다듬은 시인이 천천히 손을 들어 이윽고 거
문고의 첫 음을 퉁하고 튕기었다. 곧이어 소리를 어르고 늘이고 맺
고 풀면서 거문고의 줄 사이를 옮겨 다니는 시인의 손은 때로는 새
처럼 날렵했고 때로는 짐승의 앞발처럼 힘찼다. 사람들은 숨소리
조차 죽이고 그의 거문고 가락 속으로 몰입되어 갔다. 온 산이 깨

어나 귀를 기울였고 파나류도 흔쾌히 경청하는 듯했다. 거문고 가락이 어느 정도 무르익자 시인의 입에서 노래가 흘러나오기 시작했다. 때로는 맑고 곱게 때로는 낮고 투박하게 때로는 단아하게 굽이굽이를 휘돌아 드는 그의 노래는 사람들의 마음을 어루만지고 달래고 쥐어짜고 열정으로 들뜨게 하고 평온으로 가라앉게 하고 격정으로 치달아 오르게 하고 회한으로 전율하게 했다. 그 순간만큼은 이 세상에 오직 그의 노래만이 존재하고 그의 노랫소리로만 세상이 꽉 찬 느낌이었다.

한데 절정으로 치달아 오르던 그의 목소리가 어느 순간에 꽉 막혀 목쉰 헛바람 소리로 새어 나온 것은 무슨 변고였을까. 모를 일이었다. 열여덟에 노래꾼으로 선택된 이래 처음 있는 일이었다. 당황한 시인은 헛기침으로 목을 가다듬고 다음 가락을 이어가려 했으나 소용이 없었다. 여전히 그의 목소리는 갈라져 끽끽거리는 괴상한 소리로 흘러나왔을 뿐이었다. 그것은 사로잡힌 짐승의 신음같았다. 사람들이 웅성거리기 시작했다. 시인은 붉게 달아오른 얼굴로 진땀을 흐리며 다시금 헛된 시도를 해보았으나 마찬가지였다. 웅성대는 사람들의 소리가 높아갔다. 제주가 나서서 조용히 하라고 주의를 주었으나 한 번 시작된 사람들의 동요는 어쩔 수 없었다.

"어허, 신성한 제에 이 무슨 괴변인고. 불길한 징조로다. 불길한 징조야……."

제단 옆에 따로 마련된 상석에 점잖게 앉아 있던 수염 긴 늙은이들마저 길게 장탄식을 뽑아냈다. 끝내 목소리를 회복하지 못한 시인이 참담하게 구겨진 얼굴을 수그리고 제단을 내려왔다.

다음에 이어진, 아이사타의 모든 사람이 함께 어우러지는 춤과 노래의 잔치 마당은 지리멸렬이었다. 사람들의 노랫가락엔 흥이 실려 있지 않았고, 춤사위엔 힘이 빠져 있었다. 어색한 몸짓으로 시늉만 짓다가 서둘러 잔치를 마쳐 버렸다. 흩어져 마을로 돌아오는 사람들의 얼굴마다엔 알지 못할 불안이 어려 있었다.

그날 이후, 아이사타 사람들은 거문고를 안고 멋지게 뽑아 올리던 시인의 노랫소리를 다시 들을 수 없었다. 대신 호숫가 바위 위에서 가부좌를 틀고 앉아 두 눈을 감은 채 참선에 들어 있는 그의 모습을 자주 발견할 수 있었다. 깊은 명상에 잠긴 시인의 몸은 바위 일부가 되어 버린 양 미동도 하지 않았다.

파나류에 용이 나타났다는 소문이 바람을 타고 아이사타의 구석구석을 떠돌기 시작한 것은 아마 그 즈음이었을 것이다.

제일 처음 파나류에서 용을 보았다는 사람은 너덧 명의 소년들이었다. 어스름 달밤이었다. 소년들은 이웃 마을에서 밤늦게까지 놀다 호숫가의 우회도로를 끼고 돌아오던 중이었다. 한 소년이 호수를 가리키며 말했다.

"저게 뭐지?"

호수의 한복판은 수면이 어수선한 상태였다. 소년들은 처음엔 청둥오리들이 싸우고 있는 줄 알았다. 그러나 곧 그것이 아니라는 것을 알았다. 어수선한 상태의 범위가 너무 넓었던 것이다. 소년들은 걸음을 멈추고 쳐다보았다. 흔들리는 수면 한복판에 큰 동물 같은 것이 보였다. 그러는 사이에 그 동물은 호수 건너편의 나루 쪽으로 서서히 미끄러지듯 헤엄쳐 가는 것처럼 보였다. 수면 위로 솟아나온 길쭉한 목과 큰 머리, 그리고 수면 가까이 드러나 등에 규칙적으로 나 있는 지느러미 등을 소년들은 순간적으로 보았다. 잠시 후, 그 동물은 반 회전하여 그들의 시야에서 사라졌다.

"용이다! 전설의 그 용이야."

다른 소년이 외쳤다. 소년들은 재빨리 아이사타에 오래전부터 전해져 오는 용에 관한 전설을 기억해 냈다. 그것은 아이사타가 처음 열리던 시대부터 만들어져 입에서 입으로 전해져 내려오던 것으로 아이사타 사람이면 누구나 말을 배우기 시작하면서 외우게 되는 전설이었다. 그것은 신성한 노래의 형태로 전해졌다.

태초에 우주가 열리고
예리한 안력(眼力)이 처음 밝았도다.
사람들이 비록 많이 태어났으나
죽지 않는 사람은 없도다.
자고로 주재자가 없으니
누가 인간을 영생케 하랴.
이에 현묘한 파나류의 어머니가 나서
창생을 불쌍히 여겼도다.
특별히 정령(精靈)을 보내시되
호수에 용으로 내리시니,
보기에는 아무 모습 없는 듯하나
예리한 안력과 마음이 있는 자는 보리라.
기쁘도다.
뭇사람이 노래로 아뢰고
춤으로 바치었도다.
실로 어머니께서 덕 있는 령을 보내시어
인간을 위하여 법식을 지으셨도다.
치우침이 없고 붕당이 없으니
천하가 맑아졌도다.

용의 비늘을 받은 자 그 침을 받은 자
고통 속에서도 편안하고 죽어도 살겠도다.
아아, 그러나 이것을 어쩌랴. 이 인간의 어리석음을 어쩌랴.
어머니의 법식을 잊고 경배를 멈추었도다.
영생이 인간을 교만으로 이끌어
분란을 짓고 제단을 비웠도다.
이에 정령을 불러들이시고
영생의 약속을 파기하시도다.
건곤에 화한 기운 하루아침에 쇠하니
천하가 다시 어두워졌도다.
그러나 경배하라. 미혹한 무리들아.
자비로우신 파나류의 어머니
너희 중 팔 할만 진정으로 뉘우친다면
내 기꺼이 정령을 내리겠노라 다시 약속하시도다.
그날이 오면 그날이 오면
정령의 비늘을 받은 자 침을 받은 자 그 마음을 받은 자
먹지 않아도 배부를 것이요 죽어도 살겠도다.
축복하라.
그자는 만인의 왕이요, 시간의 지배자가 되리라.

  전설의 노래는 알 듯 모를 듯한 내용으로 가득 차 있었다. 그러나
그 내용의 진위 따위는 아이사타 사람들에겐 아무래도 좋은 것이었
다. 전설은 아이사타 사람들에게 절대적인 권위를 가지고 있었다.
그것은 노래가 아니라 신성한 주술이었다. 아이사타 사람들은 아이
가 태어나 기쁠 때도 혈육이 죽어 슬플 때도 그 노래를 불렀다. 그

러면 알지 못할 힘이 그들의 그 기쁨을 증폭시켜 주었고 혹은 그 슬픔을 가라앉혀 주었다. 철마다 지내는 그 제에서 반드시 그 노래를 바치는 것도 그러한 이유에서였다.

소년들의 입에서 시작된 그 소문은 아이사타를 발칵 뒤집어 놓기에 충분했다. 그것은 사람과 사람의 귀와 입을 옮겨 다니며 걷잡을 수 없이 불어나기 시작했다. 처음엔 파나류에 거대한 괴어가 출몰했다는 것이 곧 용이 나타난 것으로 바뀌었고, 용이 아니라 용이 되려다 만 이무기가 나타났다는 것으로 전해지기도 했다. 소문은 갖가지의 억측과 과장이 덧붙여져 스스로 생명력을 얻어 떠돌면서 조용하던 아이사타를 온통 뒤흔들어 놓았다. 그것은 일대 사건이었다. 사람들은 만나면 누구나 용의 소문을 입에 올렸다. 급기야 용을 직접 목격했다는 사람들이 다시 여럿 생겨났고, 그중엔 용의 빛나는 눈과 거대한 몸체, 번쩍이는 비늘과 등의 혹을 제법 그럴듯하게 묘사해 보이는 사람까지 있었다.

물론 처음부터 그 소문의 신빙성에 회의를 나타낸 사람들이 전혀 없었던 것은 아니었다. 그들은 소년들이 보았다는 그 용이 착시에 의한 것이 아닌가 하는 의심을 버리지 못했다. 그들은 그 용이 조금 거대한 괄태충의 한 종류라는 결론에 도달하기도 했다. 또는 선사시대부터 살아남은 어류의 일종으로 보기도 했고, 또 다른 시각에서는 순전히 소년들의 장난이라는 가능성을 배제하지 않았다. 그러나 그들은 누구도 자신의 주장에 명백한 확신을 두지 못했다.

그런 회의론에도 불구하고 용이 출현했다는 소문은 발을 달고 날개를 얻어 온 아이사타를 들끓게 했다. 그것은 사람들이 논리적인 회의론보다는 검증되지 않은 소문에 더 매력을 느꼈기 때문인지도 몰랐다. 소문은 전적으로 긍정할 수도 부정할 수도 없는 것이었다. 아이사타 사람들은 큰 혼란에 빠져들었다. 그 혼란은 용이 나타났다는 그 사실 자체 때문만이 아니라, 용과 전설과의 관계와 전설 속에서의 용의 의미 때문이기도 했다. 날이 갈수록 소문은 힘과 권위를 더해 갔으므로 회의론자들은 침묵했고 사람들은 용의 출현을 기정사실화했다.

사람들은 전설 속에서 용이 인간에게 영생을 약속하고 있음에 주목하기 시작했다.

"그 용의 비늘을 몸에 간직하거나 용의 침을 받아 마시면 영원히 죽지 않는다는 게여. 불에 들어가도 말짱해진다더만."

"그뿐 아니라지. 제일 처음 용의 비늘을 얻은 자가 아이사타의 왕이 된다문서?"

"왕이 뭐지?"

"무식하긴……. 농사짓는 이웃나라 이야기도 못 들어 봤어? 이웃나라엔 왕이라는 사람이 있어 영원히 죽지 않으며 법률과 제도로써 다른 모든 사람을 다스리고 또 모든 사람으로부터 추앙을 받는다는 거야. 그는 신과 같은 존재야."

"그럼 다른 사람은 누구나 그에게 복종해야겠네?"

"두말하면 잔소리지. 왕은 누구에게나 명령할 수 있고 자신의 명령을 거부하는 자는 그 생명까지 마음대로 할 수 있어."

"와―, 그 왕이란 사람은 얼마나 좋을까."

용의 출현은 아이사타 사람들의 마음속에 은밀한 욕망을 심어주기 시작했다. 그것은 영생과 왕의 지위에 대한 욕망이었다. 소문에 의해 한 번 촉발된 그것은 서서히 증폭하면서 사람들의 마음을 송두리째 휘어잡기 시작했다. 특히 아이사타의 젊은이들의 가슴은 더할 수 없는 열망으로 부풀어 올랐다. 영생과 왕의 지위를 획득한다는 것을 상상하는 것만으로도 젊은이들은 밤잠을 설쳤다. 그것은 열병처럼, 넘쳐나는 정력과 새로운 세계에 대한 호기심으로 가득 찬 그들을 사로잡았다.

드디어 그 불타는 욕망을 이기지 못한 최초의 젊은이가 어느 날 밤 남몰래 그물과 횃불을 챙겨 들고 배를 저어 호수로 나아갔다. 그는 그물로 용을 포획할 계획이었다. 그리하여 용의 비늘을 얻고 그 침을 받아 마실 심산이었다. 그리하여 영생을 얻어 아이사타 최초의 왕이 되고 싶었다. 그는 밤새도록 호수를 헤매고 다녔다. 그러나 용은 그 그림자조차 보이지 않았다. 파나류는 푸른 어둠 속에서 늘 보는 그대로의 모습으로 무심히 누워 있을 뿐 어디에도 그 신비스런 용을 숨기고 있는 기색을 보이지 않았다.

그 젊은이는 이튿날 밤에도 다시 호수로 나왔다. 그날 그는 자신처럼 그물을 챙겨 들고 은밀히 호수를 헤매고 있는 다른 젊은이를 보았다. 호수 가운데서 마주친 그들은 어둠 속에서도 서로 겸연쩍게 웃었다. 그들은 서로 등을 보이며 인사도 없이 각각의 방향으로 뱃머리를 돌렸다. 그들은 서로에게 까닭 모를 죄의식을 느꼈다. 그러나 그들은 그것이 아이사타 사람들에겐 아주 낯선 것이며 자신들이 이 세상에 태어나 처음으로 느끼는 감정임을 알지 못했다.

그 다음 날은 더 많은 젊은이와 마주치게 되었다.

날이 갈수록 한밤중에 파나류의 구석구석을 더듬으며 배회하는 횃불들이 늘어났다. 횃불의 주인들은 하나같이 아이사타의 젊은이들이었다. 그들은 이미 서로의 욕망을 엿본 뒤였고 그 욕망을 차라리 당연한 것으로 생각하게 되었다. 그들은 서로 각자의 횃불 아래에서 그 횃불보다 더 뜨거운 욕망으로 이글거리며 불타고 있는 상대의 눈들을 바라보았다. 그들의 가슴 속엔 이젠 지울 수 없는 용이 한 마리 새겨져 있었고 그 누구에게도 그 용을 빼앗길 수 없다는 결의로 가득 차 있었다. 용은 양보할 수 없는 아름다운 환상이 되어 그들의 가슴으로 스며들었던 것이었다. 그들은 경쟁자가 많아질수록 초조해졌고 그럴수록 더욱 미친 듯이 파나류의 호면을 헤집고 다녔다. 그들은 점차 말이 없어져 갔고 낮이면 깊은 잠에 빠져 있었다. 같은 마을의 젊은이들끼리조차 수면 부족으로 벌겋게 충혈된 서로의 눈을 피하게 되었고 인사를 나누지 않게 되었다.

아이사타의 그 많은 젊은이가 그렇게 지극한 열망으로 찾아 헤매었음에도 불구하고 용은 좀체 그 흔적을 보여주지 않았다. 그들이 발견할 수 있는 수상한 기척이라곤 고작 바람에 우는 갈대 소리거나 잠에서 깨어난 물새들이 뒤척이며 일으키는 물결 정도에 지나지 않았다. 아니면 갈대에 가려진, 같은 수색자의 배 그림자였다. 용은 어디에도 없었다. 그러나 사람들은 용의 존재 여부에 대한 의심을 버린 지 오래였다. 그것은 아무 문제가 되지 않았다. 그들의 의식 속에 용은 이미 더없이 아름답고 신비로운 자태로 살아 있었다. 그들은 가슴마다 욕망의 용을 한 마리씩 기르게 되었다. 용의 존재는 이제 그들에게 절대적 진실이었다.

시인도 용에 관한 소문을 들었다. 사람들은 시인을 까맣게 잊고 있었다. 노래 부르지 못하는 시인은 그들에게 아무런 관심의 대상이 되지 못했을 뿐만 아니라 사람들의 귀와 눈은 오직 용에 관한 것에 쏠려 있었기 때문이었다. 아무도 시인을 찾지 않았고 잡은 물고기를 나누어 주지도 않았다. 젊은이들이 모두 용을 찾아 나서는 바람에 집집이 노동력 부족 현상을 겪고 있었기 때문에, 자신들의 식탁에 올릴 물고기 외에 이웃에게 나누어 줄 여유가 없었다.

오직 한 사람만이 시인을 계속 찾아왔고 그의 불행을 위로했고

잡은 물고기를 나누어 주었다. 그는 다리를 심하게 절어 용을 찾아
나서는 대열에 끼지 못한 소년이었다. 시인은 일찍이 소년에게 거문
고 타는 법과 노랫가락을 가르쳐 주었다. 사람들은 소년이 시인의
자리를 물려받을 것이라고 믿고 있었다. 용에 관한 소문을 시인에
게 전해 준 것도 그 소년이었다.

　그날도 소년은 가득 찬 고기통을 메고 호숫가 바위 위로 그를 찾
아왔다. 그즈음 시인은 명상에서 벗어나 다시 곧은 바늘의 낚시를
시작하고 있었다. 그 불행 이후 시인의 얼굴은 몰라보게 수척해졌
고 늘 우울한 그늘이 내려 있었다. 깊은 명상도 시인의 불행을 별로
위무해 주지 못한 듯싶었다. 다만, 오랜 정신적 수련의 기미가 은은
히 떠도는 깊숙한 두 눈엔 맑은 고요가 고여 있었다.

　"스승님, 소문 들으셨지요. 파나류에 용이 나타났대요."

　"용이라니, 그게 무슨 소린고?"

　"사람들이 용을 보았대요, 글쎄."

　"파나류의 전설 속에 나오는 그 용 말이냐?"

　"네, 그래요. 사람들이 온통 그 이야기로 난리법석이에요."

　"……모를 일이구나. 때 아니게 용이 출몰하다니."

　"스승님, 용이 나타났다는 게 사실일까요?"

　"글쎄다……."

　시인은 별 관심 없다는 투로 무연히 말했다. 그러나 소년은 그때
스승의 두 눈에 고여 있던 고요함에 한 줄기 불안의 파문이 조용히
일어남을 얼핏 보았다.

　소년이 시인을 남겨두고 마을을 향해 돌아서 나오는데 등 뒤에
서 시인이 낮게 읊조리는 노랫소리가 들려왔다. 그 제 이후 처음 듣
는 스승의 노랫소리였다. 한데 그것은 평소에 듣던 시인의 노래와

는 사뭇 느낌이 다른 것이었다. 활기에 넘치고 단아하고 사람의 혼을 밝은 햇빛 속으로 이끌던 그 힘찬 목소리가 아니었다. 그것은 매우 낮고 우울하고 구슬픈 가락을 띠고 있었다. 목소리도 완전히 회복된 것이 아닌 듯했다.

수조(水調) 노래 두어 구절, 술잔을 잡고 들으니
낮술은 말끔히 깨었지만 수심은 아직도 깨지 않네.
위대한 어머니는 왜 꾸중하시는가?
하늘은 왜 복을 거두시는가?
불행하고 불길하네. 엄숙한 의식 불미하네.
현명한 사람 없으니 나라는 병이 드네.
하늘이 내린 혼란, 얼마나 넓은가?
현명한 사람 없으니 마음이 슬퍼지네.
모래 위에는 물새 한 쌍, 호숫가에는 어스름
내일 아침엔 떨어진 꽃잎이 길에 가득하리.

아이사타의 거의 모든 남자가 용의 수색행위에 합세하고 나선 것은 언제부터였을까. 그들은 처음 용을 찾아 나선 아들을, 동생을, 형을, 조카를, 삼촌을 지원하기 위해 나섰던 것이었다. 그들은 다른 사람들의 아들이, 동생이, 형이, 조카가, 삼촌이 용을 최초로 찾아내기를 원치 않았다. 그들 자신의 친인척이 용을 포획해 주기를 간절히 바랐다. 그리하여 왕이 되기를 바랐다. 개인적이던 수색대는 이제 가족별로 단위화되었다. 그리고 곧 멀고 가까운 집안 단위로 조직화되어갔다. 그들은 집안별로 선단을 형성하여 용을 찾아 나섰다. 다른 사람보다 더 빨리 용을 포획하기 위해서는 그편이 훨씬 더 유리함을 깨달았기 때문이었다. 사람들은 더욱 큰 선단을 이루기 위해 경쟁적으로 이웃을 포섭했고 근육이 튼튼한 젊은이들을 자신의 집안으로 끌어오기 위해서 서둘러 딸들을 그들에게 시집보냈다. 그리하여 아이사타엔 몇 개의 거대한 벌족이 형성되었고 사람들은 이제 그중의 어느 하나에 소속되지 않고선 파나류에 배조차 띄우지 못하게 되었다.

경쟁은 이제 벌족별로 집단화되었다. 집단화된 경쟁은 개인적 경쟁에서 보여주었던 상대방에 대한 소박한 경계심이나 시기심을 보다 악의적으로 만들었다. 그것도 아무런 죄의식도 없이. 벌족들은 이웃을 하나라도 더 자기편으로 끌어오기 위해 온갖 권모술수를 다 동원했다. 각 세력은 상대방을 방해하고 음해하기에 골몰했다. 상대 세력의 배들에 불을 지르고 그물을 훔쳐왔으며 다른 세력에게 그 혐의를 뒤집어씌웠다. 끊임없이 서로를 비방하고 조롱하고 멸시했다. 그리하여 아이사타는 몇 개의 적대적인 세력으로 분열되기에 이르렀다. 분열된 세력은 여러 가지 이유로 부단히 충돌했다. 각 세력의 중심권에 있는 부류들은 벌족 내의 단결을 위하여 그 충돌을 일부러 부추겼다. 마을과 마을엔 담이 생겼고 사람들은 함부로 그 경계를 오가지 못했다. 마을 사이에 투석전이 전개되기도 했고 상대방의 마을을 습격하여 불을 지르고 오는 일도 비일비재했다. 습격은 복수를 낳고 그 복수는 다시 또 다른 습격의 빌미가 되었다.

사람들은 드디어 무기를 만들기 시작했고 전투 훈련을 시작했다. 새로운 무기는 상대방에게 더 혹심한 타격을 주었다. 그러나 그 타격은 곧 배로 커져 돌아왔다. 이웃나라의 발달된 무기와 군제가 급속하게 아이사타로 흘러들어왔다. 그것이 얼마나 치명적이고 타락한 것인가를 아이사타 사람들은 아무도 몰랐다. 물고기의 배를 따기 위한 것이 아니라 순전히 인간을 죽이기 위해 만들어진 금속제 칼의 그 가공할 위력과 그 부도덕성을 아이사타 사람들은 깨닫지 못했다. 그럴 여유가 없었다. 당장 눈앞의 적대 세력에 대처하기에 급급해서 그따위를 돌아볼 겨를이 없었다. 그리하여 아시사타엔 태초 이래 처음으로 인간이 같은 인간을 죽이는 행위가 합법화되었다.

그 어지러운 전투의 와중에서 아이사타 사람들은 소유의 개념을 확립했다. 용의 출현 이후 아이사타 사람들의 식탁은 점점 더 초라해져 갔다. 처음엔 용을 찾아나서느라, 나중엔 전투에 동원되느라 생계를 위한 물고기를 수렴해 올 노동력이 절대적으로 부족해진 탓이었다. 아녀자와 아이들의 빈약한 노동력에 의해 잡아온 물고기마저 전투에 참여한 남정네들의 몫으로 제해졌다. 따라서 물고기에 대한 사람들의 집착은 유난해졌고 이젠 아무도 자신의 물고기를 불행한 이웃을 위하여 나누어 주지 않았다. 자신이 확보한 물고기는 온전히 자기 소유의 것이었다. 아무도 더 이상 물고기를 파나류의 것으로 생각하지 않았다. 파나류의 은혜라고는 더더욱 생각하지 않았다. 죽은 선조의, 이웃의 영혼이 환생한 것이라고 생각하지도 않았다. 물고기는 자신이 소유한 물질에 지나지 않았다. 용의 출현은 사람들에게 결과적으로 개인적인 이기심과 소유욕을 심어 주었다. 아니, 이미 사람들의 의식 밑바닥에 잠재해 있던 이기심과 소유욕이 용을 불러들인 것인지도 몰랐다. 용을 포획하고 소유하겠다는 욕심은 이미 용의 출현 전부터 사람들의 마음속에 준비돼 있던 것인지도 모를 일이었다.

세력 간의 적대 행위는 날로 더 치열해졌다. 그들은 복수를 위하여, 상대방이 숨겨둔 물고기를 탈취하기 위하여, 무기고를 습격하기 위하여 밤낮없이 싸웠다. 이미 서로 간에 많은 사상자를 냈고 원한은 깊을 대로 깊었다. 처음엔 뚜렷한 목표를 가지고 있던 그들의 싸움은 이제 맹목적이 되고 있었다. 그들은 무엇을 위해 싸우는지도 잊어버린 채 싸우고 있었다.

애초에 그들의 싸움은 용을 위한 것이었다. 그러나 그들의 어느 세력도 이젠 용을 찾고 있지 않았다. 절박한 전투 상황은 어느 세력에게도 그럴 여유를 용납하지 않았다. 용은 이미 이차적인 문제로 밀려나 있었다. 사람들은 용을 위해서가 아니라 피붙이의 사상(死傷)에 대한 동물적인 원한이나 빼앗긴 물고기의 재탈환 등의 지극히 단순하고 말초적인 이유로 필사적인 전투를 거듭했다. 용은 그들 세력의 중심 부류들이 그들 앞에서 독전을 위한 언변을 토할 때 간간이 언급될 뿐이었다. 그 언급 속에서 용은 흔히 과장되게 미화되어 있었고 하나의 아름다운 이념으로만 굳어져 있었다. 어느 세력이나 그들은 용을 위해서, 파나류의 위대한 영혼을 위하여 이 전쟁을 승리로 이끌자고 부르짖었다. 그것은 용의 쟁취를 위한 그들의 욕망을 교묘히 변조한 언변이었다. 그러나 사람들은 그 말에 환호했고 더욱 열렬한 전사가 되기 위한 결의를 새로이 다졌다.

시인이 다시 사람들의 앞에 모습을 드러낸 것은 그 와중이었다. 시인은 만나는 사람마다 붙잡고 이 어리석은 적대 행위를 종식시켜야 함을 역설했다. 사방을 돌아다니며 싸움의 근본 원인이 무엇이었는지를 사람들에게 깨우쳐 주려 애썼다.

"그대들이 애초에 이 싸움에 뛰어든 것은 용을 위해서였소. 용의 비늘과 침을 얻기 위해서였소. 즉 저 파나류의 위대하신 영혼이 우리에게 약속했던 영생을 위해서였소. 그러나 지금 그대들은 무엇을 위해 싸우고 있소? 그토록 피 흘리며 싸워서 그대들이 얻는 것은 무엇이오? 영생이오? 영생을 얻기 위해 싸우다 죽어간단 말이오?

영원히 사는 것을 위하여 우리에게 하늘이 보장해준 생명마저 앞질러 버려야 한단 말이오? 그대들의 피의 대가로 얻어진 물고기로 호의호식하면서 그대들에게 끊임없이 전쟁을 부추기며 몇 마리의 물고기를 던져주는 그대들의 지도자들을 위해 그대들은 지금 싸우고 있소? 그자들은 돌팔매질, 칼질 한 번 하지 않고 그대들과 그대들의 식솔들이 굶주릴 때 살진 고기를 발라 먹고 있소. 속지 마시오. 물고기는 그자들이 주는 것이 아니오. 물고기는 원래부터 파나류의 위대하신 영혼이 우리 모두에게 내려준 은혜이오. 물고기는 그대들 모두의 것이었소. 생각해 보시오. 그대들이 이토록 싸우지 않아도 물고기를 마음껏 가질 수 있었던 저 옛날을 잊었소? 우리에겐 분명히 그런 시대가 있었소. 빈곤이 우리의 풍요를 저해하지 못하던 시대, 물질이 우리의 정신을 지배하지 못하던 시대, 그런 시대가 그리 멀지 않은 옛날에 분명히 있었소. 그걸 잊지 마시오. 돌과 칼을 버리시오. 그 시대로 모두 돌아갑시다……."

시인의 열변은 그러나 헛된 메아리로 되돌아올 뿐이었다. 사람들은 누구도 시인의 말에 귀를 기울이지 않았다. 돌팔매질 한 번 하지 못하는 허약해진 하얀 얼굴의 노래꾼, 그것도 이미 목소리를 잃어버린 퇴물 노래꾼의 말을 경청할 만한 여유가 이미 사람들에겐 없었다. 시인에게 되돌아온 것은 조소와 모멸뿐이었다.

"어이, 노래꾼. 노래나 똑바로 해! 혼자 잘난 척 말고."

"네놈도 아버지를 놈들에게 잃어 봐, 그런 소리가 나오나."

"용을 놈들에게 넘겨 줄 수는 없어. 이제 와서 싸움을 그만두자는 놈은 배신자야."

사람들은 험악한 목소리로 맞받았다. 사람들의 마음은 거칠 대로 거칠어져 있었다. 그러나 시인은 확신에 찬 어조로 끈질기게 말을 이어나갔다.

"용은 싸워서 얻을 수 있는 게 아니오. 그건 원래부터 눈에 보이는 것이 아니었소. 전설을 다시 생각해 보시오. 전설의 어느 구석에 용이 가시적인 실체라는 암시가 나타나 있단 말이오? 용은 그대들의 마음속에 있소. 그대들의 마음마다 이미 한 마리씩의 용이 들어 있소. 싸우려거든 그대들의 마음과 싸워야 하오. 마음을 여는 자만이 용을 낚을 수 있소. 그대들의 마음만 연다면 용은 바로 거기에 있소. 자신과 싸워 이길 수만 있다면……."

"개소리 마라. 이 비겁한 겁쟁이야."

"싸우기가 겁나면 네놈이나 꽁무니 빠지게 달아나. 요상한 주둥아리 닥치고."

시인의 끝말은 야유 속에 묻혀 버렸다.

그러나 시인은 여기저기를 발 가는 대로 다니며 보이는 사람마다에게 그 설득의 열변을 멈추지 않았다. 그리하여 시인은 각 세력의 지도자에게 눈엣가시 같은 존재가 되어 버렸다. 그들은 전쟁을 통하여 많은 것을 소유할 수 있었다. 그들의 명령에 일사불란하게 움직이는 휘하가 생겼고 그들과 그들의 가까운 측근들은 손끝 하나 까딱하지 않고도 그 휘하들이 갖다 바치는 물고기로 마음껏 배불릴 수가 있었고 부드러운 비단옷과 가죽신으로 치장할 수 있었다. 그들은 이미 사람들 위에 군림하며 사람들을 수족처럼 부리는 묘미와 풍요로운 물질의 향유가 가져다주는 쾌락함에 익숙해져 있었다. 그것은 이제 도무지 양보할 수 없는 절대적 가치가 되어 있었다. 그리고 그것은 전쟁이 계속되는 한 그들에게 보장된 특권이었다. 그러므로 적대행위의 종식을 부르짖는 시인은 그들에게 위험했다. 그들에게 있어서 시인은 그 특권을 부정하는 유일한 자였으며 그 사

200

상을 공중에 전파하고자 하는 불순분자에 지나지 않았다. 마침내 그들은 휘하 장정들에게 시인을 잡아들이라는 명령을 하달했다.

온몸이 포박당하여 단 아래에 꿇어 앉혀진 시인의 모습은 처연했다. 그러나 단 위의 심문자들을 쏘아보는 그의 눈빛만은 횃불 아래서 형형히 타오르고 있었다. 그 벌족의 우두머리가 그를 내려다보며 물었다.

"너는 우리의 일족이면서 어찌하여 적에게 유리한 사상을 유포하고 다니는 것이냐?"

"나는 이 벌족의 일원이 된 적이 없소. 도대체 일족이란 것이 뭐요? 그게 왜 필요한 것이오? 우린 그런 것 없이도 평화롭게 잘 살아왔소. 그건 당신네가 만든 편 가름에 지나지 않소. 나는 아무 편도 아니오."

시인의 말은 거침이 없었다. 그러나 우두머리는 싸늘한 웃음으로 답했다.

"네놈이 정녕 광기 든 놈이로다. 그렇지 않고서야 어찌 핏줄을 부정하고 태생을 부정한단 말이냐. 네놈은 용의 존재마저 부정한다던데 그것이 사실이냐?"

"적어도 당신들이 주장하는 용은 없소. 용은 이 세상에 현실태로 존재하는 것이 아니오. 그건 오직 우리의 마음속에 숨어 있을 뿐이오. 당신들은 거짓된 용의 허상을 사람들에게 심어주어 사람들을 기만해 왔소."

"발칙한 놈! 저 위대하신 파나류 어머니의 전설을 부정한단 말이냐? 신성하신 전설에는 분명히 노래하였다. 파나류의 어머니께서 우리를 위해 용을 내려 주시리라고. 네놈의 썩어 문드러진 귀는 그것을 듣지 못하였느냐. 이제 그때가 되었다. 전설은 실현되었고 위대한 우리 일족은 그 용의 후계자가 될 것이다. 적들과의 싸움에서 완전한 승리를 거두면 우리는 그 용을 찾아 나설 것이다. 그리하여 우리 영용한 전사들은 반드시 용을 찾아 그 비늘을 얻을 것이다. 이 것을 믿지 못하느냐?"

"헛된 일이오. 그런 식으로는 당신네 중 그 누구도 용을 찾지 못할 것이오. 도대체 자기 마음속에 있는 용을 어디 가서 찾는단 말이오. 전설에는 또 노래하였소. 예리한 안력과 마음이 있는 자만이 용을 보리라고."

"좋다. 네놈의 그 미친 소리를 백 번 양보해서 그렇다고 치자. 그렇다면 네놈은 그 마음속의 용을 잡는 법을 알고 있겠구나. 어디 그 구체적인 방법을 말해 보아라."

"그건 이 우주에 대한, 저 위대하신 파나류의 영혼에 대한 끊임없는 경건의 마음과 명상을 통해서만 성취할 수 있는 것이오. 끝없는 고요와 순수의 마음이 저 우주를 받아들일 때 용은 비로소 우리 마음에 그 모습을 드러내는 것이오."

"단순히 생각을 통하여 용을 잡는단 말이냐? 네놈의 그 용이야말로 허상이 아니냐? 볼 수도 없고 잡을 수도 없고 상상 속에서만 존재하는 용이야말로 허깨비가 아니고 무엇이냐?"

우두머리는 소리 내어 웃었다. 주변의 사람들이 따라 웃었다.

"좋다. 그것까지 인정한다고 하자. 그러면 네놈은 네놈의 방식대로 용을 잡았느냐?"

"……."

이 부분에 이르자 시인은 갑자기 입을 다물었다. 괴로운 표정이 그의 얼굴에 떠올랐다.

"왜 말이 없느냐. 기름진 너의 언변은 어디로 갔느냐. 대답하라.

용을 잡았느냐?"

"……아니오. 아직은……, 하지만 언젠가는 용을 잡는 날이 오리라 확신하고 있소."

사람들의 웃음소리가 높아졌다.

"그러면 이제껏 네놈은 네놈조차 이루지 못한 환상을 사람들에게 강요했단 말이냐? 이로써 네놈의 죄상은 명백해졌다. 첫째는 용의 존재를 부정함으로써 파나류 어머니의 전설에 대한 신성 모독죄를 범했음이요, 둘째는 요사스런 궤변으로 사람들을 혹세무민한 죄를 범하였음이다. 그 하나의 죄만으로도 마땅히 살아남지 못할 것이나, 이 모든 죄가 네놈의 경박한 세 치 혀에서 나왔음이니, 그 혀를 자름으로써 벌을 대신한다. 자고로 노래꾼은 목소리를 가다듬기에 힘쓰고 어부는 고기 잡기에 전념해야 하거늘 본분을 잊고 망발을 부린 불온한 자들의 최후를 이로써 세상에 그 본으로 삼겠다."

그리하여 시인은 혀가 잘렸다. 극심한 고통으로 혼절한 시인은 피투성이가 되어 동구 밖에 시체처럼 버려졌다. 어둠 속에서 그림자 하나가 나타나 시인의 축 늘어진 몸을 업고 다시 어둠 속으로 사라졌다. 그 그림자는 한쪽 다리를 절고 있었다.

그날 이후로 시인은 다시 사람들의 눈앞에 나타나지 않았다. 사람들은 시인을 잊었다. 파벌 간의 싸움은 점점 더 격화되어 갔다. 각 파벌은 필사적으로 세력 확장에 혈안이 되었다. 많은 사상자가 속출하고 마을과 집들이 불탔다. 많은 사람이 굶주렸다. 많은 배가 불타 버렸으며 남아 있는 배는 모조리 전투에 동원되었고 각 세력이 서로 물고기를 잡지 못하도록 낚시터를 습격했기 때문이었다. 파나류엔 여전히 물고기들이 풍족했으나 사람들은 눈앞에 고기를 두고도 굶주려야 했다. 변화가 있다면 여러 개의 파벌이 합병과 타협의 결과 두 개의 거대한 파벌로 재통합되었다는 것이었다.

이제 사람들은 같은 인간을 죽이는 것을 예사로 생각하기에 이르렀다. 다른 파벌의 사람과는 물론이고 같은 파벌 내의 사람끼리도 대수롭잖은 일로 칼을 빼어들기 일쑤였다. 아이사타 사람들의 눈엔 언제나 흉포한 살기가 떠돌게 되었다. 상대방을 죽이는 사람도 용과 어머니 파나류의 위대한 영혼을 위해 영광스레 싸운다고 생각했고 죽임을 당하는 사람도 똑같은 목적을 위해 영광스레 죽는다고 생각하며 죽어갔다. 많은 사람이 그렇게 죽어갔고 살아남은 사람들이 복수를 맹세하며 죽은 자의 자리를 채웠다. 피는 피로 씻기고 그 피가 채 마르기도 전에 새로운 더운 피가 그 위에 뿌려졌다.

재통합된 두 개 파벌 간의 힘의 균형이 엇비슷했으므로 전쟁은 끝없는 소모전의 양상을 띠며 소강상태로 접어들었다. 어느 한쪽에 의한 완전한 장악은 불가능해 보였다. 어느 한 쪽의 양보에 의한 타협의 기미도 전혀 보이지 않았다. 지루한 소강상태로 날이 가고 계절이 바뀌고 해가 갔다.

그동안 파벌의 우두머리들은 깃발을 만들었다. 깃발에는 금빛 찬란한 용이 한 마리 막 승천하려는 자세로 새겨져 있었다. 최고 우두머리의 관(冠)에도, 앉은 의자에도, 침실에도, 기둥에도 금빛 용의 무늬와 조각이 새겨졌다. 최고 우두머리는 스스로 제왕의 지위에 올랐다.

그것은 용의 비늘을 받지 못한 신성하지 못한, 파나류의 위대한 영혼이 인정하지 않은 왕이었지만 사람들은 그 모순을 깨닫지 못했다. 사람들은 바람에 펄럭이는 그 장엄한 용의 깃발 아래에서 감동과 같은 결속감을 맛보았고 새로운 전의의 칼날을 세웠다. 또한, 용의 표지에 대하여 최대한의 존경과 복종을 다짐했다.

아이사타에 비가 오지 않은 것은 그즈음이었으리라. 아니, 파벌

간의 전투가 시작된 그때부터, 아니 최초의 살인 행위가 아이사타에서 일어난 그때부터 비는 내리지 않았는지도 모를 일이었다. 파나류의 수면이 점차 내려가고 있었다. 그러나 사람들은 파나류의 물이 줄어든다는 사실조차 깨닫지 못하고 있었다. 적을 습격하고 방어하느라 다른 것을 돌아다볼 정신적 여유가 없어서였다. 파벌 간의 적대행위는 여전히 그칠 줄 몰랐고 아이사타의 하늘엔 붉은 태양이 온종일 뜨겁게 타올랐다. 피폐한 마을과 길섶에선 뿌연 먼지가 바람에 날렸다. 호숫가의 갈대들이 허옇게 말라 죽었고 물이 줄자 드러난 호수변의 진흙밭이 거북등처럼 쩍쩍 갈라져 갔다. 곳곳에 웅덩이가 생겨 물고기들이 허연 배를 뒤집고 둥둥 떠다녔다.

여기서 시인의 이야기를 다시 해야겠다. 시인의 아름다운 최후를, 그의 이 세상 마지막의 모습을.

제자인 절름발이 소년의 구조와 정성 어린 치료에 힘입어 겨우 운신할 수 있게 된 시인은 그날부터 다시 호숫가로 나갔다. 그리곤 그 곧은 낚시를 호수에 드리워 놓고, 시선을 아스라한 호수 건너편으로 풀어 둔 채, 무슨 생각에인지 골똘하게 빠져 있곤 했다. 시인의 얼굴엔 늘 침통한 그늘이 내려 있었고 때때로 고통스러운 빛이 떠올라 보였다. 참담했던 과거의 불행이 아직도 그를 자유롭게 놓아주지 않은 듯했다. 끝없는 고뇌가 그의 명상을 방해하고 있음이 분명했다. 그는 가끔씩 폭음을 했고 그럴 때면 그는 알아들을 수 없는 소리로 울부짖기도 했다. 그것은 상처 입은 짐승의 소리 같기도 했고, 누군가와 싸우는 소리 같기도 했다. 그 싸움의 대상이 바로 시인 자신임을 소년이 깨달은 것은 얼마 후였다.

어느 날 소년은 잡은 물고기를 들고 갔다가 꿇어 엎드려 바위에다 자신의 이마를 짓찧고 있는 시인을 발견하고 기겁을 했다. 소년이 달려갔을 때 시인의 얼굴은 이미 피투성이였다. 그럼에도 시인은 동작을 멈추지 않았다. 소년이 겨우 말려 이마의 상처를 헝겊으로 싸매고 있을 때 시인은 초점 없는 눈으로 먼 하늘을 올려다보며 희미하게 웃고 있었다.

시인의 그런 자신과의 싸움은 오래 계속되었다. 그러나 그날 이후, 시인의 얼굴은 점차 고요를 되찾기 시작했다. 시인은 호숫가 바위에서 참선에 침잠하는 시간을 늘려나갔고, 그의 명상은 비장한 느낌마저 주었다. 그리하여 시인의 눈길은 말과 노래를 잃기 전보다 오히려 더 깊숙해졌다. 푸른 달빛을 받으며 명상에 잠겨 있는 그의 얼굴은 투명해 보이기까지 했다. 말과 노래를 잃음으로써 명상의 심도가 훨씬 깊어진 듯했다.

어느 정도 맑은 평정을 되찾은 시인은 명상에서 깨어나면 바위 위에다 숯으로 이상한 그림을 그리기 시작했다. 도무지 알 수 없는 괴상한 그림이었다. 소년이 그게 무엇이냐고 물었을 때 시인은 빙그레 웃으며 하늘을 손가락으로 가리켜 보이고 그림 하나를 그렸다. 물을 가리키고 다시 다른 그림을 그렸고, 호수를 가리켜 보이고 다시 그림을 그렸다. 그런 식으로 해, 달, 바람, 바위, 나무, 구름, 사람, 눈, 코, 입 등을 그려 보였다. 소년은 그것이 말을 빼앗겨버린 스승이 자신의 의사를 표현하는 수단임을 금방 알아차렸다. 소년은 스승을 따라 그림을 그려 보았고 그 뜻을 새겼다. 소년은 얼마 지나지 않아 스승이 그리는 그림의 종류를 모두 외웠고 그 의미를 완벽하게 이해하게 되었다.

어느 날 시인은 아주 많은 그림을 줄 지어 그려 소년에게 보여 주었다. 소년은 그것을 하나하나 풀이해 나갔다. 그리고 곧 그것이 스승의 노래임을 깨달았다. 그것은 놀라움이었다. 소년은 흥분에 휩싸여 스승의 노래를 다시 들여다보았다.

물고기가 호수 속에 있어도 즐겁지는 못하고
무자맥질한다 해도 그 역시 훤히 비치네.
근심이 아프기만 하네. 가혹한 세상을 생각하니
저 숲 속을 바라보니 굵은 나무 잔 나무
사람들은 위태롭건만 하늘은 꿈만 꾸네.
바로잡을 뜻 세우면 이길 사람 없건만
위대한 파나류여 도대체 누가 믿사오니까.
하늘이 높다 한들 굽혀 서지 않을 수 없네.
땅이 두텁다 한들 살살 걷지 않을 수 없네.
서럽다 지금 사람 왜 도마뱀이 되었을까.
저 자갈밭 바라보니 돋아나는 싹이 있네.
세상은 날 흔들었지만 날 이기지는 못했네.
저들은 날 모멸했지만 날 미치지는 못했네.
저기 저 오는 하늘을 사람들은 왜 보지 못할까.

소년은 며칠 밤을 꼬박 새우며 스승의 노래에 가락을 붙였다. 스승의 처지와 불구된 자신의 처지를 생각하며 애잔하고 구슬픈 가락을 만들었다. 그것을 들은 시인은 잔잔하게 웃으며 숯을 들어 그림을 그렸다. '너무 슬퍼 마음을 상하게 한다. 애잔하되 마음을 살게 하라.' 스승의 생각을 알아차린 소년은 다시 며칠 밤을 새우며 가락을 고쳤다. 노래를 다시 들은 시인의 얼굴에 비로소 흡족한 빛이 떠올랐다.

소년은 마을로 돌아가 아이들을 모아놓고 스승의 노래를 가르쳤다. 노래는 입에서 입으로 전해져 빠르게 아이사타의 전역으로 퍼져 나갔다. 오랜 전투와 굶주림에 지친 아이사타 사람들은 아이들이 부르는 그 노랫소릴 듣고 언뜻언뜻 옛날의 파나류에 대한 향수를 떠올렸다. 그 노래는 평화롭고 아름다운 파나류에 대한 기억을 떠올리게 했다. 훗날 아이사타의 사람들이 나라를 잃고 세상을 떠돌면서 파나류에 대한 절절한 향수와 잃어버린 조국에 대한 뼈저린 회한으로 부르던 노래가 바로 그 노래였다.

아무튼 시인의 명상은 더 깊어갔다. 어느 땐 며칠씩을 아무것도 먹지 않고 바위 위에 석상처럼 굳어져 있기도 했다. 그럴 땐 소년이 옆에 다가서도 전혀 알아채지 못했다. 시인은 자신의 마지막 남은 생명력과 한 방울의 정신력까지 명상 속에 쏟아 붓고 있는 느낌이었다.

그러던 어느 날 밤이었다. 환한 보름달이 파나류의 수면을 휘영청 비추고 있었다. 벌써 며칠째 조석을 끊은 스승이 걱정되어 숲길을 더듬어 올라오던 소년은 바위 위에 앉아 있는 스승의 모습이 저만치 보이는 지점에서 문득 발이 묶였다. 이상한 느낌이었다. 투명한 둥근 막 같은 것이 스승의 주변을 둘러싸고 있었다. 스승은 앉아 있는 것이 아니라 가부좌를 튼 채로 그 막의 중심에 떠올라 있는 것처럼 보였다. 알 수 없는 신비로운 힘이 소년으로 하여금 스승에게 더 이상 다가갈 수 없게 하는 느낌이었다. 망연히 서 있는 소년의 눈앞에서 더욱 믿을 수 없는 일이 일어났다.

바위처럼 꼼짝없이 앉아 있던 시인이 서서히 손을 움직여 바로 곁에 놓인 낚싯대를 잡는 것이었다. 그러자 낚싯줄이 무슨 거대한 힘으로 당기는 것처럼 팽팽하게 긴장했다. 스승의 곧은 낚시에 고기가 걸릴 리는 없었다. 더구나 수면은 지극히 조용했다. 낚싯줄이 당기는 힘에 끌려 시인의 몸이 공중에 둥실 떠오른 것은 그다음의 일이었다. 그리곤 투명한 막에 휩싸인 시인의 몸이 앉은 그대로 수면을 향해 사뿐히 날아 내리는 것이 아닌가. 소년은 스승을 부르려 했지만 웬일인지 목소리가 나오지 않았다. 소년은 급히 시인이 앉았던 자리로 뛰어갔다.

소년이 본 것은 서서히 물속으로 사라지는 스승의 뒷모습이었다. 소년은 한참 동안 홀린 듯이 그 자리에 서 있었다. 그때 소년은 다시 보았다. 물결의 한 점 흔들림도 없이 파나류의 한가운데 수면에서 금빛 찬란한 용이 서서히 떠올라 하늘로 올라가는 것을. 달빛을 받아 은빛으로 빛나는 비늘과 형형한 눈빛과 펄럭이는 지느러미와 우뚝한 용의 뿔을 소년은 생생히 보았다. 아아, 그 장대하고 아름다운 용의 등에 시인이 앉아 있었다. 시인의 몸은 조금 전의 그 막처럼 투명해져 있었다. 입은 옷도 달빛처럼 투명했다. 용은 시인을 태운 채 파나류의 주변을 크게 한 바퀴 돈 뒤 달을 향해 아득히 날아올랐다. 그리곤 소년의 시야에서 사라져 버렸다.

스승님—!

그때야 목이 트인 소년이 길게 불렀다. 청정한 메아리만 되돌아왔다. 파나류는 달빛 속에 아무 일도 없었다는 듯이 고요하기만 했다. 소년의 뺨에 눈물이 마구 흐르고 있었다.

이튿날 소년은 파나류의 물이 알아보게 줄어들어 있음을 보았다.

가뭄은 계속되었다. 지독한 가뭄이었다. 하늘은 몇 년째 아이사타에 비 한 방울 내려주지 않았다. 파나류의 물은 급속하게 줄어들고 있었다. 사람들은 죽은 물고기를 주워서 연명했다. 파나류는 점점 금이 쩍쩍 간 진흙덩이의 골짜기로 변해갔다. 진흙이 마른 곳에선 뿌연 먼지가 날아올랐다. 그것은 저주받은 죽음의 땅이었다. 사람들은 그제야 싸움을 멈췄다. 그것도 파벌 간의, 종전에 대한 명분 찾기의 지루한 우여곡절을 거치고 난 이후였다. 그러나 그것은 너무 늦어 있었다. 전쟁의 미몽에서 깨어났을 때 그들에게 남아있는 것이라곤 하늘이 내려준 참혹한 재앙의 모습뿐이었다. 파나류는 거대한 상처처럼 그들의 눈앞에 누워 있었다.

물을 길어 오기 위해서 사람들은 이젠 골짜기로 변해버린 파나류의 수심이 가장 깊었던 곳까지 내려가야 했다. 그러나 마침내 그곳의 물까지 말라붙었다. 그곳의 물마저 말라붙던 날, 아이사타 사람들은 그곳에 가라앉아 있다 드러난 큰 배의 잔해를 발견했다. 그때까지도 아이사타 사람들은 파나류의 줄어든 마지막 물속에 용이 숨어 있으리란 어리석은 기대를 버리지 못했다. 그러나 용은 없었다. 대신 피폐해진 아이사타를 상징이라도 하듯 썩은 배의 잔해만이 덩그러니 나자빠져 있었다. 사람들은 그 배를 기억했다. 그것은 아이사타에서 가장 컸던 배로서 너무 낡아 어느 날 조업 중에 물이 새어들어 오는 바람에 호수에 버린 배였다. 그것은 반쯤 물에 잠겨서 얼마 동안 호수를 떠돌다가 가라앉았었다. 사람들은 그 시기가 애초에 소년들이 파나류에서 용을 보았다는 시기와 거의 일치한다는 사실을 상기했다. 그랬다. 소년들이 보았다는 그 용은 어쩌면 호수를 떠돌다가 가라앉는 그 배의 모습이었는지도 모를 일이었다. 사람들은 저마다 씁쓸하게 그 가능성에 동의했고, 망연자실했다.

그러나 설사 소년들이 그 배를 용으로 착각하지 않았다 하더라도, 또한 그런 소문을 퍼뜨리지 않았다 하더라도 아이사타의 불행은 막을 수 없었는지도 모를 일이었다. 아이사타 사람들의 무의식 속에 가라앉아 있는, 그 배의 잔해 같은 욕구가 있는 한 그 불행은 언제 어떤 형태로든지 나타나고야 말 것이었기 때문이다. 용은 그 욕구를 투영하는 대상이거나 그 분출의 명분에 지나지 않았을 수도 있었다. 그들이 그토록 수많은 타인의 피와 그 매운 자신의 땀과 그 끝없는 열정을 대가로 차지하려 한 것은 한 마리 아름다운 용이 아니라 썩어 나자빠진 배 한 척이었다. 그것은 지독한 허무였다.

그제야 사람들은 시인의 말을 기억했다. 용은 각자의 마음속에 있다는 말을.

그리하여 아이사타는 멸망했다. 파나류가 없어진 아이사타의 땅은 더 이상 사람이 살 수 없는 재앙의 땅이었다. 사람들은 각지로 흩어졌다. 그들은 이웃나라를 유랑하며 나라 잃은 부족으로 배척받고 조롱받고 멸시받으며 본토박이들이 던져 주는 돼지 뼈로 연명했다. 그들은 타향살이의 설움에 북받칠 때마다 뼈저린 회한으로 시인의 노래를 불렀다. 그 옛날 아름다운 파나류를 그리워하며…….

서산에 해가 문득 떨어지고
파나류에 달이 슬몃 떠오르네.
머리카락 헤치고 바람이 불어와
들창 열고 조용히 반긴다네.
연꽃에 이는 향기로운 바람
댓잎에 지는 맑디맑은 이슬
거문고를 가져다 노래하고 싶다만
들을 줄 아는 이 하나 없네.
더욱 그리워지는 친구
한밤 꿈속에서 애써 찾는다네.

그들이 즐겨 불렀던 또 다른 망향가는 그와 같았다. 그것 역시 시인이 소년에게 그림으로 남기고 간 노래였다.

(1993년)

인간의 늪

늪으로 통하는 공원 길에는 초가을 오후 햇빛이 풍성하게 내려 있었다. 숲을 빠져나온 바람의 몸에서 묻어나는 솔향기가 경쾌했다. 바람이 불 적마다 싱싱한 활엽수의 잎들이 물결처럼 반짝거렸다.

젊은 남녀들을 태운 한 떼의 자전거가 비탈길을 질주해 내려와 날렵하게 눈앞을 스쳐 지나갔다. 햇살을 튕겨내는 은색 바퀴들이 건강해 보였다. 짙은 나무 그늘에 장기판을 벌인 노인네들의 표정이 자못 심각했다. 꼬맹이들을 이끌고 나온 젊은 부부들이 자주 눈에 띄었다. 아이들의 손에 들려 있는 제 머리보다 더 큰 오색 풍선이나 솜사탕이 녀석들을 금방이라도 공중으로 둥둥 띄워 올릴 것만 같았다. 그러나 정작 풍선이나 솜사탕보다 더 크고 흡족해 뵈는 것은 땀에 젖은 그 조그만 얼굴마다 한껏 부풀어 올라 있는 상기된 웃음이었다. 큰놈은 걸리고 작은놈은 목말을 태운 채 지나가는 젊은 아빠는 지극히 행복해 보였다.

행복, 그래, 결국 인간의 행복은 별게 아니다. 햇빛 좋은 일요일 낮, 가족들과 함께 공원 길을 산책할 수 있는 작은 여유와 평화, 그것이면 족하지 않은가. 작은 울타리 속을 아기자기하게 꾸미며 살아가는 어미 닭 같은 행복.

민후는 두터운 그늘 속의 벤치에 앉아, 그 조그만 행복의 테두리에서도 밀려나 있는 자신이 서글퍼졌다.

그는 바지 주머니에서 훈장을 꺼내 들었다. 체온으로 인한 온기가 미미하게 손끝에 잡혔다. 천으로 된 고리 부분이 낡고 퇴색하긴 했지만 훈장의 동체는 여전히 맑은 은빛으로 빛나고 있었다. 그 훈장이 웃는다고 느껴졌다. 그래, 훈장이 웃고 있다. 흉물스런 은빛으로…….

장벽처럼 눈앞을 가로막는 어둠. 먼 숲 속에서 솟아올랐다가 스러지는 조명탄. 그리고 다시 어둠. 먼 데서 들려오는 포탄음. 개활지 건너편의 어두운 정글. 그 숲의 심상치 않은 음모의 느낌. 온몸의 신경이 바늘 끝처럼 곤두서는, 전투 직전의 그 메마른 긴장감. 끊임없이 칙칙대며 상황보고를 쏟아내는 PRC6의 무전음…….

드디어 느닷없이 튀어 오르는 총소리. 둔중하게 땅을 울리는 포탄음. 참호 속으로 쏟아져 내리는 모래의 비. 발작적으로 울어대며 개활지를 두드리는 BAR경기관총. 오렌지색 꼬리를 끌며 날아가 박히는 예광탄. 조명탄 아래 드러나는, 원숭이 떼처럼 민첩하게 움직이며 다가오는 검은 파자마의 적들. 여기저기서 작렬하는 크레무어의 폭음. 걸레처럼 날아가 처박히는 적의 선두. 빠르고 다급한 비명소리와 고함소리. 금속성 화약 냄새. 공업용 본드처럼 끈끈하게 엉겨오는 땀. 다시 접근하는 적의 제2파 대열. 어둠을 향해 불꽃을 토하는 자동화기. 오른쪽 어깨를 파고드는 개머리판의 격렬한 진동. 모래 포대에 퍽퍽 박히는 총탄음.

귀청을 찢는 엄청난 폭음과 함께 눈앞을 새하얗게 표백시키는 섬

광. 온몸을 모래벽으로 내동댕이치는 강력한 힘, 힘……. 그리고 옆
구리를 파고드는 불에 달군 쇠꼬챙이. 졸아드는 시야, 아득함, 아득
함……. 그리고 완벽한 어둠.

민후는 훈장을 가만히 그늘 밖 햇빛에 비춰 보았다. 햇빛 속에서
그것은 더욱 크게 웃기 시작했다. 그것은 분명히 웃고 있었다. 불구
의 소녀를 땅바닥에 쥐새끼처럼 내팽개치며 비열하게 웃고 있었다.
소녀가 지르는 높은 비명.

갑자기, 주위에 산재해 있던 일요일 오후의 평화롭던 햇빛이 썰
물처럼 아득히 물러났다. 그리고 그 햇빛이 가면 뒤에 숨겨 두었던
적의를 드러내며 킬킬거리고 웃는 듯했다.

'버려야 해.'

훈장을 멀리 팔매질 쳐 버리고 싶은 충동이 갈증처럼 일어났다.
손아귀에 힘을 주었다. 완강한 금속성 촉감이 손가락 사이를 파고
들었다.

"아빠—."

저만치 앞서서 햇빛 속에 머리칼을 나풀대며 가고 있던 초등학교
2학년짜리 기웅이 녀석이 작은 손을 손수건처럼 까불거리고 있었
다. 그는 훈장을 윗호주머니에 쑤셔 넣으며 천천히 일어섰다.

"죽여! 죽여 버려. 아버지. 그놈들을……."

대체 얼마만 한 증오의 깊이가 잠꼬대조차 그 증오로 물들여 놓
는 것일까.

밤마다 미란의 방에서는 섬뜩한 적의와 공포가 배인, 누군가의
잠꼬대가 흘러나왔다. 그것은 미란의 것이 아니었다. 큰 목소리로
노래하길 좋아하고 색깔 고운 단풍잎을 책갈피에 끼워두길 좋아하
는 여고생의 목소리는 결코 아니었다. 그것은 이 집을 불행으로 영

원히 옭아 두려는 악령의 소리였다. 그 악령의 소리는, 불행의 그림 자가 밤마다 미란의 어린 영혼을 얼마나 혹독하게 후벼 파고 있는 지를 간결하게 대변해 주고 있었다.

그 소리에 한 번 잠이 깨면 민후는 늘 다시 잠들 수가 없었다. 그 리고는 천정에 들러붙은 어둠의 깊이를 헤아리며 기다렸다. 안방 문이 열리는 소리, 형수가 마당을 건너가는 소리, 미란을 부르는 형 수의 낮은 목소리, 미란의 방문을 두드리는 소리 등을······.

그러나 형수는 한 번도 방문을 여는 데 성공하지 못했다. 미란으 로부터 그 악몽을 쫓아내지 못했다. 밤마다 고집스럽게 걸어 잠근 방문보다 더 견고하게 닫혀버린 미란의 마음의 문을 형수도 어쩔 수가 없었다. 미란은 모든 것을 향해 문을 닫아버리고 자기만의 껍 데기 속에서 홀로 악몽과 싸우고 있었다. 미란의 방 앞에서 잠시 서 성이던 형수의 기척이 도로 들어간 안방 쪽에서 어김없이 낮은 오 열이 어둠을 타고 건너오곤 했다.

밤마다 형과 형수는 십 년씩 앞당겨 늙어가고 있으리라.

범인들은 잡히지 않고 있었다.

처음엔 몇 번 나와 이것저것 캐묻던 경찰은 종내 꿩 구워 먹은 소 식이었다. 평소 그 빈터 근처를 어슬렁거리던 불량배들을 잡아서 족쳐보기도 하고, 목격자를 수소문하기도 한 모양이었지만, 신빙성 있는 단서를 발견하지 못한 듯했다.

사건은 이제 유야무야로 넘어갈 조짐이 분명했다. 범인들은 여전 히 익명으로 남은 채······. 어딘가에 숨어서 킬킬대고 있을 악성 종 양들······.

그러나 범인들의 체포 여부는 이제 무의미한 것이었다. 적어도 밤 마다 미란을 얽어매는 그 악몽에나 형과 형수가 갖는 긴 불면의 밤에 있어서는……. 상처는 이미 무엇으로도 치유될 수 없는 깊고 치명적인 것이 되어 있었다. 형수는 오히려 놈들이 잡히는 것을 은근히 두려워하고 있었다. 그럴 경우, 대질이니 증인 출석이니 현장 검증이니 하면서 미란에게 또 다른 충격을 줄 염려가 있을뿐더러 무엇보다 주위의 시선과 소문이 두려웠기 때문이었다. 형도 정복 차림의 순경들이 집안을 들락거리자, 애초에 경찰의 그 알량한 수사력을 믿고 신고한 것을 후회하는 눈치였다. 형은 이사를 위해 서둘러 집을 내놓았다. 그것은 또 다른 아픔이었다. 정작 상처는 미란 본인에게보다 형이나 형수에게 더 깊은 것인지도 모를 일이었다.

"죽일 거야, 이 나쁜 놈들! 죽여 버릴 테야."

미란의 비명 같은 잠꼬대는 늘 똑같은 어조와 음색으로 반복되곤 했다. 민후는 언제부턴지 그 소리를 '또 이 빙 지엣 아잉!'으로 번역하고 있는 자신을 발견하고 새롭게 가슴이 덜컥 내려앉았다. 미란의 비명이 실은 자기에게로 향하고 있는 것인지도 모른다는 터무니없는 생각이 들기 시작한 것은 그때부터였다.

모퉁이를 돌아가자, 길가에서 비켜 앉은 숲 속에서 회전목마와 회전 비행기가 빙빙 돌아가며 아이들을 유혹하고 있었다. 그 옆으로 전자오락실, 코르크 총알로 상품을 맞춰 떨어뜨리는 간이 사격장 등이 다닥다닥 붙어 있었다. 기웅이 전자오락실 앞에서 기웃이 안을 들여다보고 있었다.

"아빠, 나 갤러그 하구 싶어. 해두 되지?"

민후가 다가서자 기웅이 손가락을 빼물고 그를 돌아보았다. 침통하게 돌변한 집안 분위기 탓에, 제깐에도 무얼 아는지 애들답지 않게 주눅이 들어 있는 녀석이었다.

"그래, 하럼."

기웅의 얼굴이 대번에 밝아졌다.

요란한 기계음과 금속성의 폭발음이 한꺼번에 몰려들었다. 여기저기에서 화면의 불빛이 번쩍였다. 소리와 빛이 서로 번득이고 뒤엉키며 실내를 더욱 후텁지근하게 만들고 있었다. 열심히 버튼을 두드리는 아이들의 얼굴이 스테이지의 형광성 불빛을 받아 무척 진지해 보였다. 아이와 함께 온 젊은 엄마가 환성을 지르기도 했다. 아이가 보너스 스테이지를 퍼펙트로 잡기라도 한 모양이었다.

"아빠두 해 봐."

동전을 한 움큼 교환해 온 기웅이 옆자리에 호기롭게 앉았다.

스위치를 올리고 동전을 투입하자 검게 닫혀 있던 화면이 음악소리와 함께 서서히 밝아졌다. 화면 가득히 우주 파리들이 떠올랐다. 드디어 놈들이 반원을 그리며 지상으로 침투하기 시작했다. 놈들은 비행하기 시작하면서 폭탄을 투하했다. 폭탄은 사선을 그으면서 날아왔다. 그 폭탄에도 주의해야 하지만, 내려갔다 되떠오르는 파리들에게도 조심해야 했다. 놈들은 바로 하나하나가 폭탄이었다. 일제의 가미가제 특공대처럼 온몸으로 부딪쳐오는 무모한 폭탄.

프로그램은 항상 이쪽에 불리하게 짜여 있었다. 인생이 그런 것처럼. 곳곳에 파놓은 함정의 늪들이 이쪽이 빠져들길 기다리고 있었다. 그 함정을 피하기 위해선 기술이 필요했다. 순간적인 판단과 손동작이 이루어내는 교활한 기술. 그런 교활함만이 오래 버틸 수 있는 유일한 길이었다. 한 번 함정에 빠져들면 끝장이었다. 순간적인 소멸과 상처와 상실……. 폭탄을 피하며 전자총좌를 한쪽 구석으로 바짝 붙였다. 그러나 그게 바로 함정이었다. 기다렸다는 듯이 곧바로 내리꽂히는 파리와 충돌하고 말았다. 꽈꽝―.

멀지 않은 곳에서 박격포탄음이 들려왔다. 그 소리는 차차 멀어져 갔다. 민후는 갈대숲에 엎드려 전방을 노려보았다. 수직으로 떨어지는 열대의 정오 햇볕이 등허리의 정글복을 불태우고 있었다. 늪에서 눅진한 물기가 배인 바람이 불어왔다. 비릿한 물 냄새. 민후는 버릇처럼 울컥 구역질의 충동을 느꼈다. 이 나라엔 어디서나 이 냄새가 떠돌고 있었다. 그것은 넉맘 냄새 같기도 하고, 썩은 바나나 냄새 같기도 했다. 특히 스콜이 지나간 정글 속이나 늪가에서 풍겨오는 이 냄새는 묘한 현기증과 함께 헛구역질을 불러 일으켰다. 그것은 전쟁의 냄새인지도 몰랐다. 온몸의 신경은 여전히 부비트랩의 인계철선처럼 팽팽히 긴장되어 있었다.

민후는 아까부터 아랫배께로부터 굼실굼실 일어나는 두려움을 마른 갈대잎을 짓씹으며 죽였다. 언제 어디서 총알이 날아와 가슴을 꿰뚫을지 모른다는 공포감에 그는 수색 작전에 투입된 지 오 개월이 지난 지금까지도 적응하지 못하고 있었다. 적은 늘 보이지 않았고, 예기치 못한 곳, 엉뚱한 방향에서 불시에 사격이 날아왔다. 이쪽이 반격을 시작할 때면 놈들은 또 흔적도 없이 사라져버렸다. 적은 분명 있으나 보이지 않는다는 것은 전투 경험이 얕은 신참 졸병에겐 필요 이상의 두려움을 심어 주기에 족했다.

눈앞에 대나무와 갈댓잎으로 지은 이 지방 특유의 촌가가 몇 채 조용히 서 있었다. 오른편 가옥의 옆구리에 도마뱀처럼 찰싹 달라붙어 있던 분대장이 드디어 수신호를 보내왔다. 민후는 갈대숲에서 몸을 일으켜 왼편 촌가의 측면으로 빠르게 파고들었다. 뒤로 돌아드는 소총수 김 일병의, 잔뜩 구부린 정글복의 등이 얼핏 보였다. 마을의 안마당엔 사람의 그림자는커녕 닭 한 마리조차 보이지 않았다. 햇빛만이 모래땅을 눈부시게 반사시키고 있었다. 닫혀 있는 창에 귀를 대보았다. 그저 죽음 같은 정적만이 느껴졌다. 가옥의 반대편 측면을 돌아 나온 김 일병이 안마당 가운데에 서 있는 키 큰 나무의 그늘로 기어들었다. 언제 들어도 불길한 AK소총의 사격음이 울린 것은 그때였다.

"아앗!"

모래땅 위로 총탄이 박히는 소리가 퍽퍽 들리는 동시에 김 일병이 자세를 허물어뜨리고 나뒹굴었다. 민후는 거의 본능적으로 창가에서 뛰쳐나오며 맞은편 지붕을 향해 자동화기를 긁었다. 곧바로 분대장과 통신병의 지원 사격이 뒤따랐다. 잽싸게 달려온 다른 대원들의 화기도 그곳으로 집중되었다. 갈대 지붕과 대나무 벽이 온통 경련을 일으키며 들썩거렸다. 지붕 한쪽 끝이 무너지며 검은 물체가 땅으로 툭 떨어졌다.

마지막 총좌가 허무하게도 광선 그물에 걸려들어 우주로 끌려가 버렸다. 화면이 검게 닫혔다가 다시 열리며 다음 게임을 유혹하듯 똑같은 모형으로 제 혼자 게임을 계속했다. 만 점에도 미치지 못했다. 기웅은 보너스로 받은 총좌까지 거느리며 사만 점에 육박하고 있었다.

공원 길은 평지가 시작되는 지점에서 끝나 있었다. 늪으로 향하는 길은 좁은 밭둑 길이었다. 버려져 있는 밭에는 잡초들이 무성했다. 소풍객들도 거기까진 오지 않았다. 낮은 언덕에 올라서자 어디선가 역한 악취가 희석된 바람이 불어왔다. 예감과도 같이 의식 속에 떠돌던 늪의 냄새가 실체로 다가왔다.

늪은 거기에 질펀하게 누워 있었다. 더러운 검은 물을 안고 거대한 상처처럼 하늘을 향해 아가리를 벌리고 있었다. 가장자리가 여기저기 쓰레기더미에 잠식당한 꼴이 더욱 을씨년스러웠다. 썩은 물이 잡동사니 오물과 뒤섞여 올리는 악취가 바람에 밀려다녔다. 옛날의 모습을 간직한 것이라곤 물가의 갈대들과 민들레 꽃씨처럼 하늘을 나는 고추잠자리가 고작이었다. 한때는 풍광이 수려하기로 이름나 인근의 놀이꾼과 낚시꾼이 꽤나 몰리던 곳이었다. 몇 해 전까지만 해도 소나무 숲가엔 처마 높은 정자가 우아한 자태를 뽐내며 날아갈 듯 서 있었다. 그러나 정자는 흔적조차 보이지 않았고 울창했던 소나무 숲도 거의 다 베어지고 없었다. 띄엄띄엄 횡뎅그레 서 있는 싱겁게 키 큰 소나무들이 검은 수면 위에 그림자를 거꾸로 처박고 있었다. 멀리 건너편에 성냥갑 모양의 연립주택들이 늘어서 있는 것이 보였다.

기웅이 풀잎에 앉은 고추잠자리를 노리며 살금살금 다가갔다. 그러나 잠자리는 매번 기웅이 내뻗는 손끝을 피해 가볍게 날아올랐다가 약을 올리듯 멀지 않은 곳에서 다시 내려앉았다. 기웅이도 끈질기게 잠자리를 따라 다시 고양이 걸음을 만들었다. 민후는 풀 위에 앉아 담배를 피워 물었다. 요즘 들어 담배가 턱도 없이 많이 늘었다. 그 이유를 가늠해 보며 깊이 한 모금 빨아들였다. 담배 맛이 쓰게만 느껴졌다. 눈앞에서 머리를 풀고 흩어지는 담배 연기를 배경으로 미란과 형과 형수의 얼굴이 동시에 떠올랐다 스러졌다. 문득 지금 자신이 어쩌면 그들의 고통으로부터 도피하여 나와 앉았는지도 모른다는 자괴감이 엄습했다. 삼촌도 한 다리 건너 벌써 남일 수 있었다. 민후는 진저리치듯 머리를 세차게 흔들었다.

"아빠, 아빠, 저기 좀 봐."

꽁초를 막 늪에 던지고 난 무렵, 한 손에 기어이 잠자리 날개를 잡아 쥔 기웅이 굉장한 것이라도 발견한 양, 눈을 동그랗게 뜨고 소나무에 가려 보이지 않는 모퉁이를 가리켰다.

"뭔데……"

"저기 봐, 저기. 나쁜 형들이 어떤 누나를 못살게 구나 봐."

"뭐?"

민후는 벌떡 일어났다. 과연 저만치 서 있는 소나무 아래에서 사내 녀석 서넛이 계집아이 하나를 둘러싸고 있었다.

걸음을 빨리했다. 갑자기 온몸의 근육이 전의로 굳어지며 가슴 밑바닥으로부터 적의에 가까운 분노가 불길처럼 뭉클뭉클 피어올랐다. 하지만 민후는 그 분노가 필요 이상으로 증폭되어 있다는 사실을 깨달을 겨를이 없었다.

"뭐 하는 짓들이야!"

민후가 냅다 고함을 치며 다가서자 사내 녀석들이 계집아이에게서 슬슬 물러섰다. 녀석들은 별로 놀라는 기색도 없었다. 갓 스물을 넘길까 말까 한 얼굴들이었다.

"아무것도 아네요."

얼굴에 온통 여드름을 둘러쓴 청바지 녀석이 귀찮다는 투로 받았다.

"뭐가 아무것도 아냐. 인마, 왜 쓸데없이 약한 여학생을 괴롭혀?"

"쳇! 아저씨가 상관할 일이 아니란 말예요. 괜히……."

이빨 사이로 침을 칙 내뱉으며 청바지가 비아냥거리듯 받았다.

"뭐가 어째 ? 이 자식."

준비 되어 있던 분노는 쉽게 폭발했다. 녀석의 멱살을 거머잡으며 뺨을 후려쳤다. 그러나 녀석은 잽싸게 몸을 빼쳐 날랜 짐승처럼 저만큼 달아났다. 다른 녀석들도 우르르 그 뒤를 따랐다.

"씨팔! 그냥 이야기 좀 하고 싶었을 뿐이었단 말야."

"야, 이 계집애야. 너 못생긴 게 비싸게 굴지 마."

언덕을 넘어 사라지기 전에 녀석들은 기어코 한 마디씩 덧붙였다.

"이 놈의 자식들, 죽여 버릴 테다."

민후는 뒤쫓아 가려고 몸을 추스르다 자신의 말에 놀라 멈칫 섰다. 주먹에서 스르르 힘이 풀렸다. 가슴 한쪽 끝이 서늘해져 왔다. 자신의 그 소리가 머릿속에서 예외 없이 '또이 빙 지엣 아잉!'으로 수없이 번역되기 시작했다.

민후는 문을 박차고 집 안으로 뛰어들었다. 너저분한 세간이 널려 있을 뿐 텅 비어 있었다. 부엌으로 통하는 문 옆에 가만히 붙어 섰다. 언제 따라붙었는지, 창문가에 선임조장 나 상병의 총구가 삐죽 나와 있었다. 부엌 바닥엔 총격에 튕긴 파편이 어지럽게 흩어져 있었다. 적이 올라서 있던 선반 위에 피가 흥건히 고여 검게 말라붙어 있었다. 적은 그전에 이미 치명적인 부상을 입고 있었던 모양이었다. 그 바람에 그들 일행에서 혼자 낙오된 듯했다. 바깥에서 김일병의 신음과 분대장이 지시하는 소리가 빠르게 들려왔다.

"가만······."

창문을 타고 넘어온 나 상병이 등을 구부려 창문 밑의 바닥을 들여다보고 있었다. 나 상병은 정글화 끝으로 파편을 조심스럽게 건어냈다.

"컴온! 컴온!"

갑자기 나 상병이 급히 물러서며 크게 외쳤다. 민후는 반사적으로 긴장하며 총구를 바닥을 향해 겨누었다. 그러나 아무런 변화도 일어나지 않았다.

"컴온!"

나 상병이 다시 위협적으로 악을 썼다. 그러자, 대나무 바닥의 한 구석이 네모지게 천천히 떠들려졌다. 나 상병이 그것을 발로 거칠게 차냈을 때 그 속에서 나온 것은 뜻밖에도 십칠팔 세 정도의 어린 소녀였다. 남국인 특유의 깊고 검은 눈이 유난했다. 소녀는 극도의 공포감으로 그 큰 눈을 더욱 크게 뜨고, 입을 바보처럼 벌리고 있었다. 치켜든 가는 팔이 소리라도 낼 듯이 달달 떨렸다. 끌려나온 소녀는 검은 파자마 차림이었고 다리를 심하게 절었다.

마을은 깨끗이 비어 있었다. 주민들은 전투를 피해 가까운 밀림 속으로 숨어들었음이 분명했다. 전투지역에서는 흔히 있는 일이었다. 적이 재기습할 기미는 보이지 않았다. 대원들은 외곽에 보초를 세우고 소녀가 발견된 집으로 집결했다. 철수할 시간이었다. 더구나 부상자까지 생겼다. 김 일병은 심각하지 않은 대퇴부 관통상을 입고 있었다. 분대장은 아까부터 대원들과 따로 떨어진 구석자리에서 나 상병과 은밀한 목소리로 뭔가를 의논하고 있었다. 나 상병이 분대장을 열심히 설득하는 눈치였고, 분대장은 끈질기게 고개를 가로저었다. 민후는 그것이 소녀의 처리 문제임을 직감했다.

이윽고 분대장의 머리가 끄덕여졌고, 이쪽으로 돌아 나오는 나 상병의 입가에는 의미 모를 미소가 떠올라 있었다. 그것은 음침한 기분 나쁜 웃음이었다.

나 상병이 영어와 월남어를 뒤섞어서 소녀를 심문하는 소리가 주방 쪽에서 들려왔다. 소녀의 대답은 들리지 않았다.

"이 계집애가 저놈의 동생이래. 이년도 콩가루야."

주방 문으로 고개를 내민 나 상병이 누구에게라고 할 것 없이 한마디 하고 도로 들어가 버렸다. 그는 늘 해방전사 애들이나 적색분자를 콩가루라 불렀다.

"거짓말이야."

누군가 옆에서 낮게 속삭였다. 허벅지에 압박붕대를 감고 벽에 기대어 있던 김 일병이었다. 목사집 아들이었는데 지독한 실연을 경험하고 이 전쟁에 뛰어들었다고 했다. 그는 가장 신참내기인 민후에게 늘 친근한 말벗이 되어 주었다.

"왜요?"

"그냥 민간인일 뿐이야. 이 상황에서 자기 여동생이 있는 집으로 숨어들 바보 녀석은 놈들 중에 없어."

"아니, 그럼 왜……?"

김 일병은 맞은편 벽에 시선을 고정한 채 더 이상 말이 없었다.

나 상병의 격앙되고 위협적인 목소리가 터져 나왔다. 소녀가 훌쩍이고 있었다. 나 상병의 목소리는 빠르게 반복되면서 높아졌다.

"붐붐 노 께꿀락, 노 붐붐 께꿀락……."

다른 대원들의 얼굴에 웬일인지 야릇한 웃음들이 피어나기 시작했다. 나 상병의 목소리가 다시 높아지며 손바닥으로 무엇을 치는 둔탁한 소리, 소녀의 비명, 옷이 찢기는 소리 등이 이어졌다. 그리고 잠시 사이를 두었다가 남자의 거친 숨소리가 들려왔다. 민후는 그제야 나 상병과 대원들의 묘한 웃음의 의미를 깨달았다. 그것은 나 상병의 음모였다. 대원들 전체에게 잔치를 베풀어 줄 음모. 대원들의 눈빛이 동물적으로 번들거리기 시작했다. 어디선가 썩은 꽃향기가 풍겨왔다.

"아그그……."

누군가 능글맞게 몸을 비틀었다.

"이거 오랜만에 꼬질대 수입 한 번 하겠구만. 쓰팔."

음란한 웃음이 여기저기서 검은 버섯처럼 쿡쿡 돋아났다. 민후는 명치께에 주먹만 한 돌덩이가 꽉 뭉쳐져 오는 기분이었다. 그것은 천천히 하강하다가 아랫도리에 이르자 마취액처럼 빠르게 온몸으로 퍼져 나가기 시작했다. 그것은 검은 피의 흐름이었다. 인간의 가슴 밑바닥에 언제나 늪처럼 고여 끈적이고 있던 그 검은 피가 용솟

음쳐 오르고 있었다. 민후의 의지와 관계없이 그 흐름은 격류처럼 밀려와 아랫도리를 자꾸만 흥건히 적셔 놓았다. 스물세 살은 그 격류를 스스로 제어하기에는 너무 젊은 나이였다. 석 달 동안 계속된 작전에 짓눌려 있던 그 젊음이 용수철처럼 무섭게 되튀어 오르고 있었다.

전쟁이었다. 전쟁은 인간의 검은 피만은 너무도 쉽게 허락했다. 민후는 그 전쟁 속으로 맥없이 침몰하는 자신을 보았다.

"아저씨. 저, 이것……."

계집아이가 훈장을 주워서 내밀었다. 앳되고 예쁘장한 얼굴이 미란이보다 한두 살 아래로 보였다.

"이리 줘, 우리 아빠 꺼란 말야."

기웅이가 잡아채듯이 계집아이 손에서 훈장을 뺏어갔다. 주먹을 휘두르느라 떨어뜨린 모양이었다.

"우리 아빠가 월남에서 베트콩 때려잡고 받은 거야."

기웅이 그것을 자랑스럽게 흔들어 보였다. 그러는 기웅의 얼굴이 훈장보다 더 빛나 보였다. 그 훈장은 골목 친구들 사이에 굉장한 영향력을 행사하는 물건이었기 때문에 녀석은 여간 애지중지하지 않았다. 그것이 있는 한 아무도 녀석을 얕보지 못했다. 그래서 녀석은 걸핏하면 그놈을 목에 척 걸고 나가 제 친구들에게 구경시키곤 했다. 제 엄마가 그러다 잃어버린다고 옷장 속에 감춰두었지만, 동네 새 친구가 이사 오기만 하면 어떻게든 들고 나가 자랑을 해야만 직성이 풀렸다. 한 번은 학교까지 들고 갔다가 제 엄마에게 혼쭐이 나기도 했다. 덕분에 동네 꼬마들 사이에서 민후는 늘 마징가제트보다 더 위대한 영웅이 돼 있었다.

"여학생이 혼자서 이런 곳엔 웬일이냐?"

"……시를 좀 써볼까 하구……."

계집아이가 머뭇거리며 기어드는 목소리로 대답했다.

'시라……. 좋은 나이군.'

민후는 속으로 씁쓸하게 웃었다.

"시도 좋지만 이런 곳에 혼자 돌아다니니까 저런 녀석들이 행패를 부리는 게 아니냐?"

"쟤들 그렇게 나쁜 아이들 같지는 않았어요. 그냥 알고 지내자는 걸 제가 마냥 싫다고 한 거예요."

민후는 그제야 자신이 앞뒤 분별없이 지나치게 흥분했었다는 사실을 깨달았다. 그리고 그 지나친 흥분의 출처가 어딘지도……. 멋쩍은 노릇이었다.

"시보다는 전자오락을 해 보렴."

"네?"

뜬금없는 소리에 올려다보는 계집아이의 얼굴이 물음표를 닮았다.

"전자오락 말야. 누난 갤러그도 몰라? 갤러그……."

기웅이 녀석이 버튼을 두드리는 시늉을 해 보이며 끼어들었다. 계집아이가 조그맣게 웃었다.

"그래, 시는 좀 썼니?"

"아저씨 시 좋아하셔요?"

계집아이가 반색을 했다.

"방금 말했잖아. 시보다는 전자오락을 좋아한다구."

계집아이가 다시 조그맣게 웃었다.

"아직 한 줄도 못 썼어요. 저 늪에 뭔가 의미가 있을 듯해서 생각 중이에요."

민후는 계집아이를 새삼 내려다보았다. 계집아이의 눈에 제 나이

답지 않은 진지함이 담겨 있었다.

"넌 좋은 시를 쓸 것 같구나."

"아녜요. 별루예요"

계집아이가 금세 볼을 붉히며 손을 내저었다.

잔치는 끝났다. 쥐꼬리만 한 욕망을 만족시키고 난 뒤에 온 것은 허탈감이었을까 부끄러움이었을까. 대원들은 현장을 빠져나가는 범인들처럼 철수 준비를 서둘렀다. 아무도 말이 없었다. 모두 약속이나 한 듯이 입을 봉하고 장비들을 챙겨 들었다. 나 상병 혼자만이 그런 대원들을 흘깃거리며 의미 모를 웃음을 빙긋빙긋 띄워 올렸다. 민후는 김 일병의 눈길을 피했다. 김 일병이 딱히 자기를 쳐다보는 것도 아닌데 그의 시선이 자꾸만 자신에게 부어지는 것처럼 느껴졌다. 그 잔치에 초대되지 않은 사람은 분대장과 김 일병뿐이었다. 김 일병의 눈길에서 도망치고 싶었지만 그를 부축할 사람은 민후밖에 없었다.

대원들은 사주 경계를 펴며, 마을 외곽지대의 늪을 끼고 돌았다.

"또이 빙 지엣 아잉!(죽일 테야)"

일행이 막 마을을 빠져 나올 즈음에, 등 뒤에서 소녀의 찢어지는 듯한 목소리가 터져 나왔다. 그것은 사람의 목소리가 아니라 유리가 깨지는 듯한 파열음에 가까웠다. 늪가에 도달한 민후와 김 일병은 뒤돌아보았다. 방금 빠져나온 촌가 앞에서 소녀가 짐승 같은 소리를 지르며 나 상병에게 달려들고 있었다. 그때마다 나 상병이 세차게 밀쳐냈고, 나뒹굴었던 소녀는 끈질기게 일어서며 악착같이 다시금 달라붙고 있었다. 무엇이 소녀에게 그런 용기를 주었는지 의아했다. 계속해서 질러대는 비명에 가까운 소녀의 외침이 뜨거운 햇볕 속으로 날카롭게 퍼져 나갔다 목소리에 묻어나는 섬뜩한 적의와 증오가 이쪽에서도 확연히 느껴졌다. 소녀를 한 번 세게 밀어붙인 나 상병이 빠른 걸음으로 다가왔다.

"저년이 미쳐 버렸어."

그러나 나 상병은 여전히 그 의미 모를 묘한 웃음을 잃지 않았다.

"라~잉! 라~잉! 라~잉!(죽는다. 죽는다)"

다리를 쩔뚝이며 어느새 다가온 소녀가 다시 나 상병에게 달려들었다. 흩어진 머리칼, 찢어진 옷자락 사이로 보이는 속살, 흰자위가 크게 드러나며 희번득이는 눈동자. 입에는 이미 거품까지 물고 있었다. 죽음에의 공포와 충격이 소녀의 신경조직을 치명적으로 찢어 놓았음이 분명했다. 민후는 숨이 막혔다. 그것은 네이팜탄에 불타 버린 적의 시체보다 오히려 더 처참한 몰골이었다. 소녀는 악귀처럼 울부짖으며 알아들을 수 없는 소리를 빠르게 지껄여댔다.

"이년이……."

나 상병이 소녀를 늪으로 처박았다. 물속에서 한참을 허우적거리던 소녀가 털 젖은 짐승처럼 일어서며 갑자기 히쭉 웃었다. 소녀는 뒷걸음을 쳤다. 그리고는 태연히 몸을 돌려 늪 가운데를 향해 쩔뚝이며 걸어 들어가기 시작했다. 소녀가 노래를 불렀다. 물이 그녀의 허리에까지 차오르고 있었다.

'안 돼.'

늪에는 손바닥보다 큰 거머리와 독충과 죽음의 수렁이 기다리고 있었다. 민후는 소녀를 향해 뛰어들려고 했다. 그러나 어깨에 둘린 김 일병의 팔이 억센 힘으로 그를 제지한 것이 먼저였다.

"바보짓 마라."

김 일병이 단호한 어조로 낮고 빠르게 속삭였다.

"저 애는 죽게 되어 있어."

"?"

김 일병은 턱짓으로 나 상병을 가리켰다. 나 상병은 갈대 사이로 가려지는 소녀의 뒷모습을 노려보고 있었다.

"나중에 마을 주민들이 상부에 고발이라도 하는 날이면 우린 모두 군법회의감이야. 알아? 쓸데없는 짓 않는 게 좋아……."

개머리판이 뒤통수를 호되게 때리는 기분이었다. 김 일병의 말이 머릿속에서 날파리처럼 윙윙거리며 날아다녔다. 어쩔 수가 없었다. 자신도 이미 공범자였다. 분배된 검은 제물의 한 몫을 먹어치운 어쩔 수 없는 공범자.

분대가 작전 도로로 들어설 때까지 소녀의 노래는 계속되었다. 그리고 한순간 뚝 그쳐 버리더니 다시 들려오지 않았다. 늪 쪽에서 비릿한 물 내음이 풍겨왔다. 구역질이 치솟았다. 민후는 도롯가의 풀숲에다 대고 기어이 토하기 시작했다. '또이 빙 지엣 아잉……빙 지엣 아잉! 라~잉! 라~잉!…….' 머릿속에서 소녀의 광기 어린 외침이 끝없이 반복되고 있었다.

전쟁이었다.

계집아이는 고개를 숙여 보이고 공원 쪽으로 올라갔다.

민후는 기웅과 나란히 늪가에 앉았다. 공원 쪽 하늘로부터 저녁노을이 지고 있었다. 늪은 노을빛도 받지 않은 채 더욱 검은 콜타르 빛으로 가라앉아 있었다. 민후는 훈장을 새삼 오래 들여다보았다. 인간들이란 얼마나 엉뚱한가. 살인을 범죄로 규정해 놓고도 전쟁이란 대규모의 살인에는 왜 이따위 쇳조각으로 그 범죄행위를 고무시키는 것일까. 그 쇳조각은 그 범죄행위에 얼마나 광분했느냐를 보여주는 표식이었다. 죄의 표식. 그것은 최초에 늪에서 나왔다. 인간의 이성과 선의와 화목의 또 다른 밑바닥에 끈적이며 고여 있는 인간의 늪에서……. 덧난 상처 같은 늪.

민후는 천천히 일어서서 훈장을 늪 속으로 힘껏 던졌다. 저녁 햇살에 한 번 빛난 훈장은 물소리도 내지 않고 검은 수면 위에 흰 점을 남기며 사라졌다. 그 흰 점을 중심으로 물살이 천천히 퍼져갔다. 늪에서 나온 것은 늪으로.

적은 보이지 않는 곳에 숨어 있는 것이 아니었다. 결코, 익명이 아니었다. 적은 바로 어두운 저 늪과 같이 자신 속에 숨어 있었다. 자신 속에 숨어서 또 다른 전쟁을 기다리고 있었다.

기웅이 녀석이 경악에 찬 입을 다물지 못하고 그를 올려다보고 있었다. 녀석은 곧 울음을 터뜨릴 기세였다. 훗날 이 아빠가 지금 네 장난감을 빼앗아버린 이유를 설명해 주마. 네가 그때쯤 이 일을 까맣게 잊어버리고 있더라도 말이야. 그는 기웅의 작은 손을 찾아 쥐며 언덕길을 되잡아 들었다.

"아저씨……."

아까 들렀던 전자오락실을 지나칠 때 누구나 안에서 뛰어나왔다. 좀 전에 헤어졌던 계집아이가 웃으며 서 있었다.

"응? 너 아직 안 갔구나."

"아저씨 기다렸어요."

"아니 왜?"

"글쎄, 얘들이……."

계집아이 뒤에 아까의 여드름장이 녀석들이 뒤따르고 있었다. 민후는 멈칫 긴장했다.

"얘들이 아저씨께 사과드리고 싶대요."

"아깐 죄송했습니다. 아저씨가 하도 화를 내시는 바람에……."

예의 청바지 저녁이 머리를 꾸벅이며 뒤통수를 긁었다.

"그리고요, 얘들이 또⋯⋯."

계집아이가 목소리를 낮추었다.

"내가 못생겼단 말도 취소한대요. 그렇지, 얘?"

계집아이가 사내 녀석을 다짐하듯 돌아보았다.

"거, 뭐, 그, 그딴 게 뭐 그리 중요하니?"

청바지가 뒷머리를 계속 긁어대며 어눌하게 받았다.

"중요하지. 중요하잖구."

계집애가 청바지를 돌아보며 목소리를 높였다. 뒤에 서 있던 녀석들이 한꺼번에 웃었다. 민후는 속으로 실소를 지으면서 어떤 혼란을 느끼고 있었다. 이제 막 슬금슬금 내리기 시작한 땅거미와 같은, 그 빛과 어둠이 교차해 있는 듯한 혼란.

저만치 앞에서, 가로등이 들어와 땅거미를 몰아내고 있었다.

(1986년)

유
형
의
섬

"리차드가 웬일인지 모르겠네. 전화도 없이……. 정말 미안해서 어떡허니? 이렇게 초대까지 해놓고……. 출국 관계로 바쁜가 봐. 잘 됐지 뭐. 그동안 우리 지내온 이야기나 실컷 해. 정말 반갑다. 얘."

기숙의 목소리가 주방 입구에 걸린 반투명의 커튼 자락을 헤집었다. 영훈은 소파의 탁탁한 쿠션이 낯설어 허리를 꼿꼿이 세웠다. 창 밖엔 어둠이 까맣게 몰려와 안을 기웃거리고 있었다. 겨울바람이 아파트의 창문을 긁어대며 길게 우는 소리가 거실을 타고 희미하게 들려왔다. 영훈은 아까부터 그 소리에 귀를 기울이고 있었다.

……나라떠나라떠나라떠나라떠나라떠……

바람소리는 영훈의 귀에 그렇게 번역되었다.

"두 달짜리 살림이다 보니 사는 게 이래. 사실 손님 청할 염치도 없는데 말야. 너니까 청한 거야. 욕하지 않기다? 호텔에 들까 했는 데 마침 리차드 회사의 이곳 지사 사람들이 빈 집을 주선해 줬거든. 호텔보다야 편한 노릇이지 뭐니."

기숙이 탁자에 찻잔을 내려놓으며 앞자리에 앉았다. 기숙의 변명이 아니더라도 천정을 가로지른 줄에 깃발처럼 널려 있는 젖은 빨래들이 급조된 살림살이의 단면을 대변하고 있었다.

"우리가 이게 얼마만이지?"

찻잔을 두 손으로 감싸 쥔 기숙의 얼굴에 아득한 감회가 어려 들었다.

"글쎄……. 십삼 년쯤 되나?"

영훈은 외제 커피의 진한 맛을 혀끝에 굴리며 자신과 그녀 사이에 가로놓인 세월의 간격을 헤아려 보았다.

지지리도 가난하던 바짓골 대추나무집 딸. 미운 오리새끼처럼 언제나 무리에서 떨어져 혼자 겉돌던 단발머리 계집애. 외팔이에다 술주정뱅이인 아버지 천 씨의 술주사에 삽짝 밖에서 울던 조그만 계집애. 영훈의 기억 속에 세월의 먼지를 쓴 채로나마 남아 있는 기숙의 모습은 그랬다. 그 계집애와 지금 눈앞에 앉아 있는 윤기가 잘잘 흐르는 삼십대 중반의 여인을 연결시키기란 결코 쉬운 일이 아니었다. 짙은 화장, 짧게 친 퍼머 머리, 번쩍이며 치렁대는 귀걸이, 그리고 무엇보다 사람을 대하는, 틀이 꽉 잡힌 듯한 여유로운 몸짓이 도무지 낯설었다.

"넌 정말 조금도 변하지 않았구나. 대학 다닐 때 본 그대로라니까."

"무슨 소리야. 벌써 서른넷인 걸."

"아니야, 그렇게까지 뵈질 않아. 나만 나이 먹은 것 같아 속상한데?"

기숙이 조그맣게 웃었다. 왼쪽 볼에 패이는 보조개가 잠시 옛날 모습을 내비치었다 스러졌다.

"언제 출국한다고 했지?"

"꼭 일주일 남았어. 리차드가 두 달간 휴가를 받았거든. 아버지……. 아버지 일도 그렇지만 이곳 지사에 볼 일도 좀 있대나 봐."

기숙으로부터 무슨 기별이 올지 모른다는 기대를 갖게 한 것은 어머니였다. 섬에서 고생하는 막내아들이 안쓰러워서인지 섬 나들이가 잦아진 노친네는 올 때마다 고향 소식을 한 보따리씩 안고 왔다.

"애비야, 니 기숙이 알제?"

그날도 어머니는 저녁상 머리에서 대뜸 이렇게 보따리를 풀기 시작했다.

"네? 누구요?"

얼결에 되물었지만 영훈은 수저를 멈추었다.

"옆집 외팔이 천씨 딸네미 말이다. 양갈보 돼설랑 껌디하고 미국 건너가 산다쿠는…….."

"아, 예. 기숙이. 기숙이 말이군요. 걔는 왜요?"

"갸가 니 연락처 물어 쌓더라."

"아니, 기숙이가 바짓골에 왔단 말인가요?"

"글씨 그렇다쿠이……. 껌디 지 신랑하고 같이 왔대, 무실 낯짝인지……. 신랑이라 쿠는 기 우째 그리 검으꼬. 똑 숯껌디 같은 기 사람 안 같더라."

"어쩐 일이죠? 갑자기……."

"갑자기는 무신……. 천 씨가 안 죽었나."

"예? 외팔……, 천 씨 아저씨가 돌아가셨어요? 언제요?"

"장사지낸 지 제법 된다. 몇 달 고생했제. 한평생 식구들 못살게 해쌓더마는 잘 죽었제. 살 만큼 살았고."

"그래, 가르쳐 주셨어요?"

영훈의 관심은 천 씨의 죽음보다 기숙에게 쏠려 있었다.

"하모, 서울 사돈댁으로 가르쳐 주었다. 곧 방학이라 거기 있을 끼라꼬. 그래도 어릴 적 친구라꼬 정이 다른 모양이더라. 쯧쯧, 저

거 오래비 기철이는 삽짝도 못 들어서게 하더라. 니는 이 집과 아무 상관없는 종자라꼬 쿠면서 얼릉도 없는 기라. 할 수 없어 갖고 껌디 지 신랑은 그냥 가고 갸는 동네 사람들이 그래도 경우가 그렁기 아 이라꼬 제 오래빌 다독거리는 바람에 제우 빈소나 들다보고 그날 로 올라갔다 아이가. 참 억시기 울어 쌓데……. 가민서 돈도 한 뭉 텡이 내놨는데 지 오래비가 길길이 뛰면서 그걸 마당에 확 안 뿌리 삐나. 쯧쯧쯧, 이제 와서 돈이 뭔 소용 있겄노. 사람이라 쿠는 기 형 제간에 오손도손 사는 기 최고제……. 쫌 있으모 니한테 연락할지 모리겄다."

그 연락이 온 것이 바로 어제였다.

"애기들은 어쩌고 왔니?"

"시부모께 맡겼어."

그러면서 기숙은 맞은편 벽에 걸린 사진을 은근한 자랑스러움과 그리움이 배인 눈길로 돌아다보았다. 사진 속에서 기숙과 양순하게 생긴 흑인의 품에 각각 안긴 두 아이가 유난히 하얀 이빨로 천진스 럽게 웃고 있었다. 혼혈이겠지만, 영훈의 눈엔 둘 다 흑인에 가까워 보였다. 세 사람의 흑인과 황인종 하나. 사진은 심한 불균형의 구도 였다. 외팔이 천 씨 아저씨가 이 외손들을 보았다면 어떤 표정을 지 었을까?

"사는 덴 어디야?"

"캘리포니아의 오클랜드. 샌프란시스코 근처야. 리차드 고향이 그 근처거든."

영훈은 지구 반대편 저쪽의 거대한 나라. 한 번도 가보지 않은 미 국의 도시 이름을 실감없이 들었다.

"미국 생활은 어때?"

"아이, 그렇게 묻지만 말고 네 얘기도 좀 해. 섬마을 선생님 생활은 어떠니? 네가 선생님이 될 줄은 정말 몰랐다. 어때? 재미있니?"

"재미라…… 허허, 재미야 학생들 보는 재미지 딴 재미야 있겠니?"

영훈은 어정쩡하게 웃었다. 어쩌다 오래 소식이 단절됐던 동창을 대하게 될 경우 가장 곤혹스런 대목이었다. 동창 녀석들은 의례히 기대에 찬 어조로 묻곤 했다. 요즘 뭘 하느냐고. 녀석들은 학창 시절 수재로 소문났던 친구가 뭔가 굉장한 인물이 되어 있기를 기대하고 있었다. 하지만 중학교 선생 노릇을 하고 있다는 대답에는 하나같이 실망의 기색을 감추지 못했다. 그들의 차라리 동정에 가까운 반응은 서울에서 교편을 잡고 있다는 부분에 이르러서야 고개를 끄덕이는 것으로 바뀌었다. 그러한 의례 절차는 무척 피곤한 노릇이었다. 저 사회 밑바닥에 견고하게 박혀 있는 고정관념의 뿌리 앞에서 영훈은 늘 아득한 무력감에 빠지곤 했다. 더구나 그들의 기대치를 조금이라도 충족시켜 주었던 그 서울이라는 꼬리표마저 떨어져 나간 지금에야…….

"근데 어쩌다 서울에서 그 먼 섬까지 가게 된 거야? 네가 원했던 거니?"

"아니, 문제가 좀 있었어."

"무슨 문제? 무슨 실수라도 한 거야?"

"실수……. 그래 실수였지. 아주 큰 실수였는지 몰라."

영훈은 다시 클클 웃었다.

"어떤?"

"글쎄……. 그럴 일이 좀 있었지."

가슴 한쪽이 황량해져 왔다. 밤낮없이 최루가스가 거리를 적시는 현금의 현실에 대한 구구한 해설이 오랜 외국 생활에 젖어 있는 기숙에게 얼마 만큼의 설득력을 가질지 의심스러웠다.

교육청으로부터 서해안의 한 낙도로 전보 발령되었음을 통보 받았을 때 영훈은 오히려 담담한 심정이었다. 올 것이 왔다는 느낌과 무거운 짐을 벗는 후련함마저 들었다. 분개하며 자신에게 박해받는 지사의 모습을 씌우려는 동료들을 향해서 그는 손을 내저으며 웃기만 했었다.

"애기는 몇?"

기숙이 먼저 화제를 바꾸었다.

"하나야. 머슴애."

"몇 살? 널 닮았으면 잘생기고 똑똑하겠지?"

"여섯 살. 날 닮아서 못나고 멍청해."

"설마? 여섯 살이면 우리 수우전이란 동갑이구나. 와이프는 어떤 사람이야? 예쁘니? 예쁘겠지……. 한 번 보고 싶은데 같이 오지 그랬니."

"예쁘진 않지만 쓸 만해. 요즘 몸이 좋질 않아."

영훈은 지금 쯤 처갓집에서 머리를 싸매고 누워 있을 아내의 파리한 얼굴을 우울하게 떠올렸다. 인천에서 통통배로 두 시간이 걸리는 그 섬으로 옮기고부터 아내는 웬일인지 잔병치레를 끊이지 않고 있었다.

"오빠 회사에 자리 하나가 비었다고 당신 생각은 어떤지 알아보라더군요."

친정 나들이를 다녀온 아내가 지나가는 말로 가장하며 그 말을 꺼낸 게 언제였던가. 비었다는 그 자리가 아내의 안달과 사주로 마련되었기 십상임을 직감한 영훈은 빽 고함을 쳐 아내의 입을 막아 버렸다. 그날도 아내는 신음소리까지 내며 밤새 앓았다. 그는 밤늦도록 혼자 술을 마셨다. 그리고 새벽의 해명(海鳴)을 들으며 사표를 썼다. 그러나 그 사표는 한 번도 학교장 앞으로 제출되어지지 않았다. 그는 그것을 늘 안호주머니에 부적처럼 품고 다녔을 뿐이었다. 아내도 몰래…….

"아휴, 쓸 만하다니. 여자가 무슨 물건인가? 저쪽 여자들 들었으면 아마 기절초풍했을 거야. 한국 남자들 그런 점은 반성해야 돼요. 저쪽 남자들 여자에게 얼마나 잘해 주는지 아니?"

기숙은 대화를 가볍게 이끌어 가려고 애쓰고 있었다.

"리차드란 친구는 어때 ? 너한테 잘해 주니?"

"그래 잘해 주는 편이야"

"어떤 사람이야?"

"대학까지 나온 인텔리고 성실해. 좀 깍쟁이이긴 하지만……. 돈 문제에 있어선 여간 짠 게 아냐. 사람은 퍽 좋아. 나한테도 잘해 주고……."

"밤에도?"

잘해 줌을 강조하는 기숙의 말이 묘하게 거부감을 불러 일으켰다. 기숙이 당장 눈을 하얗게 뜨고 흘겼지만 얼굴은 웃고 있었다. 영훈은 언젠가 도색 잡지에서 보았던 흑인 남자의 거대한 성기를 잠시 떠올렸다.

"리차드는 처음 어떻게 만난 거야?"

고향 마을에 퍼져 있는 소문대로라면 그녀는 서울에서 양갈보 짓을 하다 현재의 남편을 만난 것으로 되어 있었다. 그런 의미에서 영훈의 질문은 잔인한 것일 수도 있었다.

"……그냥. 어쩌다 만난 거지 뭐. 리차드가 몇 달간 한국에 파견 나와 있을 때였어. 회사 일로 서로 만나게 되었는데, 그 당시 난 어느 회사에 말단 경리로 있었거든. 글쎄 이 사람이 세 번째 만나던 날 다짜고짜 날더러 결혼하자는 거야. 나 참 기가 막혀서. 그네들 그런 면에서는 직선적인 거 알잖니. 처음엔 얼마나 놀라고 당황했었는지 아니? 굴뚝 청소부 같은 사람이 말야……. 지금도 그때 생각을 하면 웃음이 나."

영훈은 기숙의 말에 묻어 있는 과장기를 느끼면서도 소문에 대해 긍정도 부정도 할 수 없었다. 그래, 어차피 불확실성의 시대이며 판단정지를 요구하는 시대가 아닌가…….

"이번에 기철이 형은 뭐라던?"

영훈은 기어코 기숙의 상처를 건드리고 말았다. 왠지 그녀를 괴롭혀 주고 싶은 지랄 같은 심정이었다.

"좋은 말 할 리가 있니? 죽일 년 살릴 년이지 뭐."

기숙이 쓸쓸히 웃었다.

"아버지 산소에는 다녀왔니?"

기숙은 말없이 고개를 끄덕이며 담배를 피워 물었다. 그녀의 좁혀진 양미간에서 오랜 고뇌의 흔적이 담배 연기 사이로 어른거렸다. 외팔이 천 씨는 죽어서도 딸을 괴롭히고 있는 것일까.

외팔이 천 씨. 마을 사람들을 누구나 기숙의 아버지를 그렇게 불렀다. 천 씨는, 그 당시만 해도 양반이라는 낡아빠진 자존심이 대단하던 초계 정씨의 집성촌인 바짓골 마을에서 유일한 타성받이였다. 그가 그때 살림 치고도 턱없이 초라해서 우습기까지 한 가재도구를 식구들에게 들려서 영훈네의 옆집인 다 기울어가는 오두막으로 이사를 온 것이 확실진 않지만 영훈이 초등학교 저학년이었던 60년대 초라고 기억 된다.

천 씨는 이사 오자마자 마을의 모든 궂은일과 품앗이 일에 불려

다녔다. 일정한 농토가 없었을뿐더러 불구인 그로서는 그것이 일종의 생계수단이었으며 배타성이 강했던 마을의 한 구성원으로 단시일 내에 편입될 수 있는 방도였다. 마을의 대소 잔칫집이나 초상집의 마당에서는 헐렁한 왼팔 소매를 허리춤에 꾹 찌르고 바쁘게 돌아다니는 그의 모습을 언제나 발견할 수 있었다.

그는 한 손만으로도 잔치에 쓸 돼지를 잡거나 상여를 메거나 하관포를 잡는 일을 능숙하게 해내는 신기한 재주를 가지고 있었다. 특히 돼지를 잡는 그의 솜씨는 동네 꼬마들의 감탄을 자아내기에 충분했다. 천 씨가 마을 장정들의 손에 결박당한 돼지의 머리를 향해 도끼를 치켜들 때면 꼬마들은 숨을 죽이고 침까지 꼴깍이며 천씨의 동작을 하나하나 주시하게 되는 것이었다. 천 씨는 성한 한 손으로 도끼를 치켜든 채 약간 지루하다 싶으리만치, 본능적인 공포로 돼지의 눈을 오래 노려보는 묘한 버릇이 있었다.

그럴 때의 천 씨의 눈에는 늘 어떤 섬뜩함이 담겨 있었다. 그것이 영훈 혼자만의 느낌이었는지 아니면 오랜 세월의 경과로 인한 기억의 굴절 탓인지는 불분명하지만 그때의 천 씨의 눈에서는 차갑게 타오르는 불꽃같은, 어린 영훈의 요량으로는 쉽게 이름 붙일 수 없는 써늘하고 안타깝고 거의 감동에 가까운 어떤 기운이 뿜어져 나오고 있었다. 지금 생각하면 그것은 무엇인가에 대한 깊디깊은 증오가 아니었을는지……. 이윽고 천 씨가 뱃속 저 밑바닥으로부터 울려나오는 듯한 낮은 기합소리와 함께 한 번 꿈틀했는가 하면 그의 도끼머리는 이미 돼지의 정수리 한복판에 깊숙이 박혀 있었다. 그의 동작은 빛처럼 빠르고 정확했다. 백정 출신이란 소문이 난 것도 아마 그런 그의 솜씨 때문이었으리라.

그의 야무진 일솜씨에도 불구하고 마을 어른들은 천 씨를 마을의 동등한 구성원으로 대접하는 데 인색했다. 어른들은 누구나 그를 하대해서 불렀다. 품앗이를 시킬 때면 그보다 연배가 낮은 사람들까지 함부로 해라를 놓았다. 어른들이 그런 비하의 눈초리로 천 씨를 대한 데에는 백정 출신이라든가 타성받이라든가 불구라든가 하는 전근대적인 관념 외에도 그의 고약한 술버릇에도 원인이 있었다.

천 씨는 늘 술에 취해 살았다. 품앗이를 하거나 마을의 허드렛일을 도맡아 하는 중에도 그는 짬짬이 얻어 마신 술기로 언제나 눈가가 벌겋게 젖어 있었다. 일을 공치는 날이면 대낮에도 주막거리의 한 모퉁이에 만취한 채 쓰러져 있기 일쑤였다. 저녁 무렵 뜻 모를 소리를 고래고래 지르며 마을의 고샅길을 흐느적거리는 걸음새로 들어서는 그를 발견하기란 어려운 일이 아니었다. 어쩌다 골목에서 그런 천 씨와 마주쳤을 때, 아무렇게나 펄럭이던 그의 빈 소맷자락은 얼마나 큰 두려움이었던가.

그가 취해서 들어오는 날이면, 토굴 같은 그의 오두막에서는 어김없이 욕지거리와 비명소리, 둔한 타격음, 무엇이 깨져 나가는 파열음, 울음소리 등이 뒤범벅이 되어 영훈의 집 마당까지 건너오곤 했다. 가끔씩은 시퍼렇게 날선 낫을 꼬나들고 식구들을 다 죽인다고 설쳐대기도 했다. 그럴 때의 천 씨는 반미치광이였다. 두 눈엔 정말 무슨 일을 저지를 것만 같은 광기가 술기와 버무려져 번득였다. 기숙의 어머니 안간댁이 기숙과 기철을 데리고 영훈이네로 피신을 온 적도 한두 번이 아니었다. 그럴 때면 기숙은 언제나 새파랗게 질려 울었다. 기숙의 울음소리가 잦아들 때쯤 돼서야 천 씨의 지랄발광—영훈 어머니의 표현대로라면—도 그의 장기인 육자배기 타령과 함께 슬그머니 막을 내리는 것이었다.

"참, 내 정신 좀 봐. 밥을 올려놓고……."

기숙이 황급히 일어나 주방 쪽으로 뛰어갔다. 창밖에서 무언가를 보채듯 아우성치는 바람소리가 다시 들려왔다.

지금쯤 섬에도 바람이 지천이리라. 뱃길을 묶어 놓으며 섬의 뺨을 후려쳐대는 바람소리가 생생히 들리는 듯했다. 그 섬에서 처음에 가졌던 담담함이 답답함으로 바뀌기 시작한 것이 언제였을까. 퇴락하고 노회한 교무실 분위기에서, 중학교만 졸업하면 뭍의 공장으로 취직해 나가는 것이 최대의 꿈인 아이들에게서 그는 점차 숨이 막혀 왔다. 신념은 해풍에 쉽게 깎여갔고 회의는 빨랐다. 이유 없이 짜증을 부리거나 침묵시위를 벌이는 아내 앞에서 그는 서서히 무력해져 갔다. 바다가 갈치 비늘이 풀린 듯이 흐린 날이면 그는 혼자 밤늦도록 술을 마셨다.

"리차드가 왜 이리 늦을까? 약속 시간은 정확한 사람인데……. 정말 미안해서 어떡허니?"

"아니 괜찮아. 방학인데 뭐."

'오랜만에 하는 게 돼놔서.'라는 기숙의 변명에도 불구하고 김치찌개는 맛갈스러웠다. 설거지를 마친 기숙이 영훈 앞에 양주병을 내놓았다.

"우리도 한 잔 해. 오랜만인데……."

그리곤 술잔을 채웠다.

"그때 이후론 바짓골엔 처음이지?"

"아니, 결혼 때 서류도 정리하고 결혼 승낙도……. 뭐 승낙이랄 것도 없었지만……. 한 번 나오기가 쉽지 않았어."

"오고는 싶었구?"

"……."

"……."

바깥에선 여전히 바람소리가 들렸고, 주방에선 에프엠의 음악방송이 낮고 슬픈 곡조로 흘러나오고 있었다.

"멀리, 아무 데로나 멀리 떠나고 싶어."

대학 시절 어느 여름방학이었다. 돌은녘 산등성이의 키 큰 노송나무에 기대선 채 기숙은 오랜만에 만난 영훈에게 혼잣말처럼 중얼거렸다. 밭일에 그을린 얼굴과, 저녁 이내에 가려 보랏빛으로 솟아 있는 자굴산의 어깨너머로 꿈꾸듯 풀려 있는 시선이 까닭 없이 처연해 보였다.

"넌 좋겠다. 떠나갈 데가 있으니……."

"객지 생활 고생이지 뭐. 벌써 자취 밥에 신물이 나."

"……도망치고 싶어. 아버지가 없는 곳이면 어디든……. 날 데리고 어디 멀리로 도망쳐 주지 않을래?"

기숙의 두 눈에 잠잠히 맺혀 있는 눈물을 발견한 것은 그때였다. 천 씨의 고질적인 술주사가 그즘 들어 더 심해졌다는 소문이었다. 갑자기 그녀가 영훈의 가슴에 머리를 묻어 왔다. 잘 익은 여자 냄새가 훅 코를 찔렀다. 영훈은 가만히 그녀의 어깨를 감싸 안았다. 처음으로 그녀에게서 여자를 느꼈다.

기숙이 식구들 몰래 밤도망을 놓은 것은 추수가 끝난 그해 가을이었다. 그리고 그녀는 다시는 고향에 돌아오지 않았다. 소문만 풍성하게 되돌아왔다. 주로 기숙이 양갈보가 되어 있더라는 등 양놈 코쟁이와 팔짱을 끼고 가는 걸 보았다는 둥의 부정적인 소문들. 그 촌구석에 들어앉아 천리를 보기라도 하는지 미주알고주알 동네 우물가가 시끄러웠다고 했다.

"너 독한 줄은 안다만. 어쩌면 그렇게 무심할 수가 있니?"

"그래, 난 독해."

"그럼 생전에 아버지를 뵌 게 그게 마지막이었나?"

기숙이 조그맣게 고개를 끄덕이곤 훌쩍 술잔을 비웠다.

"아저씬 그렇다 쳐도 어머니와 기철이 형 생각은 안 해 봤어?"

"편지 몇 번 드렸지만……."

지나치게 집요하다는 느낌이었지만, 영훈은 자꾸 기숙을 몰아대고 싶었다. 옛날의 그 악동들처럼…….

외팔이에다 술주정뱅이인 천 씨의 딸이었고 보면 기숙은 동네 악동들의 놀림감이 될 조건을 두루 갖추고 있었다. 게다가 아이들은 어른들의, 천 씨 집안에 대한 비하의 태도를 눈치 빠르게 배우고 난 뒤였다.

"술 한 잔 묵고 폴 하나 떼 묵고, 술 두 잔 묵고 다리 하나 떼 묵고……. 외팔이는 술고래, 외팔이 딸도 술고래……."

아이들은 기숙이 지나가는 길목을 노렸다가 괴상한 곡조를 붙여 합창을 했다. 저만치 기숙의 모습이 보이면 한 놈이 나서서 한쪽 팔을 빼내 옷 안으로 집어넣고 빈 소맷자락을 과장되게 흔들면서 비틀걸음을 걸어 보이는 것이었다. 아이들은 기숙이 울음을 터뜨리거나 도망치기를 기대하며 더욱 그악스럽게 합창에 열을 올렸다. 그러나 아이들의 기대는 번번이 빗나갔다. 기숙은 언제나 그 여려 보이는 얼굴에 어울리지 않게 표독과 오기로 무장된 눈빛으로 오연하게 아이들 앞을 지나쳤다. 아이들을 싹 무시한다는 당돌한 태도였다.

그녀 자신으로선 필사적이었는지 모르지만, 그것이 더 나빴다. 기숙이 그럴수록 아이들의 장난은 상대적으로 더 악랄해졌다. 기숙이 만약 그때 울거나 도망침으로 해서 악동들의 기대에 부응해 주었더라면 그 놀이도 시들해져서 곧 그만두었을 게 분명했다. 그러나 기숙은 한 번도 아이들에게 항복한 적이 없었다.

"빨개이 딸 ××는 빨개. 빨간 건 사과. 사과는 맛있어. 맛있는 건……."

악동들의 놀림 말이 이렇게 바뀐 것은 어른들의 이야기를 우연히 주워들은 한 아이의 입을 통해 천 씨가 빨갱이였었다는 놀라운 사실이 알려지고 난 뒤부터였다.

"외팔이 천 씨가 말다. 옛날에 말다. 빨개이라 카더라. 육이오 때 말다. 사람도 잡아 묵었다 안 카나."

자기만 안다는 자랑스러움이 팽팽한 얼굴로 그 아이는 눈까지 휘둥그렇게 굴렀다. 아이들은 당장 탐욕스런 호기심의 눈빛을 빛내며 그 아이를 에워쌌다.

"억만이 저 새끼 또 풍까는 거 아이가."

평소에 허풍기가 있는 처음 아이의 말에 다른 아이가 미심쩍어했다.

"아이다. 참말이라 카이. 우리 삼촌이 글 카더라."

그 아이는 면서기인 삼촌을 끌어댐으로써 자신의 말이 사실임을 강하게 뒷받침했다. 그리고 천 씨가 국군의 총에 팔을 날려 버리고 감옥까지 갔다 왔다는 사실까지 까발렸다. 아이들의 얼굴에 회심의 미소가 떠올랐다. 이번에야말로 고 당돌한 기숙이 계집애를 항복시킬 절호의 기회가 온 것이었다.

"빨개이 딸 ××는 빨개……."

아이들은 빨갱이라는 말 속에 담겨 있는 그 엄청난 의미도 이해하지 못하면서 기숙의 앞에서 기를 쓰고 합창했다. 그땐 그 무엇이 아이들을 그렇게 악착스럽게 만들었을까. 아이들의 예상은 적중했다. 처음에는 달라진 곡조의 의미를 미처 깨닫지 못해 뜨악한 표정을 짓고 있던 기숙이 갑자기 울면서 개울가의 느티나무 숲 속으로 달아나기 시작했다. 아이들의 짓궂은 웃음소리와 더욱 높아진 합창

소리가 기숙의 뒤를 따라갔다.

기숙을 그런 아이들의 집단적인 폭력에서 보호하고자 애썼던 유일한 아이는 영훈이었다. 집단에 대한 반역은 예나 지금이나 소외의 위험성을 수반하는 것이지만, 그때는 급장이란 위치와, 공부를 잘한다는 아이들 사이의 절대적 조건에 힘입은 탓인지 그런 곤란에 처한 경우는 없었다.

그런 저런 이유로 기숙이 영훈에게 보이는 친밀감은 특별한 것이었다. 숙제를 같이 한다는 핑계로 영훈의 공부방을 무시로 드나들었고, 영훈의 앞에서는 평소의 말수적음을 보충이나 하듯이 수다스러워지기도 했고 곧잘 희고 고른 이를 드러내며 웃기도 했다. 덕분에 학교의 변소 벽에 남녀의 성기를 괴상하게 강조한 추상화와 함께 '영훈이는 기숙이와 뺙쳤다.'라는 고약한 낙서가 대서특필되기도 했지만.

"어때? 미국에서는 행복한 거야?"

엷은 술기운이 기숙의 두 볼을 봉숭아 꽃물로 물들여 놓았다.

"행복? 글쎄……. 너 보기엔 어때?"

"행복하겠지. 그러지 못할 이유가 어딨어. 건강하고 돈 잘 버는 남편 있겠다. 귀여운 아이들 있겠다. 거기다 세계 최고의 나라 아메리카의 시민이겠다. 안 그래?"

"빈정대는구나, 너……. 그래, 네 말대로 대체로 행복한 편이야. 하지만 모르겠어. 이게 행복이란 건지. 옛날엔 내가 이런 생활을 얼마나 꿈꾸었는지 아니? 최소한 남에게 얕잡아 보이지 않을 만큼의 삶을 누리는 것. 그래서 날 괄시하고 천대했던 사람들에게 보란 듯이 사는 것. 그것이 내 꿈의 전부였어. 그리고 난 그 꿈을 어쨌든 이루었다고 생각해. 그렇게 대단하진 않지만 남편은 부자야……. 하지만 살다 보면 가끔씩 허전하고 어딘가 구멍이 뚫려 있는 느낌이 들거든. 꼭 뭔가 분명히 할 일이 있는데 무언가 도통 생각이 나지 않을 때처럼 멍해질 때가 있어."

"엄살 같은데?"

"후후, 그래 엄살인지도 몰라."

기숙이 입을 오무리고 낮게 웃었다.

"……."

"……."

잠시 어색한 침묵이 왔다. 취기가 서서히 온몸으로 퍼지고 있었다.

만약 당신이 떠나신다면, 이 여름날, 햇빛 밝은 날, 당신이 만약 떠나신다면, 떠나신다면, 떠나신다면…….

실비 바르땅이 애잔한 목소리로 절규하고 있었다.

"아까 내가 한 말……."

"?"

"리차드를 처음 만난 이야기 말야. 그건 거짓말이야."

"짐작했어."

취기가 머리 쪽으로 몰려들었다.

……그러나 당신이 머물러 주신다면 나는 하늘로 뛰어올라 태양을 잡을 수 있겠습니다…….

"……지금도 김포공항 대합실이나 이태원 미군 부대 근처를 가봐. 할 일 없이 그 근처를 배회하는 여자애들이 얼마나 많은지. 그 애들의 목적이 뭔지 아니? 그 애들은 괜찮아 보이는 외국인들에게 접근할 기회를 노리고 있는 거야. 외국인 중에서도 미국인이 인기가 좋지. 그 애들의 꿈은 외국인 하나를 물어서 함께 외국으로 나가는 것이야. 한 마디로 외국병이 단단히 든 애들이지. 이 땅을 떠나지 못해 환장을 한 애들 말야. 이민이다 해외 취업이다 하는 방법도 있지만 조건이 까다로워 일정한 돈도 기술도 없는 그 애들에겐 그림의 떡이거든. 그래서 그 애들은 그런 방법을 택하는 거야. 나도 한때 그 애들 중의 하나였어. 이 땅을……, 이 땅을 떠나고 싶어서 미칠 지경이었어. 내가 누군지 우리 아버지가 누군지 우리 집안이 어떤 집안인지 아무도 모르는 땅으로 도망치고 싶었어."

"그게 유일한 방법이라고 생각했니?"

"넌 내 심정 잘 몰라……. 깨놓고 말해서 이 땅이 내게 준 게 뭐가 있니? 외팔이, 빨갱이 딸, 잔치 음식 찌꺼기로 연명하던 그 가난, 아버지의 그 지겨운 술주정, 신원조회 때문에 면서기 시험도 못 친 오빠는 또 어떻구……. 외국인과 결혼하는 게 뭐가 나빠. 검둥이면 또 어떻다는 거야. 날 양갈보라고 욕하는 사람들. 그 사람들이 내게 뭘 해줬다고……."

"외국인과 결혼했다는 게 문제가 아냐. 국제결혼이야 요즘은 흔한 일 아니겠어? 다만 도망친다는 식의 너의 그런 심적 태도를 욕하는 것이겠지."

"욕할 테면 하라지. 그래도 난 운이 좋은 편이었어, 보다시피 내 꿈을 이루었잖니? 아니, 운이 좋았다기보다 영리하게 굴었지. 그 외국병 때문에 정말 골병든 애들이 한둘이 아냐. 한두 달 노리갯감으로 희롱당하다가 걷어채인 여자애들이 공항에서 울고불고 매달리는 광경도 보았어. 결혼 약속까지 받고 외국에 따라 나가 보니 본처가 시퍼렇게 두 눈 뜨고 있어 그 이역만리에 버려지는 애들도 있다더군. 난 그 애들이 실패한 원인이 콧대 높은 백인들을 상대했기 때문인 것을 알아챘지. 그래서 흑인을 붙잡기로 한 거야. 그리고 성공했어……."

"용의주도했군."

"자꾸 빈정대지마. 너까지……."

"넌 네 나름대로 이 땅을 떠나고 싶었던 이유를 들고 있지만, 내가 보기엔 네 허영심을 그런 식으로 합리화시키고 있는 것 같은데? 그런 이유로 고향을 버리기도 한다면 누군들……."

영훈은 자신의 상투적 도덕성에 엷은 혐오를 느꼈다.

"넌 몰라. 그것들이 내게는 얼마나 깊고 큰 상처였던가를."

"그래 그 잘난 미국 돈, 고향에 가서 쓰는 재미가 어떻던? 모두 널 우러러봐 주던?"

영훈은 터무니없이 증폭된 자신의 분노가 기숙에게로가 아니라 바로 자신에게로 향해 있음을 깨달았다.

"그만해. 너랑 싸우고 싶지 않아."

"그래, 그만두자, 오랜만에 만나서 고작 이런 이야기라니."

영훈은 독한 양주를 꿀꺽꿀꺽 소리 내어 마셨다.

얼마나 더 살아야 사람들은 자유롭게 될까요. 얼마나 더 세월이 흘러야 저 섬이 뭍이 될까요…….

무슨 이유에선지 오랫동안 국내에서 방송금지 되었다가 최근에야 해금된 외국가수가 쉬어빠진 목소리로 노래하고 있었다. 섬은 육지가 되지 않는다. 이 친구야. 그런 꿈은 이 땅에서 금지된 지 오래야.

"여긴 유형의 섬 같군요, 우린 유배인 부부이구……."

처음 섬으로 부임하던 날은 때늦은 만설이 흰나비 떼처럼 청남빛 바다 위로 지고 있었다. 섬나루를 내려서며 아내가 그렇게 말하곤 웃었다. 그땐 그런 여유도 있었다.

'나를 여기로 보낸 세력의 뜻대로 나는 이 섬에 구속되지 않으리

라. 오히려 이 섬에서 보다 자유로워지리라.'

교무실 창문 너머로 운동장에 꽃잎처럼 흩날리는 눈발을 내다보며 오기의 칼날을 세우기도 했었다.

허나 지금은 어떤가.

문득 안호주머니에 들어 있는 사표의 무게가 육중하게 되살아났다. 이번 종업식 때까지 끝내 영훈은 그것을 교장에게 제출하지 못했었다.

"난 뭐 쉬웠는 줄 아니? 얼마나, 얼마나 오고 싶었는지……. 식구들 생각 얼마나 한 줄 아니……?"

갑자기 기숙의 어깨가 가늘게 떨리기 시작했다. 두 손으로 모아쥔 유리잔을 응시하는 그 큰 두 눈에 잠잠히 물기가 어려 들고 있었다. 가슴이 다시 황량해져 왔다. 사방에서 자신을 당기고 있던 끈들이 한꺼번에 다 풀려 나가는 기분이었다. 머릿속에서 바람 소리가 윙윙거렸다. 너도 멀리 가지 못했구나. 새처럼 훨훨 날아가지 못했구나.

……얼마나 더 살아야 사람들은 자유롭게 될까요. 얼마나 더 바다를 날으면 비둘기는 쉴 수 있을까요, 친구여, 묻지 말아요. 오직 바람만이 알고 있답니다…….

영훈은 천천히 자리에서 일어나 기숙의 등 뒤로 돌아갔다. 그리고 들썩이는 기숙의 어깨를 두 손으로 가만히 감싸 쥐었다. 그 옛날 언젠가처럼. 먼 훗날, 막막한 아메리카 대륙의 어느 한 귀퉁이에서 아프리카 토인의 후예, 검은 피부의 손자와 손녀에게 햄버거를 만들어 먹이며, 외팔이에다 빨갱이였던 자신의 아버지 이야기를 회한어린 목소리로 들려주는 동양 노파의 모습이 아프게 눈앞에 떠올랐다.

"……식구들 생각이 날 때마다 리차드 몰래 혼자서 얼마나 울었는지 아니? 첫 아이를 낳았을 때 병원 침대에서 펑펑 울고 있는 나를 시부모님들이 위로해 줬지. 함께 울면서 말야. 아는 이 하나 없는 그 낯선 땅에서 뿌리내리고 산다는 게 쉬운 일만은 아니었어. 한국 생각이 날 때마다 L.A로 달려갔단다. 한국 식당에서 불고기와 김치를 실컷 먹고 나면 마음이 가라앉곤 했거든. 처음엔 꿈만 꾸면 죄다 한국 꿈이었어. 그것도 주로 바짓골에서 아이들과 소 치던 일이며 개울에서 미역 감던 일, 오빠가 들몰댁 할머니 집의 단감 따주던 일, 엄마랑 부엌에 군불 때던 일하며 아이들이 날 놀리던 일……. 맨 그런 것이었어. 참 네 꿈도 자주 꾸었어. 넌 언제나 웃으며 내게 장난을 쳐 오곤 했어. ……한 번은 동구 밖에서 노는데 엄마가 지나가는 거야. 내가 아무리 불러도 엄마는 돌아보지도 않고 자꾸만 어디론가 가고 있었어. 나중엔 내가 소리소리 지르며 쫓아가도 엄마는 자꾸만 멀어져 가지 않겠니. 더 열심히 달려가고 싶었지만 다리가 말을 듣지 않는 거야. 꼭 고무다리처럼 앞으로 내뻗어지질 않아. 얼마나 안타까웠던지 꿈속에서 마구 울다가 잠이 깼지 뭐니. 깜깜한 한밤중이었어. 침대에 엎드려 또 한참을 울었다. 오죽하면 리차드가 날 울보라고 놀렸겠니. 그런데 참 이상하지. 아버지 꿈도 가끔 꾸는데 전혀 생전의 아버지 같지 않았어. 두 팔도 멀쩡하고 늘 먼발치에서 날 향해 빙긋빙긋 웃고 있는 거야. 난 그런 아버지의 모습은 한 번도 본 적이 없는데 말야……."

기숙의 말은 혼잣말 투로 변해 갔다. 영훈은 기숙의 등 뒤에서 망연히 듣고 있었다. 가슴께에 묵직한 통증 같은 게 몰려왔다. 그것은 서러움 같기도 하고 연민 같기도 한 아픔이었다. 아니면 그것들이 함께 버무러진 무엇이었다. 그것은 유년시절 잔칫집 마당에서 결박당한 돼지를 향해 도끼를 치켜들고 있을 때의 천 씨의 눈빛에서 받왔던 적이 있는 거의 감동에 가까운 안타까움이었다.

갑자기 탁자 위에 놓인 전화통이 귀뚜라미 소리로 울었다. 기숙이 눈가의 물기를 지우고 송수화기를 들었다. 기숙의 영어 발음이 신기할 정도로 현란했다.

"리차드야, 시내에서 데모 때문에 꼼짝없이 차 안에 갇혔다가 이제 출발한다지 뭐니. 어떡해, 미안해서……."

기숙은 울상을 지어 보였다. 영훈은 실소를 지었다. 이제 가야 할 시간이었다.

'네가 미안해 할 건 없어. 어쩌면 리차드가 이 자리에 오지 못한 이유나 네가 한국을 떠난 이유나 또 한국으로 쉽게 오지 못하는 이유가 같은 것일 지도 모르니까.'

영훈은 속으로 기숙에게 천천히 속삭였다.

"한국에선 데모가 왜 이리 심한 거야? 저쪽에서 어쩌다 한국 소식 들으면 불안해 죽겠어."

기숙이 다시 자리에 앉으며 물었다.

"산고야."

"?"

"애 낳는 고통이라구, 진통이 너무 오래 계속되었지만……."

기숙이 무슨 말인지 모르겠다는 표정으로 영훈의 얼굴만 건너다 보았다.

"뭘 낳는데?"

"희망."

기숙은 더 모르겠다는 표정이었다.

"그래, 불안이 아니라 희망이야."

그러나 그렇게 말하면서도 영훈은 자신이 없었다. 그 말이 맞는 것인지…….

에프엠의 음악 방송이 여전히 실내를 흐르고 있었다.

……얼마나 더 우러러보아야 사람들은 푸른 하늘을 볼 수 있을까요? 얼마나 더 많은 귀가 있어야 사람들은 울음소리를 들을 수 있을까요? 얼마나 더 길을 가야지만 사람들은 사람다워질까요? 얼마나 더 무참히 죽어가야지 사람들은 뉘우치게 될까요. 친구여, 묻지 말아요. 오직 바람만이 알고 있답니다…….

아파트의 광장엔 겨울바람이 떼지어 몰려다니며 전투수행 중이었다. 창문마다 불빛을 보듬고 사람들은 층층이 밤을 준비하고 있었다.

"잘 가. 언제 또 볼 수 있겠니."

아파트 입구까지 따라 나온 기숙이 손을 내밀었다.

"살아 있으면……."

영훈은 기숙의 야윈 손을 마주 잡았다. 가게의 불빛에 드러난 기숙의 얼굴에는 짙은 음영이 내려 있었다. 기숙의 뒷모습이 가로등 너머의 어둠 속으로 사라지고 난 후에도 영훈은 오래 그 자리에 서 있었다.

정류장을 향해 돌아서기 전에, 영훈은 안주머니에서 사표가 든 봉투를 꺼내어 잘게 찢었다. 그리고 어두운 허공에 날려 보냈다. 어둠이 바람과 공모하여 종이 조각들을 쉽게 삼켜버렸다.

영훈은 차가운 밤하늘에 사금파리처럼 흩뿌려진 별들을 올려다보았다.

이번 방학은 유난히 지루할 것만 같았다.

(1988년)

아
버
지
의

가
을

그해 가을, 한평생 합천의 산골 오지를 전전하던 아버지는 고향 마을의 초등학교 교장으로 재직 중이었다. 정년퇴임이 임박한 아버지로서는 고향마을이 마지막 임지로 선택되어진 것은 그나마 다행이었다.

아침 늦잠에서 깨어나 마루로 나오던 나는 방문 앞에서 멈칫 발목이 묶였다. 마루 끝에서 아버지가 마당가의 낮은 담장 너머로 추수가 끝난 텅 빈 들판을 하염없이 내려다보고 있었다. 무릎을 곧추세워 두 팔로 싸안은 소년 같은 자세로, 무슨 생각에 골똘히 빠져 있는 모습이었다. 불특정한 일점에 시선을 한껏 풀어놓고 넋이 멀리 달아나 버린 듯한 아버지의 그런 모습은 그즈음 들어 부쩍 자주 눈에 띄었다. 평소 말수가 적고 조용한 성품이긴 하지만 전에 없던 버릇이었다. 마당귀의 화단 앞에서, 아이들이 모두 돌아간 텅 빈 교정의 한 귀퉁이에서 아버지의 그런 궁상스런 모습을 발견할 때마다 나는 이유도 없이 가슴이 스산해지고 슬며시 짜증이 거품처럼 끓어오르곤 했다.

나는 일부러 발소리를 크게 하며 아버지의 곁으로 다가섰다. 그러나 아버지는 전혀 알아채지 못한 기색으로 여전히 그 자세를 풀지 않았다. 아버지의 얼굴이 비스듬히 내려다보였다. 반백을 훨씬 넘어선 머리카락이 바람결에 흐트러져 있었다. 이마와 눈가의 굵은 주름살이 예순넷이라는 나이보다 아버지를 더 늙어 보이게 하고 있었다.

아득하게 뻗어나간 아버지의 시선을 따라 눈을 주었다. 언덕바지에 자리한 학교 사택은 탁 트인 전망이 좋다. 들판엔 바람이 가을을 몰아다가 사방에 온통 뿌려놓고 있었다. 담장 너머로 바로 계단식 논들이 펼쳐져 있고, 논에는 벼 그루터기들이 잘려나간 황금빛 꿈을 잠재우고 있었다. 들판의 먼 귀퉁이에서 아이들이 볏짚을 태우는 연기가 피어오르다 바람에 눕고 있었다.

논이 끝나는 곳에서, 황강으로 흘러드는 개울이 가로질러 누워 있다. 말이 개울이지 홍수가 져야만 황톳물을 흘려보내 제 구실을 할 뿐 평소엔 그저 긴 모래사장처럼 보이는 숨은 내이다. 개울 양쪽엔 낮은 둑을 따라 행군하는 병사들처럼 길게 늘어선 키 큰 버드나무들이 심술기가 잔뜩 든 바람에 고개를 숙인 채 가지들을 한쪽으로 모아 노란 잎들을 한 보자기씩 풀어 내렸다. 개울 건너편으론 낮은 야산들이 온몸을 태우는 단풍들로 붉은 울음을 울며 겹겹이 엎드렸다.

멀리 개울이 둑을 겸한 찻길을 데리고 사라지는 산모퉁이 왼편으로 버드나무 숲이 떠올라 있고, 그 너머로 황강의 백사장이 죽어 나자빠진 뱀의 허연 뱃가죽처럼 휘돌아 누웠다. 용문정 쪽의 높은 봉우리들은 온몸에 연보랏빛 정기를 두르고, 울끈불끈 거칠게 튀어나온 등허리에 햇빛을 받으며 늙은 장군들처럼 서 있다.

아버지의 시선은 바람 속에서 낙엽을 털고 서 있는, 둑 위의 버드나무에 고정되어 있었다. 나는 말을 붙여 그 무아경으로부터 아버지를 두들겨 깨우고 싶은 충동이 일었지만 아버지의 눈길의 그 깊이에 압도되어 말없이 슬리퍼만 요란하게 끌며 뒷간으로 향했다. 사택 뒷산에는 참나무 숲이 집을 감싸듯 둘러서 있다. 바람이 불 때마다 황금빛 잎들이 와수수 떨어져 내렸다. 가을은 황금빛으로 익은 슬픔이었다.

나는 뒷간 문 앞에 수북이 쌓인 낙엽들을 발로 쓸어 내며 일주일 전에 날아든 입대영장을 생각했다.

3년 동안의 대학시절은 황금빛 절망이었다. 나는 언어학에도, 문학에도 절망했다. 전투경찰을 향해 화염병과 돌을 던지며 절망했고 절망하는 나 자신에게도 절망했다. 절망은 권태를 낳고 권태는 더 큰 절망을 요구했다. 그리하여 가장 큰 절망을 찾아 군대엘 가자는 심정으로 휴학계를 제출하고 하숙 짐을 챙겨 집으로 올라와 버렸다.

그러나 막상 영장이 떨어지자 기분이 묘하게 착잡했다. 어째 좀 억울하기도 했다. 제대하면 스물여섯, 몇 년 비비적대다 보면 서른, 내 청춘이 여기서 끝나는 게 아닌가 싶기도 해서 영 오줌발이 서질 않았다.

밤에 마을로 내려갔다. 같이 영장을 받고 도회지에서 올라와 집 구석에 빈둥거리며 입대 날짜를 기다리고 있는 동기 몇 놈을 술집으로 유인했다. 그리고 형편없이 취했다. 우리는 꼭 그렇게 해야만 할 이유라도 있는 양, 아니면 그것이 무슨 보상이라도 되는 듯이 젓가락이 부러져라 상머리를 쳐대며, 필사적으로 악을 써대며 흘러간 옛 노래를 불렀다. 그러자 정말 우리의 청춘이 흘러간 옛 노래를 타고 흘러가는 느낌이 들어 더욱 더 악을 써대며 취기에 잠긴 목젖을

학대했다.

녀석들과 헤어져 비틀걸음으로 사택으로 돌아올 때 운동장엔 달빛이 가득 쌓여 있었다. 나는 용문정 산봉우리 위에 등불처럼 활짝 핀 보름달을 올려다보며 저 달이 눈썹만큼 가늘어지면 머리를 박박 깎고 훈련소로 끌려가야 한다는 생각에 죄 없는 달을 향해 욕지거리를 퍼부었다. 그러다 나는 운동장의 조례용 교단 위에 오똑하니 앉아 있는 희끄무레한 물체를 발견하고 우뚝 걸음을 멈추었다. 그리고 조심스럽게 다가가 보았다. 아버지였다. 아버지는 운동장 조례 시마다 당신이 서서 훈시를 하는 교단에 동상처럼 오도카니 앉아 있었다. 달빛을 받은 아버지의 얼굴이 어둠 위에 푸르게 떠올라 보였다. 나는 곧 가슴이 서늘해져 왔고 버릇처럼 짜증이 일었다. 나의 짜증에는 이유가 없었다.

집으로 돌아오는 모퉁이에서 돌아다보았다. 아버지는 여전히 달빛 속에서 꼼짝도 없이 돌처럼 앉아 있었다. 무슨 청승이람. 나는 담장 밑에서 달빛을 받으며 고개를 숙이고 있는 핏빛 샐비어를 발길로 힘껏 걷어찼다.

스피커 소리가 늦잠으로부터 나를 깨웠다. 일주일마다 한 번씩 있는 운동장 조례가 한창 진행 중인 모양이었다. 이윽고 금속성으로 변질되어 흘러나오는, 목이 쉰 듯하면서도 카랑카랑한 기운이 아직도 남아 있는 아버지의 훈시 목소리가 들려왔다. 그 소리는 너른 운동장을 건너가 용문정의 봉우리에 반사되어 청정한 메아리로 되돌아왔다. 나는 이부자리에 그대로 누운 채 아버지의 목소리에 귀를 기울였다. 갑자기 골치가 지끈거려 왔다. 어젯밤에 퍼마신 막걸리의 주취가 되살아났다. 평소의 말수 적음을 보상이라도 하듯 아버지의 연설은 다변적이고 힘차고 거침이 없다. 말을 더듬는다거나 중간에 끊는 법도 없으며 그렇다고 서투른 웅변가처럼 과장적이지도 않다. 그런 아버지의 음성을 듣고 있노라면 당신의 사십 년 가까운 교직생활의 연륜과 교장으로서의 권위를 느끼게 된다.

어렸을 때 나는 아버지를 얼마나 자랑스럽게 생각했던가. 대부분 농사꾼의 아버지를 둔 친구들에게 내가 느끼던 우월감을 나는 지금도 부끄럽게 기억한다. 아버지가 학교 선생님이란 그 사실만으로도 어린 나는 충분히 행복할 수 있었다. 그 아름다웠던 전설의 시절이여.

가두시위를 벌이다 붙들려 들어가 유치장에서 일주일 동안 오리걸음을 기다가 풀려 나왔을 때 아버지는 경찰서 정문에서 초조하게 서성이며 나를 기다리고 있었다. 그때 회색 코트에 싸인 아버지의 키 작은 몸매가 왜 그렇게 눈물겹도록 초라하게 보였을까.

그날 국밥집에서 아버지는 소주를 시켜 들며 괜히 허둥대는 눈치였다. 나는 앞에 놓인 설렁탕 사발을 멀거니 내려다보고만 있었다.

"나서지 말아라. 모난 돌이 정 맞는 법이다……. 역사란 것도 별 것 아니다. 그건 힘 있는 자들 편으로 훨씬 더 자주 기우는 풍향계 같은 거다. 그건 그것대로 흘러가게 내버려두어라. 네가 나선다고 해서 그 방향이 달라지는 것도 아니고……."

아버지는 땀까지 흘려가며 매우 힘들게 말했다.

'아닙니다. 아버지. 그냥 두면 역사는 더욱더 그들 편으로 기웁니다. 그리하여 좌초하고 맙니다. 우리에게 필요한 건 그 좌초를 제어할 방향타 같은 것입니다.'

나는 속으로 그렇게 중얼거렸으나, 끝내 입을 열지 못했다. 설렁탕의 허연 국물 위로 '비애'가 둥둥 떠다녔다. 그래, 그것은 비애였다. 아주 지독한 동물적인 비애. 그때 왜 갑자기 아버지와 내가 두 마리의 짐승이 되어 깊은 산 속의 동굴 속에 들어앉아 있다는 느낌이 들었을까. 역사도 시간도 언어도 현실도 없는 적막한 동굴. 나는 비로소 내가 투쟁의 자질이라곤 겨자씨만큼도 없는 얼치기 운동가에 지나지 않는다는 사실을 깨달았다.

찢어지게 가난한, 몰락한 양반의 집에서 태어나 어릴 때 어깨너머로 배운 변변찮은 한학을 지팡이 삼아 순전히 독학으로 교원 자격증을 따냈다는 아버지. 일찍 세상을 떠난 할아버지가 남겨 놓은 네 동생을 거느리고 일제시대와 6·25의 험한 세상을 건너온 아버지이고 보면, 역사에의 참여는 고사하고 그 역사 속에 살아남기에도 힘겨웠으리라. 아버지 세대의 이 세상 아버지들이 대개 그랬던 것처럼. 게다가 산골 선생의 그 박봉으로 우리 네 남매를 대학까지 졸업시킨 당신의 그 신산스런 삶이야…….

운동장에선 아버지의 훈시 소리가 아직도 계속되고 있었다. 그러나 그것은 오늘따라 왠지 공허하게 들렸다. 다시 뒷골이 당겨왔다.

"작작 좀 퍼마시거라."

꿀물을 청하자 어머니는 혀를 끌끌 찼다.

오후에 뒷산에서 기숙과 만났다. 기숙은 서울에서 회사생활을 하다 건강을 해쳐 고향에 내려와 있는 동기 계집애 중의 하나였다. 뒷산 숲속은 온통 황금빛으로 치장된 궁전이었다. 키 큰 참나무들의 잎들이 하늘을 휘장처럼 가렸고, 그 휘장 사이로 햇빛이 비쳐 들어 숲속을 휘황한 황금색으로 물들여 놓았다. 발밑에 쌓인 낙엽들이 걸을 때마다 버석버석 기분 좋은 비명소리를 냈다. 떨어지는 낙엽 하나가 기숙의 긴 머리 위에 앉았다. 나는 그것을 집어내어 기숙의 뺨을 간질였다. 기숙은 몸을 움츠리며 킬킬거리고 웃었다. 기숙의 뺨이 연한 주황빛으로 물들어 있었다. 기숙은 낙엽을 한 움큼 쥐어서 내 얼굴을 향해 던졌다. 나는 낙엽을 한 아름 끌어 모아 기숙의 머리 위에다 쏟아부었다. 낙엽에 파묻혀 기숙이 소리 높여 웃었다. 기숙의 웃음소리가 숲속을 흔들며 퍼져 나갔다.

너럭바위를 향해 올라갔다. 오리목 가지 사이로 바위가 내다보이는 지점에서 우리는 화들짝 놀라 걸음을 멈추었다. 너럭바위를 먼저 차지하고 있는 사람이 있었다. 아버지였다. 우리는 얼른 참나무 둥치 뒤로 숨었다. 아버지는 바위 위에 앉아 일정한 초점이 없는 듯한 예의 그 시선을 숲속으로 하염없이 풀어 놓고 있었다. 내 뒤에 숨은 기숙이 낮게 킥킥 웃었다. 이 계집애는 참 잘도 웃는다. 기숙이 내 소맷자락을 잡아끌었다. 우리는 오던 길을 되짚어 내려갔다.

나는 낙엽이 무릎까지 쌓인 도린곁에 이르러 아버지를 잊어버리고 다시 기숙에게 몰두했다. 기숙의 손을 끌어당겼다. 그녀는 가볍게 끌려왔다. 입술에 감촉되는 기숙의 머리카락은 부드러웠다. 눈아래 기숙의 입술이 꽃잎처럼 떠올라 있었다. 기숙의 턱을 가볍게 들어 올렸다. 그녀는 벌써 눈을 감고 있었다. 꽃잎에서는 달착지근하고 비린 맛이 났다. 꽃잎은 민감했다. 내 혀의 조그만 움직임에도 섬세한 반응을 보여 왔다. 나는 그 반응 속으로 아득히 빠져들었다.

갑자기 기숙이 가슴을 떠밀며 떨어져 나갔다. 나는 영문을 몰라 멀뚱히 그녀를 쳐다보았다. 기숙이 눈짓으로 위쪽을 가리켰다. 낙엽을 밟는 발자국 소리가 들리고 참나무 둥치 사이로 가렸다 보였다 하며 아버지가 내려오고 있었다. 우리는 몸을 잔뜩 움츠리고 숨을 죽였다. 아버지는 우리를 보지 못하였는지 보고도 못 본 체하는 것인지 뒷짐을 지고 발밑에만 시선을 꽂은 채 우리 옆을 스쳐 천천히 내려갔다. 아버지의 꾸부정한 등이 숲에 가려 시야에서 사라졌을 때 우리는 몸을 일으켰다.

기숙이 다시 낙엽을 모아 나를 향해 던졌고 나는 다시 아버지를 잊어버렸다. 나는 젊디젊었고 조만간 입대할 몸이었다. 기숙의 고무공처럼 탄력 있는 웃음소리가 다시 숲을 흔들었다.

산을 내려와 기숙과 헤어졌을 때는 용문정 봉우리의 그림자가 운동장을 반나마 덮고 있었다. 운동회 전날이라 운동장엔 벌써 만국기가 높이 걸렸고 공차는 재미에 빠져 집에 돌아가길 잊어버릴 동네 조무래기들의 고함소리가 솟아오른 새하얀 공과 함께 푸른 가을 하늘로 퍼져 올랐다. 대부분 읍내에 사는 선생님들도 모두 빠져나간 시골 초등학교 오후의 이 한가로움.

그러나 아버지는 그 한가로운 풍경에 이질적인 요소로 포함되어 있었다. 아버지는 전지가위를 들고 별로 웃자라지도 않은 정원수를 다듬기도 하고 모래판 옆의 철봉을 흔들어 보기도 하고 그네의 줄도 당겨 보며 운동장 가를 돌고 있었다. 내일 행사를 앞두고 학교 시설과 준비상태를 점검하는 것이라면 충분히 이해가 가는 장면이었다. 그러나 아버지는 한 번으로 족할 그 일을 몇 번이고 반복하고 있었다. 똑같은 속도, 똑같은 동작으로 아까 확인한 철봉을 또 흔들어 보고 그넷줄도 다시 당겨 보고 또 일없이 교문 옆의 아름드리 느티나무 둥치를 쓰다듬어 보곤 했다. 나는 그 느릿느릿하면서 언제 끝날지 짐작할 수 없는 아버지의 무의미한 순회를 짜증스럽게 지켜보았다.

운동회 날은 쾌청했다. 가을 하늘은 눈이 시리게 푸르고 끝 간 데 없이 높았다. 시골에서 초등학교 운동회는 아직도 중요한 행사 중의 하나다. 대부분 농사꾼인 학부형들은 그해 햇곡식으로 장만한 먹거리 보퉁이를 이고 들고, 이 골짝 저 골짝에서 부락별로 몰려나와 아침부터 운동장 가에 자리를 잡는다. 거기다 한복을 곱게 차려

입고 중절모를 쓴 노인네들까지 구경삼아 행차하여 학교 운동장은 모처럼 북적대며 아연 활기를 띠게 마련이다. 운동회의 여러 프로그램 중에 사람들의 관심이 가장 많이 쏠리고 그 절정을 이루는 운동회의 꽃은 예나 지금이나 달리기 경기이다. 어쩌다 자식 놈이 달리기에 등수 안에 들어 공책 한 권이라도 따 오면 이 순박한 학부형들의 입은 함박만큼씩 벌어진다. 그러나 넘어지거나 뒤쳐져서 입상을 놓치기라도 하면 여기저기서 탄식이 흘러나오고 풀이 죽어 돌아오는 아이에게 구박을 놓기 일쑤다.

달리기엔 또 사제동행이란 경기가 인기가 높다. 본부석 앞에 선생님 이름이 적힌 종이가 주로(走路)마다 한 장씩 놓이고 반대편 출발선에서 달려온 아이들이 이곳에 이르러 종이를 주워 들고 선생님 이름을 크게 외치면 선생님들이 내달려 아이의 손을 잡고 골인 지점까지 달리는 경기이다. 미처 선생님을 찾지 못해 엉엉 우는 아이가 생기는가 하면 성질 급한 선생님은 아이를 달랑 업고 뛰기도 해 관중의 폭소를 자아낸다.

그 사제동행 경기가 시작되었다. 제일 먼저 달려온 아이가 교장 선생님을 소리 높여 외쳤다. 아버지는 당황한 듯 허둥지둥 본부석에서 달려 나왔다. 아이의 손을 잡고 선두로 달려가던 아버지는 그러나 중간쯤에서 그만 넘어지고 말았다. 아이가 오히려 딱하다는 몸짓으로 아버지를 부축해 일으켰다. 구경꾼들의 악의 없는 웃음이 두드러졌다. 꼴찌로 들어오는 아버지와 아이를 향해 학생들과 관중들이 요란하게 박수를 쳐 주었다. 아버지는 하늘을 향해 허허거리며 웃었다. 그날 아버지는 종일 매우 유쾌해 보였다.

"어화능~ 어화능~ 어화능차 어화능~"

"북망산이 멀다더니 대문 밖이 북망일세."

"어화능~ 어화능~ 어화능차 어화능~"

"이제 가면 언제 올꼬 서러워서 못 가겠네."

읍내 쪽에서 상여 한 채가 개울 둑길을 따라 와서 용문정 쪽으로 향하고 있었다. 아버지는 마루 끝에서 담배를 피우며 그쪽을 담담히 바라보고 있었다. 요령잡이와 상여꾼의 화답소리가 가을 햇살 속에 물결처럼 퍼졌다. 상여 뒤를 따르는 상객들의 형식적인 곡소리가 그 화답소리 사이사이에 끼어들어 이상하게도 훨씬 애조를 띠고 들려왔다. 그 소리들은 요령잡이의 요령소리를 기준으로 단조롭게 느릿느릿 반복되었다. 상여는 그 가락에 맞춰 율동적으로 흔들렸다. 상여를 덮고 있는 조잡스런 종이꽃이 전혀 천해 보이지 않고 버드나무 잎과 그 뒤 야산의 단풍의 배경과 퍽 조화되어 보였다. 상여는 정말 가기가 싫은 듯 앞뒤로 흔들리며 다리 앞에서 한참을 지체했다. 곡소리가 한층 높아졌다. 이윽고 개울을 건넌 상여는 둑 위에 도열한 버드나무의 호위를 받으며 긴 상객들의 행렬을 거느리고 천천히 움직여 갔다. 아버지는 상여가 산등성이를 넘어 사라질 때까지 지켜보면서 점차 아득한 눈길이 되어갔다. 꿈꾸듯 풀려 있는 그 눈빛. 아버지의 그 눈빛을 바라보며 나는 갑자기 참을 수 없는 구토증을 느꼈다. 급히 뒷간으로 달려가 신물을 게워 올렸다. 나의 토함에는 뚜렷한 이유가 없었다.

마을의 유일한 다방에 레지 아가씨가 새로 왔다는 정보를 입수했다. 다방 아가씨의 엉덩이가 얼마나 큰지 확인도 할 겸 동기 녀석들을 호출하기 위해 마을로 내려갔다. 그러나 나는 레지 아가씨 엉덩이의 크기를 측정하는 데 실패했다. 뜻밖에도 아버지가 마을 친척 어른 몇 사람과 함께 다방을 선점하고 있었다. 아버지는 한 팔로 아가씨의 어깨를 척 껴안고 술 취한 음성으로 뭔가 열심히 떠들고 있었다. 아가씨는 아버지를 향해 아양을 떨기에 바빴다. 다행히 이쪽으로 등을 보이고 있었으므로 나는 아버지를 무안하게 해주지 않아도 좋았다. 나는 곧장 돌아섰다. 친구 녀석들을 불러내는 것마저 포기하고 집으로 향하면서 속으로 낄낄거리며 웃었다. 아버지의 그런 모습은 생전 처음이었다. 왠지 기분이 썩 좋았다.

뒷산의 부엉이 울음소리와 와스랑거리는 마른 잎 소리를 들으며 루카치의 소설론을 뒤적이고 있는데 안방 쪽에서 술기운에 확 풀어진 음성으로 부르는 아버지의 노랫소리가 들려왔다. 아아 으악새 슬피 우우니 가을인가아아요 지나치인 그으 세에워으을이 나를 울립니다……우운다고 옛사랑이 오리요마아는……. 오늘도 걷는다 마아는……. 이런 과거지향적인 옛 노래를 끝도 없이 불러대는 것이 아버지의 오래된 술버릇 중의 하나였다. 거기에다 우리 남매들을 불러들여 나이 순대로 죽 도열시켜 놓고서……. 그럴 때면 지금은 모두 도회지에 나가 사는 형들이나 시집간 누나는 얌전히 꿇어앉아 그 노래를 끝까지 경청해야만 했다. 하지만 막내인 나는 그 도열에서 언제나 제외될 수 있었다. 나는 평소에 엄격하고 근엄하기만 하던 아버지가 갑자기 말이 많아지고 손으로 박자까지 맞춰가며 노랠 부르는 것이 여간 재미있지 않아서 아버지 옆에 붙어 앉아 손뼉을 치며 따라 부르곤 했다.

내가 그런 짓을 그만둔 것은 언제부터였을까.

내가 어렸을 때부터 보아왔던 아버지의 또 다른 고약한 술버릇의 하나는 주기가 심할 경우에 한해서이긴 하지만 어머니와 자주 다툰다는 것이었다. 아버지의 트집의 대부분은 늘 적자를 면치 못하던 가계 때문이 아니었나 싶다.

어느 땐 목침 등을 집어던져 가구를 박살내거나 밥상을 들어 엎는 심각한 양상으로까지 발전하기도 했다. 그럴 때의 아버지는 평소의 온화한 모습은 온데간데없이 영 딴 사람으로 표변했다. 어린 나와 손위 누이는 겁에 질려 울어대곤 했다. 그렇게 한바탕 난리를 쳐 어머니의 눈물을 쑥 뽑아 놓은 뒤에 아버지는 다시 흘러간 옛 노래 타령을 시작하는 것이었다.

철이 들기 시작하면서 그런 아버지의 술 주사가 나는 못 견디게 싫었다. 고등학교 2학년 여름방학이던가. 대학입시의 압박감을 서서히 느끼며 나는 사춘기에 접어들어 있었다. 나 자신에게나 타인에게나 이 세상에 대해서 완벽하기를 요구하며 어설프게 깔끔을 떨던 시절이었다. 그날도 아버지는 읍내에서 만취되어 밤늦게 돌아왔다. 그리고 어머니와 고성의 대거리를 주고받기 시작했다. 그날따라 평소보다 그 정도가 격했다. 잠시 후 무엇이 깨지는 소리와 함께 어머니의 비명소리가 들렸다. 급히 안방으로 달려갔을 때, 아버지가 잘못 던진 재떨이가 어머니의 이마를 피로 물들여 놓고 있었다. 아버지는 취중에서도 당황하는 빛이 역력했으나, 나는 도무지 억제할 수 없는 분노에 몸을 떨며 벌떡 일어섰다. 그리고는 안방문의 미닫이 문살을 모조리 때려 부수고 집을 뛰쳐나갔다. 그날 나는 처음으로 담배를 피웠다.

그 패륜의 덕분으로 나는 맏형으로부터 엉덩이에 불이 나도록 장작개비로 얻어맞았다. 그러나 그때 형의 그 매질이 왜 조금도 아프지 않았는지 지금도 알 수가 없다.

그 소동 이후 아버지는 아무리 대취한 경우라도 적어도 내가 보는 앞에서는 다시 그런 술 주사를 되풀이하지 않았다. 그러나 이상하게도 아버지의 그런 자제가 나를 오히려 서글프게 했고 갈수록 아버지에게 깊은 죄책감을 갖게 했다.

언젠가 아버지가 할아버지 이야기를 해 준 적이 있었다. 아버지가 할아버지에 대해 언급하는 일은 매우 드물었다. 우리도 사진으로라도 얼굴 한 번 뵌 적 없는 할아버지에 대해 구태여 물어본 적도 없었다. 그날도 무슨 이야기 끝에선가 우연히 할아버지 이야기가 나왔을 뿐이었다.

"참 무책임한 양반이셨지. 한평생 만주로 중국으로 일본으로 떠돌아다니면서 우리 어머닐 생과부 고생 시키셨지. 무슨 독립 운동을 했다는 말도 있지만 글쎄다. 확인된 바도 없고 워낙 바람 같은 분이라서⋯⋯. 그러다가 객지에서 죽을병이 들어서야 고향으로 돌아와선 어린 나와 너희들 할머니께 자신의 짐을 대신 지워 놓고 덜컥 세상을 떠나 버리신 거야. 염치도 좋은 분이셨지 뭐냐⋯⋯. 이 애빈 이날 이때까지 너희들 할아버지를 미워했었다. 아버지가 조금만 돌보아 주었어도 내가 이 고생은 하지 않았을 거란 생각이 한평생 머리를 떠나지 않았거든⋯⋯. 하지만 요즘은 생각이 달라. 우리 아버지도 최선을 다해 자신의 삶을 살았을 거란 생각이 자꾸 들어. ⋯⋯내가 늙긴 늙었는지 그런 생각이 자꾸 들거든."

따지고 보면 할아버지가 아버지에게 남겨준 중압감, 평생을 따라다니며 내리누르는 그 살아남아야 한다는 강박감, 그것에서 일시적으로나마 벗어나고 싶다는 생각이 취중의 무의식으로 표출된 것이 아버지의 술 주사가 아니었는지 모를 일이었다.

입대하던 날 그렇게도 만류했는데도 아버지는 기어코 집결지인 진주의 역까지 따라 나왔다. 입영 기차의 창밖으로 친구 녀석들이 몰려서서 손을 흔들어 주었다. 친구들의 저만치 뒤편에 아버지는 우두커니 서서 이쪽을 바라보고 서 있었다. 기숙은 훨씬 더 뒤편에 아무도 몰래 비켜서서 손수건으로 눈물을 찍어내고 있었다. 애인이

군에 갈 때 우는 여자는 틀림없이 고무신을 거꾸로 신는다나. 제대 했을 때쯤이면 그녀는 어느 놈팽이과 결혼을 해 아이를 들쳐 업은 아줌마가 되어 있을지도 모른다.

기차가 출발하기 직전에 나는 창문으로 목을 길게 빼내 아버지를 향해 '다녀오겠습니다.'라고 외쳤다. 아버지는 황급히 손을 흔들어 보였다. 그때 전혀 예상치도 못하게 울컥 눈물이 솟구쳤음은 왜였을까. 그것이 아버지와 나 사이의 이 세상 마지막 인사가 될 줄을 미리 예감하였던 것일까.

기차는 군대라는 미지의 세계를 향해 흘러갔다. 흘러 간 것과 흘러 갈 것의 접점을 흐르고 있는 것이 인생이다. 인생은 결국 하나의 흐름이다. 아버지에게 아들로 또 그 아들로 이어지는 그 흐름의 방향을 결정짓는 것은 측면애서 불어오는 바람일까 아니면 그 자신의 의지일까. 기차가 논산에 도착할 때까지 나는 그런 어줍잖은 생각의 끝을 좇고 있었던 듯싶다.

그러나 군대의 세월은 흐르지 않았다. 거긴 시간이 동결된 세계였고, 따라서 의식도 정지된 세계였다. 거긴 '나'가 죽은 죽음의 세계였다. '나'는 죽고 나의 동물적인 기능만이 살아 숨 쉬는 곳이었다. 그곳에서 나는 '나'를 죽였고 나란 짐승을 키웠다. 그것이 나에겐 편했다.

군대 생활의 닳아빠진 요령들을 하나씩 익혀가며 날마다 머플러에서 불꽃이 펑펑 튀는 고물 트럭을 타고 부식을 수령하려 510고지를 오르내리면서 나는 철저히 통속적이고 철저히 천박해지기 위해 노력했다. 그리하여 이 사회에 편입되기 위한 준비를 했다.

집으로부터 급보를 받은 것은 막 일병 진급을 하고 휴가 차례를 기다리고 있을 즈음이었다. 인사계 행정병이 전해 준 전보는 간단

명료했다.

'부친 위독 급래 요망'

대구의 대학병원에 도착했을 때, 뇌출혈로 쓰러진 아버지는 이미 식물인간이 되어 있었다. 뇌수술을 받은 머리는 압박붕대로 칭칭 동여매여 있었고, 목에는 구멍이 뚫려 음식물 투입용 호스가 꽂혀 있었다.

아버지는 가끔씩 눈을 껌벅였으나, 아버지의 동공에 비치는 것은 아무것도 없었다. 그건 텅 빈 동굴의 입구처럼 보였다. 의사의 말은 절망적이었다. 소생의 가능성은 희박했다. 나는 병원 화장실로 달려갔다. 세면대의 수돗물을 한껏 틀어 놓고 울기 시작했다. 그리고 토했다. 뱃속 밑바닥에 고여 있는 신물 한 방울까지 꺽꺽 게워 올리며 나는 울었다. 걷잡을 수 없는 울음이 수돗물처럼 터져 나왔다.

그때 나는 비로소 깨달았다. 입대 전의 내가 아버지의 몸짓에 대하여 느꼈던 그 구토증과 짜증의 정체를. 그것은 두려움 때문이었다. 나는 그걸 받아들일 준비가 전혀 되어 있지 않았다. 아버지가 이 세상 어디에도 존재하지 않게 된다는 사실을 수용하기를 내 의식은 완강히 거부하고 있었다. 아직까지도 아버지의 존재는 내 의식의 튼튼한 지주였고 그 지주의 허물어짐은 두려움이었다. 나는 아직 어른이 아니었다. 그 구토와 짜증은 그 두려움에 대한 자기 방어적 표현에 지나지 않았다.

아버지는 그러고도 일 년 동안을 의식불명 상태로 중환자실의 한쪽 귀퉁이에 불안스레 생존해 계셨다. 무슨 상징처럼 아버지는 등과 엉치에 등창이 나도록 이 세상을 떠나지 못했다. 무엇이 그토록 질기게 아버지로 하여금 이 세상에 대한 미련을 버리지 못하게 했을까.

어느 햇빛 화려한 가을날 아버지는 기어코 이 세상을 하직하고 죽음이란 저 미지의 세상을 향해 길을 떠났다. 결국 한 번도 의식을 회복하지 못하고 쓸쓸한 작별 인사도 없이.

고향 마을이 내려다보이는 언덕바지에서 아버지는 영원한 휴식을 취했다. 시골 초등학교의 선생으로서 지극히 곤궁하게 지극히 통속적으로, 한 번도 이날이야 싶은 날 없이 쫓기며 현대사의 험한 세월을 견뎌온 아버지의 삶. 이름 붙여 줄 아무런 꽃잎 하나 피워 올리지 못하고 범박하기만 한 풀꽃 같은 아버지의 삶. 그러나 우리에게 육신을 주고 우리의 삶의 방향을 결정짓고 그 세월 속으로 흔들리며, 흔들리며 걸어 들어간 아버지의 쓸쓸한 뒷그림자. 그 아버지를 위한 나의 조종(弔鐘)은 무엇일 수 있을까. 그리하여 나를 위한 내 아들의 조종은 또한 무엇일까.

늘 술기에 풀어진 음성으로 부르던 아버지의 흘러간 옛 노래와 아버지의 술주정이 회한으로 그리워지는 밤.

(1991년)

지하철 순환선에서

전철의 선반에 가방을 두고 내렸다는 사실을 깨달은 것은 선릉역에서 계단을 오르고 있을 때였다. 고속버스 터미널에 도착해서 4호선을 타고 교대역으로 와서 다시 2호선으로 갈아타고 하는 번잡한 과정에서 그만 정신을 깜박 놓은 모양이었다. 아니면 고향 마을에서 진주까지 나와서 고속버스를 타고 서울까지 오는 여섯 시간 반의 긴 여정이 피로했거나. 아니 그보다는 지난 닷새 동안 계모의 장례를 치르느라 심신에 쌓일 대로 쌓인 피로감이 가장 큰 이유일 것이다.

계모의 장례에는 문상객이 뜻밖에도 많았다. 정은은 계모가 언제 이렇게 많은 지인을 두었는지 의아했다. 대부분 고향마을 촌부들이었지만 그들의 문상 태도에는 진심이 엿보였다. 그들은 하나같이 이제 환갑을 조금 넘은 계모의 나이를 애석해했고, 갑작스런 병사를 안타까워했다. 그것 또한 개가한 부녀자를 폄하시하는 봉건적 관념이 아직도 남아 있는 고향마을에선 의외였다. 그런 그들에게 음식을 내놓느라 두 올케와 정은은 하루 종일 부엌에서 서서 보냈다. 거기에다 장지까지의 그 먼 산길을 왕복해야 했다.

계모의 장지에 대해서도 말들이 많았던 눈치였다. 개가한 여자는 선산에 묘를 쓸 수 없다는 문중의 반대가 있었던 모양이었다. 거기에 대한 큰오빠의 반응은 단호했다.

"요즘 시상에 무신 놈의 전실 후실을 따진단 말이고? 몇 년 가야 선산에 코빼기도 비치지 않는 작자들이 입만 싸갖고서……."

큰오빠는 거의 적의에 가깝다 싶게 역정을 냈다. 그것 또한 정은에게는 의외라는 느낌이었다. 계모는 언제 이렇게 튼튼한 자신의 울타리를 세워 놓은 것일까. 언제부터 사람들은 계모를 그토록 소중한 존재로 받아들인 것일까. 아무튼 새엄마의 장지는 큰오빠의 주장대로 선산발치에 있는 아버지 묘 바로 아래로 정해졌다. 아버지의 무덤 옆에는 어머니의 오래된 봉분이 자리 잡고 있었다. 계모의 장례식 때 본 어머니의 무덤은 퍽 낡아 보였다. 이제는 얼굴 생김도 아슴아슴한 어머니의 묘를 보며 정은은 무덤도 나이를 먹는구나 하고 생각했다.

정은은 난감했다. 주인 없이 홀로 전철 선반에 얹혀 저 도시의 지하를 떠돌고 있을 가방을 생각하자 자신의 건망증에 화가 치밀어 올랐다. 자신의 손때가 묻고 자신의 체취가 어려 있는 가방이 온갖 사람들의 시선 속에 무방비로 방치되어 있다는 사실이 대중 앞에 속살을 보인 것 같은 불쾌감으로 다가왔다. 더구나 나중에 분실물로 처리돼 이 사람 저 사람의 손에 아무렇게나 취급될 가방을 떠올리자 자신이 그런 취급을 당하는 듯한 기분이 들어 더더욱 속이 상했다.

정은은 계단의 중간에 서서 생각했다. 아무리 생각해도 가방을 되찾을 가능성은 희박했다. 저 막막한 도시 속으로 흘러가버린 가방을 어디에서 찾는단 말인가. 모르지. 지하철 관리공단에 분실 신고라도 내면 백에 하나 가능성이 있을지. 그러나 그것도 퍽 피곤한 노릇이었다. 다시 계단을 내려가 사무실을 찾고 분실 사실을 신고하고 이름과 주소와 전화번호를 적고 어쩌면 가방의 내용물과 목록까지 기록해야 할지도 모를 그 거추장스런 과정을 감내할 자신이 도통 없었다. 지금 계단을 올라가 집까지 걸어갈 기력조차 없을 듯했다. 회사일 핑계로 장례식도 보지 않고 핑하니 먼저 올라간 남편, 게다가 터미널로 마중조차 나오지 않은 남편에 대해 정은은 짜증이 부글부글 끓어올랐다. 남편에게서 그런 걸 기대하지 않은 지가 오래되었지만 일을 당하자 그래도 제일 먼저 생각나는 것이 남편이었다. 정은은 그런 자신에 대해서도 또한 짜증이 났다.

정은은 망설였다. 포기해버릴까. 중간에 누가 들고 가버리지 않는다는 보장도 없지 않는가. 사실 내용물이야 별것 없었다. 허드렛옷가지 몇 벌과, 휴대용 화장품과 잔돈 몇 푼과 신분증이 든 핸드백뿐이었다. 그중에서 가장 값나가는 것이라곤 악어가죽 핸드백이 고작이었다. 핸드백이 귀찮아서 가방에 집어넣은 것이 잘못이었다. 까짓것, 분실물센터 같은 데서 신분증의 주소를 보고 연락을 취해 오는 행운도 있을 수 있겠지. 정은은 다시 계단을 오르기 시작했다. 계단은 아득히 높았다.

그러다 정은은 다시 우뚝 걸음을 멈췄다. 그걸 잊고 있었다. 계모의 은반지. 그게 핸드백 속에 들어 있다는 걸 까맣게 잊고 있었다.

장례가 끝난 이튿날인 어제 저녁 오빠는 식구들을 모두 안방으로 불러들였다. 방 가운데 계모의 유품들이 놓여 있었다. 시골 노인네의 유품이야 초라하기 그지없는 것이었다. 지독히 구닥다리인, 거울이 달린 화장대와 돋보기, 옷가지 몇 벌, 그리고 계모가 즐겨 보던 번역본 명심보감 따위의 책 몇 권. 그런 것들이 분실물처럼 우중충하게 모여 있었다. 그중에서 오빠가 마련해 준 외출용 핸드백과 손목시계가 그런대로 윤기를 띠고 있는 정도였다. 작년에 발병하기 전에 정은이 해준 이부자리는 새것 그대로인 채 한쪽에 밀쳐져 있었다. 계모는 아깝다고 그걸 한 번도 덮지 않았다던가. 쪼잔한 노친네 같으니라구. 언제 덮어볼 시간이 있다구. 덮지는 않으면서 생각이 날 때마자 그걸 꺼내 쓰다듬어 본다고 올케가 귀띔해 주었을 때 정은은 속으로 그렇게 노인네의 좀스러움을 탓했다. 그랬던 것이 정말 계모는 그걸 한 번도 덮어보지 못한 채 덜컥 병석에 누워 버린 것이었다.

오빠는 핸드백과 손목시계를 올케 앞으로 밀어 놓았고, 새 이부자리는 작은 올케더러 가져가라고 일렀다. 그리곤 화장대 안에서 그 은반지를 꺼내 들었다.

"이건 어머니가 평소에 니 주라고 늘 말씀하시던 기다. 니가 징기거라."

오빠는 은반지를 정은의 무릎 앞에 놓았다. 수없이 잔금이 가고 모지라져 이젠 본래의 은빛이라곤 전혀 찾아볼 수 없는 그것은 노인네의 눈빛처럼 흐릿하게 빛나고 있었다. 정은은 그 반지를 잘 알고 있었다. 그것은 평생 동안 새엄마의 손가락을 떠난 적이 없는 물건이었다. 또한 그것은 본래 친어머니의 것이기도 했다. 친어머니가 무슨 병으로인지 돌아가신 그 이듬해, 정은이 초등학교 4학년일 적에 개가해 들어온 새엄마의 손가락에서 그 반지를 발견하고 정은은 경악했다. 그건 분명히 엄마의 손에 끼여 있어야 할 물건이었다. 그게 왜 낯선 저 여자의 손가락에 걸려 있을까. 처음부터 새엄마란 여자를 무작정 싫어했던 정은은 어린 마음에도 그게 그렇게 싫을 수 없었다. 나중엔 분해서 남몰래 울기까지 했다. 정은은 그때까지도 죽은 엄마를 잊지 못하고 있었다. 또 그만큼 새엄마란 여자가 낯설었다. 생전 보지도 못한 여자가 엄마의 모든 것을 차지하고 들어앉는 것이 어린 정은은 이해할 수도 받아들일 수도 없었다.

정은은 되돌아서서 다시 계단을 내려가기 시작했다. 아무래도 그 반지를 포기할 수는 없었다. 낡고 보잘것없는 것이지만 친모와 계모의 반편생의 체온이 묻어 있는 그것을 그렇게 쉽게 버릴 수는 없는 노릇이었다.

청색 모자와 제복 차림의 역무원이 사무실 책상에 기대 졸다가 정은이 들어서자 부스스 고개를 들어 쳐다보았다.

"가방을 전철에 두고 내려서 어떻게 찾을 수 없나 해서요……."

정은이 용건을 말하자 중년의 그 역무원은 급작하게 잠기가 걸힌 눈으로 정은의 아래위를 훑어보았다. 여자가 칠칠치 못하게스리……. 그 눈은 분명 그렇게 말하고 있었다. 그때 정은은 묘하게도 남편의 눈빛을 떠올렸다. 남편과 외출을 하다 어쩌다 마주친 이웃집 아낙네가 안고 있는 아기가 귀여워서 안고 입을 맞추고 감탄을 연발해대는 정은을 바라보는 남편의 눈빛은 분명 저런 눈빛이었다. 자기는 아기도 못 낳는 주제에 방정스럽기는……. 자격지심인진 몰라도 남편의 눈빛은 그렇게 말하고 있었다. 아이를 낳지 못하는 석녀라 하더라도 그 아픔을 어째서 여자 혼자만 안고 살아가야 하는가. 부부란 게 뭔가. 그런 아픔도 함께 나누어 가지는 공동운명체 아닌가. 그러나 그건 정은의 오기에 지나지 못할 뿐 남편이나 세상은 결코 그렇게 생각하지 않았다. 특히 시어머니는 같은 여자로서 너무한다 싶을 만큼 노골적으로 정은과 남편 앞에서 손자 타령을 해댔다. 그럴 때마다 정은은 막다른 골목에 다다른 심정이었다. 그건 일종의 고문이고 폭력이었다.

"당신 어머니에게 다른 여자 하나 알아보라고 하세요."

시어머니가 다녀간 날이면 정은은 남편에게 신경질을 부렸다.

"내가 뭐라고 한 마디라도 했어? 왜 나보고 이래?"

"당신도 다 똑같은 인간이야. 왜? 새장가 들면 기분 찢어지실 텐데 엄마 나 새장가 보내주 해보지 그랬어?"

"아니, 이 여자가 내가 뭐랬다고 생야단이야. 야단이."

남편도 결국 소리를 높였고, 둘은 핏대를 올려가며 싸웠다. 정은은 정말 치열하게 싸웠다. 베개고 옷이고 빗이고 손에 닥치는 대로 집어 던지며 큰 소리를 악악 질러댔다. 그렇게라도 하지 않으면 도저히 견딜 수 없을 것 같았다.

남편은 적어도 정은의 앞에서는 '아이'의 '아'자도 입에 올리지 않았지만, 남편의 그런 눈빛을 발견하고 머쓱해진 정은은 그 이후론 다시 남편 앞에서 다른 집 아기를 어르지 않았다.

"내리신 지 얼마나 됩니까?"

역무원은 난감하다는 표정으로 사무적으로 물었다.

"글쎄요. 약 15분, 아니 20분쯤 되었나?"

"그래가지고 어디 찾겠어요? 모르죠. 2호선은 순환선이라 다른 사람들이 손만 대지 않았다면 그대로 있을지도. 에, 어디 보자, 20분이라면 앞뒤로 넉넉잡고 10분 내지 30분 전이라는 얘긴데……."

역무원이 시계를 들여다보고 벽에 부착된, 차량번호와 시간표를 빽빽하게 적어둔 흰색 아크릴 판 앞으로 다가갔다. 한참을 신중하게 시간을 대조해가며 판을 들여다보고 있던 역무원이 정은 쪽으로 돌아서며 말했다.

"314번 내지 318번 차량 같습니다. 여기서 기다리시면 오래 걸리니까요. 반대 방향으로 가서서 신림역쯤에서 내리셔서 돌아오는 차량들을 조사해 보시죠. 지금 당장은 그 수밖에 없습니다. 그래도 못 찾으시면 나중에 관리 공단으로 전화해 보십시오. 혹시 분실물 센터로 들어와 있을 수도 있으니까요."

말을 마친 역무원은 제 할 일을 다 했다는 듯 다시 의자에 앉아 신문을 펼쳐 들었다. 정은은 고개를 숙여 보이고 돌아서 나왔다. 막막했다. 다섯 대의 전철 칸을 다 뒤질 생각을 하니 벌써부터 다리에 맥이 풀렸다. 가방이고 반지고 다 포기하고 한시바삐 집에 가서 뜨끈한 욕탕에 들어앉고 싶은 마음이 굴뚝같았다.

표를 끊어 개찰구를 지나 승강대 쪽으로 다시 계단을 내려갔다. 에스컬레이터를 타고 마주보고 올라오는 사람들의 얼굴이 그렇게 무표정할 수 없었다. 그건 저 지하에서 올라오는 유령들의 얼굴처럼 느껴졌다. 정은은 자판기에서 커피를 뽑아 들고 승강대 앞 나무 의자에 앉았다. 승차 지점을 표시한 노란 화살표가 눈에 들어왔다. 일정한 간격으로 바닥에 새겨진 화살표는 낭떠러지처럼 깊은 레일 판을 지나 건너편 플랫폼을 일제히 가리키고 있었다. 그건 레일 판을 지나 건너편으로 가라고 재촉하고 있는 것 같았다. 정은은 역 건너편을 바라보았다. 그쪽에서도 사람들이 전철을 기다리며 이쪽을 망연히 마주보고 있었다. 그쪽과 이쪽 사이에는 레일이라는 건너지 못할 깊은 강이 가로놓여 있었다. 깨지 못할 두터운 유리벽이 가로놓여 있었다. 아무런 교감도 없이 손짓도 없이 최소한의 애정도, 소리도 없이 단절되어 있었다. 마치 옛날 새엄마와 정은의 관계처럼. 그러나 계모와의 단절은 순전히 정은이 자초한 것이었다.

정은은 철들기 전에 새엄마를 한 번도 '엄마'라고 불러 본 적이 없었다. 중학교 다닐 무렵인가는 그 일로 아버지로부터 심하게 꾸중을 들었다. 그러나 그 버릇은 고쳐지지 않았다. 아니 오히려 아버지의 꾸중이 더 소리를 나오지 않게 했다. 꾸중 때문에 새엄마를 엄마라고 부르기에는 자존심이 허락하지 않았다. 그건 죽기보다 싫은 일이었다. 어쩔 수 없이 불러야 할 경우에는 곁에 다가가 치맛자락을 슬며시 잡아당기거나 큰 소리로 딴 소리를 해서 일단 새엄마의 주의를 끌어 용건을 말하는 방법을 썼다. 그러나 새엄마는 거기에 대해서 한 번도 싫은 내색을 드러내지 않았다. 정은이 치맛자락을 당겨준 것만 해도 고맙다는 몸짓으로 언제나 정은을 향해 웃음을 보여주었다. 정은은 그게 더 밉살스러워 괜스레 퉁명스러워지곤 했다. 차라리 새엄마가 팥쥐 엄마처럼 머리통도 쥐어박고 팔뚝도 꼬집으면서 자기를 구박해 주었으면 싶었다. 그러면 아버지께 일러바쳐서 새엄마를 혼내 줄 수 있으리라 믿었기 때문이었다.

그러나 새엄마는 한 번도 정은의 그런 염원을 들어주지 않았다. 새엄마는 그러기는커녕 정은의 머리를 언제나 단정하게 빗어주었고 찢어진 정은의 바지를 곱게 꿰매 주었고 긁힌 정은의 무르팍에 빨간 약을 발라 주었다. 꼭 한 번 새엄마가 정은을 때린 적이 있긴 있었다. 그것도 아주 심하게.

새엄마가 정은네로 들어온 지 얼마 지나지 않은 여름방학이었다. 아버지는 먼 친척 집을 다니러 가 집에 없었다. 정은은 동생 정호를 개암 따러 가자고 살살 꼬드겨 뒷산 너럭바위로 데려갔다. 어린 정호는 그 즈음 새엄마에게 푹 빠져 있었다. 새엄마의 치맛자락을 잡고 강아지새끼처럼 졸졸 따라다녔다. 새엄마의 무릎을 베고 누워 잠이 들었고 제 손으로 잘 떠먹던 밥도 새엄마에게 먹여 달라고 떼를 쓰곤 했다. 누나인 정은이 조금만 눈을 부라리거나 욕이라도 하면 고걸 고대로 새엄마에게 일러바쳤다. 친엄마에게도 하지 않던 온갖 어리광을 다 부리는 것이었다. 새엄마도 그런 정호를 무던히 감싸는 눈치였다. 어느 땐 새엄마보다 정호가 더 밉살스럽기도 했다. 그래서 딴에는 그런 정호의 버릇을 따끔하게 고쳐 주리라는 작정으로 불러내었던 것이었다.

"정호 니 고 여자한테 엄마라꼬 부르지 말라 캤는데 와 누야 말 안 듣노?"

정은은 정호를 너럭바위에 세워 놓고 눈꼬리를 세웠다.

"씨, 누야 니나 부르지 말아라. 나는 엄마라고 부를 끼다."

정호는 볼이 잔뜩 부어 데퉁맞게 굴었다.

"고 여자는 야시라 안 카더나. 야시보고 엄마라꼬 부르모 니는 야시새끼란 말다."

"엄마가 와 야시고? 누야 니가 야시다. 나는 엄마가 좋다. 엄마라 부를 끼다."

"요 문디 자석이 와 이리 말을 안 듣노."

정은은 정호의 볼을 손톱으로 죽어라 꼬집었다.

"아야, 누야 니 엄마한테 안 일라 주는가 봐라. 다 일라 줄 끼다."

정호는 볼이 잡혀 불분명한 소리로 악을 썼다.

"그래 일라 조라. 고 야시한테 가서 다 일라 조라. 요 야시 새끼야."

머리꼭지까지 화가 치민 정은은 정호를 왈칵 떠밀어 버렸다. 순간 정호가 비틀거린다 싶더니 눈앞에서 사라져 버렸다. 바위 뒤는 돌투성이의 급한 비탈길이었다. 정호는 그 비탈을 굴렀던 것이었다.

그날 정호는 박이 터져 읍내 보건소까지 가서 세 바늘을 기워야 했다. 정호를 데리고 보건소를 다녀온 새엄마는 정은을 부엌으로 끌고 갔다. 무섭게 화난 얼굴이었다. 정은의 심통에도 늘 웃기만 하던 새엄마의 얼굴 어디에 그런 표정이 숨어 있었을까 싶게 무서운 얼굴이었다. 새엄마는 부지깽이로 정은의 엉덩이를 마구 때렸다. 정은의 울음에도 아랑곳하지 않고 사정없이 내리치는 것이었다. 그날 정은은 참 많이 울었다. 방 안에 틀어박혀 울고 또 울었다. 맞은 것이 아파서라기보다 분해서 울었다. 그 여자에게 맞은 것이 너무나 분했다. 친엄마에게도 많이 맞아 보았지만 그렇게 분했던 기억은 없었다.

　다 저녁때가 되서야 정은은 울음을 그쳤다. 너무 울어 목이 아프고 갈증이 났기 때문이었다. 물을 마시기 위해 부엌으로 갔다. 새엄마가 불을 때느라 아궁이 앞에 이쪽으로 등을 보이며 앉아 있었다. 물그릇을 찾으며 정은은 힐끔힐끔 새엄마의 기색을 살폈다. 그리고 곧 그녀가 울고 있다는 것을 알았다. 새엄마는 소리 없이 울고 있었다. 그때 정은은 새엄마의 그 울음의 의미를 도무지 이해할 수가 없었다. 때리긴 자기가 때려놓고 왜 운다지? 새 엄마가 왜 우는지 어린 정은의 요량으로는 도무지 짐작이 되지 않았다. 훗날 철이 들어 계모와의 관계가 완만해졌을 때 정은은 그때 왜 울었느냐고 슬쩍 물어본 적이 있었다. 그러자 계모는 '내가 언제?'라며 오히려 의아해했다. 정은은 그때 정은이 부엌에 들어온 것조차 모른 채 눈물로 온 빰을 적시며 울고 있던 새엄마의 얼굴을 분명히 기억하고 있었다. 정은은 새엄마의 얼굴을 슬그머니 들여다보았다. 아궁이의 불빛을 받아 발갛게 빛나고 있는 새엄마의 젖은 얼굴을 뜻밖에도 아름다웠다. 친엄마에게서 한 번도 느껴본 적이 없는 얼굴이었다. 정은은 처음으로 새엄마가 퍽 아름다운 여자란 사실을 깨달았다. 기분이 묘했다. 정은은 물 마시는 것도 잊은 채 부엌을 빠져나왔다. 어지러운 느낌이었다. 새엄마에게서 아름다움을 느끼려 하는 자신이 싫었다. 정은은 동구 밖으로 마구 달리기 시작했다. 그때의 새엄마의 얼굴이 왜 그렇게 아름답게 느껴졌는지 정은은 지금도 알지 못한다.

갑자기 지하철의 도착을 알리는 부저소리가 땅울림처럼 울렸다. 금속성의 안내 아나운서멘트가 있은 얼마 뒤 터널 저쪽에서 어둠이 쿵쿵대며 달려오는 듯한 소리가 들렸다. 지하철이 긴 차 칸의 행렬을 거느리고 어둠 속에서 거짓말처럼 나타나 눈앞에 스르르 멈춰 섰다. 환히 불 밝힌 차창마다 사람들의 얼굴이 빼곡히 매달려 있었다. '군중 속에서 유령처럼 나타나는 이 얼굴들, 까맣게 젖은 나뭇가지 위의 꽃잎들.' 에즈라 파운드가 노래했듯 차창에 매달린 사람들의 얼굴은 그랬다. 정확히 화살표 앞에서 열려진 문으로 사람들이 물결처럼 몰려나오기 시작했다. 정은은 빈 컵을 휴지통에 버리고 일어섰다. 물결을 거스르며 문 쪽으로 향했다. 퇴근시간이 가까워졌는지 지하철 안은 붐볐다. 온몸이 물먹은 솜처럼 무거웠지만 빈자리가 정은에게 돌아오는 행운은 일어날 것 같지 않았다. 정은은 손잡이에 매달리듯 몸을 맡겼다. 역삼, 강남, 교대, 서초, 방배, 사당, 낙성대, 서울대 입구, 봉천역을 거쳐 가는 동안 수많은 사람들이 밀물과 썰물처럼 타고 내렸다. 사람들은 하나같이 무표정하고 모두 자기 생각에 골똘한 얼굴이었다. 정은은 자신이 사람들의 물결 위에 떠다니는 지푸라기 같다는 느낌이었다. 그것도 지치고 버림받은……. 사람들은 모두 다 제 나름대로 확실한 할일을 가지고 있는 것처럼 보였고 빈틈이 없어 보였다. 아무도, 절대로 전철에 가방을 두고 내리는 실수 따위를 저지를 것 같지 않았다. 갑자기 가방을 다시 찾으려는 시도가 스스로 가소롭게 느껴졌다. 저 거대한 익명의 물결 속에서 떠내려가버린 가방을 무슨 수로 찾는단 말인가. 그건 어리석고 어이없는 시도였다.

신림역에서 사람들의 물결에 떠밀리다시피 개찰구를 빠져나온
정은은 다시 표를 끊어 반대편 개찰구 앞에 길게 늘어선 줄의 뒤에
붙어 섰다. 앞줄이 천천히 줄어들었고 정은의 뒤에 금방 새로운 줄
이 생겼다. 개찰구를 통과해 계단을 내려갈 때 다리가 휘청거렸다.
하이힐을 벗어던지고 싶었다.

　306호, 307호, 308호……. 아직 314호가 돌아오려면 멀었다. 서울
의 지하는 너무 넓었다. 정은은 등받이 없는 나무 의자에 앉아 아까
자신이 내렸던 반대편 플랫폼을 건너다보았다. 이편과 저편 레일의
한가운데 대형 광고판이 서 있었다. 형광 불빛을 밝히고 있는 광고
판에는 팬티차림의 사내가 팔짱을 끼고 자신만만한 웃음을 지으며
서 있었다. 사내의 상체는 거대하게 발달한 근육으로 균형 잡혀 있
었다. 저 사내는 도대체 뭐가 저토록 자신만만한 것일까. 저 탄탄한
근육이 사내의 저 자신만만함을 뒷받침하고 있는 것일까. 근육 하
나로 세상에 대해 그토록 자신만만할 수 있는 사내가 정은은 부러
웠다. 저 백치 같은 단순함은 얼마나 명쾌한가. 저런 단순함으로 세
상을 살아갈 수 있다면 얼마나 축복 받은 일인가.

　정은의 옆자리에 포대기로 아이를 싸 업은 젊은 여자가 와 앉았
다. 아이는 고개를 모로 떨구고 세상모르게 잠이 들어 있었다. 정은
은 가만히 아이의 얼굴을 들여다보았다. 그 단순한 얼굴. 여자 모르
게 아이의 머리를 슬그머니 쓰다듬어 보았다. 한없이 부드러운 머
리칼의 촉감이 손바닥 가득 느껴졌다. 까닭 모르게 코끝이 찡해져
왔다. 아이를 안았을 때의 그 따뜻하고 부드러운 촉감, 두 팔에 실
리는 그 알맞은 무게감, 그 젖내 등이 말할 수 없이 그리워져 그 아
기를 안아보고 싶은 충동이 일어났다. 남의 집 아기도 그러한데 하
물며 자신의 아이라면……. 여자가 뒤돌아보더니 심상한 미소를 떠

올렸다.

"아이가 귀엽군요. 몇 개월 됐나요?"

과수원 옆을 지나다가 길 위로 뻗어 나온 가지에 달린 사과를 탐내다 주인에게 들킨 사람처럼 조금 무안해진 정은은 그걸 얼버무리려 말을 붙였다.

"팔 개월밖에 안 됐어요."

그 여자가 아이를 한번 추슬러 올리며 미소를 더욱 크게 했다. 아주 행복해 보이는 미소였다. 그 단순한 행복, 여자가 아이를 낳고 기른다는 건 얼마나 단순한 일인가. 여자라면 누구에게나 당연한 일이 아닌가. 그러나 그 단순한 일이 정은에게는 어려웠다.

정은이 자신이 아이를 낳을 수 없는 석녀라는 사실을 안 것은 결혼한 지 이 년이 지났을 무렵이었다. 남편이 장남이었으므로 성혼 이 년이 되도록 아무 소식이 없자 시부모는 은근히 조바심을 치는 눈치였다. 그리곤 시어머니는 기어이 남편과 정은 둘 다 병원에 가 진찰을 받아 보도록 종용했다. 진찰을 마친 산부인과 여의사는 무척 안됐다는 표정으로 말했다.

"나팔관이 선천적으로 기형입니다. 수술도 불가능한 상태입니다. 현재로선 임신을 기대할 수 없겠군요."

그 말의 전해들은 남편은 '그것 참, 그것 참……' 하며 쓴 입맛을 다셨지만, 정은을 위로할 생각이었는지 갑자기 큰소리로, '까짓것, 어디 가서 양자 하나 들이지 뭐.' 이랬다. 처음에 정은은 오히려 담담했다. 양자가 아니라 무자식이면 또 어떤가. 요즘은 멀쩡한 부부도 직장 관계로 혹은 둘만의 오붓한 인생을 위하여 아이를 가지지 않는 수가 많지 않는가. 더구나 남편 아래로 시동생이 셋이나 되지 않는가 하는 배짱도 있었다. 그 단순함이여. 시어머니의 반응은 그런 배짱을

쑥 들어가게 했다. 시어머니는 얼굴이 하얗게 질려서 안절부절못했다. '그런 일이, 온, 그런 일이……' 라는 말만 되풀이했다.

'아이를 가지지 못하는 여자.' 그때부터 정은에게는 그런 이름이 붙었다. 적어도 시가 식구들에게 있어서는 정은이라는 한 여자는 그런 의미로밖에 통하지 않았다. 정은이 가진 어떤 의식, 사고, 느낌, 자존심 따위는 아무 의미가 없었다. 그것들은 아이를 생산하지 못한다는 이유만으로 그 설 기반을 잃어버렸던 것이다. 정은을 보는 시어머니의 눈이 점점 곱지 않게 바뀌어 갔다. 집안일에도 사사건건 트집을 잡아 면박을 주기 일쑤였다. 어느 땐 시어머니 자신도 너무한다는 싶은지 무척 자제하는 눈치를 보일 때도 있지만 이웃집 아기를 보기라도 한 날은 그것도 허사였다. 사람들은 아직도 저 농경 시대의 봉건적 관념에서 자유롭지 못한 듯했다. 아니면 종족 보존의 본능이란 것이 그만큼 끈질기거나……. 정은은 그런 관념에 대항했다. 아이를 낳지 못한다는 이유만으로 자신이 그런 대우를 받는 것은 정말 부당하다고 생각했다. 시어머니가 다녀간 뒤면 정은은 남편에게 온갖 신경질을 다 부렸고 그것은 곧 부부싸움으로 발전하곤 했다.

드디어 314호가 도착했다. 정은은 황급히 일어나 인파를 헤치고 차에 올랐다. 그러나 어느 칸에 가방을 두고 내렸는지 기억이 나지 않았다. 제일 첫 칸과 제일 뒷 칸은 아니었음이 분명하나 그 나머지만 해도 대여섯 칸은 되었다. 그걸 다 뒤질 생각을 하니 아득하기만 했다. 겨우 첫 번째 칸의 선반을 살펴보았을 때 차가 출발했다. 정은은 사람들의 숲을 빠져나가며 사람들의 어깨에 부딪치며 나머지 칸들을 훑어 나갔다. 차량의 칸과 칸 사이의 출입문은 빽빽해 잘 열리지 않는 것도 있었다. 손잡이를 잡고 한바탕 용을 쓰며 씨름을 해야 했다. 거센 물살을 거슬러 올라가듯 후들거리는 다리로 마지막 칸에 들어섰을 때 지하철은 다음 역인 봉천역에 도착하고 있었다. 가방은 종내 보이지 않았다. 새엄마의 반지는 점점 정은으로부터 멀어지고 있었다.

인파에 섞여 하차한 정은은 다시 긴 의자에 앉았다. 사람들은 정은을 남겨두고 모두들 제 갈 길로 가버렸다. 태울 사람을 다 태운 314호는 그 차갑고 완강한 뒷모습을 보이며 어둠 속으로 미끄러져 갔다. 순식간에 전철과 사람들이 사라진 역에는 갑자기 고요가 찾아왔다. 약간의 음침함과 무기력함이 그 고요 속에 묻어 있었다. 정은은 한없이 땅속으로 꺼져드는 듯한 피로감에 등을 의자 뒤의 벽에 기대었다. 등에 느껴지는 벽의 냉기는 섬뜩했다.

반대편 차선에 전철이 도착하자 역 안의 고요는 순식간에 깨졌다. 왕왕 울리는 아나운서 멘트, 차량의 굉음, 타고 내리는 사람들의 부산한 발걸음들로 역은 아연 기계화된 활기로 가득 찼다. 그리곤 다시 빠르게 찾아오는 고요. 이번엔 이쪽 편 플랫폼으로 하나둘 몰려드는 사람들. 어디선가 바람이 불어왔다. 지하에서도 바람이 불고 있었다. 그것은 저 깊은 땅속에서 불어오는 바람이었다. 그 바람에는 얼마간의 어둠과 다량의 쓸쓸함이 실려 있었다.

지금쯤 계모의 무덤 속에도 바람이 불고 있을까. 한평생 당신 혼자 맞이하고 감내해야 했던 그 바람을 계모는 무덤 속까지 데리고 간 것은 아닐까 몰라.

새엄마가 아이를 낳지 못하는 여자란 사실을 안 것은 정은이 중학을 졸업할 무렵이었다. 그때까지도 정은은 새엄마를 마음으로 받아들이지 못하고 있었다. 어릴 때와 같은 심술을 부리진 않았지만 새엄마와의 관계는 늘 맹숭맹숭하게 겉돌고 있었다. 그나마 표면적인 감정의 타협점을 찾아낸 것도 순전히 새엄마가 오빠와 정은과 정호에게 보여준 그 헌신적인 희생의 자세 때문이었다. 새엄마는 말수가 적었고 한시도 가만히 앉아 있질 못하고 무슨 일이든지 찾아 나섰다. 마치 일하기 위해서 정은네로 들어온 사람처럼 보였다. 뙤약볕 속에서 하루 종일 밭일을 하고도 밤이면 인근 동리에서 받아온 삯바느질 감을 손보았다. 손끝이 야무져서, 바느질 솜씨가 칠칠치 못한 동네 아낙들은 모두 정은네로 바느질감을 들고 왔다. 정은이 시험공부를 하느라 새벽에 깨어 보면 그때까지도 새엄마가 돌리는 손재봉틀 소리가 청마루에서 들려오곤 했다. 그러면서도 아이들 입성이나 땟거리 건사에도 빈틈이 없었다. 새엄마가 들어온 이후부터 대학 진학으로 서울로 올라올 때까지 정은은 교복을 제외하곤 옷을 사 입어 본 적이 없었다. 새엄마가 지어준 옷이 사 입은 다른 아이들 옷보다 언제나 때깔이 더 났다. 정은은 오히려 그게 불만이어서 자기도 다른 아이들처럼 마음대로 옷을 골라 사 입고 싶을 때가 있을 지경이었다. 새엄마가 정은네로 들어와서 처음으로 만들어준 옷을 정은은 몸에 한 번 걸쳐 보지도 않고 뒷간 나뭇단 속에 쑤셔 넣어 버렸다. 그러나 그것은 이튿날 깨끗이 빨아져서 정은의 책상머리에 곱게 개어져 있었다. 그 철없음을 생각하면 지금도 낯이 화끈거릴 정도였다. 그 와중에도 계모는 노망기가 있는 할머니의 뒷수발까지 감당했다. 할머니는 엉성하게 몇 남은 이빨로도 밥이 보이기만 하면 밑도 끝도 없이 먹으려 들었다. 그걸 만류하면 할머니는 계모를 향해 모지락스럽게 욕을 퍼부어댔다.

"이 년, 이 못된 년, 개가해 들어온 년이 시에밀 굶겨 죽일라꼬 작정을 했나? 아이고, 동네 사람들아, 이 썩을 년 좀 보소. 시에미 밥을 지가 다 처묵을라 카네."

할머니는 어디서 그런 힘이 솟아나는지 바락바락 악을 써대며 발버둥을 쳐대곤 했다. 돌아가시기 이태 전부터는 할머니의 대소변까지 받아내야 했다. 새엄마는 몸이 열 개라도 모자랄 그 일들을 군소리 한마디 없이 다 해냈다. 아버지 말이라면 숨소리 하나까지 그대로 따랐고, 특히 오빠의 일이라면 그 정성이 눈물겹기까지 했다. 한번은 오빠가 학생들 간의 패싸움에서 크게 다쳐 수술을 한 적이 있었다. 새엄마는 오빠의 병상에서 며칠을 꼬박 뜬눈으로 보내다시피 했다. 그러고도 회복기에 접어든 오빠를 위해 탕약을 한 달이나 끓여다 대었다. 아버지는 전형적인 농부였다. 친엄마에게나 새엄마에게나 할 것 없이 늘 무뚝뚝했다. 자식들에게도 잔정 따위를 쉽게 보여주지 않는 성격이었다. 여편네를 곰살갑게 다독이거나 감싸는 성격은 더욱 아니었다. 적어도 정은이 보기에는 새엄마가 그런 아버지로부터 살뜰한 위로를 받으며 그 신산스런 삶을 지탱했을 가능성은 희박했다.

어느 겨울날 한낮이었다. 책상머리에서 공부를 하던 정은은 혼곤한 낮잠에 빠져 있었다. 양지 쪽 청마루에서 이웃 친척 아주머니와 새엄마가 두런두런 이야기를 나누는 소리에 잠이 깨었다. 두 사람은 방 안에 정은이 있다는 사실을 모르는 듯 이야기에 몰두하고 있었다. 주로 수다를 떠는 쪽은 친척 아주머니였고 새엄마는 겨우 말대답이나 맞추는 정도였다. 낮은 목소리여서 잘 들리지 않았지만 정은의 귀를 번쩍 깨우는 대목이 있었다.

"산청댁도 진작에 얼라를 봐 도야 하는 긴데……. 나중에 늙어 설버서 우얄라카노?"

"형님도 별시런 소리도 다 카시네예. 자식이 셋이나 있는데 섧기는예."

"안 섧어모? 전실 자식들 그거 대가리 굵어 봐라 아무 소용없는 기다. 늙어모 지 속으로 낳은 자석들도 해주는 기 섧을 때가 있는 긴데 전실 자석들이야 오죽하겠나?"

"아이고, 형님 지발 그런 소리 다른 데 가서 입 밖에도 내지 마이소. 우리 야들은 안 그래예."

"갸들이라꼬 벨 수 있는 줄 아나? 요새 젊은 것들이 우떤 줄 모리나? 다 소용없는 기다. 그라지 말고 자네 나이모 지금이라도 안 늦다. 퍼뜩 후사를 하나 봐 도라."

"올 와 일 샀습니꺼. 넘사시럽거로예. 지도 여잔데 얼라 낳아 길러 보고 싶은 생각이 와 없었것습니꺼. 그란다꼬 그기 지 맘대로 됩니꺼. 얼라도 못 낳지만서도 낳을 수 있다 캐도 지는 안 할랍니더. 우리 야들이나 잘 키우는 기 지한테는 최고라예."

"그라모 그 소문이 참말이가? 자네가 아를 못 낳는 돌기집이라는기……."

마치 그 점을 확인하고 싶었다는 듯 아주머니의 목소리가 호들갑스럽게 높아졌다. 새엄마의 대답은 없었고 아주머니의 혀 차는 소리만 들렸다. 새엄마는 아기를 낳지 못하는 여자다. 정은은 그게 퍽 신기하게 생각되었다. 그때까지도 정은은 여자라면 누구나 당연히 아이를 낳는 줄 알고 있었다. 새엄마가 첫 번째 시집에서 아이를 못 낳아 소박을 맞고 정은네로 개가해 들어온 것을 안 것은 그 훨씬 후의 일이었다.

315호가 들어오고 있었다. 그러나 정은은 자리에서 일어서고 싶지가 않았다. 그냥 그대로 한없이 앉아 있고 싶었다. 하지만 전철은 그 차갑게 번쩍이는 알루미늄 차체를 눈앞에 딱 정지시키며 정은에게 어서 타라고 무언의 압력을 단호하게 표하고 있었다. 정은은 천천히 일어나 동굴처럼 열려진 전철의 문을 향해 무겁게 발을 옮겼다. 그리고 사람들의 정글을 헤치며 각 칸의 선반을 살펴 나가기 시작했다. 다음 역에 도착하기 전에 다 훑어보아야 한다는 까닭 모를 강박감에 뻐근하다 못해 아려오는 다리를 이끌고 사람들 사이를 비집고 들었다.

가방은 315호에도 없었다. 서울대 입구 역에서 내린 정은은 맥없이 다시 대기용 의자에 앉았다. 가방은 지금쯤 서울의 지하 어디쯤을 떠돌고 있을까. 낡은 은반지 하나를 품고 그것은 이 크노소스의 미궁 같은 서울의 어디쯤을 흘러가고 있는 것일까. 반대편 차선에 전철이 들어오고 사람들은 여전히 밀물처럼 몰려왔다 썰물처럼 흩어져 갔다. 전철이 떠나고 나면 다시 찾아오는 기괴한 정적. 저 만남의 일회성과 순간성. 정은은 자신이 그 정적 속에 가방처럼, 가방 속의 반지처럼 익명으로 버려져 있는 느낌이었다. 눈을 감았다. 완벽한 어둠이 눈앞을 가로막았다. 그대로 조용히 그 어둠 속으로 사라졌으면 싶었다.

정은이 아이를 가질 수 없다는 사실에 대해 남편은 별로 심각하게 받아들이지 않는 눈치였다. 적어도 처음엔……. 시댁에서 아이 이야기가 나오면 남편은 짐짓 딴청을 부렸고 그 문제로 정은의 심경을 다칠까 봐 애를 쓰는 눈치였다. 정은은 남편의 그런 마음 씀이 무척 고마웠다. 그리고 그것이 남편의 인품과 사랑에서 우러나는 것임을 철석같이 믿었다. 그런 믿음 덕분에 정은은 시어머니의 온갖 심술에 남편에게 신경질을 부리면서도 그걸 마음에 오래 쌓아두지 않고 살 수 있었다. 그러나 햇수가 지날수록 남편의 그런 태도는 서서히 바뀌었다. 친척집 아이들을 유별나게 귀여워하는 버릇이 남편에게 생겼다. 아이들만 보면 그냥 얼굴 가득 웃음을 띠고 안고 어

르고 볼에 입을 맞추고 말을 붙이며 야단을 떨었다. 정은은 그게 안
쓰럽기도 했지만 남편이 자신에게 행사하는 모종의 압력이 아닐까
해서 내심 마음이 무거웠다. 사람들은 누구나 남편을 동정했다. 참
용하다고, 아이도 없이 어떻게 견디느냐고 정은의 앞에서도 서슴없
이 말했다. 그때마다 정은은 참담한 기분이었다. 사람들은 정은에
게 아무도 지나가는 말로나마 위로하지 않았다. 아이가 없는 괴로
움은 남편에게보다 오히려 정은에게 더 심할 텐데도 사람들은 정은
의 고통은 당연한 것으로 여겼다. 그들에게 있어서 정은은 가해자
였고 남편은 피해자였다. 아이가 없다는 것은 그것의 이유가 정은
에게 있건 남편에게 있건 간에 두 사람 모두의 문제였고 두 사람이
함께 책임지고 함께 감당해야 할 문제였다. 아이 문제는 결국 두 사
람이 한 부부로 결합했기 때문에 야기된 것이었다. 두 사람이 부부
로 결합하지 않았다면 아이 문제는 애당초 생겨나지도 않았을 것이
었다. 그러나 사람들은 그 모든 짐을, 그 모든 고통을 여자인 정은
에게만 씌우려 들었다.

정은이 조그만 일에도 지나치게 남편에게 성질을 부려대는 것은
뒤끝 없이 팩팩거리기 잘하는 성격 탓도 있지만, 사람들의 그 고정
관념이 견딜 수 없었고 자신이 남편에게건 시댁 식구에게건 피해를
주고 있는 존재로 인식되는 것이 견딜 수 없어서였다. 아니, 스스로
피해자임을 인정하고 그 고정관념에 일단 조그만 허점이라도 보이
기라도 하면 걷잡을 수 없는 함정으로 내몰리라는 위기의식에서였
는지도 모를 일이었다. 그래서 정은은 남편과의 싸움에서 한 치의
양보도 타협도 보이지 않았다. 하다못해 주말연속극에 나오는 TV
탤런트가 어떤 원로 배우의 아들이냐 아니냐는 하찮은 일에도 정은
은 절대로 자신의 주장을 굽히려 들지 않았다. 나중에 자신이 틀렸

음을 스스로 깨닫는 한이 있더라도.

그러나 언제부턴가 남편의 말수가 줄어들고부터 사정은 달라졌다. 남편은 본래 성격이 밝으면서도 사소한 일까지 신경을 쓰는 잔정이 많은 사람이었다. 그러면서도 경박하지 않고 진중한 맛을 풍기는 신사였다. 그런 남편이 언제부턴가 정은의 앞에서 거의 말문을 닫다시피 했다. 휴일에 온종일을 집 안에서 보내면서도 일상적으로 필요한 말 외는 건네 오지 않았다. 둘은 멀뚱히 재미도 없는 텔레비전 화면을 지켜보거나 신문을 뒤적이거나 정은은 빨래를 하고 남편은 책을 보며 시간을 죽이곤 했다. 정은은 그런 남편의 침묵이 두려웠다. 남편이 그 침묵 속에서 어떤 생각을 하고 있는지 도무지 알 수 없다는 것이 두려웠다. 차라리 정은이 던진 베개를 되집어 던지고 식탁을 땅땅 두드려 가며,

"넌 여자가 어떻게 된 게 날이 갈수록 마귀할멈처럼 심술궂어지냐?"라고 맞고함을 쳐대는 남편이 그리워졌다. 결혼 햇수가 늘어날수록 남편의 침묵은 깊어져 갔다. 따라서 결혼 생활은 점점 더 무미건조해졌다. 아이가 없는 결혼생활이란 것은 사막 위에 지어진 집과 같은 것이었다. 밤에 잠자리에서 정은은 돌아누운 남편의 등을 바라보며 자신이 남편과 함께 사는 이유에 대해 자문해 보곤 했다. 나는 저 남자와 헤어질 수 있을까. 생각하기조차 꺼림칙해 접어두었던 그런 의문이 떠오를 때마다 도리질을 쳤다. 그러나 그런 가능성은 현실 속에 엄연히 존재하고 있었다. 결혼과 함께 그만둔 출판사엘 다시 나가기로 결심하게 된 것도 따지고 보면 그런 가능성에 대비한 자기방어의식이 자기도 모르게 작용한 것이나 아니었을까.

입양 이야기를 먼저 꺼낸 건 남편이었다. 그러나 그 문제에 정작 발 벗고 나선 것은 정은이었다. 자격지심이었을까. 아니면 남편의

그 침묵을 깨뜨릴 돌파구를 찾자는 심정이었을까. 어쨌든 정은은 무언가 새로워지지 않으면 견딜 수 없을 것 같았다. 남편은 자기가 처음 말을 꺼내놓곤 정은이 적극적으로 나서자 왠지 심드렁한 반응이었다. 정은의 끈질긴 설득에 건성으로 고개를 끄덕이곤 했다. 시댁에서는 은근히 반기는 눈치였다. 그러나 남편은 정은이 어렵사리 알아보고 복지시설에 연락해 아이를 보러 갈 날짜를 잡아놓으면 늘 결정적인 순간에 약속을 깨뜨려버렸다. 남편은 아직 마음의 준비가 되어 있지 않음이 분명했다. 나중엔 정은도 지쳐 남편의 마음이 확실히 움직일 때까지 기다릴 수밖에 없었다.

316호가 역을 들어서는 소리에 정은은 눈을 떴다. 사람들의 줄 뒤에 가 서서 차에 올랐고 다시 첫 칸부터 훑어 나가는 그 길고 고된 수색 행위를 되풀이했다. 역시 허탕이었다. 가방을 되찾을 희망은 점점 멀어지고 있었다. 정은은 초조해졌다. 낙성대역에 내려 다시 다음 전철을 기다렸다. 친엄마와 새엄마의 손가락에 한평생 끼여 있던 반지는 이제 정은도 모를 이 세상의 어느 구석으로 숨으려 하고 있었다.

정은이 고2 때 아버지는 위암으로 세상을 떴다. 한평생 농사만 꿍꿍 지으며 오직 논밭 한 평 두 평 늘려가는 재미로 살았던 아버지는 당신이 늘린 논밭의 반쯤을 병원비로 날리고 덧없이 눈을 감았다. 아버지의 죽음은 정은에게 커다란 충격이었다. 그때까지도 새엄마에게 마음을 붙이지 못한 상태였고 꿈 많던 사춘기였다. 정은은 울고 또 울었다. 이젠 이 세상에 기댈 데라곤 없는 천애고아가 된 기분이었다. 그러나 정작 자기보다 몇 곱절의 슬픔과 충격에 싸여 있는 사람이 새엄마란 사실을 까맣게 몰랐다. 아버지의 장례식 때 새엄마의 통곡은 처절했다. 장례식 후에 새엄마는 한동안 앓아누웠다. 잠자리 외에 일하지 않고 누워 있는 새엄마의 모습을 본 것은 그것이 처음이자 마지막이었다.

그때부터 계모의 고생은 곱절로 시작되었다. 아버지가 물려준 농사일을 여자 혼자서 다 해내야 했다. 일꾼을 쓸 형편이 아니었으므로 새엄마는 새벽에 집을 나서 하루 종일 논밭에서 살다가 해거름이 되어야 돌아오곤 했다. 진주의 전문대학을 다니던 오빠가 거들긴 했지만 큰 도움이 되질 못했다. 계모는 그러고도 밤에는 삯바느질 감을 손에서 놓질 않았다. 어느 땐 잠자리에서 끙끙 앓기도 했다. 그러나 아침이면 언제 그랬느냐는 듯이 다시 털고 일어나는 것이었다. 정은은 계모의 앓는 소리를 들어가며 밤늦도록 대학입시 공부에 매달렸다. 정은이 서울의 대학에 합격하여 내려오자 계모는 동네 아줌마들을 불러 국수 잔치를 벌였다.

"아따, 정은이는 남 한 분 내는 국수를 두 분 내게 생겼네. 인자 한 분은 냈응께 시집갈 때 한 분만 더 내모 되겄다."

동네 아줌마들의 농담에 계모는 함박웃음을 지었다. 계모가 그렇게 크게 웃는 것을 본 것도 처음이었다.

정은의 대학생활은 한마디로 적빈 그 자체였다. 버스비를 아끼느라 한 시간 거리를 걸어서 통학했다. 점심은 늘상 싸구려 라면으로 때웠고 그것마저 생략할 때가 많았다. 나중엔 과외 아르바이트로 좀 나아지긴 했지만 그 흔한 커피 한 잔을 마음대로 사 마셔 본 적이 없었다. 그러나 그나마 대학을 다닐 수 있었던 것은 순전히 계모가 그 고생으로 만들어 부치는 학비 덕택이었다.

정은이 진정으로 계모를 마음에 받아들인 것은 그 즈음의 일이었다. 학교 도서관에서 리포트를 준비하다가 늦게 자취방으로 돌아와 보니 시골에서 계모가 와 기다리고 있었다. 반찬가지와 옷가지를 싸가지고 상경한 계모는 자물쇠가 채워진 자취방 문 앞의 좁은 툇마루에 쪼그리고 앉아 있었다. 허름한 치마저고리 차림에 그렇게 남루한 자세로 앉아 있는 계모를 본 순간 정은은 왈칵 울음이 쏟아 질 뻔했다. 저 여자는 나에게 뭔가, 피 한 방울 섞이지 않은 자식을 위해 저토록 지성으로 기다리고 있는 저 여자는 도대체 나에게 누구인가. 그런 생각이 들면서 저도 모를 설움이 북받쳐 올랐던 것이다. 그러나 정은은 심상한 표정을 가장한 채 방문의 자물쇠를 땄다.

그날 정은은 계모와 나란히 누워 참 많은 이야기를 했다. 서울 생활이며 학교 일이며 같은 과의 남학생 이야기까지 계모가 알아듣든 말든 혼자 마구 지껄여댔다. 자꾸 말이 하고 싶었다. 계모에게 자꾸 말을 걸고 싶었다. 계모는 정은이 갑자기 너무 많은 말을 자기에게 해대자 처음엔 놀라는 표정이었다. 그리곤 열심히 정은의 말에 맞장구를 쳐주었다. 잘 알아듣지도 못할 대학생활의 세세한 부분까지 까발려도 고개를 끄덕이며 감탄했다. 정은이 어느 과목의 교수의 이론은 잘못된 것이라는 등 열을 올리고 있을 때 계모는 잠이 들어 있었다. 먼 여행에 피로했던 모양이었다. 그 곱던 계모의 얼굴은 오랜 노동과 뙤약볕에 그을려 있었고 거무데데한 기미가 가득했다. 게다가 세월이 수많은 주름을 지어 놓고 있었다. 정은은 슬그머니 잠든 계모의 손을 잡아 보았다. 그건 여자의 손이 아니었다. 너무 거칠고 투박했다. 정은은 오래 그 손을 잡고 있었다.

그해 방학에 고향에 내려간 정은은 장롱 속에서 계모의 새 옷을 발견했다. 그건 정은이 아르바이트로 모은 돈으로 계모를 위해 사서 부친 블라우스와 치마 한 벌이었다. 그 옷은 한 번도 입은 흔적이 없이 새 옷 그대로였다. 정은이 그 이유를 묻자 새 엄마는 아까워서 아껴두고 있다는 것이었다. 정은은 무심코 말했다.

"엄마두 참, 입자고 있는 게 옷인데, 그걸 아껴 뭐 할 거유……."

그 순간 자기를 보고 있던 계모의 눈빛이 유난히 빛남을 느꼈다. 그 눈빛을 보고서야 정은은 자기가 계모를 처음으로 엄마라고 불렀다는 사실을 깨달았다. 그날 계모는 하루 종일 기분이 좋은 표정이었다. 저녁에 잠자리에서 정은은 계모에게 당돌하게 물었다.

"엄마는 왜 우리 집에 와서 이 고생이우?"

그렇게 내뱉기 힘들던 엄마라는 말도 일단 한 번 뱉고 나자 자연스럽게 흘러나왔다. 계모는 정은의 손을 끌어당겨 다독거리며 느릿하게 말했다.

"글씨다. 니 아부지랑 니랑 정태랑 정호 만날라꼬 전생에 연분이 아주 정해져 있었던개비다."

"딱하기도 하요. 연분은 무슨 연분. 순 고생바가지지 뭐……."

"나는 개안타. 너거들만 잘 되모……. 고생이라 카는 것도 지 좋아서 하모 쪼매도 고생이 아잉기라."

"아무리 그래도 난 엄마처럼 사서 고생하며 살진 않을 거유."

"하모, 하모. 그래야제. 니는 호강하고 살아야제. 좋은 신랑 만나 갖고……."

"까짓 남자 없으면 어때요? 여자 혼자서도 얼마든지 호강하며 살 수 있는 거라구요."

"하모, 하모. 니는 그랄 수 이실 끼다. 니는 머리도 좋고 서울서 대학교도 나오고……. 그래도 여자라쿠는 것은 남자 잘 만나는 기 최곤기다. 여자 팔자 뒤웅박 팔자라 안 카더나."

계모의 고생은 오빠가 군에서 제대하고 돌아와 고향에서 농사꾼으로 눌러앉을 때까지 계속되었다. 방학이나 명절에 내려갈 때마다 계모는 자꾸 늙어 가고 있었다. 이미 고등학생이 핀 정호는 천둥벌

거숭이처럼 집 밖으로만 싸돌아다니고 있었고 새엄마는 늘 밭일에 까맣게 탄 얼굴로 혼자 집을 지키고 있었다. 그 사이에 정은은 졸업을 하고 출판사에 취직을 했고 남편을 만났다.

정은의 결혼식 날 폐백이 끝나고 나자 계모는 아무도 안 보는 데서 정은의 손을 꼭 붙잡고 '잘 살아야 된다이. 잘 살아야 된다이.' 이 말만 되풀이했다. 울음이 터질 것 같았다. 눈물이 나 신부화장을 지울까 봐 정은은 계모의 손을 놓고 얼른 돌아섰다.

계모의 장지에서 봉분을 다지고 떼를 입히던 일관들까지 다 돌아간 뒤에 정은은 혼자 남았었다. 바람이 불고 있었다. 이제 막 누렇게 죽어가는 가을 잔디에 덮인 계모의 봉분과 그 위의 아버지와 친어머니의 봉분을 한참 동안 번갈아 바라보았다. 그리고 계모의 무덤 앞에 큰 절을 두 번 올렸다. 참을 수 없는 통곡이 터져 나온 것은 그때였다.

낙성대역으로 317호 전철이 들어서고 있었다. 정은은 마지막 희망을 걸며 의자에서 몸을 일으켰다. 전철의 문이 열리고 사람들이 쏟아져 나왔다. 전철에 오른 정은은 다시 선반 위를 살피며 나아갔다.

세 번째 칸에 이르러서였다. 정은은 눈이 번쩍 뜨이었다. 아, 거기 눈에 익은 가방 하나가 손잡이를 늘어뜨린 채 선반 위에 덩그러니 앉아 있었다. 저 삭막한 도시의 지하를 돌고 돌아오느라 그것은 지쳐 보였고 설움을 타고 있는 듯이 보였다. 잃어버린 아이를 되찾은 어미 같은 심정으로 정은은 얼른 달려가 가방을 내렸다. 그리고 가방을 열고 핸드백에서 반지를 꺼냈다. 오오, 그 반지는 웃고 있었다. 저 도시의 냉엄과 비정을 뚫고 정은의 손에 돌아온 반지는 그렇게 웃고 있었다. 정은은 반지를 손가락에 끼어 보았다. 반지의 촉감이 따뜻했다. 새엄마의 운명과 자신의 운명이 그런 따뜻한 촉감으로 지하철 순환선 속에서 그렇게 만나고 있다는 느낌이었다. 끝없이 순환하는 여자의 운명이 반지처럼 손에 잡힐 듯 느껴졌다.

'그래, 양자 입양이면 어떻고 또 아니면 어떤가. 설사 남편과 헤어진다면 또 어떤가. 자신 앞에 놓인 운명을 자기 것으로 만드는 힘만 있다면 여자에게도 그 힘만 있다면 전철이 어느 역에 나를 내려놓은들 어떠랴.'

눈물이 그렁그렁해진 정은의 얼굴을 지하철 안의 사람들이 이상하다는 듯이 힐끔거렸다.

(1993년)

가르마를 위하여

그는 며칠째 계속되는 아내의 닦달에 견디지 못하고, 어느 일요일 날 드디어 이발을 해치워 버리기로 결심하였다. 그것은 분명히 '하는' 것이 아닌 '해치워 버리는' 결심이었다. 그만큼 이발이라는 게 그에게 있어서는 귀찮고 큰 일거리에 속했다.

이발하길 죽기보담 싫어하는 그는 그즈음 머리카락이 귀를 완전히 덮고도 한참 남는 장발을 하고 있었다. 그것도 며칠 동안씩 감거나 빗질하는 법이 없어서, 항상 방금 잠에서 깬 것 모양 부스스하니 일어서 있었는데 아내는 그런 그의 머리를 가지고 '거지새끼 삿갓 같다', '미친년 그것 거웃 같다'는 등의 온갖 점잖지 못한 비유를 입에 올려가며 매일 같이 들들 볶아대더니만 기어이 어느 날은 이발비를 손에 들려주며 대문 밖으로 떠밀다시피 그를 쫓아냈다. 이발하고 오지 않으면 그날 저녁밥은 없는 줄 알라는 엄포와 함께……. 하는 수 없이 그는 슬리퍼를 직직 끌며 어슬렁어슬렁 이발관으로 향했다. 그러나 뱅글뱅글 끝없이 돌아가고 있는 이발소의 그 회전 줄무늬 간판이 저만치 보이는 지점까지 와서는 그만 걸음을 딱 멈추고 속으로 갈등을 시작했던 것이다. 들어갈 것인가, 말 것인가. 대문께서 엄포를—엄포가 아닌지도 몰랐다. 아내는 정말 그러고도 남을 여자임을 그는 익히 알고 있었다—놓을 때의 아내의 매몰찬 얼굴과 이발관의 그 번쩍거리는 가위와 면도칼이 동시에 눈앞에 어른거렸다.

이발관의 그 빌어먹을 가위와 면도칼은 그가 아내에게 그런 수모를 당하면서도 이발관엘 가기 싫어하는 주요 원인 중의 하나였다. 볼따귀의 살이 불독처럼 늘어진 그 음흉하고 의뭉스럽게 생긴 이발관 주인이 그 징그러운 가위나 면도칼을 번쩍이며 이발용 의자에 묶여 있다시피 한 그의 곁으로 다가오면 그는 온몸에 소름이 쪽쪽 일어섰고 등줄기엔 진땀이 바짝바짝 돋곤 하였다.

그때 저만치 이발관 문이 드드륵 열리며 옆집에 사는 동갑나기 K가 반지르르하게 잘 손질된 머리를 손바닥으로 가볍게 쓰다듬으며 밖으로 나오고 있는 게 보였다. 그는 얼른 옆의 전봇대 뒤로 몸을 숨겼다. K는 기분 좋은 휘파람을 날리며 그의 곁을 스쳐 지나갔다. 그는 전봇대 뒤에서 급히 숨었던 자신이 우스워서 흐흐 이빨 사이로 실소를 불어냈다. 그는 그 실소의 끝에서 왠지 갑자기 속이 메스꺼워짐을 느꼈다. 그의 갈등은 그와 동시에 끝났다. 그는 이발관의 문을 여는 대신 근처 술집의 문을 힘차게 열었던 것이었다. 아내의 잔소리를 각오하고, 그 각오가 수반하는 예상되는 고통을 잊기 위하여, 뿐만 아니라 메스꺼워진 속도 다스릴 겸 그는 급하게 쓴 깡소주를 뱃속에 털어 넣었다. 그날 저녁 이발비를 몽땅 술값으로 탕진해 버리고 얼큰해져서 콧노래를 흥얼거리며 집으로 돌아왔더니 아내의 도끼눈이 옹골차게 그를 맞았다.

"어이그, 이 웬수, 웬수, 속 터져서 내가 못살앗! 못살아. 정말……."

이러면서 아내는 그의 팔 다리를 마구 꼬집어댔다. 눈물이 찔끔 찔끔 돋을 만큼 아팠지만 그는 지은 죄도 있고 하여 비명 한 번 지르지 않고 용케 참아 냈다.

아내는 계속하여, 이웃집 남편들의 예를 들어가며 다른 사람들은 반듯반듯 잘도 깎고 다니는 머리를 당신은 왜 그렇게 하지 못하느냐, 다른 사람들은 제 집 안방 드나들 듯하는 이발관을 당신은 왜 그렇게 가길 싫어하느냐, 당신이 이렇게 어리숙하고 세상 살아가는 요령이 없으니까 우리가 이날 이때까지 요 모양 요 꼴이 아니냐, 이런 식으로 그를 옴쭉도 못하게 몰아부쳤다. 그는 이불에다 오줌 싼 아이 모양 묵묵히 듣고만 있었는데, 그런 그를 숨을 쌔근대며 한참이나 노려보고 있던 아내는 치맛자락에 찬바람을 일으키고 부엌 쪽으로 돌아 나가며 그녀의 최대 무기를 그의 앞에 홱 팽개쳤다. 즉, 아내는 '당신과 같이 불결하고 부도덕하고 비문화적이고 무능력한 사람과는 동침할 수가 없다'며 그가 머리를 단정하게 깎고 올 때까지 별거를 선언하였던 것이었다. 그는 아내의 말 중에 불결하다는 것은 그렇다 치더라도, 이발하지 않는 것과 부도덕함, 비문화적임, 무능력함과는 어떠한 사고의 꼬투리로 연결되는 것인지 쉽게 수긍이 가지 않았지만 그 연결의 부당성에 대해 반박했다간 더 시끄러워질 듯하여 끝까지 함구의 자세를 견지했다.

별거라고 해보았자 아내도 집 나서면 올데갈데없는 날강아지 신세이고 보면, 정말 그를 팽개치고 딴 놈팽이를 꿰어차겠다는 심보가 아닌 다음에야 사글세 단칸방을 장판의 가운데 금을 기준으로 둘로 나누고 아내는 아랫목에서 그는 윗목에서 각각 따로 자는 것을 말하는 것이었지만, 그것은 아내가 자기의 주장을 관철시키기 위해 종종 그에게 행사하는 가장 무서운 무기였다. 왜냐하면 그는

밤에 잠 잘 적에, 아내의 달콤한 살내음과, 아내의 그 말랑말랑하면
서도 탄력 있는 몸의 감촉이 옆에 없으면 잠을 이루지 못하는 고약
한 버릇이 있었기 때문이었다. 아내는 영악하게도 그 점을 잘 간파
하고 있었으므로 그러한 그의 욕망을 좌절시킴으로 해서 그에게 고
통을 주고 또한 그것을 이용하여 그로 하여금 굽혀 들어오지 않을
수 없게 만들곤 했다.

그날 밤에 아내는 정말 윗목에다 그의 이불과 요를 아무렇게나
획획 던져 주고 자기는 아랫목에 이불을 똘똘 감고 고슴도치처럼
누워 버렸다. 그는 아내에게 미안했다. 자신이 다른 것으로도 아
내 속을 썩이는 일이 얼마나 많은가. 우선 그는 집안에 돈 한 푼 물
어오지 못하는 백수였다. 아내가 보험회사를 다니지 않았다면 그
는 아마 굶어 죽었을지도 모른다. 그가 오늘날 이만큼의 생활이라
도 유지할 수 있었던 것은 오직 아내의 덕분이었다. 그도 남들처럼
번듯한 직장이 없었던 것은 아니었다. 그의 첫 직장은 제법 잘 나가
던 여성내의류 전문업체였다. 팬티 1251 캔디드 코랄, 팬티 1215 와
인, 브라 A컵 1131, 브라 B컵 1132, 파자마 509, 560, 슬립, 케미솔,
거들, 브리프, 블루우머, 내의……. 그 잡다한 품목의 여자 속옷의
수량과 단가를 판매장별로 계산해서 보고서를 작성하는 것이 그의
주요업무였다. 그 일을 3개월쯤 하자 그의 머리는 여자 속옷의 색
깔과 단가로 가득 차게 되었다. 그때부터 그는 만나는 여자마다 속
옷의 종류와 색깔로 분류하는 버릇이 생겼다. 저 여잔 화이트겠군.
아니야, 어쩌면 블랙이나 울트라 퍼플일지도 몰라. 브라는 C컵이겠
군. 가슴이 큰 걸 보니. 여자가 여자로 보이지 않고 오로지 팬티와
브래지어의 한 종류로 보이는 것이었다. 그러다 그는 어느 날 문득
자기 자리에서 벌떡 일어나 부장자리로 뚜벅뚜벅 걸어가 사표를 내

던지고 말없이 돌아서 회사를 나와 버렸다. 다른 직장에서도 마찬가지였다. 그는 옮기는 직장에서마다 월급을 세 번 이상 수령해 본적이 없었다. 드디어 사람들은 그를 '웃기는 놈' 내지는 '꿈꾸고 자빠진 놈'으로 부르기 시작했다. 그는 그 말을 대체로 수긍했다. 새 직장을 물색하는 일도 이미 포기한 채 그는 집안에 들어 앉아 꿈만 꾸고 있는 게 사실이었다.

그는 아내가 일 나간 빈방에서 하루 종일 뒹굴며 터무니없는 공상에 빠지곤 했다. 인간의 천국은 북두칠성이 아닐까. 북두칠성에 살던 인간이 북극성에 존재하시는 신의 명령에 의해 지구로 귀양 온 것이 아닐까. 그리하여 인간이 죽으면 그 영혼은 북두칠성으로 돌아가는 것이 아닐까. 이집트의 피라미드는 외계인과 교신하던 안테나의 형태가 아닐까. 어항 속의 금붕어에게 최면을 걸 수 있을까 등등. 아내의 말마따나 그는 '처녀 귀신 탱고 추는' 생각들로 하루 해를 보내곤 했다.

그는 아내의 화장대 위에 놓인 손거울을 슬며시 집어서 자신의 얼굴을 비춰 보았다. 거울 속에는 창백하고 선병질적인 얼굴의 사내가 퀭한 눈으로 그를 보고 있었다. 사내는 부스스하게 헝클어진 긴 머리를 하고 있었다. '참 길군' 그는 생각했다. 긴 머리 하나 제대로 간수하지 못하다니. 그는 갑자기 거울 속의 사내가 역겨워졌다. 그 사내를 버리고 아내에게로 가고 싶었다. 아내의 달콤한 살내음과 부드럽고 탄력 있는 몸이 말할 수 없이 그리워졌다. 그것은 달콤한 구속과 안온함에 대한 유혹이었다. 고통의 자유를 포기해 버릴 때의 그 달디단 자포의 쾌감에 대한 유혹이었다. 그리하여 그는 염치불구하고 얼큰한 취기를 한 가닥 지주 삼아 미적미적 아내에게 접근하였다.

"이거 놓지 못해욧?"

아내의 저항은 의외로 완강했다. 말끝에서 얼음 가루가 흩날릴 듯한 쨍한 고음과 함께 두 팔로 그를 맹렬히 밀쳐 내었다. 그는 울 듯한 음성으로 '미안하다. 이발하고 부도덕하고 무슨 관계가 있느냐. 내일은 틀림없이 이발하겠다. 그러니 오늘 밤만은……' 이렇게 애원하다시피 다시 접근을 시도하였지만 아내는 막무가내였다.

"어휴, 머리냄새……. 저리 가욧! 이발하기 전엔 어림두 없어요."

이러면서 발로 그의 앙상한 가슴팍을 옴팡지게 차대는 것이었다. 결국 그는 아내와의 동침에 실패하고 그날 밤을 뜬눈으로 지새웠다. 그리고 그는 이틀 밤을 더 버티었으나 사흘째 되는 날은 더 견디지 못하고 이발을 해치워 버리기로 결심하지 않을 수 없었다.

이튿날, 그는 아내의 고소 어린 환송을 받으며 도살장으로 끌려가는 황소의 심정으로 느기적느기적 이발소로 향하였다. 이발소의 회전 간판이 저만치 보이는 지점에서 그는 아랫배에 끙하니 한 번 힘을 주고 눈을 질끈 감았다가 떴다.

드르륵―.

긴장한 탓으로 팔에 힘을 너무 주어서인지, 이발소의 미닫이문을 여는 소리가 유난히 크게 났다. 이발소 안의 시선들이 일제히 문 쪽으로 달려왔다. 특히 이발용 의자 옆에서 가위를 놀리고 있던 이발소 주인은 '이건 뭐야?' 하는 듯한, 곱지 못한 눈빛으로 째려보았다. 그는 얼른 안으로 들어서며 문소리가 나지 않게 살그머니 문을 닫았다. 아니, 닫으려 했다. 그러나 힘껏 열려진 채 문틀에 꽉 끼어 버렸는지 문은 잘 닫히지 않았다. 조심스럽게 몇 번 손잡이를 당겨 보았으나 꿈쩍도 하지 않았다. 이번에는 두 손으로 잡고 힘껏 당겨 보았다. 그래도 문짝은 요지부동이었다. 한쪽 다리를 옆으로 내어 앙버

티며 몇 번 용을 썼다. 그러다가 그는 하마터면 뒤로 넘어질 뻔했다. 그놈의 문짝이 문틀에서 풀려 나오면서 갑자기 닫혔기 때문이었다.

꽝—.

아까보다 더 요란한 소리를 내며 문은 닫혔다. 그는 개구리처럼 발딱 넘어질 뻔한 몸을 황급히 추슬렀다. 또 한 번 실내의 시선들이 일제히 그에게로 몰려왔다. 주인은 가위질을 잠시 멈추고 '도대체 어떤 자식이야?' 하는 표정으로 아까보다 더 험상궂은 시선을 보내고 있었다.

그는 삶았다 방금 건져낸 홍당무 같은 얼굴이 되어 비실비실 대기용 의자로 가서 풀썩 주저앉았다. 이마에 돋아난 진땀을 손으로 슬그머니 훔쳐냈다. 얼마쯤 시간이 흐른 후에야 그는 비로소 실내를 둘러볼 여유를 찾았다.

이발관의 실내는 그에게 아주 낯익은 것 같기도 했고 또 전혀 낯선 것 같기도 했다. 그는 전에 그곳엘 와 본 것 같기도 했고 아닌 것 같기도 했다. 그곳은 이상한 세계였다. 그곳은 그가 이발을 강요당할 때마다 오던 곳이었지만, 올 때마다 그에게 낯설게 느껴졌다. 그는 이발의 필요성에 의해 그 이발관이 생긴 것이 아니라, 그 이발관이 생김으로 해서 사람들은 이발을 할 필요성을 느끼게 된 것이 아닐까 생각했다. 말하자면, 그에게 이발을 강요하는 것은 그의 아내가 아니라 그 이발관인지도 모를 일이었다. 사람들은 그것을 문화라 부르는 모양이었다.

아침나절인데도 이발소 안에는 손님이 많은 편이었다. 차례를 기다리고 있는 사람만 해도 그를 포함해서 너댓 사람이나 되었다. 이발소라는 곳이 원래 이 정도의 사람들이 모이면 시끌시끌할 법도 한데 이발소 안은 이상하게 조용했다. 차례를 기다리고 있는 사람

들은 멀거니 앞만 바라보고 있거나 신문에다 고개를 파묻고 있을
뿐 누구 하나 이야기를 꺼내는 사람이 없었다. 이상한 침묵이 흐르
고 있었다. 공기 중에 수은 같은 앙금이 생겨 그것이 밑바닥에 무겁
게 깔려 있는 듯한 느낌이었다. 가위질 소리와 세면대의 물소리만
거품처럼 피어올랐다가 공기 중으로 빨려들고 있었다. 그러나 그
소리는 그 이상한 침묵을 더욱 깊게 해 줄 뿐이었다. 그는 예전에도
이 이발소의 분위기가 이러했던가 하고 생각해 보았으나 기억해낼
수 없었다. 아니 자신이 예전에 이곳에 온 적이 있었는지 어쨌는지
그것마저 아리송했다.

사십대의 주인은 된퉁스런 표정으로 가위질에만 열중하고 있었
고, 아까 그가 그렇게 문과 씨름했음에 대해 '거 보슈! 문 좀 살살
여닫을 수 없소? 제기! 기차 엔진으로 해장을 하셨나……'라는 핀
잔쯤 대뜸 던져 옴직도 한 그 시건방져 보이는 젊은 이발사 녀석도
비누 거품에 파묻힌 손님의 머리를 손으로 북북 문지르며 이쪽으로
불량스런 시선만 홀깃홀깃 던져 올 뿐 말이 없었다. 이발소 안의 꽃
인, 오동통한 면도사 아가씨마저 암상난 암코양이 같은 등을 보이
며 면도칼을 재게 놀리고만 있었다. 깨끗하게 세탁된 하얀 가운이
그녀를 더욱 멋없이 딱딱하게 보이게 했다. 그러고 보니 주인과 젊
은 이발사도 모두 하얀 가운을 걸치고 있었다. 예전에도 그들이 가
운을 걸치고 일을 했던가 하고 그는 생각해 보았으나 그것도 역시
기억나지 않았다. 아니, 그 제복과도 같은 가운을 보면서 그곳이 무
얼 하는 곳인지도 잠시 혼란스러워졌다. 여기는 어딜까?

맞은편 의자의 삼십대 사내가 이발소 내의 침묵이 지루해서인지
하품을 길게 뽑아 올리다가 자신의 하품하는 모습을 이발용 거울
을 통해 빤히 바라보고 있는 주인의 시선과 마주치자 채 끝나지 않

은 하품을 화다닥 털어냈다.

그리고 또 침묵. 물소리. 가위 소리. 그놈의 가위 소리가 그에게 유난히 크게 들려 왔다. 그 소리가 들려 올 적마다 그는 약간씩 몸을 움찔거린다.

그때 그 침묵에 조그만 반역이 일어났다. 그의 옆에 앉아 있던 사십대의 중년 사내가 옆자리의 사내와 낮은 소리로 이야기를 시작했다. 그것은 자기 마누라에 대한 험담과 이발에 대한 이야기였다. 중년 사내는 처음에는 흘깃흘깃 주인을 돌아보며 이야기를 시작했다가 대화에 차츰 몰두하기 시작했다. 그러다가 도중에 두 사내 사이에서 다분히 의도적으로 보일 만큼 높은 웃음소리가 솟아올랐다. 웃음소리는 조용하던 이발소 안을 당돌하게 뒤흔들어 놓았다. 그는 얼른 주인을 돌아다보았다. 아니나 다를까. 주인은 가위질을 잠시 멈추고 황소같이 뚜릿뚜릿한 눈에 빳빳이 풀을 먹인 시선으로 두 사내 쪽을 노려보았다. 두 사내는 웃음을 뚝 그치고 머쓱한 표정으로 금세 잠잠해졌다. 다짐이라도 하듯 잠시 동안 더 쎄려보다가 주인은 다시 가위질을 계속했다.

그러한 주인의 몸짓은 키는 그리 크지 않지만 그의 당당한 체격과 험상궂은 인상, 그리고 소매를 걷어부친 굵직한 팔뚝에 뱀처럼 징그럽게 감겨 있는 긴 흉터와 잘 어울려 보였다. 젊은 시절엔 한때 뒷골목에서 한가락 했다는 소문이 있었다. 팔의 긴 흉터는 그 당시 깡패들 간의 패싸움에서 칼에 베인 자국이라는 설도 있었다. 아무튼 그 흉터는 그 이발관 내에서의 무언의 암시적인 힘이었고 규율이었으며 권위였다.

세 개의 이발용 의자 중 하나가 비었다. 그러나 차례를 기다리는 사람 중에서 아무도 선뜻 그 의자에 가서 앉는 사람이 없었다. 주인의 지시 없이 함부로 그 의자에 가 앉는다는 것은 적어도 이 이발소 내에서는 비문화적인 행동으로 간주될 것이며 주인의 그 흉터의 권위에 정면으로 도전하는 행위로 오해받으리라는 것을 그들은 너무도 잘 알고 있었기 때문이었다.

"다음."

방금 손님의 머리를 다 감겨 주고 난 젊은 이발사가 수건으로 비어 있는 이발용 의자의 팔걸이를 탁탁 치며 주인의 권한을 위임받아 다음 차례의 손님을 불렀다. 아까 하품을 하다가 주인의 눈총을 받았던 사내가 황급히 일어나 쭈뼛쭈뼛 의자로 다가가 조심스럽게 앉았다. 사내의 표정에 알지 못할 불안감 같은 게 어려 드는 것이 거울을 통해 확연히 보였다.

방금 이발을 다 마친 중년 사내는 거울을 보며 빗질을 하고 있었다. 사내는 조발된 머리를 빗으로 세심하게 다듬었다. 그는 그 사내의 뒤통수를 바라보며 뒷머리와 옆머리를 바짝 쳐 올린 게 꼭 팽이 같다고 생각했다. 그것도 낫으로 정성 들여 깎은 팽이가 아니라 기계로 똑같이 깎아 대량 생산하는 팽이 말이다. 빗질까지 다 마친 사내는 주인에게 정중하게 요금을 지불하고 조심스레 출입문을 여닫고 사라졌다.

사내가 사라진 출입문 쪽에서 휘파람 소리가 들려왔다. 그 휘파람 소리에는 일종의 해방감과 안도감이 동시에 진득하니 묻어 있었다. 그는 당장 밖으로 뛰쳐나가고 싶은 심정을 지그시 누르며 오랫동안 차례를 기다렸다.

두 번째 사내가 앞서의 사내와 동일한 머리, 동일한 동작으로 사라졌다. 예의 그 삼십 대 사내도 그 뒤를 따랐다. 그들은 모두 한결같이 출입문을 나서며 주문처럼 휘파람을 불었다. 드디어 그의 차례가 되었다.

"다음"

주인은 이쪽으로 돌아보지도 않은 채 명령하듯 말했다. 그는 황급히 일어나 그의 뒤에 들어온 두어 사내의 시선을 뒤통수에 느끼며 비칠비칠 이발용 의자로 다가가 올라앉았다. 우선 수건으로 목이 단단하게 조여졌다. 그는 그만 숨이 컥 막히는 기분이었다. 그 위에 다시 나일론으로 된 이발용 보자기가 펼쳐져 씌워졌는데, 목 부분의 가장자리를 빨래집게로 고정시킨 탓에 그것 역시 목을 조였다. 갑자기 불안감이 지나가는 새의 그림자처럼 급히 가슴을 스쳤다. 그는 거울 속의 자신을 마주 보았다. 그리고 초등학교 시절에 방학 숙제로 해본 적이 있는 곤충 채집을 생각해냈다. 매미, 말똥구리, 하늘소, 여치, 찌르레기, 방아깨비……

잡혀 온 곤충들은 산 채로 등에 핀이 꽂힌 채 두터운 마분지 위에 고정되어졌다. 그러면 그놈들은 마분지와 핀 머리 사이의 허공에 걸려 그 가늘고 긴 여러 개의 다리들을 허우적거렸다. 끝없이 전진하려는 자세로 그 반응 없는 허공을 덧없이 긁어댔다. 거울 속에서도 웬 사내가 목에 핀 대신 빨래집게가 꽂힌 채 불안에 떨고 있었다. 곤충들보다도 비겁하게 허우적거려 보는 시도도 없이.

흠뻑 젖은 물수건을 가지고 다가온 주인은 그의 머리에 물 칠을 하기 전에 확인이라도 하듯 그의 머리를 지그시 한 번 눌러 보았다. 잘 익은 수박을 고르듯이 두들겨 보지 않는 게 다행이었다. 주인은 드디어 말아 쥔 젖은 수건으로 그의 머리를 두들겨서 적시기 시작했다. 그에 따라 그의 머리가 좌우로 흔들렸다. 그는 목에 힘을 잔뜩 주었다. 그러자 이번에는 상체 전체가 흔들거리기 시작했다. 그는 의자의 팔걸이를 양손으로 각각 붙잡고 흔들리지 않으려고 애를 썼다.

갑자기 주인이 손놀림을 멈추고 이발용 대형 거울을 통해 그를 빤히 바라다보았다. 그는 반사적으로 얼른 목에서 힘을 뺐다. 잡고 있던 팔걸이도 슬그머니 놓아 버렸다. 주인은 다시 두드리기를 계속했다. 손놀림이 더욱 거칠어져 있었다. 그의 머리는 더 심하게 흔들렸다. 뒷다리 잡힌 개구리처럼……. 그 흔들림이 끝나자 그의 머리는 물에 빠졌다 나온 생쥐 꼴을 하고 있었다. 부풀어 있던 머리카락은 소금에 절인 배추처럼 숨이 죽어 두상에 찰싹 달라붙어 있었다. 그의 얼굴도 꺼멓게 숨이 죽어 있었다.

주인은 물수건을 휴지 버리듯 세면대 쪽으로 던지고 빗과 가위를 챙겨 들고 그에게로 다가왔다. 주인의 손에 들린 가위를 보자 그는 주사기를 들고 다가오는 간호원을 본 아이 모양 당장 의자에서 뛰어내려 달아나고 싶었다. 주인은 귓가에서 헛가위질을 채칵채칵 두어 번 해 보였다. 그것은 위협하는 소리처럼 들렸다.

싹둑―.

주인이 빗으로 빗어 내리며 젖은 머리칼을 자르기 시작했다.

싹둑, 싹둑―.

그 소리가 한 번씩 들릴 때마다 잘려진 머리카락들이 가슴 쪽의 하얀 나일론 천 위로 무더기 무더기 떨어져 내렸다. 옛날 군에 입대할 적에 이발용 손기계에 의해 깎여 흘러내리던 머리카락들이 생각났다. 그때 그는 생으로 무자비하게 깎인 맨머리를 보고 조금 울었었다.

"저, 저. 아, 앞머리와 옆머리는 너무 많이 치, 치지 마십시오."

갑자기 생각난 듯이 그는 거울 속의 주인을 바라보며 잠긴 목소리로 더듬거리며 말했다. 주인은 대답이 없었다. 빙긋하는 웃음기

같은 게 입가를 스쳐 치나갔을 뿐이었다. 그는 금세 후회했다. 자신이 크나큰 실수를 했음을 깨달았다. 머리를 얼마만큼 치느냐 하는 것은 적어도 이 이발소 내에선 순전히 주인의 권한에 속하는 것이었다. 그것은 주인의 전문 분야였고 고유 영역이었다. 그는 그것을 잠시 잊었다. 거울 속에 비치는 팔의 흉터가 꿈틀대는 듯이 보였다. 갑자기 그의 머리가 강한 힘으로 앞으로 숙여졌다. 주인의 투박한 손이 뒤에서 그의 머리를 밀었기 때문이었다. 주인은 뒷머리를 깎기 시작했다.

싹둑—.

주인은 한 번 더 그의 머리를 눌렀다. 빗과 가위를 가볍게 부딪쳐서 거기에 묻어 있는 머리카락을 털어내고서 주인은 또 다시 그의 머리를 한 번 더 눌렀다. 그는 사죄하는 자세로 깊숙이 고개를 숙이고 있어야만 했다. 그는 고개를 숙인 채 생각했다.

이곳은 어딜까. 나로 하여금 이유 없이 사죄하는 자세로 고개를 숙이게 만드는 이곳은 어디일까. 이곳의 진정한 주인은 누구일까. 저 불독처럼 생긴 흉터의 사나이가 주인일까. 아니면 이곳을 드나드는 저 객들이 주인일까.

그의 인생이 그의 것이면서도 그의 마음대로 되는 것이 아니듯, 적어도 그곳의 주인이란 개념에 자신이 포함되지 않는다는 사실만은 확실했다.

이발이 끝나고 그는 드디어 주인의 손을 벗어나 그 옆의 면도사 아가씨 자리로 옮겨 앉았다. 그리고 그는 크게 한숨을 내쉬었다. 목을 조여 오던 그놈의 수건과 이발용 천을 벗어 버리고 나니 우선 숨이 트여 오는 기분이었다. 그러나 그 기분도 잠시뿐, 면도사 아가씨가 면도칼을 들고 다가와 의자 옆에 달려 있는 칼갈이용 가죽 벨트에다 대고 갈기 시작하자 그는 도로 숨이 턱 막혀 왔다. 아가씨는 무표정하게 칼을 갈고 있었지만 그는 자꾸 그녀가 빙긋빙긋 웃고 있다고 느껴졌다.

칼 갈기를 마친 아가씨는 의자를 조작하여 그를 비스듬히 눕혔다. 아가씨의 가운에서 지독한 소독약 냄새가 났다. 그는 갑자기 아내의 살내음이 그리워졌다. 나프탈렌의 싸아한 냄새가 잠시 멀어졌다가 다시 다가왔다. 그 순간 그는 의자에서 벌떡 일어날 뻔 했다. 아내의 달콤한 체취가 못 견디게 그리워서가 아니라 아가씨가 그의 턱 주위에 덮어씌운 물수건이 너무 뜨거웠기 때문이었다. 아가씨는 물수건을 한 손으로 지그시 누르고 있었다. 그는 낮게 신음소리를 내질렀다. 턱이 다 익는 기분이었다.

물수건이 떼어내지고 그의 얼얼한 턱에 비누 거품이 발려졌다. 나프탈렌 냄새가 급작스럽게 비누 냄새로 바뀌어졌다. 비누를 다 바른 아가씨는 수염을 깎기 시작했다. 손가락으로 그의 입술을 잡아 늘이거나 코끝을 집어 올리기도 하고 입 가장자리를 누르기도 해가며 아가씨는 능숙한 솜씨로 면도를 해 나갔다. 그녀의 손놀림은 노련했지만 기계적이고 차가웠다. 틀에 짜여진 솜씨였고 그녀의 얼굴 표정처럼 무표정한 손놀림이었다. 그녀에게서 다시 소독약 냄새가 났다. 아가씨는 이발소 내의 조화(造花)였다.

아가씨가 턱 밑의 수염을 깎기 위하여 그의 턱을 가볍게 치켜 올렸을 때 그는 문득 언젠가 책에서 읽었던 갱 이야기를 떠올렸다.

외국의 어느 도시의 뒷골목 갱들이 두 패로 나뉘어 세력 다툼을 하고 있었는데 그 한쪽 집단에서 상대방 패거리의 보스를 제거하기 위해 그 보스가 전용으로 출입하는 이발관의 면도사를 매수했다. 돈에 매수된 그 면도사는 어느 날 면도 중에 느긋하게 잠이 든 그

보스의 목통을 예리한 면도칼로 순식간에 베어 버렸다. 기관단총으로 무장된 경호 부하들을 수십 명이나 거느리고 있던 보스는 그렇게 끽 소리 한 번 못 해 보고 황천행 열차를 타게 되었던 것이다.

그는 목에 찬바람이 감기는 기분이었다. 아가씨가 다 마쳤다는 신호로 등받이를 두 번 탁탁 두드렸다. 기계적으로 그는 의자에서 일어나 세면대로 향하면서 목을 한 번 쓰다듬었다. 그의 목은 건재했다. 그리고 앞으로도 건재하리라는 것을 그는 알고 있었다. 그 누구도 그를 암살하기 위하여 그 아가씨를 매수할 리가 없었다. 적어도 그가 이 이발소를 거쳐 나간 그 많은 사람들처럼, 또 거리에 나다니는 수많은 사람들과 똑같은 팽이 머리를 하고 있을 동안 만큼은. 그것에 반역을 꾀하지 않을 동안 만큼은.

그는 세발을 하기 위하여 세면대 앞의 의자에 앉았다. 젊은 이발사는 그에게 세면대에 머리를 숙이도록 했다. 그는 길게 목을 빼고 깊숙이 머리를 숙였다.

"더 숙여요."

이발사는 그를 보지도 않은 채 물통에 물을 채우고 습관적인 말투로 명령했다. 그는 코가 세면대에 거의 닿을 정도로 깊숙이 숙였다.

그는 머리를 세면대에 처박듯이 더 깊숙이 숙였다. 마치 참수(斬首)를 기다리고 있는 사형수처럼, 혹은 읍하는 자세로…….

"더."

망나니는 아주 긴 목을 좋아하는 법이었다.

드라이 기계로 그의 머리의 물기를 다 말린 주인은 빗으로 가르마를 타기 시작했다. 그는 늘 가르마를 머리의 오른쪽으로 타는 버릇이 있었다. 그것은 왼쪽 이마에 보기 흉한 흉터가 있기 때문이었다. 그 흉터는 고등학교 때 생긴 것이었다.

고1 때 그는 아는 선배의 소개로 우연히 비밀서클에 가입한 적이 있었다. 교내의 소위 주먹쟁이들이 모여 있는 서클로, 선배들은 모두 독특하고 퍽이나 멋있어 보였다. 적어도 처음엔 그랬다.

서클 가입식 날이었다. 학교가 파한 후 그를 비롯한 신참들과 회원들이 어느 선배의 집에 모였다. 그 집의 부모가 여행을 떠나 비어 있었다. 가입식의 첫 순서로 소주가 가득 든 큰 대접에 회원들 모두가 손가락을 칼로 베어 낸 피를 흘려 넣었다. 그리고 그 술을 모두가 돌아가며 마시는 것이었다. 마피아의 이니시에이션 흉내를 낸 그 의식은 혈맹의 결속을 다짐하는 것으로, 매우 엄숙히 진행되었다. 그는 결코 그 술을 마시고 싶지 않았으나 분위기에 눌려 간신히 마시는 흉내를 냈다. 다시 술이 한 순배 돌고 나자 흥이 무르익어 갔다. 신참들은 자기 소개와 노래로써 신고식을 했다. 신고식이 끝나자 어디선가 여자아이 하나가 나타나 판에 끼어들었다. 여자아이는 선배들과는 구면인 듯 농담을 주고받고 장난을 치며 높은 소리로 웃어댔다. 여기저기서 권하는 술을 거침없이 받아 마셨고 유행가를 독창으로 뽑아 올리기도 했다. 그러다 그 여자아이는 어느 방으로 사라졌다. 잠시 후 신참들이 하나씩 그 방으로 불려 들어갔다. 그 방을 나온 녀석들은 술기 때문만이 아닌 열기로 얼굴이 벌겋게 상기되어 있었다. 드디어 그의 차례가 되어 그도 방으로 불려 갔다. 여자아이가 베개에 비스듬히 기댄 채 담배를 피우고 있었다. 그녀가 그에게 가까이 오라고 손짓을 했다. 아, 그때 그는 보았다. 벌거벗은 채 젖어 있는 그녀의 사타구니께를. 그걸 본 순간 그는 격렬한 혐오감으로 울컥 구역질이 치솟았다. 방바닥에 꺽꺽 속엣것을 토해 놓고, 그는 방문을 박차고 뛰쳐나와 그 길로 신발을 찾아 신고 그 집을 빠져나오고 말았다.

　이튿날 그는 선배들에 의해 학교 뒷산으로 끌려갔다. 선배들은 서클 회원으로 남을 것이냐고 물었다. 그는 단호하게 아니라고 대답했다. 그는 결코 그들과 똑같이 말하고 똑같이 생각하고 똑같이 행동하고 그리고 똑같은 여자를 소유하고 싶지가 않았다. 대답이 채 끝나기도 전에 주먹이 날아왔다. 그러곤 무차별로 가해지는 주먹질과 발길질들. 그는 끝내 정신을 잃었고 깨어났을 땐 이마가 피로 범벅이 되어 있었다. 그날 이마를 다섯 바늘이나 기워야 했다. 그가 집단의 획일주의에 극도의 혐오를 갖기 시작한 것은 그때부터였다. 그 흉터는 말하자면 집단에 대한 반역의 흔적이었다. 보기 싫은 그것을 가리기 위해서 그럴 뿐만 아니라 그의 가마는 오른쪽에 나 있었기 때문에 그쪽으로 가르마를 타는 게 머릿길이 잘 잡혔다.

　그러나 주인은 왼쪽으로 가르마를 타고 있었다. 이마의 흉터가 완연히 드러나 보였다.

　"저, 저는 오른쪽으로 가르말 타는데요."

　주인은 빗질을 멈추지 않고 한참 동안 말없이 거울을 통하여 그를 지켜보더니 손으로 거울 위를 가리켜 보였다. 주인의 쳐든 팔뚝의 흉터가 그의 눈앞에 어른거렸다. 그는 거울 위를 바라보았다. 거기에는 근간에 새로 개발된 표준 헤어스타일이라는 설명과 함께 예의 그 팽이 머리를 한 사내의 옆얼굴과 앞얼굴의 사진이 나란히 붙어 있었다. 사내의 가르마는 왼쪽이었다. 그러고 보니 그의 앞 차례로 이발을 하고 나간 사람들 모두가 왼쪽으로 가르마를 하고 있었던 것 같았다. 언제 이런 게 생긴 것일까. 내가 나 자신의 자유의 탑 속에 갇혀 있을 때 사람들은 함께 음모하였던 것일까. 가르마를 모두 왼쪽으로 통일시키기로. 여기는 어딜까. 이곳의 주인은 정말 저 이발소 주인일까. 그 빌어먹을 가르마. 그것이 왼쪽이든 오른쪽이든 결국은 한 가지일까.

그는 주인에게 요금을 지불하고 출입문 옆에 걸려 있는 거울에 자신의 모습을 비추어 보았다. 거울 속에는 그의 서른 살의 나이가 표준 스타일로 깎여 있었다. 거울 속에 그는 없었다. 그는 어디론지 증발하고 그 표준 스타일의 그 껍데기만이 어정쩡한 몸짓으로 서 있었다. 아니, 거기엔 웬 낯모르는 사내가 슬픈 눈으로 그를 쳐다보고 있었다.

아까 들어설 때보다 출입문을 더 거세게 열고 그는 밖으로 뛰쳐나갔다. 등 뒤에서 욕지거리가 달려왔다. 아마도 젊은 이발사 녀석이리라. 하나 그건 아무래도 좋은 일이었다. 뛰어가면서 그는 휘파람을 불어보았다. 휘파람은 호흡에 막혀 마디마디 끊겨 나왔다.

그날 저녁에 그는 술에 취해서 집으로 돌아왔다. 아내는 머리를 '요령 좋게' 깎고 온 그를 눈물을 글썽이며 맞아주었다. 여자를 감격시키기란 얼마나 쉽고도 어려운 일인가. 오랜만에 그는 아내와 잠자리를 같이 할 수 있었다. 그는 아내의 달콤한 살내음을 흠씬흠씬 들이마시며 울었다. 아내의 풍만한 젖가슴에 고개를 처박고 섧게 섧게 울었다. 데릴라에게 머리카락을 잘린 삼손처럼······.

"괜찮아요. 괜찮아요. 산다는 게 다 그런 거예요."

아내는 그의 등을 토닥여 주며 자상한 손위 누이처럼 말했다. 그는 울면서 아내에게 고백했다.

"내 가르마는 오른쪽이야."

(1982년)

사수
射手

놈은 창밖의 무화과 나뭇가지 위에 앉아서 적의가 가득 깔린 두 눈을 빛내며 이쪽을 들여다보고 있다. 그러나 놈을 향해 쏘아대는 엽총은 빈번히 흰 연기만 풀썩 내고 말거나 플라스틱으로 조잡스럽게 만들어진 장난감 총처럼 힘없이 휘어져버리기만 할 뿐이다. 두 팔에 심한 무력감이 뱀의 허물처럼 감겨져 온다. 그러한 이쪽의 사정을 빤히 알고 있다는 듯이 놈은 시커먼 몸뚱이에 비해 유난히 빛나는 두 눈으로 이쪽을 노려보며 의연하게 버티고 앉아 있다. 갑자기 공포감이 전신으로 밀어닥친다. 허겁지겁 새로운 총을 찾아 들고 놈을 겨냥한다. 그러자 그때까지 나뭇가지 위에서 이쪽의 행동력을 완전히 무시해버린 자세로 옴쭉도 없이 앉아 있던 놈이 갑자기 날아오르며 이 시커멓고 커다란 날개로 덮쳐온다.

번쩍 눈을 떴다.

클린트 이스트우드가 맞은편 벽에 걸어둔 사진 속에서 매그넘 44의 거대한 총구로 이쪽을 겨냥하고 있었다. 불쾌한 꿈이었다. 이마를 훔친 손바닥 끝에 땀이 묻어났다. 민후는 머리맡을 더듬어 담배를 찾아 불을 당기며 놈이 드디어 꿈속에까지 침입하였다는 사실이 새삼 불쾌해졌다.

놈은 검은 매의 일종인 듯하였지만, 민후는 아직 한 번도 놈의 모습을 좀 전의 꿈속에서처럼 똑똑히 본 적이 없었다. 놈은 항상 예기치 않은 곳에서 언뜻언뜻 나타나 시야의 한 귀퉁이에 예리한 선을 그어놓고 후딱 사라져버렸기 때문이었다. 그것은 지나가는 빛의 속도처럼 짧고 순간적인 시간에 일어나는 일이었다. 놈은 언제부턴지 민후를 줄곧 그림자처럼 따라다녔다. 민후가 가는 곳이면 어디든 언뜻언뜻 나타나 신경을 건드려놓았다. 놈의 시커먼 그림자는 팝송이 쾅쾅 울려 제치는 다방의 창문가를 휙 스쳐 지나가기도 했고, 인파가 붐비는 시내 번화가의 쇼 윈도우에 언뜻 비치기도 하였으며 시내로 나가는 버스의 창문 가를 검은 섬광처럼 재빠르게 스치기도 하였다.

민후는 그러한 놈에 대해 언제부턴지 가슴속에 총을 준비하고 있었다. 아니, 어쩌면 이미 준비되어 있던 총이 놈을 불러들였는지도 모를 일이었다. 하지만 민후는 아직껏 그 총으로 놈을 향해 겨냥조차 제대로 한 번 못하고 있었다. 그만큼 놈의 출몰이 빛처럼 순식간에 이루어졌던 것이다. 한데, 놈은 요즈음 들어 갑자기 그 출현의 빈도수를 부쩍 늘리더니만, 이젠 기어코 꿈속에까지, 그것도 아주 또렷한 형태로 나타나기 시작한 것이다. 그것은 심상찮은 불길한 조짐이었다.

담배가 손가락 사이에서 누에 등 같은 재를 달고 혼자 타고 있었다. 민후는 다시 한 모금 깊이 빨아들였다. 새벽의 담배 맛은 혓바닥을 깔깔하게 해주었다.

M대 체육실 복싱부.

왼손 잽이 집요하게 따라붙었다. 헤드워크로 피하면서 복부를 향해 레프트를 밀어 넣었다. 손끝에 당연히 전해져 와야 할 충격감이 없다고 느낌과 동시에 상대의 라이트가 짧은 곡선을 그리며 날아들었다. 귓가에서 전선줄에 걸리는 겨울바람 소리가 났다. 이마에 진땀이 바짝 돋았다. 연이어 파고드는 원투를 더킹으로 피하면서 민후는 자꾸 후회스러워졌다. 애초에 링에 오르는 것이 아니었다. 수업을 마치고 체육실로 들어서는 민후를 향해 후배 녀석 하나가 링위에서 글러브를 낀 채, "형, 한 수 하지 않겠수?"라고 던져 왔었다.

권투에 대한 흥미도, 연습에 대한 의욕도 잃어버린 지 이미 오래라, 평소 같으면 그냥 외면해버렸을 텐데 그날따라 벗어젖히고 뛰어오른 것은 전날 현진이 약속 장소에 나타나지 않은 데서 오는, 께름칙한 감정의 작용이 컸으리라.

상대의 잽이 볼에 작은 충격을 주었다. 잇따른 라이트. 돌면서 피했다. 현진은 왜 나오지 않았을까. 계속 돌면서 레프트를 날렸다. 카버 위였다. 교통사고라도 당한 것이 아닐까. 아니면 병이라도 났나? 그렇다면 연락이라도 할 텐데……. 눈앞에 불이 번쩍 들어왔다. 퍼뜩 정신이 들었다. 민후는 딴 생각을 하고 있었다. 급히 백스텝으로 피했다. 그러나 따라 붙은 상대의 라이트 훅이 명치께에 강한 충격을 주었다. 숨이 막혔다. 황급히 원투를 뻗었다. 살짝 허리를 굽히며 그것을 머리 위에 흘린 상대가 어퍼컷으로 턱을 쳤다. 아찔했다. 이어서 오만스러울 정도로 크게 벌린 상대의 오픈 블로가 날아들었다.

딱— 하는 아주 먼 데서 들려오는 듯한 소리와 함께 주위가 일시 정지해버림을 느끼며 민후는 영화의 느린 동작에서처럼 서서히 링

바닥으로 가라앉는 자신을 보았다. 눈앞에 상대가 거대한 고목처럼 서서 내려다보고 있었다. 그리고 그 고목의 뒤에서 체육실 천정을 향해 무수히 날아오르는 그 검은 매의 그림자를 보았다. 검은 그림자들은 박쥐 떼 모양 높은 체육실 천정을 어지럽게 날아다녔다. 그러나 민후는 총을 꺼낼 수가 없었다. 손가락 하나 까딱할 수가 없었다. 민후는 그게 안타까웠다.

패배―. 한때는 그것을 모르던 시절이 있었다. 전국 고등부 최우수 유망주로 꼽히던 시절, 그땐 날 이길 자가 누구냐고 속으로 오만을 부리기도 했었다. 하지만 언제부턴지 패배는 걸맞은 친구 녀석처럼 민후의 곁에 다가서 있었다. M대 복싱부에서 별 볼일 없는 후보 선수라는 위치와 함께……. 그것은 외부로부터 온 것이 아니라 자신도 모르는 사이에 가슴속에서 싹이 돋아 뿌리를 내린 것인지도 모를 일이었다. 또 그 뿌리는 이제 떼어낼 수 없게 아주 단단히 그리고 가슴 깊이 고착되어버린 것인지도.

H유원지로 가는 버스 속.

현진에게 엽서로 만나자고 한 날이었다. 약속 시간까지 남은 시간을 메꾸기 위해 H유원지로 가기로 했다. H유원지로 가는 버스는 한산했다. 흐린 날씨 탓일 게다. 민후는 뒷자석의 창문가에 앉으며 사들고 온 신문을 펼쳤다. 신문의 사회면은 시내 번화가 다방에서 일어난 인질사건으로 떠들썩해 있었다. 하지만, 다방 인질 사건 따위는 더 이상 자극적인 기사거리가 되지 못했다. 민후는 건성으로 훑어보고 뒷장으로 넘기려다가 흠칫 긴장했다. '사상자 3명, 현재 경찰과 대치 중'이라고 쓴 부제 밑에 실려 있는 사진 때문이었다. 아니, 사진 속의 미소 때문이었다. 사진은 망원렌즈로 잡았는지

이 층 창문가에서 칼빈총을 든 채 얼굴을 비스듬히 내밀고 웃고 있는 청년의 모습을 가깝게 포착하고 있었다. 청년은 사진 속에서 기묘하게 웃고 있었다. 묘한 웃음이었다. 입술을 끌어당기고, 자조(自嘲)하는 듯이, 조소하는 듯이, 또한 잔인성과 불가사의한 어떤 여유마저 내풍기며 웃는 그런 웃음이었다.

민후가 놀란 것은 그 웃음의 그런 성질 때문이 아니라, 그 웃음이 매우 낯익었기 때문이었다. 꼭 어디서 많이 본 듯한 웃음이었다. 혹시 아는 사람이 아닌가 하고 사진을 다시 들여다보았다. 다행히 아는 사람은 아니었다. 어디서 보았을까. 분명 낯이 익은데……. 그러다 민후는 언뜻 머릿속을 스치는 느낌을 잡았다. 기철이었다. 같은 과의 유일한 친구. 어제만 해도 시장통 술집에서 막걸리를 옷에 배이도록 함께 퍼마셔댄 기철이었다. 분명 기철의 웃음은 사진 속의 청년의 웃음과 흡사한 점이 있었다. 평소에 기철은 아주 게걸스럽게 웃는 편이지만, 어떤 경우엔 문득 문득 사진 속의 기묘한 웃음과 같이 자조와 조소가 담긴, 그리고 잔인성이 엿보이는, 또한 우리 속에서 성교를 즐기고 있는 원숭이들을 보고 실실 웃고 있는 사람들을 오히려 되지켜보며, 혼자서 웃고 있는 듯한, 그런 음침한 웃음을 떠 올리곤 했다. 박 기철, M大 사격부원이자, 국내 굴지의 T그룹 회장의 독자. 어머니가 없는, 자기 아버지를 엽총으로 쏘아버리길 갈망하는, 파괴에 미친, 혐오감을 주지만 미워할 수 없는, 끊어지지 않는 끈을 느끼게 하는 새끼. 녀석의 웃음이 왜 극한 상황에 처한 인간의 자아분열적인 웃음을 닮아야만 하는 것일까.

민후는 신문을 접고 창밖을 내다보았다. 늦여름의 흐린 하늘 아래 거리의 쇼 윈도우들이 흐르고 있었다. 언젠가 기철이 한 이야기가 떠올랐다. 차를 타고 거리를 지나노라면 가끔 M16으로 거리의 쇼 윈도우들을 차례로 박살 내고 싶은 충동을 느낄 때가 있다고. 미친 새끼.

검은 매의 그림자가 휙 창가를 스치고 지났다. 휙 또 지나쳤다. 민후는 재빨리 총을 꺼냈다. 그리고는 놈의 그림자가 언뜻 비치는 거리의 쇼 윈도우를 향해 무차별 사격을 시작했다.

해변가에 자리 잡은 H유원지의 S사격장.

시대표 선수들의 연습장답게 S사격장은 깨끗하고 고급이었다. 공기총도 성능이 우수한 독일제로 구비되어 있었다. 사격장 안은 한산했다.

"여, 오랜만이군."

주인 장 씨가 악수를 청해왔다. 건성으로 받으며 물었다.

"기철이 녀석 안 나왔습니까?"

"좀 전에 나왔어. 벌써 한바탕 당기고, 요 앞 당구장에 간다더군. 그렇지 않아도 너 나오면 거기로 오라던데."

"음, 알겠어요. 타켓 한 장 줘요."

"쏘게?"

"네."

개머리판을 볼에 밀착시켰다. 가늠자 구멍에 가상의 열십자를 긋고 그 중심점을 가늠쇠 끝과 일치시켰다. 가늠쇠 위에 타켓의 검은 원이 가볍게 떠올랐다. 호흡을 멈췄다. 12초를 넘겨서는 안 된다. 폐 속에 감금당한 공기가 서서히 팽만하면서 탱글탱글한 충족감이 온몸을 옥죄어왔다. 그 충족감이 최대치가 될 때까지 기다렸다. 점차 숨이 가빠졌다. 12초를 훨씬 넘고 있었다. 참을 수가 없을 만큼 충족감이 풍선처럼 부풀어 올랐다. 방아쇠를 당겼다.

채찍 끝으로 땅바닥을 짧게 치는 소리와 함께 온몸을 채우고 있던 충족감이 일시에 빠져나갔다. 아랫배가 쭐끔쭐끔 주름 잡히며 오줌이 찔끔 나왔다. 배설의 쾌감. 젠장할.

기철이 말한 적이 있었다.

"사격은 성교와 비슷해. 다만 타켓만 다를 뿐. 총을 봐라. 사내 놈 그것과 비슷하게 생겨먹지 않았니? 또한 그 과정과 결과마저 비슷하단 말씀이야. 타켓의 관통, 처녀막의 파괴."

그리고 기철은 낄낄거리며 게걸스럽게 웃어젖혔다. 민후는 반박했다.

사격은 파괴적이지만 성교는 생산적이며 사격은 적의로 이루어지지만 성교는 사랑으로 이루어진다고…….

"생산적이라고? 피임약의 효용을 모르시는군. 적의라고 했나? 하지만 타켓처럼 사랑스런 물건도 없을 걸?"

기철은 사격에 미쳐 있었다. 사격에 미쳐 있는 만큼 성교에도 미쳐 있었다. 그래서 기철의 여성 관계는 늘 복잡했다. 기철은 사격에서 타켓을 놓치는 법이 없는 것처럼 한 번 노린 계집애는 절대로 놓치지 않았다. 어떠한 수단을 써서라도 쟁취하고야 말았다. 민후는, 사격, 총, 군대, 남성, 남성의 그것, 배설의 쾌감……. 이런 식으로 전개되는 녀석의 논리가 맞는 것인지도 모른다는 생각이 들 때가 가끔 있었다.

S사격장 앞 당구장.

기철은 혼자서 공을 치고 있었다.

"한 게임 할까?"

기철이 다가서는 민후를 돌아보곤 계속 큐대를 놀리며 말했다. 민후는 큐대를 뽑아 들었다. 딱, 당구공이 맞부딪치는 소리는 언제 들어도 상쾌하다. 민후의 공이 힘을 너무 먹은 탓에 바킹을 범하고 말았다.

"현진이는 만났니?'

기철이 교묘하게 키스를 피해 하나를 치며 물었다. 어젯밤 취중에서 한 말을 기억하고 있었나 보다.

"아니, 지금 갈 거야."

"오늘도 나오지 않을걸."

"그걸 네놈이 어떻게 알지?"

"예감."

"예감 사랑하시는구만. 사는 데 지장 없으면 그런 기분 나쁜 예감은 버려도 괜찮아."

"후후, 자신만만하시군."

기철은 그 특유의 묘한 웃음을 입가에 떠올리며 빈정대듯 받았다.

민후는 그 웃음을 보고서 갑자기 오늘도 현진이 나오지 않을지도 모른다는, 왠지 모를 불안감이 퍼뜩 일어났다. 기철은 현진과 몇 번 만난 적이 있어 얼굴 정도는 알고 있었다. 민후가 현진을 만나러 갈 때 어쩌다 기철과 동행하는 수가 있었기 때문이었다. 기철은 현진의 앞에서는 괴벽스런 언동을 삼가는 눈치였지만, 민후와 현진의 관계에 대해서는 퍽 냉소적이었다. 순수하고 진정한 사랑 따위의 개념은 기철에게 처음부터 아예 먹혀들지 않는 성질의 것이었는지도 몰랐다. 기철은 일곱 개를 치고 있었다. 기철의 당구 실력은 그 사격 솜씨만큼 정확하고 또한 파괴적이었다. 공을 모으는 법이 없었다. 모여 있는 공도 오히려 두들겨 부숴서 쳤다. 그런데도 기철은 정확한 가격으로 잘도 쳤다. 녀석의 저 파괴성은 어디서 오는 것일까. 사실 기철은 무엇이든 파괴하고 싶어 했다. 특히 완전하거나 우월한 것, 또한 질서정연한 것은 거의 광적으로 파괴하려 들었다. 그래서 공사장 근처에 이제 막 찍어내어서 줄 지워 늘어놓은 블록장들을 발견하면, 민후가 말릴 사이도 없이 뛰어들어 난장판을 쳐놓고 실실 웃으며 기어 나오다가 주인에게 잡혀 블록값을 물어주기도 했고, 술에 취하면 곧잘, 정장을 하고 지나가는 예쁜 아가씨 앞에서 그것을 꺼내놓고 태연히 볼일을 보다가 경찰서 신세를 지기도 했다.

'파괴는 창조의 아버지다. 파괴가 없으면 창조도 없는 법. 파괴는 적의에서 출발하는 것이 아니라 대상에 대한 사랑에서 출발한다. 모든 사물의 본질은 파괴를 통해서만 규명되는 것이다.'

기철의 그러한 행동에 대해 민후가 그 유치성을 들어 공박할라치면, 기철이 내세우는 방패막이는 늘 이런 식이었다.

게임은 역시 기철의 파괴적인 쓰리 쿠션으로 끝이 났다. 현진을 만나러 갈 시간이었다. 기철은 다시 혼자서 공을 굴리기 시작했다.

"기숙이가 너 한번 보자더라."

돌아서 나오는 등 뒤에서 기철이 불쑥 말했다. 기철은 여전히 등을 보이며 각도를 재고 있었다. 민후는 그 등을 향해 총구를 겨누고 싶은 충동을 가까스로 참았다. 당구장 문을 거세게 밀며 밖으로 나왔다. 정류장을 향해 걸었다. 보름 전의 기억이 씁쓸하게 되살아났다.

민후가 기철의 집에 간 적은 많지 않았지만 그럴 경우 대개 같이 밤늦도록 퍼마셔대 둘 다 물먹은 걸레처럼 술에 취한 때였다. 기철의 집은 술 취한 눈에도 언제나 스산한 느낌을 주었다. 그도 그럴 것이 그 큰 집에 식구라고는 기철과 기철의 여동생, 가정부 아줌마, 뒷방에서 사는 정원지기 할아버지, 그리고 가끔 자고 가는 운전수뿐이었으니 말이다. 기철의 어머니는 기철의 아버지의 바람기에 기철이 고등학교 일학년 때 화병으로 죽었다고 하고. 기철의 아버지는 그 후 여러 첩 집들을 전전하며 집에는 어쩌다 생각난 듯이 가끔

들를 뿐이라고 했다. 그러한 자기 아버지에 대한 기철의 증오심은 대단한 것이었다. 기철은 언젠가는 자기 아버지를 엽총으로 쏘아버릴 거라고 뇌까려대곤 했다.

기숙은 기철의 하나뿐인 여동생이었다. 너무 일찍 욕정에 눈뜬 계집애였다. 기철의 말대로라면 그녀의 남성편력은 기철의 여성관계보다 더 화려한 것 같았다. 술이 깬 다음 날 아침에 복도나 세면장에서 단둘이 마주치곤 할 때 그녀의 눈에는 늘 유혹 같은 게 서려 있었다. 그녀의 언동에서도 유혹의 손짓을 다분히 느낄 수 있었다. 잠옷 차림을 부끄러워하지도 않는 눈치였고 고개를 한껏 뒤로 젖히며 높은 소리로 웃기도 잘했다. 어느 땐 아슬아슬한 핫팬츠 차림으로 민후 앞을 유유히 지나치기도 했다. 민후는 그녀가 주는 그런 느낌을 애써 외면해오고 있었다. 그날도 기철의 집에 당도하였을 때 둘은 꽤 취해 있었다. 이 층 기철의 방으로 올라온 둘은 음담패설을 안주 삼아 다시 맥주잔을 기울이며 키득거렸다. 그러다가 기철이 화장실에라도 가는지 일어나 방을 나갔다. 잠시 후에 돌아온 기철은 두 손을 바지 주머니에 찌르고 방 가운데 우뚝 서서 그 자조적이고 뭔가를 음모하는 듯한 음침하게 즐기는 듯한 예의 그 미소를 띤 채 민후를 한참 동안이나 바라다보고 있었다.

"왜 그래?"

다시 술잔을 기울이고 있던 민후는 기철의 그런 웃음을 발견하고 의아해하며 물었다.

"너 지금 목욕탕에 가 봐."

기철은 여전히 우뚝 서서 그 미소를 더욱 짙게 하며 속삭이듯 말했다.

"도대체 무슨 일이야?"

"아무튼 가 봐. 그리고 그 다음은 네 마음이 시키는 대로 행동해도 좋다."

그리고 기철은 침대에 벌렁 누우며 병적일 만큼 괴상한 웃음을 키득대다가, 그래도 영문을 몰라 앉아 있는 민후를 떠밀다시피 밖으로 쫓아냈다. 민후는 취중에서도 호기심을 느끼며 비실비실 목욕탕으로 내려갔다. 목욕탕 문의 조금 열린 틈으로 빛이 새어 나오고 있었다.

여자의 가벼운 콧노래 소리와 물 끼얹는 소리가 들려왔다.

그 소리를 듣는 순간 민후는 기철의 웃음의 의미를 알아차렸다. 기철, 이 미친 새끼. 갑자기 허파 깊숙한 곳으로부터 웃음기가 끓어올랐다. 웃음기는 참을 수 없게 자꾸만 끓어올랐다.

벽에 머리를 기대고 한참 동안 그 웃음기를 속으로 죽였다. 취기가 머리 쪽으로 몰렸다. 목욕실 문을 노크했다. 콧노래 소리와 물소리가 동시에 그쳤다. 문을 열고 들어섰다.

기숙은 잠시 놀란 표정이더니 이내 무표정에 가까운 얼굴로 빤히 올려다보며 꼼짝도 하지 않았다. 욕조 속의 알몸이 물 위에 우윳빛으로 떠올라 있었다. 민후는 허리를 굽히며 욕조 끝에 정지해 있는 그녀의 손을 잡으려 했다. 그런 민후의 손을 그녀가 갑자기 탁 뿌리쳤다. 반사적으로 욕조 속의 상반신을 거세게 끌어안아 올렸다. 미친 새끼. 그래 좋다. 네놈의 그 끝없는 퇴폐적 파괴에 참여해주마. 해주고말고. 민후는 비누냄새가 섞인 야릇한 여자의 몸 냄새를 깊이 들이마셨다. 그녀는 더 이상 저항하지 않았다. 잠시 후 그녀는 민후보다도 오히려 적극적인 몸짓이었다.

J다방 근처.

현진과 약속한 J다방으로 가기 위해서는 한참 길을 우회하여야

336

했다. 바로 근처에 다방 인질 사건의 현장인 다방이 있었으므로 그 다방을 통하는 길이 모두 봉쇄되어 있었기 때문이었다. 저만치 골목 어귀에 여러 대의 경찰차가 서 있는 것이 보였다. 그 너머로 철조망을 씌운 바리게이트의 어깨가 내다보였다. 민후는 신문에서 만난 청년의 웃음이 생각났다. 청년은 저 완전한 포위망 속에서 동굴 속의 표범처럼 웅크리고 앉아 그 기묘한 웃음으로 자신의 패배를 확인하고 있을 게다. 개머리판 없는 칼빈 소총을 발톱 삼아……. 어떤 절망의 깊이가 청년을 저토록 패배시키는가. 도대체 무엇이 청년을 저 포위망 속으로 밀어 넣었는가. 멀리서 자수를 권유하는 스피커 소리가 들려왔다. 민후는 청년이 절대로 자수하지 않을 것이라는 까닭 모를 확신이 들었다.

J다방.

다방 안은 잔잔한 클래식 음악이 물속처럼 떠다니고 있었다. 사람들은 금붕어의 지느러미 같은 수족들을 놀려 차를 마시고 조화처럼 웃으며 담소하고 있었다. 불과 몇 백 미터의 거리 안에서 한 인간이 처절하게 파멸하여가는 일 따위는 그들의 의식의 영역 밖의 문제인 듯했다.

민후는 갑자기 그 청년이 가소로워졌다. 형씨, 형씨는 지금 도대체 뭘 원하고 있소? 괴물처럼 거대한 이 도시는 형씨에게 아무것도 줄 게 없다고 하오. 형씨의 마지막 발톱도, 개머리판 없는 칼빈도 보다 짙은 빛깔의 패배 이외는 아무것도 형씨에게 줄 게 없을 것이오. 형씨도 이미 체득하였다시피……. 약속 시간에서 10분이 모자라 있었다. 현진은 정말 오늘도 나오지 않을까. 정말 교통사고라도 당한 것이 아닐까. 그녀는 이 자리에서 나직나직한 음성으로 이야기했다.

"세상 모든 것을 도전과 응전으로만 해석하려 들지 마세요. 조화와 균형으로도 충분히 훌륭하게 살아갈 수 있는 세상인 걸요. 더욱이 세상에는 아직도 사랑할 만한 게 너무 많아요."

착한 계집애. 그래 너라면 조화와 균형으로도 훌륭하게 이 세상을 살아갈 수 있을지 모른다.

"사람들은 왜 만나기만 하면 싸우려 들고 서로 이기려 드는지 모르겠어요. 싸우면 어느 쪽이든 상처를 받게 마련이고 이기려 들면 패배의 부담이 그만큼 커질 텐데요."

"하지만 사회 구조가 그 싸움을 불가피한 것으로 만들고 있다면?"

"사회에 대해선 전 아직 잘 알지 못해요. 하지만 전 누굴 이겨본 적이 없어도 지금까지 행복하게 살아온 것 같아요."

"그건 널 사랑하는 내가 있기 때문이 아닐까?"

"어머, 엉터리."

그러고 둘은 웃고 말았다. 하지만 진아, 넌 패배가 뭔지 모른다. 패배는 외로움이란다. 끝없는 외로움. 사람은 외로워지면 무슨 짓을 할지 모르는 위험한 동물이지. 그녀와 보내는 시간은 언제나 마음이 풍요로웠다. 그때만큼은 그 검은 매의 존재도 잊어버릴 수가 있었다.

사실 그녀와 같이 있을 때 그놈이 그 기분 나쁜 그림자를 내비친 적은 한 번도 없었다. 약속 시간에서 10분이 지났다. 그래도 현진은 나타날 기미를 보이지 않고 있었다. 입구 쪽으로 눈이 자주 갔다. 40분이 지났다. 현진은 끝내 나오지 않았다. 전화도 없이……. 민후는 불길한 예감을 느끼며 자리에서 일어났다.

일요일. J다방으로 가는 거리.

하늘은 잔뜩 흐리고 어두웠다. 금방이라도 비를 퍼부을 듯 시커

먼 먹구름이 낮게 드리워져 있었다. 며칠째 찌뿌둥한 표정이더니 드디어 한바탕 퍼부을 형세였다. 라디오의 기상예보는 이번 여름의 마지막 태풍이 몰아칠 거라고 예고하고 있었다. 두 번째 엽서로 현진과 만나자고 한 날이었다. 이틀 전에 엽서를 띄우고도 안심이 되질 않아 근무지인 시골 초등학교로 몇 번이나 시외전화를 넣었지만 현진은 빈번이 자리에 없어 연결이 되질 않았다. 나중엔 전화 받는 사람에게 이쪽 전화번호를 가르쳐주며 꼭 연락하란다고 전해주길 당부했지만 아침까지 종내 무소식이었다. 오늘도 현진이 나오질 않으면 집으로 찾아가 보아야겠다고 생각하며 민후는 버스를 내려 J 다방 쪽으로 걸어갔다. 이번에는 길을 우회하지 않아도 좋았다. 바리게이트는 걷혀 있었고 경찰차도 구경꾼도 보이지 않았다. 다방 인질 사건이 일어났던 현장으로 통하는 길목은 언제 그런 일이 일어났느냐 싶게 일요일을 즐기기 위한 인파들이 오가는 평범한 거리로 변해 있었다. 아침의 신문은 자살한 그 청년의 처참한 모습을 보도했다. 청년은 잡히지도 자수하지도 않았다. 그는 자살한 것이었다. 그는 스스로의 발톱으로 자신의 패배를 끝막음했다. 결국 아무것도 얻지 못한 채……. 아니, 더 큰 패배를 얻고서……. 그 다방 앞을 지날 때 입구에 경찰 제복 두엇이 지켜 서 있는 게 보였다. 청년은 이제 세상에서 잊혀질 것이다. 적어도 그 청년이 새로운 발톱을 준비하여 다시 나타나기 전까지는……. J다방 가까이 왔을 때 굵은 빗방울이 후두둑 떨어졌다.

J다방.
빈자리를 찾던 민후는 멈칫 놀랐다. 안쪽 자리에서 웃고 떠들어대고 있는 대여섯 명의 남녀 속에서 기숙을 발견했기 때문이었다.

그녀도 민후를 알아보았는지 손을 약간 들어 보였다. 그녀의 주위에 있던 시선들이 일제히 민후에게로 달려왔다. 민후는 얼른 외면해버렸다. 여기서 만날 게 뭐람. 빈자리를 찾아 앉았다. 기숙이 자리에서 일어나 곧장 이쪽으로 오고 있는 게 보였다.

"오랜만이네요."

기숙이 앞자리에 앉으며 웃음기가 섞인 음성으로 인사했다.

"웬일이지?"

"어머, 저는 여기 오면 안 된다는 말투셔."

그녀는 까르르 웃었다.

"사실은 오늘 밤에 친구들이랑 나이트클럽에 가서 몸 풀기로 했거든요. 지금 그 계획을 짜는 중이에요. 어때요. 같이 가지 않겠어요?"

"고맙지만 사양하겠어."

"누구에게든지 그렇게 무뚝뚝하게 구세요?"

그녀의 입가에 조소가 어렸다.

"경우에 따라서는."

그녀는 민후를 빤히 바라다보았다. 민후의 얼굴 표정의 변화를 관찰이라도 하겠다는 듯이. 분노 같은 게 목덜미로 벌레처럼 기어오름을 느꼈다.

"책임감 따위 너절한 이야기는 하고 싶지 않아요. 하지만 사람을 그렇게 무시하면 결과가 좋지 않을 거예요."

젠장, 빌어먹을, 할 말이 없었다.

"겁나는군."

그녀의 양미간이 약간 찡그려졌다. 시계를 보았다. 현진과의 약속 시간이었다. 이럴 때 현진이 나타난다면? 현진을 기숙과 대면시키기는 죽기보다 싫었다. 그럴 경우 현진에 대한 자신의 입장의 곤란

함이나 기숙의 노골적인 감정 표현이 두려워서가 아니라 현진에게 어떠한 형태의 상처라도 입히게 되는 것이 걱정되어서였다. 입구 쪽으로 눈을 자주 주었다.

"누굴 기다리시나요?"

"음."

"김현진 씨를요?"

민후는 놀라서 기숙을 정면으로 돌아다보았다. 입가의 조소가 짙어져 있었다. 그녀의 입에서 현진의 이름이 튀어나올 줄은 정말 뜻밖이었다.

"어떻게 알지?"

침착해지려고 애썼다.

"왜요? 내가 현진 씨를 알면 큰일이 나기라도 하나요? 이름은 김현진, 키 160cm 정도, 고전적인 아름다움을 지닌 외모, 독실한 크리스찬, P교대 졸업, 현재 초등학교 교사……. 어때요?"

그리고 기숙은 재미있다는 듯이 고개를 뒤로 젖히며 높게 웃었다.

"놀라셨나요? 그렇다면 한 번 더 놀라셔야겠어요. 현진 씨는 오늘 여기 나오지 않을 거예요."

"그걸 네가 어떻게 알지."

민후는 똑같은 질문만을 던지고 있는 자신에게 화가 치밀어 올랐다.

"어머, 제게 화내실 일이 아니에요. 아는 것도 죄가 되나요? 현진 씨는 앞으로도 이 다방에 나타나지 않을지 몰라요. 충격을 받았을 테니까요."

"충격이라니?"

"기철이 오빠에게 당했거든요"

처음에는 무슨 말인지 알아듣지 못했다.

"무슨 뜻이지?"

"민후 오빠가 날 잡수셨듯이 우리 오빠가 현진이란 그 순진한 아가씰 잡수셨다는 말이죠. 저번 일요일이었던가, 민후 오빠를 만나러 가는 현진 씰 길목에서 기다리고 있다가 유인을 해서……. 오빠가 그날 저녁에 내게 이야기 해줬어요. 그 이야길 하면서 오빤 아주 기분이 좋아 보이던데요?"

기숙의 말이 머릿속을 윙윙거리며 어지럽게 날아 다녔다. 다방 안이 갑자기 좁아들었다가 확대되었다. 더욱 짙은 빛깔의 조소로 웃고 있는 기숙의 등 뒤에서 무수한 검은 매의 그림자가 날아오르고 있었다. 그 그림자들은 민후의 시야를 어지럽히며 다방 안을 박쥐처럼 획획 날아다녔다. 민후는 총을 꺼냈다. 총구를 기숙에게로 겨눴다. 기숙의 옷깃을 움켜잡았다.

"기철이 지금 어디 있어?"

기숙은 그 총구를 가볍게 밀어내고 빙글거리며 대답했다.

"결투라도 하실 건가요? 또 그놈의 사격장에 틀어박혀 있겠죠, 뭐."

민후는 총을 움켜쥐고 일어섰다. 입구 쪽으로 급히 걸어 나갔다.

"결투는 자유지만, 결투를 벌이려거든 묵찌빠로 하셔요. 그게 피차 편할 테니까요."

기숙의 높은 웃음소리가 등 뒤로 꽂혀 들었다.

J다방 밖.

밖은 심한 비바람이 몰아치고 있었다. 거리는 비바람에 뽀얗게 잠겨 있었다. 민후는 총을 움켜잡은 채 그 비바람 속으로 뛰어들었다. 검은 매의 그림자도 따라 뛰어들었다. 놈은 비바람 속에서 더욱 민첩하고 왕성한 움직임을 보여주었다. 민후는 놈을 겨냥할 생각도 없이 비바람이 몰아치는 거리를 내달렸다. 그랬었구나. 기철, 이 미친 새끼. 그것은 기철의 음모였다. 파괴에의 음모. 녀석은 우리의 사랑을 파괴하고 싶었던 것이다. 그때 녀석이 목욕탕으로 내려가보라고 한 것은 그 파괴의 전주였다. 민후는 기철의 기묘한 웃음을 떠올렸다. 그래, 실컷 웃었겠지. 오줌이 찔끔찔끔 나오도록 웃었겠지. 얼마나 재미있었겠느냐. 그것은 얼마나 네놈의 파괴적 충동을 만족시켜주었겠느냐. 끽, 지나가던 택시가 급브레이크를 밟았다. 운전수가 창문으로 내다보며 욕지거리를 퍼부어댔다. 그러나 민후는 아무 소리도 듣지 못했다. 그냥 내달리기만 할 뿐이었다. 검은 매의 그림자만이 비바람 속에 언뜻언뜻 시야를 가르며 날았다.

S사격장.

사격장까지 어떻게 왔는지 민후는 기억이 나지 않았다. 물에 빠진 장닭 같은 꼴로 뛰어든 민후를 장씨가 놀란 눈으로 바라다보았다. 기철은 보이지 않았다.

"기철이 어디 있습니까?"

장씨를 향해 물었다.

"당구장에. 그런데 웬 일이지? 무슨 일이 생겼어?"

"아뇨, 별일 아녀요. 전화 좀 쓰겠습니다. 아, 그리고 제 엽총 좀 꺼내줘요."

창문 너머로 길 건너편 당구장의 간판이 비에 젖고 있는 게 내려다보였다. 간판에 씌어진 번호 대로 다이얼을 돌렸다. 신호가 갔다. 여자 목소리가 받았다. 박기철 씨를 부탁한다고 했다.

"여보세요."

잠시 후 기철의 건조한 목소리가 들려왔다.

"나다, 민후야."

"음, 웬일이냐?"

민후는 침착해지려 애썼다.

"만나자. 이야기할 게 있어."

"거기 어디냐?"

"사격장. 지금 곧 해변가로 나와. 꼭 이야기할 게 있다."

"……."

기미를 알아차렸는지 기철은 이야기를 뚝 끊고 잠자코 있었다. 이어 약하게 시작된 기철의 웃음소리가 점점 커지면서 전화선을 타고 건너와 민후의 귓속으로 벌레처럼 기어들었다.

"곧 나와."

고함치듯 내뱉고 송수화기를 거칠게 내려놓았다. 불안한 눈초리로 쳐다보고 있는 장씨의 손에서 빼앗듯이 엽총 케이스를 받아들면서 움켜쥐고 온 또 한 자루의 총은 가슴에 집어넣었다. 케이스를 열어보았다. 언젠가 기철이 민후에게 선물한 브라우닝 5연발이었다. 민후는 그걸 간혹 녀석과 같이 사냥을 나갈 때만 사용하고 사격장에 맡겨두고 있었다. 다행히 쓰다 남은 탄환 몇 개가 들어 있었다.

H유원지 해변가.

바다는 포효하고 있었다. 파도는 허연 머리를 풀고 백사장을 집어 삼킬 듯 높이 솟구쳤다가 와르르와르르 무너져 내렸다. 하얀 물보라가 백사장가의 도로 위에까지 뽀얗게 밀려왔다. 더욱 거세어진 비바람이 몰려와 얼굴을 따갑게 때렸다. 해변가엔 아무도 없었다. 살아 움직이는 것은 미쳐 날뛰는 파도의 허연 포말과 비바람 그리고 그 포효하는 바다 위를 갈매기처럼 획획 날고 있는 검의 매의 그

344

림자뿐이었다. 벌써 땅거미가 내리고 있었다. 민후는 도로 옆의 잔디밭에 앉아 탄환을 쟀다. 총신이 금방 비에 젖어 번들거렸다. 민후는 엽총이 습기를 이기고 제발 발사되어주기를 기원했다.

사격장으로 통하는 길 쪽으로 시선을 주었다. 아직 기철은 나타나지 않고 있었다. 녀석은 나타날 것이다. 녀석은 절대 비굴하게 도피하지 않을 것이다. 그것을 민후는 잘 알고 있었다. 기철은 아무것에도 도피하지 않았다. 오히려 적극적으로 달라붙었다. 마치 챔피언에 도전하는 복싱선수같이 맹렬히 달려들어 그것들을 파괴해버리고야 말았다. 그러나 기철은 결코 챔피언이 되지 않았다. 기철이 원하는 것은 파괴 자체의 과정이었을 뿐 그 결과는 기철에게 아무 의미가 없는 것들이었다. 무책임한 파괴.

멀리 길 끝에서 기철이 빗속을 천천히 걸어오고 있는 게 보였다. 민후는 엽총을 움켜쥔 채 일어서서 기다렸다. 난 녀석을 정말 쏠 수가 있을까. 처음으로 의심이 솟았다. 아니다. 쏘아야 한다. 파괴당하는 것이 어떤 것인지 녀석으로 하여금 체험하게 해야 한다. 기철이 얼굴 윤곽을 알아볼 수 있는 거리로 다가왔을 때 민후는 천천히 엽총을 들어 겨냥했다. 기철의 가슴을 가늠쇠 위에 올려놓았다. 눈으로 흘러드는 빗물이 시야를 흐리게 했다. 기철이 엽총을 발견한 듯 멈칫 섰다. 그러나 기철은 곧 앞으로 계속 걸어왔다. 바다 위를 날고 있던 검은 매의 그림자가 기철의 머리 위에서 빙글빙글 맴을 돌고 있었다.

"서라!"

기철이 표정을 알아볼 정도의 거리로 다가왔을 때 민후는 외쳤다. 그러나 기철은 와르릉거리는 파도 소리 때문에 듣지 못하는 듯 계속 걸어왔다.

"거기 서!"

파도 소리에 지지 않을 만큼 큰 소리로 악을 썼다. 그러나 기철의 걸음은 멈춰지지 않았다. 뽀얀 물보라가 덮쳤다.

"서지 못해!"

또 한 차례 악을 썼다. 그러나 기철은 정지하지 않았다.

"서! 이 미친 새끼야!"

울부짖듯 외쳤다. 소용이 없었다. 기철은 천천히, 아주 천천히 계속 전진해 왔다. 녀석은 이제 자신마저 파괴하려 하고 있었다. 민후는 총신을 받치고 있는 왼팔이 부들부들 떨림을 느꼈다. 다가오는 기철의 머리 위에 그 검은 매의 그림자가 여전히 맴돌고 있었다. 내려앉아라. 민후는 속으로 외쳤다. 그러나 놈의 그림자는 빙글빙글 맴돌기만 할 뿐 내려가지 않았다. 내려앉아라. 제발 내려앉아다오. 민후는 초조해졌다. 그러나 놈의 그림자는 기철이 비에 흐트러져 내린 머리칼 밑에서 극도의 병적인 웃음을 흘리며 민후의 코앞에 다가설 때까지 끝내 내려앉지 않았다. 민후는 울고 싶어졌다.

"왜 쏘지 못하지? 갑자기 무서워지기라도 했나? 아니면, 네 녀석에게 휴머니즘이란 게 남아 있었나? 현진이 고것 보기보단 멍청하던데? 네가 호텔 스카이라운지에서 기다린다니까 두말 않고 따라오더군. 나중에 심하게 반항하긴 했지만 말야."

민후는 총신을 거꾸로 잡으며 기철을 후려쳤다. 그러나 빗물에 미끄러워진 엽총은 민후의 손아귀를 빠져나가 잔디밭으로 날아들어 가버렸다. 민후는 기철의 안면에 강한 라이트를 집어넣었다. 기철이 얼굴을 감싸 쥐었다. 계속해서 복부, 허리, 옆구리를 가리지 않고 난타했다. 기철은 저항하지 않았다. 그냥 맞고 있을 뿐이었다. 한 차례 쓰러졌던 기철이 비척대며 일어섰다. 다시 두들겨댔다. 파도가 도로 위에까지 와르릉 흰 이빨을 드러냈다. 물보라가 덮쳤다. 기철은 다시 일어서고 있었다. 이번엔 발로 짓밟았다. 기철은 쓰러졌다가 끈질기게 다시 일어섰다. 다시 짓밟았다. 그러기를 몇 차례, 얼마나 시간이 흘렀는지 몰랐다. 기철은 끝내 길게 누워버렸고 민후는 공복기 같은 허탈감이 전신에 감겨져 옴을 느끼고 기철의 곁에 털썩 주저앉았다. 비는 계속 퍼부어대고 있었고 바다는 어둠 속에서 여전히 용트림하며 물보라를 뿜어내고 있었다. 도로의 수은등이 들어와 있었다.

길게 누워 있던 기철이 키득키득 매저키즘적으로 웃기 시작했다. 그 웃음은 서서히 높아져 가다가 나중엔 기철의 몸을 거의 뒤틀리게 하였다. 그 웃음은 이상하게도 전염성을 가지고 민후에게 다가왔다. 민후는 허파께로부터 웃음기가 폐결핵균처럼 스멀스멀 기어오름을 느꼈다. 그 웃음기는 드디어 도저히 참을 수 없게시리 허파를 채웠다. 민후도 무릎 사이에 고개를 처박고 기철을 따라 꺽꺽 웃음기를 토해내기 시작했다. 그러다가 기철의 웃음은 갑자기 울음으로 변하였다. 민후가 기철의 울음을 대하기는 처음이었다. 여전히 무릎 사이에 고개를 묻고 민후는 기철을 따라 울기 시작했다. 정말 이상하게도 눈물은 언제 준비되어 있었는지 쉴 새 없이 솟아났다. 철들고 나서의 첫 울음이었다. 둘의 괴상한, 분열적인 울음소리는 파도소리에 묻혀 어둠 속으로 용해되어갔다.

한참 후에 민후는 잔디밭의 측백나무 밑에서 엽총을 찾아냈다. 다행히 심하게 젖어 있지는 않았다. 민후는 와르릉대는 밤바다를 향해 엽총을 발사했다. 다섯 발의 총소리는 예포처럼 파도 소리에 잡아먹히며 어두운 밤바다 위로 퍼져나갔다. 그때, 민후는 총에 맞아 밤바다 속으로 떨어져 내리고 있는 검은 매의 그림자를 보았다.

민후는 놈의 부활을 믿지 않기 위하여 엽총을 밤바다 속으로 던져 버렸다. 가슴속에 있던 한 자루의 총도 꺼내 힘껏 던져버렸다. 파도는 어둠 속에서 더욱 와르릉거리고 있었다. 아아, 내일은 현진을 찾아가야겠다. 우리의 사치스런 관념의 유희에 희생된 천사를 찾아가야겠다. 민후는 파괴되지 않은, 패배하지 않은 사랑을, 기철도 깨뜨리지 못한, 단단한 사랑을 앓고 있는 자신을 보았다. 오르륵 한기가 들었다.

민후는 기철을 일으켜 세웠다. 그리고 비틀대는 기철의 어깨를 감싸 부축하면서, 멀리 불빛을 향해 빗속을 걸어갔다.

(1980년)

청학에서 세석까지

초판 1쇄 발행 2014년 10월 20일

지은이 정태규
펴낸이 강수걸
편집장 권경옥
편집 양아름 손수경 윤은미
디자인 권문경
펴낸곳 산지니
등록 2005년 2월 7일 제14-49호
주소 부산광역시 연제구 법원남로15번길 26 위너스빌딩 203호
전화 051-504-7070 | 팩스 051-507-7543
홈페이지 www.sanzinibook.com
전자우편 sanzini@sanzinibook.com
블로그 http://sanzinibook.tistory.com

ISBN 978-89-6545-269-0 03810

*책값은 뒤표지에 있습니다.
*이 도서의 국립중앙도서관 출판시도서목록(CIP)은 e-CIP 홈페이지
 (http://www.nl.go.kr/ecip)에서 이용하실 수 있습니다.
 (CIP 제어번호: CIP 2014028153)